长相思 ②

桐华 著

中国友谊出版社

缘何世间有悲欢
缘何人生有聚散
唯愿与君
长相守、不分离
长相守、不分离

106 第六章 相煎何太急

127 第七章 爱恨两依依

147 第八章 忽闻悲风调

245 第十三章 欲归道无因

263 第十四章 追往事，空惨愁颜

282 第十五章 只影向谁去

296 第十六章 风不定，人初静

001 第一章 青梅赋相思

022 第二章 风露立中宵

035 第三章 岁月静好与君同

053 第四章 生相依，死相随

075 第五章 但感别时久

166 第九章 风回处，寄珍重

188 第十章 等闲平地起波澜

205 第十一章 满院春风，惆怅墙东

230 第十二章 烟水茫，意难忘

长相思

第一章
青梅赋相思

神农山位于中原腹地,风景优美,气势雄浑,共有九山两河二十八主峰,北与交通军事要塞泽州相连,南望富饶的燕川平原,东有天然屏障丹河守卫,西是著名的城池轵邑(zhǐ yì)。

轵邑曾是神农国的王都,在轩辕和神农的战争中受到重创,繁华烟消云散,百姓生活困顿。一百多年前,神农族的小炎桀受轩辕王委任,成为轵邑城主,掌管中原民生。他说服了青丘涂山氏的太夫人,再次把轵邑作为涂山氏生意的中心。再加上小炎桀的夫人是四世家之首赤水氏族长的女儿,有了赤水氏和涂山氏两大世家的支持,轵邑恢复得很快,不过一百多年,天下商贾云集轵邑,轵邑成为大荒内最繁华热闹的城池。

小夭和玱玹已经到中原一个月。按理说玱玹有公务在身,应该住到神农山,可他没有去神农山,而是一直待在轵邑,日日宴饮。

第一天是小炎桀举行的接风宴,介绍玱玹和神农族、中原六大氏的子弟们认识。大家族子弟众多,良莠不齐,自然不乏花天酒地者,轵邑又比轩辕城更繁华热闹,玱玹简直如鱼得水,比在轩辕城还畅快。第二天是宴饮,第三天是宴饮……消息传到德岩和禹阳处,德岩和禹阳更加放心了。

直到远在轩辕山的轩辕王派人来申斥了玱玹,玱玹才心不甘情不愿地离开轵邑,去往神农山。

神农山紫金顶上的紫金宫是历代神农王起居的地方,也是整个中原的象征,看守这里的护卫十分小心,宫殿基本保存完好。玱玹和小夭住在紫金宫,为了表示对神农王的敬重,两人都不愿入住神农王和神农王后曾居住过的宫殿,挑了两座毗邻的小殿,据说是神农的王子和王姬住过的地方。

虽然轩辕王派人来申斥了玱玹，可玱玹到了神农山后，依旧没个正经样子，身边养了两个不知道从哪里弄来的美貌婢子，一个清丽，一个妩媚，都是世间绝色。

晚上，玱玹和婢子通宵达旦地玩乐，白日里总是没精打采，有时候说着说着话就会闭上眼睛，昏睡过去。幸亏玱玹离开轩辕城时，轩辕王给他派了一批懂得修筑宫殿的幕僚下属。凡事幕僚们商议好后，去请示玱玹，玱玹做做决定就好。

众人都不敢随便动紫金宫，所有幕僚商量后，决定先从不重要的宫殿开始修饬，积累了经验后，再整修紫金宫。

决定了整修哪座宫殿后，自然有精通工程建筑的专人负责实务，玱玹要做的不过是偶尔去工地晃一圈，表示督促。

修整宫殿，除了工匠，材料是关键。涂山氏是大商家，不管需要什么，涂山氏都能以最合理的价格提供最优质的货物。幕僚们仔细商议后，建议玱玹能从涂山氏采购的原料都尽量从涂山氏采购，宁可价格稍微贵一点，但质量有保证，到货时间也有保证，日后出了什么事，还能找到青丘去算账。

玱玹听完后，没什么精神地说好，采纳了幕僚们的建议。

外人以为玱玹是因为晚上纵欲，所以白日没有精神，可实际上，是小夭在帮玱玹戒药。

玱玹身边的两个美貌婢子，清丽出尘的是金萱，妩媚妖娆的是潇潇。小夭第一次见金萱，就发现她是难得的美女，可没想到看似普通的潇潇，洗去易容的脂粉，竟然也是绝色佳人。

金萱为玱玹搜集信息，擅长整理资料；看似娇媚的潇潇居然是玱玹亲手训练出的暗卫，还是暗卫中的第四高手。小夭只能感叹，人不可貌相。潇潇对玱玹的忠诚毋庸置疑，只怕玱玹扔把刀给她，她就能立即自尽。至于金萱，小夭就不知道玱玹的想法了，她可不相信玱玹能那么容易地相信一个人。不过，既然玱玹选择了把金萱带在身边，那么她是否可靠就是玱玹要操心的事，在玱玹没有发话前，小夭选择相信金萱。

每天夜里，玱玹都在封闭的密室内，忍受着噬骨钻心之痛。玱玹以为凭借自己的意志，能控制一切，可没有想到，药瘾远比他想象的强大，纵使以他的意志，也会控制不住。当药瘾发作时，他会狼狈地翻滚嘶喊，撕扯抓挠，甚至撞墙去伤害自己的身体。

玱玹不允许任何人看到他最狼狈脆弱的一面，只有小夭能陪着他。

想要戒掉药瘾的人通常都会选择捆绑住自己，但小夭知道玱玹不想捆绑自己。如果玱玹不能靠着自己的力量戒掉药瘾，那么他就会怀疑自己当初的决定是否正确。所以当金萱悄悄给小夭一条龙筋做的绳索时，小夭毫不犹豫地拒绝了，她对金萱说："他不需要，这世间唯一能锁住玱玹的绳索是他的意志。"

每个夜晚，小夭和玱玹躲在密室中，小夭陪着玱玹说话，给玱玹讲各种各样的事情，或者让玱玹给她讲他经历的事，转移他的注意力。当玱玹控制不住时，她会用自己的身体去压制他，总能让玱玹更清醒一些。

在最痛苦的那几夜，极度失控下，玱玹也会伤害到小夭，让小夭受伤。只要小夭一流血，玱玹很快就能清醒。他倒在地上，双臂抱着自己的双膝，蜷缩成一团，簌簌发抖。所有的力量都被用来和药瘾对抗，他脆弱得像个婴儿。

小夭抱着他，也不知道为什么，就会想哼唱小时候听过的歌谣，有些是娘亲唱给她听的，有些是舅娘唱给玱玹听的，很多歌谣她甚至记不全歌词，只能半唱、半胡乱哼哼着过去。

听着她的歌声，玱玹会再次熬过去，慢慢平静，渐渐地睡着。

梦中的他，眼角有泪渍，小夭也会有泪盈于睫。

在这个密闭的空间，玱玹变得脆弱，她也是。他们都曾是娘怀中最珍贵的宝贝，被小心呵护，如果他们的母亲知道自己的宝贝要经历这么多的痛苦，她们可会毅然地舍弃他们？

玱玹晚上和药瘾痛苦艰难地搏斗，白天还要处理各种事务。

金萱呈上的消息，他会全部看完，根据各种信息，对潇潇做出指示，潇潇再把他的命令通过他亲手训练的心腹传到大荒各处。

金萱还能感觉到，玱玹在给暗卫们布置新的秘密任务。玱玹看似散漫，由着下属和幕僚去决定如何整修宫殿，实际上，金萱亲眼看到他把神农山上大大小小近一百座宫殿的图稿全部仔细看过，用发颤的手仔细写下批注。

金萱曾见过药瘾发作的人，不管再坚强，都会变成一摊烂泥，可玱玹竟然一边和药瘾对抗，一边还能处理如此多的事。金萱真正明白了小夭说的话：世间唯一能捆缚住玱玹的绳索是他的意志。

熬过了最难熬的那几夜之后，玱玹已经能凭借自己强大的意志控制住一切痛苦。他不会再失态，最痛苦时，他一边听小夭说话，一边把自己的胳膊放进嘴里，狠狠地咬着。

鲜血滴滴答答地落下，小夭却好像什么都没看见，依旧轻快地说着话。直到痛苦过去，玱玹虚软地倒在地上，小夭才会走过去，帮他上药。

一夜又一夜过去，玱玹的药瘾越来越淡，到后来他甚至已经完全不会有任何表露。他只是安静地坐着，通过聆听小夭说话或者唱歌，就能把药瘾的发作压制过去。

两个多月后，玱玹完全戒掉了药。

等玱玹体内残余的毒素也清除干净，小夭才算真正放心了。

玱玹依旧过着和以前一样的生活，晚上和婢女玩乐，白日昏昏沉沉，除了小夭，只有金萱和潇潇知道他经历了什么。

金萱以前对朱萸承诺过，把玱玹看作要效忠的主人，她对玱玹的感情只是因为欣赏一个容貌出众、才华过人的男人而生的尊重和恋慕，现在却多了一重敬仰和畏惧。

◆

侍从把几个箱子放到小夭面前，玱玹笑道："涂山璟疯了！"

玱玹把箱盖一一打开，总共装了一百〇五瓶酒。从玱玹和小夭到中原，已经一百〇五日。

刚到中原的第一日，玱玹就和小夭说，璟想见她。但因为小夭要为玱玹解毒和戒药，小夭让玱玹转告璟，她暂时不能见他，等她可以见他时，她会再给他消息。

璟很听话，并未擅自跑来找小夭。只是每隔十五日，他就会送给玱玹一箱子青梅酒，酒的数目恰恰是天数。

如果是以前，这些酒小夭也喝得完，可是这段日子，小夭每日每夜都密切注意着玱玹的身体，生怕一步出错，就会终生懊悔，所以她压根儿不敢喝酒。每次璟送来的酒都放进了酒窖，现在酒窖内已经有几百瓶酒。

玱玹拿出一瓶酒："你们之间有什么事和十五有关吗？我看璟总喜欢绕着十五做文章，似乎一直在提醒你什么。"

小夭打开一瓶酒，咕咚咕咚喝了几大口，长长舒了口气："几个月没喝酒，还真是想念。"

玱玹低着头，把玩着手中的酒瓶，淡淡地说："想酒没什么，别想人就成。"

小夭做了个鬼脸，笑嘻嘻地喝了口酒，说："你帮我给他递个消息吧，说我可以见他了。"

玱玹凝视着手中的酒瓶，唇紧紧地抿成了一条直线。

小夭叫："玱玹？"

玱玹仿佛刚刚回神，拔开了瓶塞，喝了一大口酒，微笑道："好。"

晚上，小夭在酣睡，突然感觉有东西在她脸旁，睁开眼睛，看到一只栩栩如生、实际虚化的白色九尾狐蹲在她的枕旁，专心致志地看着她。

小夭笑着披上衣服起来："你的主人呢？"

九尾白狐从墙壁中穿了出去，小夭赶忙拉开门，追了上去。

紫金宫的殿宇很多，可已经好几百年没有人住过，很多殿宇十分荒凉，小白狐蹦蹦跳跳，领着小夭专走最僻静的路，来到一处槭树林。一只白鹤优雅地走到小夭面前。

小夭认识它，是璟的坐骑，名字叫狸狸。

小夭笑着和狸狸打了声招呼，骑到它背上。

神农山的上空有大型阵法的禁制，阻止人从空中随意出入，但在神农山内，只要低空飞行，避开巡逻的侍卫，就十分安全。

狸狸载着小夭，飞到了一处山崖。

山崖半隐在云雾中，一道不大的瀑布飞溅而落，汇聚成了一个不大不小的水潭。距离水潭不远处，有一间茅屋，茅屋外不过三丈宽处，就是万仞悬崖。

璟一袭天青的衣衫，站在茅屋和水潭之间，凝望着翻滚的云雾，静静相候。皎皎月华下，他就如长于绝壁上的一杆修竹，姿清逸、骨清绝。

白鹤落下，九尾小白狐飞纵到璟身前，钻进他的袖子，消失不见。

小夭从狸狸背上下来，笑道："白日才让玱玹送的消息，我还以为要过几日才能见到你。"

璟怔怔地看着小夭，说不出话。自上次轩辕城分别，他已经十七个月没有见到小夭，前面十几个月有心理准备，知道玱玹来中原需要时间，还不算难熬，可最近这三个多月，简直度日如年。理智告诉他，小夭肯定因为有事要处理，才不能见他，可感情上无法克制地恐慌，生怕小夭不想见他的原因就是已经不想再见他。

小夭歪头看着璟："咦，你怎么不说话？"

璟说："你上次说……要给我洗头，槿树的叶子已经长得很好了。"

小夭笑眯眯地说："好啊，找个天气晴朗的日子我们去采叶子。"

璟的心终于安宁了，唇角溢出笑意。

小夭问:"你来看我麻烦吗?"

"神农山的守卫外紧内松,现在涂山氏进山不难,进山后,山里几乎可以随便逛,只有你和玱玹住的紫金顶看守很紧,我不想惊动侍卫,所以让小狐去找你。"

小夭突然反应过来:"你一直在附近?"只有距离神农山很近,才有可能得到消息后赶在白天进山。

"嗯,我已经来过好几次神农山了,借着勘察宫殿,把附近都转了一遍,无意中发现这个地方,觉得十分清静,一见就喜欢上了。"

小夭打量了一圈四周,赞道:"这地方真不错,三面都是悬崖,只有一条下山的路,又僻静又隐秘,只是神农山上什么人会住茅屋呢?"

"我也问了守山的侍卫,没有人知道。只知道这里叫草凹岭,曾是神农的禁地。"

小夭的面色变了一变,向着茅屋行去。璟忙走到靠近悬崖的一侧,把小夭护在里侧。

小夭推开茅屋的门,里面并不陈旧,木榻上铺着兽皮,案头的木盘子里有新鲜的水果,窗户两侧的墙上各挂着一只陶罐,插了两束野花。茅屋布置得简单温馨,就好似主人刚刚出去。

璟道:"我发现这个地方后,略微打扫布置了一下,不过本来也不脏旧,这茅屋应该是木灵的绝顶高手搭建,千年之后,灵气仍未完全散去,茅屋一点不显陈旧。很难想象,居然有灵力这么高强的人。"

小夭仔细地打量着屋子,一切都是最简单的。很明显,曾住在这里的主人并不注重享受,只需要最简单的生活。

小夭坐在了榻上:"你知道茅屋的主人是谁吗?"

璟已经看出小夭知道,问道:"是谁?"

"那个名震大荒、最暴虐、最凶残的大魔头。我翻看过紫金宫内收藏的典籍,神农王就是为他才把草凹岭列为禁地。"

这世上魔头有很多,可名震大荒,配得上"最"字的只有一个,璟十分意外:"赤宸?"

小夭笑点点头:"所有人把他想象成了穷奢极欲的人,可没想到他在神农山的住处竟然这么简单。"

璟知道小夭的母亲死在了和赤宸的决战中,抱歉地说:"我没想到这是赤宸的住处,我们离开吧!"

小夭摇摇头："何必为一个已经死了几百年的人和自己过不去？你喜欢这里，我也挺喜欢，咱们就把这里当作我们的……屋子，以后可以在这里见面。"

璟有些羞赧，他布置茅屋时，的确是希望将来能常常在这里见到小夭。

小夭走到窗旁，俯下身，嗅了一下陶罐里的野花："这是你采的？"

璟轻轻地应道："嗯。"

小夭眯着眼笑起来："你近来过得可好？那个内奸找到了吗？"

"找到了，你的帕子很管用，是兰香。"

这种贴身服侍的婢女都是自小相随，感情很深。小夭说："你肯定饶过她了吧？"

"她不肯说出为了谁背叛我，我不想杀她，但我也不可能再留她，所以我让静夜悄悄送她离开。静夜和她从小一起长大，对她又恨又怜，估计说了些什么，她自尽了。"璟眼中有悲伤，"其实，我知道她是为了谁背叛我，我让静夜安排她离开涂山家，只是希望她失去利用价值后，大哥就不会再对她感兴趣，她也许就能忘掉大哥。"

小夭想起了那个驱策大鱼、逆着朝阳，在碧海中驰骋的矫健男子，飞扬炫目，和璟的清逸安静截然不同，的确更能吸引女人的目光。

小夭问："你还是不想杀篌？"

"虽然母亲一直偏心，可自小到大，大哥从来没有对我不好过。我们从小就没有父亲，他又得不到母亲的关怀，所以他把对亲情的渴望都放在了我身上，明明和我一般大，可总说长兄如父，凡事都让着我，处处都照顾我。别人夸奖我时，他也会觉得自豪。我曾不解地问他，他告诉我，他是为自己难受，可因为我是他弟弟，并不影响他为我感到骄傲。我们兄友弟恭，是所有人都羡慕的好兄弟。他曾经是极好的哥哥，我们做了四百多年的好兄弟。小夭，我没有办法杀他！"璟的语气中有浓浓的抱歉，因为他的这个选择，他不仅束缚了自己，还束缚了小夭。

小夭走到他身前，额头抵在璟的肩上，说道："虽然我常抱怨说你心太软，可其实我……我很愿意你心软。"她的身边已经有太多心狠手辣的人了，外祖父、父王、玱玹、两个舅舅、几个表弟，甚至包括她自己，都是心狠手辣的人。璟的心软，让她觉得安全，也让她欢喜。

璟忍不住轻轻揽住小夭，小夭依旧额头抵着他的肩膀，半响都未动。

璟问："小夭，你怎么了？"

"玱玹的一点私事需要我帮忙，这段日子很忙、很累，倒不是说身体有多累，就是心特别累，生怕出什么差错。明明忙得无暇分心，我却常常想起很多以前的事，有时候都不敢相信，我和玱玹没爹没娘，竟然也长大了。"

璟轻抚着小夭的背："早知你累，我就不该今晚来找你，要不你睡一会儿吧！"

小夭抬起头，笑道："心累可不是睡觉能睡好的。"她看向窗外的水潭，笑拉住璟的手，"陪我去玩水。"

小夭走到潭水边，扑通一声，直接倒了进去。

已是夏天，潭水一点都不冷。小夭游了一圈后，向着潭底潜下去，本以为不会太深，没想到潭水居然出乎意料地深，小夭一口气没潜到底，不得不浮出水面换气。

璟坐在潭边的石头上，笑看着她。

小夭拍了自己脑门一下："我好笨啊！"她从衣领内拉出璟送她的鱼丹紫，"我居然忘记你送我的这个宝贝了。"

小夭趴在石头上，一边踢踏水，一边对璟说："我们下次去大海里玩吧，海底很美，玩上一夜都不会腻。"

"好。"

小夭想起了相柳，脸埋在胳膊间，默默不语，不知道他现在是相柳，还是防风邶。突然，她抓住璟的胳膊，用力把璟拽进了潭水里："陪我去潭底。"

没有等璟回答，小夭把鱼丹紫含在嘴里，拉着璟向着潭底潜去。

含了鱼丹，果然可以在水底自由呼吸。

她拉着璟不停地向着潭底潜下去，潭水却好似深不见底，纵使璟灵力不弱，气息绵长，也觉得难以支撑。

璟捏了捏小夭的手，指指上面，示意他要上去了，让小夭自己玩。

小夭摇头，表示不准，她要他陪。

璟不再提要上去，脸色却渐渐地变了，可他依旧随着小夭往下潜。小夭展臂，搂住璟的脖子，唇凑在璟的唇畔，给他渡了一口气。璟整个人都呆住，怔怔地看着小夭，居然呛了水。

小夭赶忙又贴着他的唇，给他渡了一口气。

璟身躯僵硬，两人一直往下潜，很快就到了潭底。黑黢黢的，什么都没有，小夭带着璟往上游。璟这才好似清醒，用力向上游去。小夭指指自己的唇，示意璟如果觉得气息不够时，就来亲她。可璟一直没有来碰她，上浮又比下潜速度要快很多，璟凭着一口气，硬是浮出了水面，可也很不好受，趴在石头上，一边喘气一边咳嗽。

小夭吐出了鱼丹紫，游到璟身边，又羞又恼地问："为什么？"

璟看着远处，低声道："刚才你眼睛里没有我。"

小夭一声不吭地上了岸，径直走进茅屋。

小夭灵力低，不像璟他们能用灵力让湿衣变干，她脱了衣服，擦干身子，钻进被子里，"你可以进来了"。

璟走进茅屋，自然而然地坐在榻头，拿了毛巾，帮小夭擦头发，待头发干透，他用大齿的木梳，帮小夭顺头发。当年，小六曾这么照顾过十七，十七也曾这么照顾过小六，不知不觉中，气氛缓和，两人的唇角都带上了笑意。

小夭叹道："以前天天都能见到，不像现在一两年才能见一次，有时候想找个人说话，也找不到。"

璟说："以后涂山氏的商队会常常出入神农山，我来看你很方便。青丘距离神农山很近，你来青丘也很方便。"

"老天好像很帮我们，玱玹想要来中原，神农山居然就有宫殿坍塌，神农族闹着要维修宫殿。玱玹和我住进了神农山，看似守卫森严，可偏偏修建宫殿离不开你们这些大商贾，涂山氏自然成了首选，你进出神农山很容易。太多水到渠成了！"小夭侧头看向璟，"是不是丰隆和玱玹骗着你弄出的这些事情啊？"

璟说："不是他们，是我自己想这样做。"

小夭笑道："我可没责怪你，反正宫殿总是要修的，那些钱与其给别人，不如给涂山氏。你与哥哥的关系，如果只是你帮他，并不是好事，如今他能惠及你，反倒能让哥哥更放心。"

其实，这正是璟所想的，丰隆有雄志，他和玱玹要的是宏图霸业，而他想要，不过是和小夭更近一些，但说出来也没有人相信，与其让玱玹怀疑他所图，不如让他们都认为他所求是钱财。现在玱玹给了他钱财，他给予玱玹一点帮助，玱玹心安理得了，才是长久相处之策。但这话从小夭嘴里说出来，意义却截然不同。证明了在璟和玱玹的关系中，小夭站在璟的角度，为他考虑过。

璟看着小夭，忍不住微笑起来。

小夭气恼，在璟的手上重重咬了一口："我眼里有你吗？"

璟痛在手上，却甜在心里，含笑道："有。"

◆

第二日，玱玹已经起身，小夭才回来。

玱玹正在用早饭，小夭也坐到食案前，静静地用饭。

玱玹淡淡问道："去见璟了？"

小夭笑眯眯地说："嗯。"

玱玹说："我知道他在你心中与众不同，但他毕竟不是叶十七，而是涂山璟。我收到消息，涂山氏的太夫人身体不大好，想让璟尽快接任涂山氏的族长。他背负着一族命运，并不能想做什么就做什么。璟和防风意映还有婚约，防风氏绝不会舍得放弃和涂山氏的联姻，璟想退婚，并不容易！你可别一股脑儿地扎进去！"

小夭眉眼中的笑意散去，低声说："我知道了。"

玱玹看到她的样子，不再多言。

吃完饭，要离开时，小夭突然说："哦，对了！这是给你的。"她拿出一个青玉盒，抛给玱玹。

玱玹打开，是一个毛茸茸的小小傀儡，眉眼精致。玱玹明白是用九尾狐妖的尾巴锻造的灵器，扔回给小夭："我不要！"

"哥哥，你必须要！这是我让璟特地为你锻造的，为了凝聚灵力，这个傀儡唯一能幻化的人就是你，还能施展几招木灵的法术，你用它做替身，保证连潇潇和金萱一时半会儿都看不出是个假的。"小夭走到玱玹身边，跪坐下，"我知道你介意九尾狐伤害过我，正因为如此，你更应该好好利用它，保护好自己，让我略微放心！"

其实，玱玹不想要并不完全是因为九尾狐妖，还因为这是另一个男人做的，但看着神色难得严肃的小夭，玱玹心里发酸，不管傀儡是用什么做的，是谁做的，所凝聚的只是世间最关心他的人的心意，他只有好好地活着，才能更好地照顾她。玱玹终于释然，伸出了手掌。

小夭把小傀儡放在玱玹的掌心，玱玹缓缓握紧了傀儡，说道："我也有一样东西给你。"

"什么？"

玱玹把一枚玉简递给她："这是你让我帮你查的防风邶的所有经历。"

小夭愣了一愣，才接过。

一整日，小夭一直在阅读琢磨玉简里记录的资料。

这份资料按照时间罗列，记录了从防风邶出生到现在的经历。

防风邶幼时的生活就是一个大家族普通庶子的普通生活，认真学习修炼，表现很不错。奈何哥哥和妹妹也都天赋很高，又是嫡系血脉，不管他怎么努力，哥哥和妹妹都比他更受瞩目。因为内心苦闷，他沾染上赌博的恶习。

大概四百七十八年前，还未成年的防风邶为了筹钱还赌债，离家出走，偷跑去极北之地找冰晶，一去四十五年。对神族而言，四十五年不归家不算什么，只不过因为防风邶去的地方太过凶险，防风家的人都以为他冻死在了极北之地，没想到他又突然冒了出来，带着不少冰晶，堪称衣锦归家、扬眉吐气。

小夭觉得这四十五年很值得怀疑，四十五年，纵使历经磨难归来的防风邶变得异样，众人也能接受。可那些人毕竟是看着防风邶出生长大的亲人，相柳想假扮防风邶几天也许可以，但根据资料记录，他回家后，在家里住了四年，悉心照顾病重的母亲，端汤奉药，喂饭喂水，可谓尽心尽力，以至于搜集资料的人写到，几百年后提起旧事，仍有老仆感慨"邶至孝"。

之后四百多年，防风邶就是个很典型的大家族出来的浪荡子，有些本事，却得不到重用，只能寄情于其他，练得吃喝玩乐样样精通。他在防风家的地位不高，手头比较紧，为人又随性，在钱财上很疏朗，所以常做一些捞偏门的事，时不时会失踪一段日子，短时三五月，长时两三年，他的家人和朋友都习以为常。

因为防风邶性子散漫，什么都不争，可以说不堪重用，这三四百年来，他和哥哥防风峥、妹妹防风意映的关系都不错。

小夭轻叹口气，如果真如她所推测，四百七十八年前，真正的防风邶就已经死了。那么，所有人都辨认不出防风邶是假的，就解释得通了。因为相柳已经假扮了防风邶四百多年，即使本来是假的也已经变作了真的——所有人认识的防风邶本就是相柳。

可是为什么呢？相柳究竟图什么呢？防风氏在大荒虽然算得上是有名望的家族，可比它更有名望的家族多了去了，防风邶又是妾侍所出，根本影响不了防风家。相柳就算想利用什么，也该找个更有影响力的家族的嫡系子弟。

小夭想了很久，都想不出相柳的目的，毕竟这场假扮不是一年两年，而是在她出生前，人家就已经是防风邶了，小夭只能放弃思考。

◆

仲夏之月的第十日，玱玹收到丰隆和馨悦的帖子。过几日是两人的小生辰，邀请他和小夭去小炎帠府玩耍。

神族的寿命很长，众人对生辰看得很淡，一般只会庆祝整百岁或者整千岁的生辰。其实，活得时间长了，大部分人都会忘记自己的岁数，压根儿不庆祝生辰。只有很讲究的家族中得宠的子弟，才会常庆祝生辰。

大概因为丰隆和馨悦是双生子，只要过生辰时，兄妹俩在一起，就会邀一些朋友，小聚热闹一下。

小夭到时，才发觉所谓的小聚并不算小，看来丰隆和馨悦在大荒内很受欢迎。不过也是，男未娶，女未嫁，家世、相貌、才干都是大荒内最拔尖的，但凡还未成婚的男女都不免会动动念头。

守门的小奴进去通传后，丰隆和馨悦一起迎了出来。馨悦亲热地挽住小夭的胳膊："你一直什么宴席都不参加，我和哥哥还担心这次你也不来。"

小夭笑道："我性子比较疏懒，能推的宴席就都推了，不过，这次是你和丰隆的邀请，自然非来不可。"

虽然说的是场面话，馨悦听了也十分高兴。

馨悦和丰隆带着他们走进一个大园子，园内假山高低起伏，种着各种奇花异草，一道清浅的小溪从园外流入，时而攀援上假山，成小瀑布，时而汇入院内一角，成一潭小池，九曲十八弯，几乎遍布整个园子，消散了炎夏的暑意。

馨悦指着高低起伏的假山对小夭说："从外面看只是错落有致的假山，其实那是一个阵法设置的迷宫。我和哥哥小时候都性子野，聚到一起时更是无法无天，父亲特意布置了这个迷宫，我和哥哥在里面能一玩一天。今儿人多，你若喜欢清静，待会儿我们可以去里面走走。"

因为天热，众人皆穿着木屐。花影掩映下，两个少女脱了木屐，赤脚踩在湿漉漉的鹅卵石小径上玩耍。

馨悦笑对小夭说："那是姜家和嘽（shěn）家的小姐，她们是表姊妹，我外婆是嘽家的姑奶奶，所以我也算是她们的表姊妹。关系远一点的客人都在东边的园子，这个园子中的人仔细一说，大家全是亲戚。"

小夭道："我不是。"

馨悦笑道："你哪里不是呢？你外婆缅祖娘娘可是西陵家的大小姐，你外婆的娘亲是我爷爷的小堂姑奶奶，你外婆就是我爷爷的表姨，说起来我应该叫你一声表姨。可现如今西陵氏的族长，你的堂舅娶了姜家的大小姐，他们的儿子、你的表弟就是姜家小姐的表弟，姜家小姐是嘽家小姐的表姐，我是嘽家小姐的表妹，我应该也可以叫你表姐……"

她们说着话已经走进一个花厅，小夭听得目瞪口呆，喃喃道："我已经被你一堆表啊堂啊的绕晕了。"

意映挑起帘子，摇着团扇走了过来，笑道："这是从赤水氏那一边顺的亲戚关系，我听奶奶说西陵家和涂山家也是有亲的，好像哪个太祖奶奶是西陵家的小姐，只是不知道顺下来，我们是表姐、表姨，还是表奶奶。"

屋子里的几个人全都笑了出来，小夭心里暗自惊叹，难怪连轩辕王都头疼中原，所有家族血脉交融、同气连枝，平时也许会各自相斗，可真到存亡关头，必然会联合起来。更让小夭意外的是原来西陵氏和外婆曾那么厉害，每个人都乐意和西陵氏、缬祖娘娘攀上亲戚，反倒轩辕王的血脉显得无足轻重。

馨悦拽拽小夭的面纱："小夭，在这个花厅里休息的都是最相熟的朋友，快快把你的帷帽摘了。"他们所在的这个花厅十分宽大敞亮，中间是正厅，左右两侧各有一间用斑竹帘子隔开的侧厅。右边的厅房，意映刚才从里面走出来，想来是专供女子休息的屋子，左侧的厅房应该是男子的。

意映也道："是啊，上次没看成，这次你可不能再藏着了。"

馨悦把远近亲疏分得清清楚楚，众人没有忌讳，都没戴帷帽。小夭本就没打算与众不同，遂大大方方地摘下了帽子。

馨悦仔细打量一番，拉住小夭的手，叹着气说："真不知道将来谁能有福气得了你去。"她把丰隆拉到小夭面前，半开玩笑半认真地说，"不是我替自己哥哥吹嘘，这大荒内，还真挑不出一个什么都赶得上我哥哥的。"

意映笑嘲："真是不害臊！"

馨悦在轩辕城长大，颇有轩辕女子的风范，笑道："男婚女嫁乃是最正大光明的事，有什么需要害臊的？"

丰隆在中原长大，反倒不好意思起来，对玱玹说："我们去看看璟他们在做什么。"和玱玹走进了左侧的屋子。

馨悦对婢女吩咐："若里面没有人休息，就把竹帘子打起来吧，看着通透敞亮。"

"是。"

婢女进去问了一句，看没有人反对，就把竹帘子卷了起来。

屋子内有三个人，涂山篌和防风邶倚在榻上，在喝酒说话。璟端坐在窗前，在欣赏风景，刚走进去的丰隆和玱玹站在了他身旁。

小夭愣住，璟在，是意料之内，可是，防风邶居然也在！

意映把小夭拉了进去，笑道："二哥，看看这是谁。"刚才在帘子外说话，帘子内的人自然听得一清二楚，意映这举动顿时让人觉得防风邶和小夭关系不一般。

防风邶看着小夭，漫不经心地笑道："你也来了。"

他身旁的涂山篌站起，和小夭见礼。小夭微笑着给涂山篌回礼，心里却郁闷，什么叫我也来了？

涂山篌和小夭寒暄了几句，就走开了，去院子里看人戏水。

意映笑朝防风邶眨眨眼睛，说道："二哥，你照顾好小夭，我去外面玩一会儿。"

园子很大，假山林立，花木繁盛，意映的身影消失在假山后。

小夭低声对防风邶说："你跟我来！"

她在前，防风邶随在她身后，两人一前一后，走进庭院，身影消失在山石花木间。

窗前的璟、琀玹、丰隆和馨悦都看了个正着，馨悦推了丰隆一下："哥哥，你可真笨！再不加把劲，小夭可就要被人抢走了。"她有心想数落意映几句，竟然自不量力，敢和丰隆抢人，可碍着璟，终把那几分不满吞了回去。

馨悦对琀玹说："我哥平时也挺聪明，可一见到小夭就有些犯傻，你和我哥最好，可要帮帮我哥。"

丰隆不好意思说什么，只对琀玹作揖行礼，意思显然一清二楚。

琀玹笑道："我只能帮你制造机会，至于小夭的心意，我可做不了主。"

馨悦笑道："已经足够了。"

馨悦想了想，对琀玹和丰隆说："我们也去外面玩，顺便找找他们。"她想着他们一走，只剩了璟，又笑道："璟哥哥，屋子里坐着闷，你也来吧！"

四人遂一起出了屋子，在假山花木中穿行。这本就是个迷宫，路径和景致随时在变换，又时不时碰到朋友，停下聊几句，走着走着，四人走散了，只剩下馨悦和琀玹。

馨悦和众人在一起时，活泼俏皮，可和琀玹单独在一起时，反倒变得安静。她想起琀玹身边的两个美貌婢子，只觉心乱。哥哥说：如果你想要痴情的男人，就不要想着琀玹；如果你想嫁琀玹，就不要指望他只有你一个女人，不但不要指望，还要心胸大度，有容人之量，对那些女人都客气有礼。道理馨悦十分明白，可还是觉得难受。

因为恍惚走神，馨悦没有看到路径又变换了，居然一头撞到假山上，她疼得哎哟一声，捂住了额头。玱玹忙低头看她："怎么了？有没有伤着？"

馨悦觉得额角也不是那么疼，却不知为何，眼泪都下来了。

玱玹如哄小女孩一般，柔声安慰着馨悦："只是有点红，没有破皮，用冰敷一下就会好。"

馨悦猛地扑进玱玹怀里，脸埋在玱玹的胸前，呜呜咽咽地低泣起来。

玱玹愣住，双臂僵垂在身侧。

馨悦却没察觉，紧紧搂住了玱玹的腰，似乎只有这样，才能抓住他，让他把自己放在心里比其他女人都重要的位置。

半响后，玱玹虚搂住馨悦，轻声安慰着她。馨悦嗅到玱玹身上的男子气息，听着他醇厚的声音，越发意乱情迷，双手缠住了玱玹的脖子，踮起脚，去吻玱玹。

◆

小夭带着防风邶走进迷宫，不知道往哪里走，乱走了一通，直到看四周林木幽幽，蝴蝶翩跹，是个能说话的地方，小夭停住脚步。

小夭回身，再也憋不住地嚷了出来："你疯了吗？这是小炎弇府，万一被人发现，我可救不了你第二次！"

防风邶笑笑地说："这里不是轩辕城，是中原。"

小夭呆住了，是啊！这里是中原，曾经属于神农国的土地！虽然中原的氏族都归顺了轩辕王，可他们也依旧尊敬神农王族的洪江，对不肯投降的神农义军心怀同情，尤其小炎弇，他也是神农王族后裔，只怕对神农义军还很愧疚和敬重。中原的氏族虽然不会支持义军对抗轩辕王，可也绝不会帮轩辕王去抓捕义军。

"算我多管闲事了！"小夭要离开。

防风邶伸手搭在树干上，挡住了小夭的路："你的箭术练得如何了？"

"一直在坚持练习。外祖父给我找了个擅长射箭的师傅，据说能千军万马中取人性命。可是他的方法不适合我，他的箭术对灵力的要求很高，认为我好逸恶劳、想走捷径，非要逼着我去练什么基本功提高灵力，我跟他学习了几次，就把他打发了。"

防风邶说："那我继续教你吧！"

小夭瞪着他，相柳教她箭术？似乎很荒谬。

防风邶笑起来："不敢吗？逗弄蛇妖的勇气哪里去了？"

小夭也笑："好啊，我跟你学。"她需要学会箭术，谁教都不重要，相柳就相柳吧！

小夭上下打量着防风邶，用手指戳戳他的胳膊："你是不是已经死在极北之地了？"

这话别人都听不懂，防风邶却淡淡地说："是。"

"为什么选择他？"

"不是我选择了他，而是他选择了我。他快死了，却放不下苦等他回去的母亲，所以他愿意把一身的灵血和灵力都给我，求我代他宽慰母亲，让他的母亲过得好一点。难得碰到一个心甘情愿让妖怪吃的神族，所提条件不难做到，我没拒绝。"是否甘愿区别很大，如果不愿意，妖怪即使吸食了神族的灵血，也就是相当于吃了一些补药，强身壮体而已；可如果是愿意，妖怪能获取神族辛苦修炼的灵力，妖力大进。

小夭曾经苦苦等候母亲回去接她，明白等待的可怕，竟有些羡慕防风邶的母亲，小夭柔声问："你回去后，见到母亲了吗？"

防风邶垂下了眼眸："见到了，她身体很虚弱，孤苦凄凉，无人照顾。因为我带回去了很多冰晶，防风家给她换了住处，派了婢女。我陪伴了她四年，四年后她含笑而逝。"

小夭轻叹口气，防风邶和相柳的交易有一个了无遗憾的结局。只是难以想象，相柳竟然能悉心陪伴照顾一个老妇四年。这大概是防风家对他的身份再无疑虑的一个重要原因吧！也是连玱玹那么精明的人看完资料，都没有起疑的原因。

小夭问道："你已践诺，为什么还要继续假扮防风邶？"

防风邶嗤笑，冷眼看着小夭："我是为了践诺做了四年的戏，可这四百多年，我只是做自己，你哪只眼睛看到我在继续假扮防风邶？不管是防风邶，还是相柳，或者九命，都不过一个称呼而已。"

少时的防风邶和后来的防风邶其实截然不同，但众人早忘记了少时的防风邶是什么样子了。小夭默默回想，防风邶看似和冷酷的相柳截然不同，可那种什么都不在乎、什么都不想要的随性何尝不是另一种冷酷？只不过，相柳像是披上了铠甲的他，在血腥的战场上厮杀，防风邶像是脱下了铠甲的他，在熙攘的红尘中游戏。

防风邶嘲讽地问："你换过的身份只怕比我多得多，难道都是在假扮？"

小夭摇头："不管怎么换，我都是我。不过，我毕竟没有你通透，对于外相的东西看得比你重。"

小夭看着防风邶，期期艾艾地问："你……这是你的真容吗？"

"谁耐烦披着一张假脸活四百年？每次化身还要仔细别变错了。"

"你和防风邶长得一样？"

"不一样，但防风邶离家出走时，还未成年，相貌有些出入很正常，他还在极北之地冻伤了脸，请医师修补过脸。"

小夭终于释然，笑了出来："他们都说你有九张真容，八十一个化身，是真的吗？"

防风邶扫了一眼林间，不悦地皱了皱眉头，对小夭勾勾手指。

小夭又惊又怕，捂住自己的脖子："我又没有说你坏话！我只是好奇地问问。"

防风邶眯着眼睛，冷冷地问："你自己过来，还是我过去？"

小夭不敢废话了，慢慢靠近防风邶，防风邶渐渐俯下头，小夭缩着下颌，双手捂着脖子，嘟囔着哀求："要咬就咬胳膊。"

防风邶却只是在她耳畔低声说："有个人躲在那边偷窥我们。"

小夭一下怒了，压着声音质问："你居然也不管？"

防风邶笑笑地说："提醒一下你，我是庶子，凡事不好强出头。"防风邶把一个冰霜凝结成的箭头放在小夭手里，"王姬，让我看看你箭术的准头练习得如何了。"

小夭低声问："人在哪里？"

防风邶握着小夭的手，对准林中的一个方向："那里。"

小夭静气凝神，把箭头投掷出去，一个人影闪了一下，从树林内走出。

竟然是璟！

小夭忙问："打到你了吗？我不知道是你。"

"没有。"

璟把箭头递给防风邶，防风邶接过，似笑非笑地说："怎么只你一人，没有陪我妹妹去玩吗？"

小夭已经明白自己被防风邶戏弄了，气恼地叫："防风邶！"

防风邶看着她，笑眯眯地问："叫我做什么？"

小夭无语，只觉他现在是又无赖又狡诈又恶毒，简直把防风邶和相柳的缺点会聚一身，她能做什么？只能指望下次他受伤时，再收拾他了！

小夭转身就走，连纵带跃，恨不得赶紧远离这个死妖怪。

璟下意识地想跟过去，刚走了几步，防风邶笑眯眯地追上来，拍拍璟的肩膀，回头指着另一个方向，对璟说："我刚才好像看到妹妹在那边，正四处找你。"

璟不得不停住步子，看着防风邶和小夭一起消失在草木间。

小夭瞪着防风邶,讥嘲道:"欺负老实人好玩吧?"

涂山璟老实?防风邶挑挑眉头:"没有欺负你好玩。"

小夭苦笑,又不甘于认输,说道:"来日方长,咱俩谁欺负谁,谁逗谁,还得走着瞧。"

防风邶嘲讽:"不错,当上王姬果然胆气壮了。"

小夭停住脚步,四处打量,这个迷宫果然不简单,难怪能困住丰隆和馨悦一整天。

小夭看防风邶:"怎么出去?"

防风邶笑道:"这个迷宫里现在可是有很多热闹可以看,你不去看看吗?"

"不看!"

防风邶领着小夭往外走:"将来不要后悔。"

小夭冷哼。

◆

迷宫外,众人正在饮酒玩乐。

顺着九曲十八弯的溪流,有人坐在花木下,有人坐在青石上,有人倚着栏杆,有一人独坐,有两人对弈,有三人清谈……婢女在溪流上游放下装满酒的螺杯,击鼓而奏。螺杯顺流而漂,鼓声停下时,螺杯漂到哪里,谁就取了酒喝,或抚琴,或吟诗,或者变个小法术都成,只要能博众人一笑。

既散漫随意,各自成乐,又彼此比试,众人同乐,小夭看了一会儿,笑道:"馨悦真是个会玩的。"

此时,鼓声恰停了,众人都看向螺杯,螺杯缓缓地漂到了防风邶和小夭面前。

小夭赶紧往后缩,小声说:"我除了会做毒药,什么都不会。"

防风邶嗤笑,拿起螺杯,饮完酒,懒洋洋地站起,对众人翩然行了一礼:"变个小法术吧!"

防风邶对小夭指指溪水边:"站那里。"

众目睽睽下,小夭僵硬地站过去。

防风邶摘下一朵白色的玉簪花,将花瓣撒到小夭身上。小夭冷着脸,低声说:"你要敢耍我,我和你没完!"

话刚说完,那些白色的花瓣化作了水渍,在小夭衣服上晕染开,将一件栀黄的衣衫染成了白色，小夭临水而立，袅袅婷婷。

有少女笑问："还能换颜色吗？"

防风邶问："你想要什么颜色？"

少女把身旁的紫罗兰花摘了两朵，用灵力送到防风邶面前。防风邶撕下花瓣，撒到小夭的衣衫上，紫蓝色的花瓣化作了水滴，渐渐地晕染，将白色的衣衫变作了一套紫罗兰色的衣裙。

众人看得好玩，尤其爱美的少女都笑着鼓掌。不知何时，馨悦、珑玹、丰隆、璟、篌、意映都站在了溪水边，也笑着鼓掌。

防风邶又用绿色的绿萼花瓣变了一套绿色的衣裙，他看小夭手握成了拳头，强忍着不耐，笑对众人道："到此为止。"

丰隆将一枝红色的蜀葵花送到防风邶面前："再变一套红色吧！"虽然刚才小夭穿的各色衣衫都好看，可也许因为小夭第一面给他的印象太深刻，他总觉得，红色衣衫的小夭妖娆得让人心惊，可小夭好似不喜红色，自拜祭大典后，再未穿过。

防风邶笑："寿星的要求，那就再变最后一套。"他把红色的蜀葵花瓣抛撒到小夭身上，绿色的衣衫渐渐地变作了红色。

小夭的忍耐已经到了极限，一丝笑意都没有，可又不好缺了礼数，她张开双臂，转了一圈，对丰隆遥遥行了一礼，示意游戏已经结束，转身离开。

一声短促的尖叫突然响起，一个少女紧紧地捂住嘴巴，脸色煞白地看着小夭。一个坐在树下的少年缓缓站起，阴沉地盯着小夭。

虽然当年，他们还年纪幼小，可是那噩梦般的一幕幕，他们永远不会忘记。那个灭了他们全族的恶魔也是穿着一袭红衣，也是有一双好似什么都不会放在眼里的双眸，面对着父兄们的哭泣乞求，他只是冷漠不耐地眺望着远处。

小夭不在意地看了一眼惊叫的少女，那少女立即低下头，回避开了小夭的视线，身子无法抑制地在颤抖，只是隔着花影，没有人留意到。

小夭和防风邶回了屋子，丰隆和珑玹他们也都跟了进来。

馨悦和意映围到防风邶身边，馨悦软语相求："好二哥，把你的法术教给我吧！"

防风邶笑指指小夭："只是一时，学去也没用。"

果然，小夭衣衫的红色在褪去，露出了本来的栀黄色。馨悦和意映叹气，居然连半个时辰都坚持不了，真的是学会了也没用。

婢女端了糕点进来，小夭正好觉得饿了，取了些糕点。

丰隆和琀玹坐到棋榻上下棋，馨悦坐在丰隆的身旁观战。小夭端着一碟糕点，坐到琀玹身旁，一边吃糕点，一边看。

意映过来凑热闹，靠近馨悦而坐，璟一瘸一拐地走了过来，坐到意映旁边，恰挨着小夭。

意映看了一眼璟，满是鄙夷嫌恶，一闪而过，众人都没发现，却恰恰落在了小夭眼内。一刹那，小夭比自己被鄙夷嫌恶了都难受。

意映好似连和璟坐在一起都难以忍受，盈盈笑着站起身，去拿了杯酒，倚靠到榻上，和歪在榻上喝酒的防风邶、箕小声说着话。

小夭挑了几块糕点，连着碟子递给璟，笑眯眯地说："很好吃的。"

璟不明白为什么小夭突然对他格外温柔，但从心里透出欢喜来，接过糕点，抿着唇角笑。

◆

小夭忽然觉得很不舒服，就好像有一条毒蛇在盯着她。她抬起头，发现窗外有个少年看着她。少年看到小夭察觉了，笑着点了下头，走开了。

小夭说："那个人刚才看着我，他是谁？"

年轻的男子看美丽的女子再正常不过，几人都没在意，馨悦笑嘻嘻地说："那是沐氏的一位表兄。沐氏很可怜，当年也是中原有名望的氏族之一，可是因为和赤宸不和，被赤宸抄家灭族，只逃了他一人出来。"

丰隆落下一子，接口道："被赤宸抄家灭族的可不止沐氏一族，中原恨赤宸的人一大堆，所以，赤宸虽是神农国的大将军，可他战死后，中原的氏族几乎都拍手称庆。"

馨悦道："怨不得别人恨他，谁叫赤宸那魔头造了太多杀孽！"

防风邶突然插嘴道："这天下谁都能骂赤宸，唯独神农氏的人不该骂赤宸。"

馨悦不高兴，盯向防风邶，防风邶依旧是懒洋洋无所谓的样子，摇着酒杯，淡淡地说："你若不服气，不妨去问问你爹。"

本来不是什么大不了的事，可因为琀玹在，馨悦觉得防风邶在情郎面前扫了她的面子，不禁真动了怒，再加上之前的怨气，馨悦对意映说："防风小姐，管好你哥哥，说话做事前都先掂量一下自己的身份。"

意映心中恼怒馨悦瞧不起防风氏，面上笑容不减，给了馨悦一个软钉子："我这十来年一直住在青丘，帮奶奶打理生意，哪里管得动防风家的事？你若想管，自个儿去管！"

馨悦气得笑起来，反唇相讥："人还没真进涂山氏的门呢！别话里话外处处以涂山氏族长夫人自居！就算你……"

"馨悦！"璟温和却不失强硬地打断了馨悦的话。

小夭忙拣了块糕点给馨悦："这个可甜了，你尝尝。"

馨悦正在气头上，冷着脸，没有接。

玱玹道："你尝尝可好吃，若好吃，麻烦你给我和丰隆也拿些，如果有瓜果，也拿一些。"

馨悦这才脸色缓和，接过小夭的糕点，带着婢女出了门，去拿瓜果。

丰隆站起身，对意映行礼道歉："你千万别往心里去，馨悦被我娘惯坏了。"

意映满心怨恨，她哪里都不比馨悦差，可因为馨悦是神农氏，她就要处处让着馨悦，丰隆的道歉也不是真在意她的反应，完全是为了涂山璟。涂山璟又哪里好了？一个软弱的废物，只因为他是涂山氏未来的族长，人人都得让着他！一切都是因为身份！

意映细声细语地说："怨不得馨悦，是我自己轻狂了！"

丰隆看意映的气还没消，再次作揖行礼。

毕竟是未来的赤水族长，已经给足了面子，意映站起，回礼道："自家姐妹，偶尔拌几句嘴，实属正常，我再小气，也不至于往心里去！"

待馨悦拿着瓜果回来时，馨悦和意映都已经冷静下来，说说笑笑的，好像什么事都没有发生。

玱玹和丰隆一盘棋还没有下完，到了晚饭时间。

玱玹趁众人不注意，悄悄对小夭说："我和丰隆有事商量。待会儿你和馨悦待在一起，不要乱跑。我谈完了事，会派人去接你。"

小夭点点头，乖乖地跟在馨悦身边。

等她们用完饭，玱玹那边也谈完了事情。

馨悦亲自送小夭到门口，看着她和玱玹乘上云辇，才离开。

第二章
风露立中宵

　　小夭的生活好像恢复了在轩辕城时的日子，早上练习箭术，下午炼制毒药，每日安排得满满当当。

　　隔上几日，她会去找防风邶，学习箭术，一起去轵邑、泽州游玩。防风邶不愧是吃喝玩乐了四百年的浪荡子，对轵邑和泽州依旧很熟，每个犄角旮旯有什么好吃的、好玩的，他都能翻出来。两人结伴，享受着生活中琐碎简单的快乐。

　　轵邑、泽州距离五神山和轩辕山都很远，不管是高辛王，还是轩辕王，都显得有些遥远，见过小夭真容的人很少，只要穿上中原服饰，把肤色涂抹得黯淡一些，再用脂粉掩去桃花胎记，就变成了一个容貌还不错的普通少女。

　　和防风邶在一起时，小夭常常忘记了自己的身份，有时她甚至觉得她仍旧是玟小六，不过穿了女装而已。

　　小夭知道防风邶就是相柳，可也许因为这里不是战场，不管再冷酷的杀神，脱下战袍后，依旧过的是普通人的日子，所以，他只是一个没什么出息的庶子。

　　一个无权无势的庶子，一个灵力低微的普通少女，毫不引人注意。

　　两人走在街上，碰到贵族的车辇，会让路；被呵斥了，就温顺地低下头；被溅污了衣服，就拿帕子擦。

　　自从小夭恢复王姬身份，再没缺过钱，第一次碰到防风邶的钱不够时，小夭自然而然地想付钱，防风邶的脸色刹那间冷了，吓得小夭赶紧把掏出的钱袋又收了回去。防风邶一言不发地走出去，一会儿后拿着钱回来，估计是把什么随身的东西抵押或者卖掉了。

　　走出铺子后，防风邶很严肃地对小夭说："付钱是男人的事，你以后别瞎掺和！"

　　看着防风邶的脸色，小夭不敢笑，只能面色严肃，默不作声地忍着，可那一夜,紫金宫内时不时就会传出小夭的大笑声,小夭边捶榻边滚来滚去地笑,笑得肚子都痛。

自那之后,小夭就明白了,不管钱多钱少,只能邶有多少花多少。两人去吃饭,邶有钱时,他们就去好馆子;没钱时,两人就吃路边摊。

有一次吃完中饭,邶身上只剩了两枚钱,没有办法,两人只好先去赌场转一圈,才筹够了下午的开销。赌场的人见到防风邶,脸色很不好看,显然防风邶不是第一次到赌场打秋风,不过幸亏他有钱时,出手大方,也知道输一些,才不至于被赶出去。

小夭渐渐明白了相柳的意思,他没有假扮防风邶,他只是在做自己。于他而言,防风邶像一份有很多自由、不用天天上工的差事,他为防风家做事,防风家给他发工钱,工钱不够花时,他会去捞捞偏门。至于相柳于他而言算什么,小夭就不知道了,也不敢问。

◆

璟每隔三四日来神农山看一次小夭。

神农山很大,有太多地方玩,除了看守宫殿的侍女、侍卫,再没有人居住,十分清静。有时候他们在山间徜徉,有时候他们去水边游玩,有时候哪里都不去,两人在草凹岭的茅屋里待着。

紫金宫外就长了不少槿树,小夭常常摘了槿树叶,为璟洗头。

她把叶片泡在清水里揉出泡沫,用水瓢把含着泡沫的水一点点浇到璟的头发上。璟的头发十分好,比丝缎还光滑柔软,小夭喜欢手指滑过他头发的感觉。

也许因为她与璟的相识,就是她照顾他,小夭很习惯于照顾璟。有时候,小夭想起第一次给璟洗头的情形,觉得恍如做梦,那个发如枯草的人真是现在这个人吗?

她甚至想解开他的衣袍,查看一下他身体上是否真有那些丑陋可怖的伤痕,可她不是玟小六,他也不是叶十七,她不敢。

小夭从不隐瞒自己的行踪,璟知道小夭常去见防风邶,却什么都没问。

其实,心底深处,小夭希望璟问,可也许因为璟觉得自己还没有资格干涉小夭,什么都没问。他甚至从没有提起过防风邶和相柳的相似,不知道是他调查过没怀疑,还是他觉得压根儿不重要。

既然璟不提,小夭也就什么都没解释。

就这样,平平静静地过了一年。

◆

经过四年的练习,小夭的箭术已有小成,原来的弓箭不再适用。防风邶带小夭去涂山氏开的兵器铺子选购新的弓箭。

小夭知道好的兵器价值不菲,如果想让店家拿出来给他们看,自然不能穿得太寒酸,特意穿了一套好布料的衣衫。

防风邶让伙计把所有金天氏打造的弓箭都拿出来,伙计听他们口气不小,悄悄打量了一番防风邶和小夭,把他们领进能试用兵器的后院。

小夭拿起弓,一把一把地试用,仔细感受着每一把弓的不同。一张红色的弓,小夭拉了一次没有拉开,她觉得不适合自己用,放到了一边。

防风邶却拿了起来,递给她:"再试一次。"

小夭两脚站稳,对准远处的人形靶子,凝神再拉,依旧没有拉开。

防风邶走到她身后,握住她的手,轻轻牵引了她一下,小夭拉开了弓。

小夭射出箭矢,正中木头人的胸口。

小夭惊喜地说:"就这把弓。"

"二哥、小夭。"意映笑叫。

小夭回头,看到璟和意映走了过来。虽然璟一直知道小夭和防风邶常见面,可这是大家第一次狭路相逢。小夭没觉得有什么,坦然地笑了笑。璟看了一眼小夭和防风邶,安静地站在一旁。

意映好笑地看着几乎半搂着小夭的邶:"我们也来买兵器,没想到能碰到你们,二哥是要教小夭学射箭吗?"

邶松开了小夭的手,漫不经心地说:"是啊!"

意映瞅着邶和小夭,笑得十分暧昧。小夭明白她的想法,因为四年前,她也是这想法,认为教授箭术只是邶接近女子的手段。

意映看到案上的弓箭,随手拿起一把弓,拉了拉,赞道:"不愧是金天氏铸造的兵器,对得起它们的天价。"

小夭忽然想起了洞穿玱玹胸口的那一箭,笑道:"一直听闻你箭术高超,在我眼中,邶已经很厉害,可他都说自己的箭术不如你,今日可能让我开开眼界?"

意映盯着假山上的木头人靶子半晌没说话,小夭正要自己找台阶下,意映抿着唇笑了笑，说道："有何不可呢？"

她拿起一支箭，缓缓拉满了弓。刹那间，意映整个人的气质截然不同了，她凝视着远处的人形靶子，眼中尽是凛凛杀气，紧闭的唇压抑着满腔恨怨，就好似她箭头瞄准的不是木头人靶子，而是一个真正让她憎恶的人。

嗖一声，箭离弦，贯穿了木头人的咽喉，小夭都没看到意映拿箭，又是快若闪电的两箭，贯穿了木头人的两只眼睛。意映姿势未改，只唇角透出一丝发泄后的冷酷笑意。

一瞬后，她才身体松弛，恢复了娇弱的拂柳之姿，笑道："献丑了。"

小夭的身子有点发冷，却笑得明媚灿烂，鼓掌喝彩，一派天真地对邡说："你可要好好教我，我也要像意映一样厉害。"

意映看着小夭，眼中的不屑一闪而逝。邡倚着廊柱，懒洋洋地说道："这箭法你可永远学不会。"

意映笑嗔道："二哥，哪里有徒弟还没泄气，师傅就先打退堂鼓的呢？好好教王姬！"

意映挑选的两把匕首送了过来，她确认无误后，伙计把匕首放回礼盒，仔细包好。

伙计当然不可能知道璟和意映的身份，却非常有眼色地捧给了璟，等着璟付账。

意映一边随意打量陈列出的兵器，一边漫不经心地说："璟，麻烦你帮二哥把弓箭的钱一起付了吧！"

那种理所当然一下子让小夭很不舒服。小夭也不知道为什么，反正就是觉得这一刻任何一个男人都可以为她付账，唯独璟不行！

小夭从伙计手里拿过包好的弓箭，塞进邡怀里，带着点撒娇，笑眯眯地说："如果是璟公子付钱的话，那不就成璟公子送我的了吗？"

邡盯着小夭，眼神很冷。

小夭咬着唇，慢慢地低下了头，相柳不是任何一个男人，她犯大错了！

邡的眼神依旧冷着，唇边却带着笑意，掏出钱付账，对璟和意映抱歉地说："心意我领了，不过这是我要送给小夭的弓箭，自然不能让你们付钱。"

意映笑起来，向小夭道歉："真是不好意思，是我太粗心了。"

邡对璟和意映说："你们慢慢逛，我们先走了。"

小夭跟在邡身后，亦步亦趋。

邺把弓箭扔给小夭，冷冷地说："把钱还给我。"

小夭掏出钱袋，邺一文不少、一文不多地拿走了刚才买弓的钱。

街角有两个乞丐在乞讨，防风邺把刚从小夭手里拿来的钱，放在了他们面前。两个乞丐的眼睛惊骇地瞪大。

邺微微一笑："赠给你们。"说完，扬长而去。

他看似步履从容，却很快就消失不见，显然没打算再理会小夭。

小夭看着那两个兴高采烈、抱头痛哭的乞丐，清楚地明白了相柳的意思。

◆

晚上，九尾小白狐来找小夭，小夭用被子蒙住头，没有理它。

过了很久，小夭从被子里探出脑袋，小白狐依旧守在榻旁。它歪着脑袋，黑溜溜的眼睛专注地盯着小夭，好似不明白小夭为什么要和它玩捉迷藏。

小夭对它说："走开！"它眨巴眨巴眼睛，也不知道听懂没有。

小夭挥手赶它，可它根本没有实体，小夭的手从它的身体中穿过，它依旧摇晃着九条蓬松的尾巴，乖巧地看着小夭。

小夭吞了颗药丸，背对着它呼呼大睡。

清晨，小夭醒来，迷迷糊糊地翻了个身，一睁眼，小白狐仍蹲在榻头，捧着小爪子专注地看着她。

小夭呻吟："你怎么还在？"

因为它的存在，小夭都不敢出屋子，只叫了珊瑚一人进来服侍。

珊瑚看到小白狐，伸手去抱，却从小白狐的身体中穿过，原来是个虚体："这是什么法术变出的九尾白狐，真是太可爱了！"

小夭起身洗漱，吃早饭，小白狐亦步亦趋地跟着她。

一整天，不管小夭做什么，小白狐都跟着她，小夭被黏得彻底没了脾气。

晚上，小夭和九尾小白狐面对面而坐。

小夭双手捧着头，在犯愁，一夜一日小白狐都没离开，璟那个傻子不会一直在草凹岭傻等吧？小夭有点赌气地想，如果我一直不出现，难道你真能永远等下去？这世上，谁都不能等谁一辈子！

九尾小白狐两只小小的爪子捧着尖尖的狐狸脸，一双黑溜溜的大眼睛专注地看着小夭，好似也很犯愁。

玱玹的声音突然传来："小夭！"

珊瑚应道："王姬在里面。"

小白狐好似很清楚它不能得罪玱玹，瘪着嘴哀怨地看了小夭一眼，摇摇九条尾巴，扑哧一声，烟消云散。

玱玹快步走了进来，小夭问道："怎么了？"

玱玹说："今日，璟和意映去参加朋友的宴席，从朋友家出来时，遇刺了。"

小夭跳了起来，心慌地问："他、他……怎么样？"

玱玹扶住小夭，说道："伤势应该很严重，我收到的消息是两柄浸毒的长枪刺中了璟的要害。涂山氏封锁了消息，目前还不知道璟的生死，我已经拜托丰隆去查探……"

小夭推开玱玹的手，跌跌撞撞地往外跑。玱玹急问道："小夭，你去哪里？"

"我去找璟。"

玱玹抓住了她："就算你赶到青丘，也见不到他，不如等丰隆……"

小夭说："我不去青丘，我想去的地方就在神农山。"

玱玹看到小夭急切的神色，立即召来坐骑："我带你去。"

在小夭的指引下，玱玹驱策坐骑，飞到了草凹岭。

山岚雾霭中，璟站在茅屋的门口，一动不动，好似变成了一根柱子。

小夭松了口气，半喜半嗔，骂道："真是个傻子！"

玱玹诧异地说："是璟？"

未等坐骑停稳，小夭已飞快地冲了过去。

璟看到小夭，恢复了几分生气，冲着小夭笑："你来了！"

在山岚雾霭中站得太久了，璟的袍摆湿漉漉的，鬓角都凝着露珠。小夭不禁又是气又是笑，捶了璟几下："你个傻子，吓死我了！"

玱玹想起璟为他锻造的那个能以假乱真的傀儡，明白过来，问道："你一直在神农山？外面的那个璟是你的傀儡？"

璟道："昨日下午我进山后，就没出去。本来今天要去一个朋友家赴宴，但我没见到小夭，就让傀儡去了。"

玱玹一时间辨不清心中滋味，璟活着对他有百利而无一害，刚听到璟遇刺的消息时，他明明很不高兴，这会儿看到璟活着，他却也高兴不起来。玱玹笑道："你平安就好，快快回去吧！你的傀儡受了重伤，青丘都乱成一锅粥了。"

小夭央求道："哥哥，我想和璟单独待一会儿，就一会儿。"

玱玹笑了笑，转身就上了坐骑："我先回去，待会儿让潇潇来接你。"

小夭看珧玹的身影消失在云雾中，转过身看着璟。

璟猛然抱住了小夭，他身上的凉意一下子浸没了小夭。小夭抱住他，轻抚着他的背，像是要让他暖和起来。

经历了一场惊吓，小夭也没心思闹别扭了，低声道："我不来见你，不是因为我心里有了别人，只是因为我不高兴了，你说你会取消婚约，兵器铺里的事，算什么？"

"一个朋友邀请我和意映去做客，朋友喜欢收集匕首，我打算去买两把匕首，半路上遇到意映，她硬跟了过来。"

"你究竟有没有正式和意映提出取消婚约的事？"

璟说道："意映明明对我越来越冷淡，我本打算找个机会，和她商量一下取消婚约的事。可上次丰隆生辰，从小炎斧府回去后，她突然转变了态度，不但对我分外殷勤，还对奶奶说她常常被人嘲笑，暗示奶奶应该尽快举行婚礼。奶奶本来就觉得对不起她，看她实在可怜，竟然反过来劝我，让我给意映一个名分，说就算我喜欢其他姑娘，大不了都娶回家。"

小夭用力推了璟一下："你做梦！"

璟忙抓住她："我当然没有答应奶奶了！我看没有办法说服奶奶，就去找意映。只要她同意退婚，奶奶也没有办法。我告诉意映，我已经有意中人，想取消我们的婚约，不管她要求什么补偿，我都会做到。可意映竟然说，她不介意我多娶几个女人。"

小夭笑起来："真没想到，意映竟然如此大度！我看你就娶她算了，日后妻妾成群，享尽风流。"

璟痛苦地说："小夭，你别讥嘲了！难道你不明白吗？正因为她根本对我无意，才什么都不介意，她想要的只是涂山氏族长夫人的身份！"

小夭敛了笑意，问道："后来呢？"

"意映知道了我想取消婚约，跑去奶奶面前大哭了一场，说当年她父亲想要退婚，她穿着嫁衣私自跑来青丘时，就没想过再离开青丘，如果我非要赶她走，她只能一死了之。还说什么她知道自己不够好，愿意和其他妹妹一起服侍夫君、孝敬奶奶……奶奶现在觉得我在无理取闹，根本没有必要退婚，意映能干大度、温柔贤惠，她完全帮着意映。"

小夭说："你就和她们僵持住了？"

璟无奈地点了点头："我没有办法取消婚约，她们也没有办法逼我迎娶意映。"

小夭叹了口气，果然如珧玹所说，璟想退婚，并不容易。

璟道："小夭，你别生气！给我一些时间，我一定会想到法子解决。"

潇潇驾驭坐骑，从悬崖旁一掠而过，显然在催促小夭，应该回去了。

小夭说道："我承诺了等你十五年，只要你没娶亲，我就会做到。意映的事先不紧要，听哥哥说，这次有十几个刺客袭击你，你觉得会是谁？是篌吗？"

"能在青丘刺杀我，只能是他，可……"璟蹙眉，"大哥不是这么沉不住气的人，怎么会突然出此昏招？我回来后，他一直很谨慎，几次动手都很隐秘，让人抓不住一点错处。今日究竟受了什么刺激，突然不惜一切代价想要杀死我？难道不是大哥？"

小夭说道："不管是不是他，反正有人敢光天化日下在青丘行刺你，你仔细想想如何保护好自己吧！我当年花费了那么多心血救你，不是让你去送死！"

"你放心，我虽然不想杀大哥，可也绝不会再让大哥来伤我。他这次闹得这么难看，我正好趁机彻查，把他在族中经营的势力压制下去，这样也防止涂山氏再有人给玱玹添乱。"

小夭说："反正你一切小心。"

璟说："我知道。"

潇潇又飞了过来，小夭说："我走了，再不回去，玱玹该生气了。"

小夭招手让潇潇落下，跃上了坐骑。

璟目送着她，直至身影全无，才依依不舍地离开了。

◆

第二日，小夭从玱玹那里知道，这次刺杀布置周密、来势汹汹，如果不是璟恰好用了傀儡，很难说能否逃生。

几日后，涂山氏传出消息，璟已无生命危险，但究竟是谁刺杀璟，却一直没查出眉目，成了一桩无头公案。

私下里，只有篌和璟两人时，篌张狂地承认了是他派人去刺杀璟，让璟来找他算账。

璟依旧狠不下心除掉篌，不过，他开始剪除篌的羽翼。

随着清查刺客，涂山氏的不少铺子都换了主管，这场风波持续了三个多月才慢慢平息。

涂山氏的商铺遍布中原，从男人用的兵器到女人用的脂粉，什么生意都做。篌支持德岩和禹阳，自从玱玹来到中原，涂山氏的人一直在监视和打压玱玹。

这次璟出手，玱玹和丰隆的压力大大减轻。

丰隆悄悄来神农山时，大笑着对玱玹说："刺杀得好！往日看着篌不算个笨蛋，怎么这次走了这么昏的一招，完全不像他的行事风格，简直像个气急败坏的女人突然发了疯。"

玱玹笑道："你就会事后叫好！当时听闻璟出事时，你怎么不这么说？公然刺杀这招虽然走得有些急，却是最狠毒有效的一招，一旦成功，篌不仅铲除了璟，还可以像璟如今一样，以追查凶手的名义，把璟的所有势力连根拔除，干净利落地掌控涂山氏。"

小夭听到丰隆和玱玹的对话，心里一动，眼前浮现出那日在兵器铺子，防风意映挽弓射箭的画面。可仔细分析，璟若死了，篌会继任族长，就算防风意映愿意捧着灵位成婚，她也只能在一个冷清院落里，守节终老，得不到一丝好处。只有璟活着，意映才能当族长夫人，才能得到她想要的一切。

小夭摇摇头，不可能是意映！

小夭暗责自己，不能因为璟，就把意映往坏处想。意映对璟虽无男女之情，可她和璟休戚相关，无论如何，也不至于想杀璟。

◆

紫金顶，阳光明媚的早上。

小夭守在火炉前，脸颊发红，额头有细密的汗珠。

她看时间差不多了，戴上手套，打开锅盖，将模具取出，全部放入冰水里冰着。待模具里的汁液凝固，小夭将模具倒扣，一个个凝结好的东西摆在案上，有的粉红，有的翠绿，有的嫩黄。

玱玹悄悄走进"炼药室"，看小夭在凝神做事，他未出声叫她，站在屋角，静静地看着。案上的东西色泽晶莹，却形状怪异，有的像撕裂的花瓣，有的像半片叶子，实在看不出是什么东西。

小夭拿出一个长方形的琉璃盘，上下两端和左右两侧是黑灰色，中间是白色，犹如一幅摊开的卷轴画，只是白色的画布上还什么都没有绘制。

小夭用小刷子蘸了透明的汁液，把雪白的盘子刷了一遍。

小夭洗干净手，把手放在冰水里浸了一会儿，用雪白的布擦干净。她一手拿起刚才用模具凝结的东西，一手拿着小刻刀，一边雕刻，一边把东西轻轻放到白色的琉璃盘上，就好似在白色的画布上绘画。

玱玹很是好奇，轻轻走到了小夭身后。只看小夭细长的手指灵巧地忙碌着，渐渐地，白色的托盘上，生出了绿色的荷叶，叶上的露珠好似马上就要滚落，粉色的荷花也长了出来，嫩黄的花蕊若隐若现，刚结的莲蓬娇羞地躲着，两条鲤鱼在花间戏水。

　　不知不觉一上午过去，一幅锦鲤戏莲图出现，除了没有声音，连荷的清香都是有的。

　　小夭仔细看了看，满意地笑起来。

　　玱玹鼓掌，赞道："色香味俱全，看得我都想吃一口。"

　　小夭做了个鬼脸，笑道："全是毒药。"

　　玱玹摇头："也不知你这是什么癖好？竟然把毒药当成美食去做，你的炼药室完全就像个厨房。"

　　小夭小心翼翼地把卷轴琉璃盘端起，放入一个精美的木盒，再把盒子盖上，用白绸包好。

　　玱玹诧异地说："你不会把这东西送人吧？"

　　小夭笑笑："秘密。"

　　玱玹叹气："真不知道你是喜欢此人还是憎恶此人。"

　　坐了一上午，腰酸背痛，小夭一边捶着自己的腰，一边问道："你怎么有空来看我做药？"

　　玱玹说："我有事和你商量。"

　　小夭收了嬉笑的表情："你说。"

　　"丰隆约了你好几次，你都推掉了？"

　　"嗯。"小夭眼珠子转了转，歪着头问："你希望我答应？"

　　玱玹点了下头，小夭不解："不是有馨悦吗？你们若决定了要向天下宣布结盟，你娶了馨悦不就行了！"

　　"馨悦是馨悦，她是神农氏。丰隆是丰隆，他是未来的赤水氏族长。你则是你，高辛王和轩辕王的血脉。"

　　小夭蹙眉："你不会是希望我嫁给丰隆吧？"

　　"丰隆有什么不好呢？"玱玹倒是真的不解，涂山璟有婚约，防风邶浪荡不羁，丰隆和他们比起来，好了太多，要人有人，要才有才，要家世有家世，小夭却宁可和防风邶去荒山看野花，也不愿和丰隆去神山赏名卉。

　　小夭干笑两声："如果我说出来，你先保证不会揍我。"

　　玱玹无奈："看来不会是好话，好吧，我保证不会揍你。"

小夭笑嘻嘻地说："丰隆没有什么不好，只是他有点像你，凡事算得太清楚，他想见我，并不是说我在他心里有多好，不过是他把身边的所有女子比较了一番，觉得我最适合做他的夫人。"

㱎玹举起拳头，作势要捶小夭："因为像我，你就不要？"

小夭闪躲："说好了不揍人的。"

㱎玹还是敲了小夭的头一下："身在他那个位置，不可能不计较。虽然有比较衡量，但不见得没有真情实意。"

小夭不满地瞅着㱎玹："你真要帮丰隆啊？你到底是我哥哥，还是他哥哥？"

㱎玹叹了口气："我当然是你哥哥，如果你真不喜欢他，我不会勉强，我也勉强不了。但你就算是给我几分面子，好歹和丰隆接触一下。馨悦为了这事，已经拜托了我好几次。丰隆骨子里还是有些傲气的，不好意思明说，但显然也是希望我帮忙撮合。"

小夭思索了一瞬，问："你在中原是不是离不开丰隆的支持？"

㱎玹点了下头，把小夭拉到怀里，在小夭耳边低声说："我在秘密练兵。"

小夭一时间屏住了呼吸。

修建宫殿，必然需要大量钱财，材料由涂山氏提供，价格可以作假，人工也可以作假，养兵的钱解决了。工匠进进出出，征募的士兵自然可以进入神农山，神农山连绵千里，借助阵法，藏兵没有丝毫问题。有了丰隆的帮助，在中原可以神不知鬼不觉地征募士兵，不过以㱎玹的性子，必然不会完全依赖丰隆。

细细想去，一切都解决了，可是如果……如果被外爷知道了……是死罪！

小夭看着㱎玹，㱎玹笑了笑，眼中是义无反顾的决然。

㱎玹道："四世家的族规传承了数万年，要求子孙明哲保身，不得参与任何争斗，也许适合璟那样的人，却束缚住了丰隆的手脚，丰隆早已不耐烦听老顽固们的训斥。我是离不开丰隆，不过，丰隆也离不开我。只有明君，没有能臣，霸业难成；没有明君，能臣再有才，也只能埋没。只有明君和能臣互相辅助，才能成就千秋霸业，万载声名。"

小夭说："我会把丰隆看作朋友，见面、说话、一起玩都可以，但我肯定不会嫁他。"

㱎玹笑道："这就够了。至于以后的事，谁都说不准，顺其自然吧！"

小夭笑说："那我过几日去找丰隆玩。"

㱎玹轻轻咳嗽了两声，尴尬地说："馨悦邀请你去小炎夆府住一段日子。"

也不知是丰隆的意思，还是馨悦另有打算，在撮合丰隆和小夭这事上，馨悦不遗余力。

小夭问:"玱玹,你真的会娶馨悦吗?"

玱玹边思索边说:"看她的意思!如果她愿意嫁,我会娶,毕竟她是神农王族的后裔,娶了她,对所有的中原氏族来说,无疑是一颗定心丸。统御天下需要刚柔并济,刚是要有绝对的力量去征服一切,柔却是这些看似无聊,实际非常必要的手段。"

小夭叹了口气:"既然是未来嫂嫂的邀请,那我去吧,得趁早搞好姑嫂关系。"

玱玹凝视着小夭,眼神非常复杂。

小夭纳闷地问:"我说错什么话了吗?"

玱玹垂下了眼眸,笑道:"早知道你会为这个理由答应,我废话那么多干吗?为了说服你,连自己的秘密都交代了。"

"后悔也晚了!我这会儿要出去一趟,先让珊瑚帮我收拾衣物,明天就搬去馨悦那里。"小夭推着玱玹往外走,"我这'厨房'里到处都是毒,我不在的时候,你千万别进来。"

◆

歌舞坊内,舞伎在轻歌曼舞。

小夭赔着笑脸,把白绸包着的大盒子放在防风邶面前。

邶扫了一眼,漫不经心地问:"什么玩意儿?"

小夭说:"你打开看看。"

邶摇晃着酒樽,说道:"我在喝酒。"

小夭握拳,忍、忍、忍!她松开了拳头,把包好的白绸解开。

小夭说:"打开盖子。"

邶依旧没有兴趣伸手,一边啜着酒,一边看舞伎跳舞。

小夭无可奈何,只能自己打开了盖子。做的时候,为了那股荷花的清香费了不少心神,可这会儿,周围的脂粉气、酒菜香都太浓烈,荷花的清香一点不显。

小夭兴冲冲而来,本来有一肚子话要说,炫耀荷花是什么毒做的,莲蓬是什么毒做的,现如今看着那一幅"锦鲤戏莲图"只觉索然无味,什么都懒得说。端起酒樽,开始喝闷酒。

邶终于把目光从舞伎身上收了回来,看向案上。一幅摊开的卷轴图,潋潋清波中,团团翠叶,露珠晶莹,荷花半谢,莲蓬初结,一对锦鲤在莲下嬉戏,鱼唇微张,好似在等着莲子落下,赶快去抢吃。

邶凝目看了一会儿,拿起木勺,吃了一口荷叶。

一口又一口，一会儿荷叶，一会儿锦鲤，一会儿莲蓬……慢慢地，他把一幅"锦鲤戏莲图"几乎全部吃完了。

小夭呆看着他："你、你别撑着自己。"

邶扫了她一眼，小夭立即闭嘴。

邶吃完最后一口，把勺子放下，喝了一樽酒，淡淡说："不错。"

小夭看着吃得空空的琉璃盘，高兴起来，得意地说："天下能把毒药都做得这么好吃的人只有我！"

邶笑嘲："天下也只有我能欣赏你的好厨艺！"

小夭可不接受打击："得一知音足矣！"

邶似笑非笑地看着小夭，什么都没说。

小夭问："可以继续教我箭术了吗？"潜台词是——不生我的气了吧？

邶喝完樽中酒，说："我要离开一段日子，等我回来。"

小夭猜到，他是要回清水镇，虽然一直没有战事，可他毕竟是神农义军的将军，还是有不少事要他定夺。

小夭忍不住长长叹了口气，低声嘟囔："如果你一直都是防风邶，该多好！"

邶好像什么都没听到，放下酒樽，起身离去，身影消失在重重帘幕中。

第三章
岁月静好与君同

清晨，小夭搬去小炎桼府。

小夭本打算只带珊瑚一个婢女，可玱玹又给了她个婢女，叫苗莆。小夭猜到是他训练的暗卫，什么都没说地收下了。

小炎桼的夫人并未居住在这里，馨悦说她娘常年在赤水，所以小炎桼府里的女主人就是馨悦。

馨悦知道小夭的性子有些怪，玱玹又一再叮咛她不要束缚住了小夭，所以馨悦给小夭安排了一座独立的小院，除了小夭带来的两个婢女珊瑚和苗莆，只有两个洒扫丫头，还不住在院内。

小夭对馨悦的安排十分满意，馨悦放下心来，留下两个婢女收拾屋子，她带着小夭逛小炎桼府，让小夭熟悉一下她将要生活的地方。

晚上，小夭第一次见到大名鼎鼎的小炎桼，是个身材魁梧、五官英朗的男子，可也许因为常年政事缠身、案牍劳神，纵使温和地和小夭说着话，他的眉头也是紧锁着，透着疲惫。

小炎桼和小夭说了一会儿话，叮嘱馨悦好好款待小夭后，就离去了。

馨悦轻轻地吐了口气，对小夭说："是不是很沉闷？不过，别担心我爹，他忙得很，我都是好几天才能见他一面，若哪里有事，他赶去处理，几个月见不到也正常。这府邸虽大，平日里其实就我在家。"

馨悦拉住小夭的手："我哥哥也是大忙人，尤其你哥哥来了之后，他更是忙得连影子都抓不住，很多时候，我想找人说话都找不到，我觉得你在紫金顶只怕和我一样，所以我才请你哥哥让你住过来，至少我们两个能做个伴。"

小夭笑点点头："好。"

馨悦说:"虽然你年纪比我大,可我总觉得你什么都不多想,我却事事操心,倒像姐姐。你不要和我客气,就把这里当你家,不管想要什么、想玩什么都和我说。"

小夭笑道:"我哪里什么都不想?其实该想的都想了。"她只是什么都不想要,所以给馨悦的感觉是什么都不多想。

小夭和馨悦一起用完晚饭,两人又说了一阵子话。

馨悦也是个健谈的,把她小时候的事情讲给小夭听。小炎齐掌管中原后,哥哥在赤水,她和娘留在轩辕城,她是在轩辕城长大的,所以她对轩辕城很有感情,也去朝云殿玩耍过。

小夭听着听着,反应过来,其实馨悦和她娘是人质,估计那个时候轩辕王还未完全信任小炎齐,所以一边把中原交托给了小炎齐,一边却扣押了他的妻子和女儿。想来馨悦也是明白的,但她什么都不提,只讲着轩辕城的趣事,自己哈哈笑,小夭也笑得前仰后合。

等馨悦离开,小夭躺在榻上,才意识到,馨悦竟然是她的第一个闺中女友。扮了几百年的男子,没机会和女子这么亲近,恢复了女儿身后,身份特殊,一般人不敢接近,阿念虽然是她妹妹,可两人在一起不要打架就不错了,哪里可能像今晚一样,边聊边笑?

这种少女间交谈的感觉和小夭与其他人说话的感觉完全不一样,小夭觉得挺喜欢。

在小炎齐府住下后,小夭感觉很不错。

虽然馨悦比她年纪小,可馨悦做女人的时间要比她长得多。在小夭的成长中,缺乏一个成年女性的引导,小夭跟着馨悦,还真有点像是妹妹跟着姐姐,馨悦教小夭如何调和胭脂,分析小夭适合什么样子的发髻,帮她染脚指甲,告诉小夭,男人更喜欢偷看女人的脚,一定要好好保养脚。

小夭把以前在轩辕城买的花露拿出来,兑以药草,帮馨悦调制了四种很特别的香气,让她春夏秋冬分开用,馨悦高兴得不得了。

丰隆也很有礼貌,即使想接近小夭,可知道小夭刚住到府里,所以一直都回避着。直到小夭熟悉后,他才偶尔和馨悦一起来看小夭。他处理得大方自然,小夭把他看作朋友,平常心对待。三人一起说话玩耍,不觉尴尬沉闷,反倒很有意思。

搬到馨悦这里，练习箭术倒没什么，别人看到也只当她在玩，只是不方便再炼制毒药。小夭有些不习惯，只能翻看医书，炼制些药丸，聊胜于无。

一日，小夭正在配置药草，馨悦来找小夭，笑道："有个事要提前征询一下你的意思。璟哥哥要来轵邑，我哥哥小时候曾跟着他学习过，两人同吃同住，一直交好。虽然璟哥哥在轵邑多的是宅邸，可只要哥哥在轵邑，都会邀请他住过来，但这次你在，哥哥怕你介意，所以让我来问一声。"

小夭缓缓道："这么大的府邸，自然是人越多越热闹越好。"

馨悦拍手："和我想的一模一样，我就和哥哥说，你看着冷淡，不容易接近，可实际真相熟了，十分随和健谈。"

馨悦道："你忙吧，我赶紧派人给哥哥送消息，还要去把璟哥哥住的园子收拾好，等璟哥哥到了，我再来找你。"

小夭看着手中的药草，突然想不起来，自己刚才想干什么。

傍晚，馨悦来叫小夭："璟哥哥住的那个院子叫木樨园，在一片木樨林中，每年秋天，香气馥郁，林下坐久了，连衣衫上都带着木樨香。今晚我们就在木樨园用饭，既是朋友相聚，也是赏木樨花。"

小夭说："好。"

馨悦带着小夭往木樨园行去，小夭问："意映来了吗？"

"没有。"馨悦撇撇嘴，欲言又止，看看四下无人，说道，"这事就咱们姊妹私下说，千万别再和人提起。"

小夭还不知道这是女孩子讲别人闲话时的必备开场白，十分郑重地承诺："好。"

馨悦压着声音说："其实，璟哥哥很可怜，意映并不喜欢璟哥哥。"

小夭愣住："你怎么知道？意映告诉你的？"

"意映怎么可能和我说这种话？璟哥哥的娘是暳氏，我外祖母也是暳氏，我外祖母是他娘的亲姑姑，璟哥哥的外祖母是赤水氏，是我外祖父的大堂姐，我们和璟哥哥可是正儿八经的亲戚。意映算什么？"馨悦眼含不屑，"如果意映不是璟哥哥的未婚妻，我怎么可能和她走得那么近？"

"那你怎么知道……"

"女子喜欢一个人时可以藏得很深，甚至故意做出讨厌的样子。可真讨厌一个人时，再掩饰也会从小动作中流露出来。有一次璟哥哥远远地走来，一瘸一拐，意映异常冷漠地看着璟哥哥，那个眼神……充满了鄙夷厌恶，我都打了个寒战。意映发现我在看她后，立即向着璟哥哥走去，亲热地嘘寒问暖，可自那之后，我就暗自留了心，越是仔细观察，越是验证了我的猜测。"

小夭以为只有自己看到过意映对璟的鄙夷憎恶，没想到馨悦也看到过，意映不是不小心的人，只能说明，她真的很讨厌璟。

馨悦说："还有件事我印象很深。有一次我们一群人去山里玩，男子们都去狩猎，璟哥哥因为腿脚不方便，没有去。意映却和另外几个善于狩猎的女子随着男子们一块儿出去狩猎了。小夭，你说，如果是你的心上人因为腿脚不方便不能去狩猎，你会怎么做？"

小夭低声说："我会陪着他。"

馨悦说："就是啊！所以我说璟哥哥可怜，后来我哥都带着猎物回来了，意映却还在山里玩。我看璟哥哥孤孤单单，半打趣半责怪地说，璟哥哥把自己的女人纵容得太贪玩了。我哥那个傻子哪里明白，再贪玩的女人，如果心系在了男人身上，自然会守着自己的心。"

小夭喃喃说："既然那么讨厌，为什么不取消婚约呢？"

馨悦冷哼："取消婚约？她才舍不得呢！意映生得美，又自恃有才，做什么都想拔尖，可惜她再要强，也只是防风家的姑娘，中原六大氏的女孩子压根儿不吃她那一套，见了她都淡淡的，压根儿不带她玩。那时候，我还小，她就小心接近我，和我玩好了，中原六大氏的姑娘才不得不接纳了她，别人见她和我们玩得好，自然都高看她一等。后来也不知道怎么回事，璟哥哥的娘相中了她，把她定给了璟哥哥，她一下子就不一样了，对我也不再像以前一样言听计从、软意奉承。那时，我已经懂事，觉得没什么可介意的，毕竟她是将来的涂山氏族长夫人，我自然也得使点手段，笼络住她。"

木槿园已经快到了，馨悦再次叮咛小夭："千万别和别人说啊！"

"嗯，你放心。"

馨悦让婢女把酒席摆在了木槿林中，估计以前就曾如此玩乐过，有一整套木槿木雕的榻、案、屏风、灯。灯不是悬挂起来，而是放在每个人的食案上，一点微光，刚好能看清楚酒菜，丝毫不影响赏月。

坐席上，放着两张长方的食案，中间摆着一个圆形的酒器，盛满了美酒。璟和丰隆已经在了，各自坐在一张食案前，正好相对。馨悦拉着小夭高高兴兴地走过去，她自小就认识璟，也未行礼，只甜甜叫了声"璟哥哥"。

小夭朝丰隆笑笑，坐在了璟旁边。馨悦不好再让小夭起来，只好坐到了小夭对面，和丰隆同案。

馨悦吩咐侍女都退下，不要扰了他们自在。

丰隆笑指指酒器，对小夭说："你酒量好，今日可别客气。"

小夭和他已混熟，笑嗔道："别乱说，别人听了还以为我是酒鬼。"说着话，却已经自己动手舀了一勺酒，倒在酒杯中。

小夭给丰隆和馨悦敬酒："谢谢二位款待。"

三人同时满饮了一杯。

小夭又给璟敬酒，却什么都没说，只是举了举杯子，一饮而尽，璟也饮尽了杯中酒。

丰隆回敬小夭，小夭毫不推拒地饮完一杯。

馨悦笑道："小夭，你悠着点。"

小夭挥挥手，说道："放心吧，放倒你们三个不成问题。"

丰隆大笑起来："行，我们就看看你能不能一个人放倒我们三个。"

婢女捧了琴来，馨悦道："本不该在璟哥哥面前乱弹琴，可是只吃酒未免无趣，正好这几日我新得了一支曲子，就献丑了。"

小夭笑着调侃："可惜玱玹不在，没有人和你琴箫合奏。"

馨悦脸红了，啐道："和你不熟时看你清冷少言，没想到一混熟了如此聒噪烦人。"

小夭举起酒杯："我自罚一杯，给妹妹赔罪。"

馨悦坐到琴前，抚琴而奏。

小夭对丰隆举杯，两人连着饮了三杯，小夭又给璟敬酒，也是连饮了三杯，丰隆竟然陪饮了三杯。

丰隆给小夭敬酒，两人又是连喝了三杯。

待馨悦奏完曲子，小夭笑着点点丰隆，说道："今晚第一个醉倒的肯定是你。"

丰隆豪爽地说："饮酒作乐，不醉还有什么意思？和你喝酒很爽快，够痛快！"

小夭对婢女叫："上酒碗！"

丰隆喜得直接扔了酒杯："好！"

婢女倒满酒碗，小夭和丰隆各取了一碗酒，咕咚咕咚喝下，同时亮了亮碗底，笑起来。

馨悦无奈地摇摇头，对璟说："以前就我哥一个疯子，现在又来了一个，以后可有得热闹了。"

丰隆对小夭说："再来一碗？"

"好啊！"小夭爽快地和丰隆又喝了一碗。

丰隆走到空地处："我来舞狮助酒兴。"他手一挥，一只水灵凝聚的蓝色狮子出现，栩栩如生地盘踞在地上，好似随时会扑噬。

丰隆对馨悦说："妹妹。"

馨悦展手，凝出一个红色的火球，将球抛给了丰隆，小夭这才知道馨悦修炼的是火灵，丰隆却好像是罕见的水火兼修。

丰隆展臂、伏身、踢腿，像是踢毽子般，把火球踢得忽左忽右，时高时低，狮子追着火球，时而高高跃起，时而低低扑倒。

馨悦故意使坏，时不时把火球往狮子嘴里送，丰隆却显然技高一筹，总会及时补救，不让狮子吃到球。水火交映，流光飞舞，煞是好看。

小夭鼓掌喝彩，又去拿酒杯，璟挡住了她，低声问："你是高兴想喝，还是难过想喝？"

小夭说："我又难过又高兴。"难过意映竟然那样对璟，高兴意映竟然这样对璟。

璟不解地看着小夭。

小夭悄悄握住了璟的手，她的眼睛亮如星子，盈出笑意，比她身后的流光更璀璨。

璟不禁呆看着她，小夭回头看，丰隆在醉舞狮子，馨悦笑嘻嘻地拨动火球，给丰隆添乱，两人一时间都没看他们。小夭用力拽璟的手，璟的身子向前倾，小夭借了一把力，半直起身子，飞快地在他脸颊上亲了一下。

小夭又甜蜜喜悦，又心慌意乱，飞快地转身，一边偷眼去看馨悦有没有看到，一边装作什么都没发生地去舀酒。

可没料到，她拽得用力，松得突然，璟又一瞬间脑中一片空白，砰一声，璟竟然跌倒在坐榻上，带着酒杯翻倒，叮叮咚咚地响成一片。

丰隆和馨悦都看过来，馨悦赶忙问："璟哥哥，你没事吧？"

璟坐了起来，脸通红："没、没事，一时眼花，被绊了一下。"

丰隆大笑："我还能舞狮子，你倒先醉倒了。"丰隆对小夭说，"看来今晚最先醉倒的人要是璟了。"

馨悦怕璟尴尬，忙对哥哥嗔道："你以为每个人都像你？灯光暗，一时看不清，摔一下也正常。"

璟低头静坐着，有些呆，有些笨拙。小夭饮了一杯酒，笑着站起，翩然地转了一圈，轻舒广袖："我给你们唱首山歌吧！"

也未等他们回应，小夭就自顾自地边唱边跳起来：

君若水上风

妾似风中莲

相见相思

相见相思

君若天上云

妾似云中月

相恋相惜

相恋相惜

君若山中树

妾似树上藤

相伴相依

相伴相依

缘何世间有悲欢

缘何人生有聚散

唯愿与君

长相守、不分离

长相守、不分离

长相守、不分离

　　天高云淡，月朗星暗，木樨林内，花影扶疏，香气四溢。小夭踏着月光香花，轻歌曼舞，身如软柳，眸似春水，她歌月徘徊，她舞影零乱，最后一句"长相守、不分离"，声如游丝飘絮，一唱三叹，情思缱绻，缠绵入骨。

　　一时间，席间三人竟都怔怔无语。

　　小夭走回坐席，只觉脸热心跳，脚步踉跄，软坐在榻上。小夭撑着额头，醉笑道："我头好晕，看这几案都在晃。"

　　馨悦叹道："果然像哥哥说的一样，饮酒作乐，一定要醉了才有意思。"她端起酒杯，"小夭，敬你一杯。"

　　小夭摇摇晃晃地拿起酒杯，仰头一饮而尽。

　　小夭的酒量很好，往日喝酒，即使身醉了，心神也还清明，可今夜，竟喝得心也糊涂了。馨悦在月下踏歌，笑叫着小夭，她想去，却刚站起，脚一软，人就向后栽去，倒在了璟的臂弯里。

　　小夭对着璟笑，璟也眉眼间都是笑意，小夭想伸手摸摸他的眉眼，却慢慢合上双眼，睡了过去。

◆

　　第二日，起身时，已快要晌午。

　　小夭揉了揉发痛的脑袋，不禁笑起来，难怪男人都爱酒，果然是醉后才能放浪形骸。珊瑚兑了蜜水给小夭，小夭慢慢喝完，略觉得好过了些。

　　小夭洗漱完，婢女端上饭菜。

　　小夭问珊瑚和苗莆："馨悦他们都用过饭了吗？"

　　珊瑚笑道："早用过了，丰隆公子和璟公子清早就出门办事了。馨悦小姐也只是比平时晚起了半个时辰，这么大个府邸，里里外外的事情都要馨悦小姐管，偷不了懒。"

　　小夭不好意思地笑："看来只有我一个闲人。"

　　小夭用过饭，练了一个多时辰的箭，就开始翻看医书，看一会儿医书，在院子里走一会儿，时而站在花前发会儿呆，时而倚在廊下思索。

　　傍晚，馨悦派人来请小夭一块儿用饭，小夭看丰隆和璟都不在，装作不经意地问："丰隆和璟都在外面用饭了？"

　　馨悦笑道："我哥哥以前几乎完全不着家，这段日子你在，他还能六七日里回来吃一次。璟哥哥倒不是，他下午就回来了，但我和哥哥从来不把他当客，让他怎么自在怎么来。如果哥哥在，他们会一起用饭；如果哥哥不在，璟哥哥都是在园子里单独用饭。"

　　小夭吃了会儿饭，说道："我听你的琴艺已是相当好，为何你昨日还说不该当着璟乱弹琴？"

　　馨悦叹了口气："不是我妄自菲薄，你是没听过璟哥哥抚琴，当年青丘公子的一曲琴音不知道倾倒了多少人！娘为我请过两个好师傅，可其实，我全靠璟哥哥的点拨，才真正领悟到琴艺。只是他经历了一次劫难后，听哥哥说他手指受过重伤，不如以前灵敏了，所以他再不抚琴。"

　　小夭说："虽然自己抚琴会受到影响，可应该不会影响教人弹琴。"

　　馨悦问："你想请璟哥哥教你弹琴？"

　　"是有这个想法，你也知道，我小时候就走失了，一直流落在外，并未受过正经的教导，很多东西都不会，其实有时候挺尴尬的。"

　　馨悦理解地点头，世家子弟间交往，如果没有些才能，的确十分尴尬，即使碍着小夭的身份，不敢当面说，可背地里肯定会轻蔑地议论。

小夭说："我一直都想学学音律，但好师傅难寻，玱玹根本没时间管我，听到你盛赞璟，不免心思就动了，恰巧他如今也住在府里。"

馨悦说："要真能请动璟哥哥，那是极好的，不过璟哥哥如今的性子……反正先试试吧！"毕竟小夭身份特殊，璟哥哥再怪僻，也还是会考虑一下。

小夭笑道："我也这么想的，说不准他看我诚心，就同意了。"

馨悦笑问："要我和哥哥帮你先去说一下好话吗？"

"不用了，小炎弈府是那么容易进的？我既然能住在你府里，璟自然明白我和你们的关系，我自己去和他说，才比较有诚意。"

馨悦点头，小夭就是这点好，看似什么都不在意，可真做事时，却很妥当。

第二日，小夭一起身，就悄悄叮嘱珊瑚和苗莆："你们留心着点，如果木樨园里的璟公子回来了，就来和我说一声。"

珊瑚和苗莆什么都没问，只点头表示明白。

下午时，小夭午睡醒来，苗莆对小夭说："璟公子回来了。"

小夭洗漱梳头，换好衣衫，带了珊瑚去木樨园。

白日里的木樨林和晚上很不同，林中十分静谧，一簇簇黄色的小花绽放在枝头，香气馥郁，小径上一层薄薄的落花，踩上去，只觉足底都生了香。

珊瑚去敲门，开门的是静夜。小夭笑问："你家公子在吗？"

静夜认出小夭是前夜醉酒的王姬，笑着说："公子在，王姬请进。"

小夭暗自腹诽，当年对我横眉怒目，现在却这么有礼，真是太可恼了！

璟正在屋内看账册，听到熟悉的脚步声，没等静夜奏报，他就迎了出来，看到小夭，又惊又喜。

静夜看璟半晌没说话，以为他并不欢迎小夭，不得不提醒说："公子，请王姬进去吧。"

璟这才强自镇静地请小夭进去，小夭进门前，对珊瑚说："让静夜给你煮点茶吃，自己玩去吧，不用管我。"

静夜觉得这王姬口气熟稔，实在有点太自来熟，但看璟颔首，显然是让她照做。她恭敬地应道："是。"带着珊瑚退下。

屋子里只剩他们，小夭立即冷了脸，质问璟："你怎么都不来看我？难道我不来找你，你就不会想办法来见我吗？"

璟说:"我去见过你。"昨夜他隐在林间,一直看她睡下了才离开。

"你偷看我?"

"不算是,我没靠近,只能看到你的身影……"璟越解释,声音越小。

小夭笑起来,问道:"你想见我吗?"

璟点了下头,正因为想见,他才住到了小炎奔府。

小夭道:"我对馨悦说,想跟你学琴,你教我弹琴,就能天天见到我了。"

璟惊喜地笑起来,小夭得意扬扬地问:"我是不是很聪明?"

璟笑着点了下头。

小夭看着他因为笑意而舒展的眉眼,不禁有些心酸。当众人都去狩猎,他独坐在屋内时,会是什么表情呢?当他走向意映,意映却鄙夷地看着他时,他又是什么表情呢?

小夭抱住了他,脸贴在他肩头。

小夭的动作太柔情款款,纵使一字未说,可已经将一切都表达。璟揽住小夭,头埋在她发间,只觉岁月静好,别无所求。

两人静静相拥了很久,久得两人都忘记了时间。

直到屋外传来一声轻响,小夭才好似惊醒一般,抬起了头。璟爱怜地抚抚她的头:"没事,这次带来服侍的两人是静夜和胡哑,他们看到了也无所谓。"

小夭笑笑,推璟去榻边,说道:"我想仔细查看一下你这条腿。"

璟靠坐到榻上,小夭跪坐在榻侧,从他的脚腕子一点点往上摸,一直摸到膝盖,又慢慢地从膝盖往下摸,最后停在他的断骨处。小夭一边思索,一边反反复复地检查,最后,她对璟说:"我能治好你的腿,不能说十成十全好,但走路时,肯定看不出异常。"

璟问:"你介意它吗?"

小夭摇摇头,弯身在璟的小腿受伤处亲了一下。璟的身子剧颤,小夭也被自己的举动吓着了,十分不好意思,放开了璟,低头静坐着。

璟挪坐到她身旁:"只要你不介意,就先不治了。"

"可是……可是我介意别人介意,也不是我真介意,我不想任何人看低了你……我希望你开心,我想你……"

璟的食指放在小夭的唇上,阻止她继续说:"我明白,你是担心我会因为别人介意的目光而难受,可我不会。小夭……"璟的手从她的额头抚下,"只要你肯看我一眼,不管任何人用任何目光看我,都不可能伤到我。"

小夭咬了咬唇,刚想说话,突然觉得璟呼吸好似急促了一些,他的身子向她倾过来，小夭一下忘记想说什么了。

璟轻轻地吻了下她的唇角，小夭闭上了眼睛，一动不敢动。璟又吻了一下她另一边的唇角，小夭依旧没有躲避，他终于轻轻地含住了小夭。

璟的唇柔软清润，让小夭想起了夏日清晨的凤凰花，她小时候常常把还带着露珠的凤凰花含在唇间，轻轻一吮，将花蜜吮吸出，一缕淡淡的甜从唇间渗入喉间，又从喉间滑入心中。只不过这一次，她是凤凰花，被璟含着。

璟轻轻地吮吸，用舌尖描摹着小夭的唇，一遍又一遍后，他才恋恋不舍地把舌尖探入了小夭的口中。

小夭身子发软，头无力地向后仰着，她不明白，明明是璟在吮吸她，可为什么她依旧觉得甜，比凤凰花的蜜还甜，从唇齿间甜到喉间，从喉间甜到心里，又从心里散到了四肢百骸，让她一点力气都没有。

小夭一点点地软倒在榻上，璟抬起头看小夭，小夭的发髻乱了，娇唇微启，双颊酡红，眼睫毛如同受惊的蝴蝶般急速地颤动着。

璟忍不住去吻小夭的睫毛，轻轻地用唇含着，不再让它们受惊颤动，可又喜欢看它们为他而颤动，遂又放开。他亲小夭的脸颊，喜悦于它们为他而染上了晚霞的色彩；他吻小夭的发丝，喜欢它们在他指间缠绕。

小夭羞怯地睁开了眼睛，却又不敢全睁开，依旧半垂着眼帘，唇角盛满了笑意。

璟忍不住去吮吸她的唇角，想把那笑意吮吸到心间，永远珍藏起来。

小夭笑，喃喃说："是甜的。"

"嗯？"璟不明白她说什么。

小夭往他怀里躲："你的吻是甜的。"

璟明白了，他喜悦地去亲她："因为你是甜的，我只是沾染了一点你的甜味。"

小夭嘤咛一声，越发往他怀里缩，想躲开他的唇："痒！"

璟身体的渴望已经太强烈，不敢再碰小夭，只是松松地搂着她。

小夭抬起头，眼睛亮晶晶的："为什么？"

"什么为什么？"

"为什么是现在？上次在海滩边，我请你……你都不肯。"

"不知道，也许因为你太好了，也许因为我现在很自私，只为自己考虑，也许是因为你刚才太……"璟笑看着小夭，最后两个字几乎没发出声音，小夭只能根据唇形，猜到好像是"诱人"。

小夭敲了璟的胸膛一下，璟居然抓住她的拳头，送到唇边，用力亲了一下。

小夭的心急跳着，觉得在男女之事上，男人和女人真是太不一样了。她看着主动大胆，可一旦过了某个界，她就会忍不住害羞、紧张、慌乱，虽有隐隐的期待，却也本能地害怕。璟看着羞涩清冷，可一旦过了某个界，他就主动热烈，只本能地渴望着占有，没有害怕。

笃笃的敲门声响起，静夜叫道："公子。"

小夭赶紧坐起来，璟却依旧慵懒地躺着，小夭推了他一下，璟才坐起来："什么事？"

小夭整理发髻，璟把歪了的钗缓缓抽出，替她重新插好。

静夜说："馨悦小姐的婢女刚才来问王姬是不是在这里，我和她说在，她去回话了，估摸着馨悦小姐待会儿要过来。"

小夭一下着急了，立即站起来。璟摁她坐下："还有时间，你慢慢收拾。"

小夭把头发梳理好，又检查了下衣衫，她问璟："可以吗？"

璟凝视着她，笑着点了下头。

小夭站在窗边，深吸了几口气，平复着自己的心情。

璟说："馨悦到了。"

敲门声响起，静夜去打开门，馨悦走进来。

"璟哥哥。"馨悦一边和璟打招呼，一边疑惑地看着小夭，小夭点了下头，馨悦笑起来，"恭喜，恭喜。"

小夭说："要谢谢璟肯收我这个笨徒弟。"

馨悦说："既然小夭要学琴，那就要先找一张琴。我恰好收藏了四张好琴，待会儿我带你去选一张。"

小夭忙摆手："不用、不用。"她哪里真有兴趣学琴？有那时间不如玩毒药，既可保命又可杀人，小夭是个非常现实的人。

馨悦以为小夭客气："你别和我客气，反正我也用不了那么多。"

璟帮小夭解围："她才入门，没必要用那么好的琴，明日我带她去琴行转转，选张适合初学者的琴。"

馨悦觉得有道理，说道："也好，不过真是不好意思，明日我还有事要处理，就不能陪你们了。"

小夭说："都说了不当我是客人，自然你忙你的，我玩我的。"

馨悦赔罪："是我说错话了。"

馨悦对璟说："璟哥哥，今晚一起用饭吧，让小夭敬你三盅敬师酒。"

"好。"璟颔首同意。

第二日晌午,璟来找小天去买琴。

两人并不是第一次一起逛街,却是璟和小天第一次单独逛街,能光明磊落地走在大街上,两人的心情都有些异样。

小天总是忍不住想笑,因为她快乐,璟也觉得快乐,眼中一直含着笑意。

璟带小天去了琴行,琴行的伙计一看璟的气度,立即把他们引入内堂,点了熏香、上了茶,把适合初学者用的琴都拿了出来,让他们慢慢挑选,有事随时吩咐,自己乖巧地退到了外面。

璟让小天挑选自己喜欢的琴,小天说:"你随便帮我选一张就行了,我又不是真想学琴。"

璟却没有马虎,认真帮小天选琴。

他看琴,小天看他。璟禁不住唇角上翘,抬眸去看小天,视线从小天的眉眼抚过,缓缓落在小天的唇上,小天脸颊发红,匆匆移开了视线,低下头装模作样地拨弄琴弦。

璟忍不住握住了小天的手,小天忽闪着眼睛,紧张地看着他。

璟把她的手合拢在掌间:"我只是想告诉你,我觉得我是天下最幸运的男人。"

小天笑:"为什么?"

璟弯下身、低下头,捧着她的手掌,在她掌心亲了下,却没有抬头,而是保持着这个好似在向小天弯身行礼祈求的虔诚姿势:"因为你看我的眼神,你对我说话的语气,你为我做的每一件事。"

小天不好意思了,用力抽出手,凶巴巴地说:"我看你和看别人一样,我对你说话一点不温柔,经常对你生气发火,我是帮你做了不少事,可你也帮我做了不少事。"

璟笑起来,爱怜地捏了捏小天的脸颊,去看另一张琴。因为感受到小天已经把他放在了心里,他变得从容了许多,不再那么患得患失、紧张担忧。

璟对小天说:"这张琴可以吗?"

小天用手指随意拨拉了几下:"你说可以就可以。"

璟叫伙计进来:"我们要这张琴。"

伙计看是音质最好、价格也最贵的一张琴,高兴地说:"好,这就给您去包好。"

小天低声问:"这是你们家的铺子吗?"

"不是。"

"哈！你竟然不照顾自己家的生意！"

璟笑了笑，说道："我觉得这样才算真正给你买东西。"

小夭抿着唇角笑起来。

璟把包好的琴交给胡哑，对小夭说："我们走路回去吧！"

小夭点头："好。"

璟带着小夭慢慢地走着，也不是想买什么，只是想青天白日下陪着小夭多走一程。

碰到卖小吃的摊子，璟要了一些鸭脖子、鸡爪子，让小贩用荷叶包好。

他拎在手里，对恨不得立即咬几口的小夭说："回去再吃。"

小夭说："我更想吃你做的。"老木卤肉的一手绝活，小夭和桑甜儿都没学到手，十七却全学会了。

璟笑："好，回头做给你。"

"你怎么做？怎么和馨悦说？"

"这你就不要操心了，反正你也只管吃。"

小夭嘟嘴，又笑。

两人一路走回了小炎斧府，璟把小夭送到她住的院子门口，小夭看他要走，一脸毫不掩饰的依依不舍，简直像是一只要被遗弃的小狸猫。璟心内又是难受，又是欢喜："你好好休息，明天我给你做好吃的。"

小夭点点头，一步三回头地进了屋子。

璟每天早上要出门处理生意上的事，小夭练箭。

中午吃过饭，小夭睡一觉起来时，璟已经在木樨园内等她。

璟是认真教小夭学琴，小夭怕丰隆和馨悦日后考问，认真学了一会儿，可学着学着就不耐烦起来："要多久才能学会弹好听的曲子？"

璟只能说："看你怎么定义好听。"

小夭说："还是听人弹琴舒服，你给我弹一首曲子吧！"

璟已经将近二十年没有弹过琴。有一次，他看到以前用过的琴，自然而然地坐在琴前，信手抚琴，可是很快，他就发现自己的手指和以前截然不同，每个流淌出的音符都有偏差，提醒着他，这具身体上曾发生过什么，大哥对他的身体施虐时羞辱他的话一一回响在耳边。他打翻了琴，不想再听到那些话，更不想再回忆起那些痛苦，他觉得自己这辈子再不会碰这些东西。

可是，小夭现在说她要听他弹琴。

璟没有办法拒绝小夭，他凝神静气，尽力把一切都屏蔽，手放在琴上，却不知道该弹什么，在反复的折磨羞辱中，他已经失去了一颗享受音乐的心。

小夭羞涩地笑了笑："就弹那天晚上我唱给你听的那首歌吧，你还记得吗？"

怎么可能忘记？

> 君若水上风
> 妾似风中莲
> 相见相思
> 相见相思
> 君若天上云
> 妾似云中月
> 相恋相惜
> 相恋相惜
> 君若山中树
> 妾似树上藤
> 相伴相依
> 相伴相依
> 缘何世间有悲欢
> 缘何人生有聚散
> 唯愿与君
> 长相守、不分离
> 长相守、不分离
> 长相守、不分离

随着小夭的歌声在脑海中回响起，璟的心渐渐安宁。他抚琴而奏，琴音淙淙，每个音符依旧不完美，可是，在璟眼前的是小夭的舞姿，伴随着琴音的是小夭的歌声，她月下起舞，对他一唱三叹，要长相守、不分离。

奏完一遍，璟又重新弹起，这一次却不是在重复小夭的歌声，而是他想要告诉小夭：你若是风中莲，我愿做水上风，相见相思；你若是云中月，我愿做天上云，相恋相惜；你若是树上藤，我愿做山中树，相伴相依；纵然世间有悲欢，纵然人生有聚散，但我心如磐石无转移，只愿和你长相守、不分离！

小夭听懂了他的倾诉，钻进他怀里，紧紧搂住他的腰，他的琴音停住，小夭呢喃:"我喜欢听。"

璟继续弹给她听,心里没有痛苦,耳畔没有羞辱声,他的心再次因为美妙的乐音而宁静快乐,甚至比以前更快乐,因为现在还有个人因为他奏出的曲子而快乐。

静夜和胡哑听到琴音,都从自己的屋子里冲了出来,彼此看了一眼,不敢相信地看着璟的屋子。

他们的公子竟然再次抚琴了!不但在抚琴,那琴音里还流淌着快乐和满足!

静夜缓缓蹲在地上,掩住嘴,眼泪颗颗滚落。

这些年来,公子虽然回到了青丘,可他再不是当年的青丘公子璟。

静夜本以为防风意映会抚平公子的伤口,但是,她发现自己错了。

公子的伤腿在阴冷的雪天,一旦站久了,就会十分疼痛,她都发现公子不舒服,可公子身旁的防风意映却毫无所觉,依旧忙着游玩。

防风意映喜欢参加宴席,也喜欢举办宴席,她在宴席上谈笑风生、抚琴射箭,被众人的恭维喝彩包围,公子却独自坐在庭院内。

静夜把公子以前最喜欢的琴拿了出来,公子看到后,果然没有忍住,信手弹奏,可突然之间,他打翻了琴,痛苦地弯下身子,防风意映不但没有安慰,反而鄙夷地看着。

宴席上,有人要求公子奏琴,公子婉言拒绝,不知道因由的众人起哄,知道因由的防风意映不但不出言相帮,反而眼含讥嘲,笑着旁观。

后来,公子想退婚,和防风意映长谈了一次,静夜不知道他们谈什么,只知道那夜之后,防风意映又变了,变得像是公子刚回来时,对公子十分温柔恭敬,但静夜已经明白,她只是在演戏。

静夜以为公子永不会再奏出一首完整的曲子,可是二十年后,她竟然再次听到了青丘公子璟的琴音。

◆

璟在小炎奔府住了小半年,从秋住到了冬。

小夭每天都能见到他,璟是真心教小夭弹琴,可小夭是真心没有兴趣学,每日练一会儿指法就不耐烦,对璟说:"反正以后我想听曲子时,你就会奏给我听,我干吗要学呢?"

两人的教与学最后都会变成璟弹琴,小夭要么在啃他做的鸭脖子,要么在喝他酿的青梅酒，要么就是裹着条毯子趴在榻上，一边翻看医书，一边和璟讲些乱七八糟的事情。

丰隆每次见了小夭，都会问她琴学得如何了，小夭只是干笑、傻笑。

小夭决定走捷径，强迫璟帮她想一首最简单的曲子，不许要求她的指法，不许要求节拍，只教她如何能把一首曲子弹完，什么都不需要理解掌握，弹完就行！

小夭弹完一遍后，激动地说："我也会弹曲子了。"

她孜孜不倦地练习了几天，觉得自己真的弹得不错了，当丰隆回来时，她对丰隆和馨悦宣布："我要为你们奏一曲。"

丰隆和馨悦都期待地坐好，神情郑重，就差焚香沐浴更衣了。

小夭开始弹奏，馨悦的脸色变了变，看了璟几眼，璟正襟而坐，一派泰然。丰隆虽然琴技不如馨悦，可毕竟是大家族里的子弟，琴棋书画都要涉猎，丰隆欣赏的能力还是很高的，他无奈地看着小夭。

小夭弹完，期待地看着丰隆和馨悦。馨悦怕伤她自尊心，急忙鼓掌喝彩，温柔地说："还有很大的进步空间，继续努力。"

丰隆憋了一会儿，还是不知道说什么，小夭瞪着他："当不当我是朋友？是朋友的就说真话！"

丰隆艰难地说："我觉得你的天赋在别的地方，以后若有人请你抚琴，你还是拒绝吧！别难过，你看我和璟擅长做的事情就截然不同。"

馨悦也终于忍不住了："小夭，你辜负了一个好师傅。以后即使弹琴，也千万别说你是青丘公子璟的弟子。"

璟忙道："和她无关，是我没有教好。"

小夭点头："我是很聪明的。"

馨悦又叹又笑："师傅太宽容，弟子太无耻，活该一事无成！"

小夭扑过去，要掐馨悦的嘴："你说谁无耻？"

馨悦笑着躲："谁着急就是说谁！"

小夭站住，犹豫着自己是该着急，还是不该着急，丰隆和璟都大笑了出来。小夭不管了，决定先收拾了馨悦再说，馨悦赶忙往哥哥背后躲。

嘻嘻哈哈，几人闹成一团。

冬末时，璟必须要回青丘，和家人一起迎接新春来临，陪奶奶祝祷新的一年吉祥如意。

璟一拖再拖，直到不得不走时，才动身。

从轵邑到青丘，如果乘坐云辇的话，一个时辰就能到，驾驭坐骑飞行就更快了，小半个时辰而已。可璟离开那天，恰下着大雪，不能乘坐云辇，只能坐雪兽拉的车回去，至少要四五个时辰才能到。

小夭一再叮咛璟路上小心，又把几瓶药膏交给静夜，嘱咐她，如果路上耽搁了，璟腿疼，就抹这药。以后璟雪天出门，记得提醒他提前把药抹在伤腿上。回去时，若觉得腿疼，就泡个药水澡，药她已经分成小包都包好了，放在行囊中。

静夜一一应下，把东西都仔细收好。

待雪车出发了，静夜回头，看到小夭和丰隆、馨悦站在门口。距离渐远，丰隆和馨悦都已经转身往回走了，小夭却落在后面，边走边回头。

静夜不禁叹了口气，对胡哑说："如果王姬能是咱们的夫人就好了。"静夜说这话时，并没刻意压低声音。

胡哑担忧地看了一眼璟，低斥静夜："不要乱说话，公子已有婚约，王姬不过是感激公子这段日子的教导。"

静夜不服气地说："有婚约又如何？还没有成婚，什么都没定！难道你不知道世上有两个字，叫'退婚'吗？"

璟一直静坐着，好似什么都没听到，从水晶车窗望出去，天地间，大雪纷飞，白茫茫一片。

第四章
生相依，死相随

虽然小夭和玱玹都不在乎辞旧迎新之礼，但小夭想着神农山上太冷清，她打算回神农山去陪玱玹。

馨悦说："就算你回去了，也就你们两个人，那么大个紫金宫，照样冷冰冰的，还不如让玱玹过来，我们一起热热闹闹地赏雪烤肉。"

小夭疑惑地问："可以吗？我哥和你哥为了避嫌，除了那些不得不见面的场合，从不公开见面，上一次还是借着你们的生辰做借口。"

馨悦道："没问题，哥哥都安排好了。玱玹是王子，为了重修神农山的宫殿才孤零零地留在神农山。我爹不仅是神农族的族长，还是轵邑城主，掌管整个中原的民生，无论哪种身份，他都应该礼节性地款待感谢玱玹。去年爹不在府中，自然什么都没做，今年如果爹什么表示都没有，才会奇怪。哥哥让爹爹出面邀请玱玹来家中小住，一起辞旧迎新，任谁都不会怀疑。"

小夭笑起来："这样好，我也不想回神农山，留在城里才热闹好玩。"

数日后，玱玹应小炎奔的邀请，来了小炎奔府。

馨悦带玱玹到小住的园子后，很想多待一会儿，可辞旧迎新时，别人都等着过节，最是清闲，唯独家里的女主人反倒是最忙的，她只能依依不舍地和玱玹说："我晚上再来看你，哥哥要明日才能到家。"

小夭在旁边窃笑，馨悦瞪了小夭一眼，红着脸离开了。

小夭对玱玹说："幸亏你没把金萱和潇潇带来，我看馨悦虽然认可了金萱和潇潇跟着你，但毕竟还是紧张这事，看到你没带婢女，一下子松了口气，笑得都格外甜。咱们刚遇到馨悦时，她是多么高傲的一个姑娘啊！好哥哥，你说你怎么就把人家给驯得服服帖帖了呢？不但心甘情愿地跟着你，还心甘情愿地看着你左拥右抱。"

玱玹没理小夭的打趣，盯着她问："你这段日子开心吧？如果我不来，你是不是要把我完全丢到脑后了？"

小夭心虚地笑："如果你不来，我肯定乖乖回神农山。"

玱玹哼了一声，小夭谄媚地说："不信你去问馨悦，我都和她辞行了，只不过听完丰隆的安排，才继续住着。"

玱玹的脸色好看了一些，却仍有些恨恨地说："这个涂山璟真是无孔不入！他都已经订下了防风家的人，有什么资格和丰隆争？"

小夭敛了笑意，走到玱玹面前坐下："哥哥！"

玱玹看着她，小夭认真地说："我说他有资格他就有资格，而且根本没有争，他也不用和丰隆争，我从没考虑过丰隆。"

玱玹沉默着，面无表情，半响后，才说道："据我所知，涂山氏的太夫人很喜欢防风意映，这些年一直把她带在身边亲自教导，俨然已经把她当作未来的族长夫人。对涂山太夫人来说，璟喜欢不喜欢意映并不重要，重要的是意映符合不符合她的要求，她不会同意璟取消婚约，防风氏也不可能放弃和涂山氏的婚约。"

"我知道。"小夭的眉眼中有难掩的惆怅。

玱玹长叹了口气："算了，不谈这些不开心的事了，反正日子长着呢，日后再说吧！"

小夭瞪了玱玹一眼："都是你！"

"好，都是我的错！"

小夭露了笑意，开始和玱玹杂七杂八地聊着琐事，小夭把高辛王写给她的信读给玱玹听，因为小夭告诉了父王她在学箭，所以高辛王对这个问得最多，一再叮嘱小夭不要强求，纵然学不好，也不要在意。

玱玹颔首同意："我也觉得你太执着了，你现在不是孤身流浪的玟小六，你有父王，还有我，至不济轩辕山上还有个外祖父呢！"

高辛王在信里提到了小夭和阿念的终身大事，他自嘲地说，一个女儿估计他想操心，也不会允许他操心，另一个女儿却是要他操碎心。

小夭不明白父王的意思，玱玹解释道："上一次阿念回到五神山后突然闹着要嫁人，师父就帮她选夫婿。可每选一个，阿念相处一段日子后，就横挑鼻子竖挑眼。"

小夭又是好笑又是无奈，这个阿念啊，幸亏有个天下无双的好父亲。小夭对玱玹抱拳，敬佩地说："你竟然连五神山上都有眼线，厉害厉害！"

玱玹白了小夭一眼："这需要眼线吗？我好歹在五神山长大，有一堆兄弟！

这是蓐收那浑蛋给我诉苦的信里写的，他是生怕哪天师父看上了他。还说，我在时，觉得我是个假惺惺的浑蛋，可我离开了，每次他对阿念咬牙切齿时，就会对我甚为思念。"

小夭大笑起来，玱玹也是满脸笑意，轻叹道："其实，我也蛮想念他们。我是流落异乡的落魄王子，他们是一群高辛的贵族子弟，在一起时不是没有矛盾，甚至恶意地争斗，但长大后，回想过去，只记住了年少轻狂，大家一起胡作非为的快乐，那些不快乐都模糊了。"

小夭微微而笑，当年，玱玹迫不及待地想离开高辛，也终于顺利回到了轩辕，以后不管他多么怀念在高辛时的日子，以他的身份，都不可能再回到高辛了，就如轩辕王从未踏足高辛的土地。五神山只能永远印在玱玹年少时的记忆中。

傍晚，馨悦来找玱玹和小夭吃饭，小夭用完饭后，自觉地早早离去了，留馨悦和玱玹单独相处。

第二日，一年的最后一日，丰隆回来了。

晚上，小炎斧和他们四人一起用了一顿丰盛的晚饭。吃完饭，小炎斧没有像以往一样离去，而是和他们围炉而坐，询问着儿子、女儿的生活琐事，又问了玱玹不少事。小炎斧待玱玹的态度很特别，玱玹对小炎斧也透着一点异样。

丰隆、馨悦都知道他们的爷爷神农炎斧和轩辕四王子同归于尽的事，小夭也很清楚四舅舅是为何而死，但对丰隆和馨悦而言，爷爷实在距离他们太遥远，他们感受不到那曾经让无数人抛头颅、洒热血的刻骨恨意，对小夭而言，她明白玱玹在几百年前就已经舍私情择大义，所以他们三人都装作什么都不知道，什么都没察觉。

小夭感慨地想，其实小炎斧也何尝不是舍了私情，择了大义？他成全了中原百姓的安稳生活，舍弃了自己的国仇家恨。也许正因为玱玹和小炎斧做了同样的选择，所以他们对彼此都有一分敬重。

新旧交替时，小炎斧领着他们四人去楼上看烟花。

城池的四角都有神族的士兵在放特殊制造的烟花。烟花高高地飞上天空，开出美丽的花朵，映得整个天空都好似变成了五彩缤纷的大花园。

街道上有无数百姓在放自己购买的烟花，虽然飞不了多高，可胜在别致有趣，儿童们拿着各种烟花追逐嬉戏，笑闹声洋溢在空气中。

这是一种只有盛世太平才会有的欢乐气象。

馨悦凑在小夭耳畔，低声说："我爹对烟花有很特异的情感，每年泽州和轵邑两城的烟花他都会亲自过目，为了让烟花足够美丽，甚至不惜自己拿钱出来。"

小夭默默看着漫天烟花。青丘此刻想必也是如此美丽，璟大概搀扶着奶奶，和众人一起看着缤纷绚烂、漫天绽放的烟花；而清水镇外的茫茫大山中，应该是黑暗的，萧瑟寒风中，士兵们围着篝火，就着粗劣的烈酒，唱一曲故国的歌谣。相柳大概一身雪白的衣，陪着洪江，默默地穿行在黑暗中，从一个营地巡逻到另一个营地。

◆

看完烟花后，小炎奔就去休息了，让他们四人随意。

四人笑着说再玩一会儿，去了暖阁。

馨悦和小夭在外间一边打瞌睡，一边有一句没一句地说着话，玱玹和丰隆则在里间，一直在商议他们的事。

小夭睡了过去，迷迷糊糊中，感觉到有人给她盖被子，她睁开眼睛，看到她和馨悦依偎着，竟然枕在一个枕头上睡着了。

馨悦也醒了，含糊地问："你们谈完了？"

玱玹把被子给她们盖好，低声说："没有，半晌没听到你们的说话声，所以出来看一眼，你们接着睡吧！"

馨悦这段日子累得够呛，也真是起不来，闭上眼睛接着睡了。

小夭也闭上了眼睛。

玱玹看她们二人并肩躺着，发髻蓬松，睡颜娇憨，风情各异，却相得益彰，真如两朵水灵灵的娇花并蒂开着。玱玹心头急跳了几下，怔怔看了一瞬，轻抚了小夭的额头一下，轻手轻脚地走回了内室。

玱玹在小炎奔府住了四天，丰隆却只逗留了一夜，新年第一天的傍晚他就驾驭坐骑赶往赤水。

馨悦对小夭吐舌头："没办法，每年他都是这样忙忙碌碌，今年陪了我和爹辞旧迎新，必须尽快赶回去陪爷爷和娘，其实爷爷和娘并不在意。可赤水族里的那帮老顽固总喜欢指手画脚，哥哥已经烦透他们了。他们把赤水氏的族长之位看得比天还大，殊不知哥哥并没多稀罕，反而觉得那些破家规这也不准干，那也不准干，限制了他的手脚。"

玱玹回神农山时，馨悦比小夭还要难过不舍，玱玹的云辇早消失在天空中，她还呆呆地站着，直到小夭笑出了声，她才收回目光，叹了口气，怅然道："你别笑我，迟早有你的一日。"

小夭叹息，已经有了，只不过她更克制，也更会掩饰。其实，小夭不知道的是，并不是她的掩饰有多么天衣无缝，而是馨悦压根儿不相信小夭会看上如今的璟，小夭又有些男儿气，玩得兴起时，和丰隆也照样哥儿俩好的亲密，所以馨悦压根儿没往那方面想。

馨悦问小夭："你对我哥哥真的一点感觉都没有？"

小夭摇头，笑道："其实你哥哥对我也没什么男女之情。"

馨悦知道小夭是聪明人，老实地承认："我哥哥的心根本不在女人身上，他对你已经算上心的了。其实，没感觉也没什么，只要不讨厌就行，神族间的婚姻有几个还真恩爱了？只要两人能像朋友般相处，就是好夫妻。而且我哥和你哥可不一样，我哥从不对女人上心，你嫁给我哥，不用担心还会有其他女人来烦你。"馨悦说着，怅然地叹了口气。

小夭可不敢接嘴，赶紧傻笑着转移话题。

◆

小炎奔去了轩辕城，向轩辕王奏报事务。丰隆在赤水，瑲玹在神农山，璟在青丘，偌大的小炎奔府只剩下了馨悦和小夭。

暶氏的小姐给馨悦送了帖子，请她和王姬去郊外看梅花。

馨悦对小夭说："梅花没什么看头，她们只是找个由头玩而已，我也是真觉得闷了，咱们去转转吧！"

小夭和馨悦不一样，她曾独自一人在深山二十多年，又被九尾狐幽禁过三十年，她虽然喜欢有人陪伴，可她对陪伴对象却很挑剔，如果不喜欢，宁可自己一个人待着自娱自乐。她懒洋洋地说："你自己去吧，我在家里玩射箭。"

馨悦不依，摇着她的胳膊说："好姐姐，人家帖子上都写了你，你不去的话，她们肯定在背后嚼舌头，说我一副轻狂样子，看似和高辛王姬多么要好，实际上人家也是一点面子不给。"

小夭知道他们这些人很讲究这些，馨悦又向来高傲，的确不好让她在那些公子小姐中落了面子，小夭笑道："嫂嫂有命，岂敢不遵？不过，咱们事先说好，我懒得说话，到时嫂嫂你可要帮我应付他们。"

馨悦又喜又羞，捶了小夭一下："咱俩将来谁叫谁嫂子还不一定呢！"

小夭和馨悦到梅林时，已经有不少人到了。

小夭戴着帷帽，跟着馨悦。馨悦让她走她就走，馨悦让她停她就停，馨悦让她打招呼她就打招呼，虽然沉默少语，可众人都知道这位高辛王姬十分难请，所以都不介意，只是羡慕馨悦竟然能和她玩得这般好。

小夭看到了那位沐家的公子，虽然上次他只是隔着窗户看了她一会儿，可小夭自小的经历让她警惕性很高，所以她依旧记得他。

沐家公子过来给馨悦和她打招呼，这一次小夭没有感受到任何异样。

有人在梅林中打起了雪仗，馨悦被她的表姐妹和堂姐妹们拉去加入了战斗。一个少女边打边躲，不小心把一个雪球砸到了小夭身上，她不好意思地频频道歉，小夭不在意地说："没事。"

为了不再被误伤，小夭远离了战场，在梅林里随意地逛着。一路行去，梅花越开越好，因为一直能听到少女的笑声和尖叫声，小夭觉得自己距离她们并不遥远，也就一直朝着花色最好的地方走去。

突然间，所有的声音都消失了，梅林依旧安静地绚烂着，小夭野兽的本能却让她立即停住了脚步，她谨慎地看了一会儿前方，慢慢回身，想沿着自己来时的足迹返回。但是，雪地白茫茫一片，没有一个脚印。

小夭摘下帷帽，四处张望，洁白的雪，没有足印，就好似她是从天而降到这里。

小夭掌中握了毒药，看向天空，却找不到太阳在哪里，她观察梅树，梅树居然没有阴面与阳面，小夭无法辨别方向，唯一的解释就是她被困在了一个阵法中。

不管设阵，还是破阵，都是一门极深的学问，没有上百年的学习，不可能掌握。小夭在玉山时，年纪小，王母还没有来得及教导她，之后不可能有师傅教导她，所以小夭对阵法一窍不通。

小夭知道碰上了高手，也许人家压根儿不会出现，她的毒药好像用处不大。

小夭虽凝神戒备，却并不担心。毕竟她的身后是高辛王和轩辕王，没有人会冒着抄家灭族之险来取她性命。可她也想不透是谁困住了她，往好里想，也许是她误入了别人的阵法，等主人发现就会放她出去。

但小夭很快就明白自己判断错误了。

所有的梅树都开始转动，它们伸出枝条抽打缠绕着她，小夭只能凭借在山里锻炼出的猿猴般的敏捷尽力闪避，可是她灵力低微，难以持久。在梅树的围攻下，被绊倒了好几次，每一次，小夭都咬牙站起，继续奔逃闪避。

突然，从雪里冒出一只枯黑的手，抓住了小夭的脚，小夭用匕首去刺那只手，手松开，却化为长刺，迅雷不及掩耳地刺穿了小夭的脚掌，将小夭钉在地上。

梅树的枝条结成了一把巨大的锤头，向着小夭的头狠狠砸下。

小夭咬着牙，用力拔出脚，顾不上脚掌传来的剧痛，连滚带爬地逃开。那把锤头砸在地上，溅起漫天雪花。

小夭脚掌上鲜血汩汩地涌着，她嘶声大喊："你是谁？你要杀我，就出来，藏头露尾算什么？"小夭不想大吼大叫地去威胁，因为此人既然周密地部署了一切，一定完全明白后果是什么。小夭只是想知道谁这么恨她，宁可面对两大帝王的愤怒，也要不惜一切杀了她。

没有人回答她。

这个阵法比当年赤水献攻击愚疆的阵法更灵力充沛，除非是像愚疆、赤水献那样大荒内的顶尖高手，才有可能以一人之力设置出这样的阵法，可小夭真的想不出她几时和这样的人结了抄家灭族的仇怨。另一个推测更可怕，这个阵法不是一个人设置，而是好几个人联合设置推动。居然有很多灵力不弱的人非要她死！

野兽的咆哮声传来，两只凶恶的怪兽出现在梅林内。这种凶猛的怪兽根本不可能出现在这里，必是有精通驯兽的神族在驱策它们。小夭明白了，是有好几个人联合起来要她死！

怪兽闻到血腥气，向着小夭慢慢地走来。

小夭一只脚掌刚被刺穿，血仍汩汩地流着，力气已经耗尽，她根本逃不过两只猛兽的袭击。

小夭坐在雪地上，安静地盯着怪兽。

怪兽看着柔弱的小夭，居然本能地觉察出了危险，它们微微低下头，开始一步步地退后，以野兽的姿态，表示出它们屈服于小夭，没有进攻的意图。可是，几声尖锐的鸣叫，让怪兽在主人的胁迫下，昂起了头，不得不选择进攻。

一只怪兽扑了过来，张开血盆大口，小夭竟然将手直接递进了它的嘴里，只要它闭拢嘴巴，小夭的胳膊就会被生生地咬断。

怪兽合嘴，锋利的牙齿被一把竖立的匕首卡住，小夭握着匕首立即退出它的嘴，身子一蜷，缩到了怪兽的肚皮下，恰好避开了另一只怪兽的扑击。

怪兽高高抬起上半身，双爪扑下，想用爪子撕裂小夭，小夭只是冷漠地看着它，怪兽双爪往下落时，清晰地感受到自己的生命在远离，它悲伤地嚎叫，当双爪落到地上时，号叫声戛然而止，身子重重倒下。

另一只怪兽愣愣地看着自己的同伴，电光石火间，小夭猛地蹿出，将匕首狠狠刺进它的眼睛，再迅速跃开，以刚死掉的怪兽的尸体作为暂时的壁垒，避开了另一只怪兽的攻击。

怪兽皮糙肉厚，很难下毒，身上唯一容易下毒的地方就是嘴巴和眼睛，所以小夭冒险把匕首直接伸进怪兽嘴里下毒，又利用第二只怪兽看到同伴莫名死去时的呆滞，给它的眼睛下毒。看似没有费多少工夫，但每个动作都需要恰到好处，否则，她会立即缺胳膊少腿，葬身怪兽腹中。

两只怪兽都死了。

小夭虽然活下来了，可是她最后的力气都用在了刚才的搏斗中。

小夭叫道："你们有本事就继续啊！我倒要看看你们还有什么花招。"

小夭能感觉到他们深恨她，否则不可能明明能用阵法杀她，却还驱策怪兽来撕裂她，唯一的解释是他们都不想她死得太容易，恨不得让她尝遍各种痛苦。小夭希望他们多用点法子来折磨她，因为馨悦不是笨蛋，她应该会察觉不对，只要馨悦察觉出，小夭就有希望躲过今日一劫。

一个男子从梅林深处走来，是那位沐氏的公子。

小夭心中透出绝望，他们不再隐藏身份，说明她已经没有拖延时间的机会了。

沐公子说道："我们恨不得让你尝遍世间最痛苦的死法，但是，我们更不想你有机会活下去。"

梅林疯狂地舞动着，从四面八方探出枝丫。小夭已经没有力气再逃，梅树枝条将小夭牢牢捆缚住，吊悬在半空。

小夭问："为什么？你我从没有见过面，我做过什么让你这么恨我？"

沐公子悲愤地说："你做过什么？我全族三百四十七人的性命！"

"是赤宸灭了你全族，和我有什么关系？"小夭的身体不自禁地颤抖着。

沐公子大吼道："赤宸和你有什么关系？你不要再装了！他屠杀了我们所有的亲人，今日我们就杀掉他唯一的亲人，血祭我们一千零二十二个亲人的性命！"

小夭摇头，叫道："不！不是的！我和赤宸没有关系！我爹是高辛王！"

地上的雪片化作了四把利刃，刺入小夭的手掌和脚掌，血滴滴答答地落在雪地上，触目惊心。

剧痛从骨肉间漫延开，好似连五脏六腑都要绞碎，小夭却是一声未哼，反而一字字平静地说："我和赤宸没有关系，我爹是高辛王！"

沐公子吼道："这些血是祭奠詹氏！"

六把利刃，刺入小夭的腿上，鲜血汩汩落下，小夭痛得全身痉挛，她却依旧未惨叫、未求饶："我、我爹……是高辛王。"

沐公子叫道："你不承认也没有用！这些血是祭奠晋氏！"

三把利刃刺入小夭的身上，鲜血如水一般流淌着，沐公子说："这些血是祭奠申氏！"

小夭脸色煞白，断断续续地说："你、你……杀……错了人。"

沐公子眼中全是泪，对天祷告："爷爷、爹爹、娘，你们安息吧！"

他挥舞双手，梅花漫天飞舞，化作梅花镖。沐公子对小夭说："这些血是祭奠沐氏！"

铺天盖地的梅花镖向着小夭射去，钉入小夭的身体。

鲜血如雨一般，飘洒在梅林内。

◆

清水镇外的深山。

屋内，相柳正和义父洪江商议春天的粮草，突然，他站了起来，面色冷凝。

洪江诧异地看着他："怎么了？"

"我有事离开。"

相柳匆匆丢下一句话，发出一声长啸，向外狂奔去，白羽金冠雕还未完全落下，相柳已经飞跃到它背上，向着西北方疾驰而去。

洪江和屋内的另一位将军面面相觑。

◆

神农山，紫金顶。

殿内，玱玹靠躺在榻上，潇潇温顺地趴在他膝头，玱玹一边无意识地抚着潇潇的头发，一边懒洋洋地听着下属奏报宫殿整修的情况。

突然，玱玹觉得心慌意乱，好似有些喘不过气，他不禁推开潇潇，站了起来。下属见他面色不愉，忙告退离去。

潇潇恭敬地看着玱玹，以为他有什么重要的命令。

玱玹面色茫然，凝神思索。他想起来，当年爹在万里之外出事时，他也是这般的心慌。玱玹面色大变，对潇潇说："你立即带人去轵邑找小夭，立即带她回来见我，无论发生什么，一定要保住她的性命。"

"是！"潇潇转身就走。

玱玹在殿内走来走去，突然冲出殿门，叫道："来人！我要去轵邑！"

在坐骑上，玱玹仰头望天，竟然在心里默默祈求："爹、娘、姑姑、奶奶、大伯、二伯，求你们，求求你们！"

不管再艰难时，他都告诉他们："你们不要担心，我会好好走下去！"可这一次，他求他们，求他所有的亲人保佑他唯一的亲人！

◆

青丘，涂山氏府邸。

涂山太夫人的屋子内，璟、意映、篌和篌的夫人蓝枚陪着奶奶说话，奶奶对他们四人念叨："我活不了几年了，第一是希望璟儿能赶紧成为涂山氏的族长，第二是希望你们兄弟和睦，一起守护好涂山氏，第三是希望你们给我生个重孙。若这三件事你们做到了，我就能含笑而终。"

四人都默不作声。奶奶咳嗽起来，璟和篌赶紧帮奶奶端水拍背，璟道："奶奶，你不要操心了，安心休养，只要你身体好，一切都会好的。"

太夫人瞪他："我最操心的就是你，让你成婚，你不肯；让你举行继位仪式，成为族长，你也不肯。你到底打算拖到什么时候？"

正在这时，璟挂在腰上的香囊，突然无缘无故断开，掉在了地上。璟愣了一愣，俯身去捡，握住香囊，只觉心悸。这药草香囊是小夭所赠！璟面色骤变，转身就往外跑，心神慌乱，什么都忘记了，只一个念头：小夭，他必须立即找到小夭。

意映和蓝枚都惊讶不解，意映叫道："璟，璟，你去哪里？"

太夫人道："肯定是有什么事要发生，璟儿能感觉到，却并不真正知道。"

意映和蓝枚都疑惑地看着太夫人。太夫人解释道："真正继承了涂山先祖血脉的涂山子弟都会有一种能力，没有办法解释，也说不清楚，但的确存在，他们能模糊地预感到一些重大事情的发生。从上古到现在，涂山氏历代族长的灵力并不很高，可我们涂山氏一直是最强大的氏族之一，一个重要的原因就是这个能力，它能让涂山氏趋吉避凶。"太夫人看了一眼篌，望着墙上的九尾狐图，语重心长地说："璟儿是命定的涂山氏族长！"

蓝枚低下了头，不敢看篌，意映担忧地看向篌，篌不屑地冷冷一笑。

◆

璟疯狂地驱策坐骑快点再快点，赶到小炎奔府时，小夭不在。

珊瑚诧异地对璟说："王姬去郊外的梅林了。"

璟赶到梅林时，梅花开得如火如荼，男男女女漫步在花下，少女们的娇笑声飘荡在梅林内，没有丝毫危险的气息。

璟却越发心悸，召出小狐，和小狐循着小夭留下的点滴踪迹，追踪而去。九尾狐天生善于追踪和藏匿，璟又对小夭心心念念，不管混杂了多少别人的气息，只要小夭的一点点气息，他都能分辨出。

璟有天生灵目，能看透一切迷障和幻化，再加上识神小狐的帮忙，他一直追踪到了另外一个山谷。眼前是一个水、木、火三灵结合的阵势，是个必杀的杀阵。不过满地是雪，对他却最有利。璟从地上抓起一团雪，握在掌中，从他的掌间逸出白雾，将他裹住，整个人消失不见。

璟走进阵势中，听到男人的悲哭声，他循着声音而去，没有看到男人，却看到地上的白雪已经全被鲜血染红，一个血淋淋的人吊在半空中，血肉模糊，难辨男女，可她的脸孔异样地干净，粉雕玉琢般地晶莹，漆黑的眼睛依旧大大地睁着，满是茫然不解，就好像她在停止呼吸的一刻，依旧无法理解究竟发生了什么。

璟刹那间肝胆俱裂，发出了一声悲痛得几乎不是人声的悲呼，飞扑上前，挥手斩断枝条，抱住了小夭。

璟伸手去探小夭的脉搏，却感受不到任何跳动。他全身都在发抖，紧紧地搂住小夭，企图用自己的身体温暖她冰凉的身体。

他把手放在小夭的后心，不管不顾地给小夭输入灵力："小夭，小夭，小夭……"

璟一边喃喃叫着小夭，一边去亲她。

他亲她的脸颊，可是，她的面色依旧像雪一样白，她不会再为他脸红。

他亲她的眼睛，可是，她的眼睫毛再不会像受惊的小蝴蝶般扑扇着蝶翼。

他含住她的唇，轻轻地吮吸，可是小夭的唇紧紧地闭着，冰冷僵硬，它再不会像花朵般为他绽放，让他感受到世间最极致的芬芳甜蜜。

璟不停地吻着小夭，小夭没有丝毫回应。

璟整个身体都在剧颤，他泪如雨下，小夭，小夭，求求你！

不管他输入多少灵力，她的脉搏依旧没有跳动。

璟发出悲痛欲绝的哭泣声，眼泪浸湿了小夭的衣衫。

小夭啊，这世间如果没有了你，你让我如何活下去？我错了！我真的错了！我不该离开你！不管有什么理由，我都不该离开你！

阵势的最后一步发动，每一朵梅花都变作了火焰，熊熊大火燃烧起来。将一切都焚毁，点滴不留。纵使高辛王和轩辕王发怒，也找不到一点证据。

火舌席卷而来，烧着了璟的衣袍，灼痛了他的肌肤，他却只是把小夭更紧地搂在了怀里，任凭火舌将他们吞没。

小夭，我只想做你的叶十七，说好了我要听你一辈子的话，你不能丢下我！如果你走了，我也要跟随着你，不管你逃到哪里，我都会追着你！

◆

玱玹和潇潇赶到山谷时，看到整个山谷都是烈火。

玱玹要进去："小夭在里面，小夭肯定在里面！"

潇潇拉住他："殿下，这是个绝杀阵，阵势已经启动，你不能冒险进去，我们去救王姬。"

玱玹压根儿听不到她说什么，一边不管不顾地往里冲，一边大叫："小夭、小夭……"

潇潇咬了咬牙，用足灵力，猛地一掌砸在玱玹的后颈上，玱玹晕倒。

潇潇对两个暗卫下令："保护好殿下。"

她领着另外四个暗卫冲进了火海，最后的吩咐是："如果半个时辰后，我们还没回来，就是已死，你们立即护送殿下回神农山。殿下冷静下来后，会原谅你们。"

四周都是火，火灵充盈在整个天地，隔绝了其他灵气，五个暗卫只能倚靠自己本身的灵力和火对抗，的确如潇潇推测，最多只能坚持半个时辰。

除了火的红色，什么都看不到，他们一边搜索，一边叫着："王姬、王姬……"

时间在流逝，五个暗卫中灵力稍低的已经皮肤变焦，可是他们没有丝毫惧色，依旧一边搜索，一边叫着："王姬、王姬……"

突然，潇潇说："停！"

五个人静静地站着，潇潇侧耳倾听了一瞬，指着左方："那边！"

五人急速飞奔而去，看到火海中，一个男子紧紧地抱着一个女子。他依旧在不停地给女子输入灵力，女子的身体没有被火损伤，他自己却已经被烧得昏迷。

他们立即围绕着男子，把火焰隔开，潇潇认出是涂山璟，先灭掉他身上的火，下令道："我带王姬，钧亦带公子璟。"

钧亦想抱起璟，可璟紧紧地扣着小夭，整个身体就像藤缠绕着树一般，他们竟是怎么分都分不开。

潇潇不敢再耽误时间，说道："先一起吧，回去再说。"

一个修炼木灵的暗卫用自己的兵器化出木架子，他们把小夭和璟放在架子上，潇潇和钧亦抬起架子，飞速向火海外奔去。

进来时，要找人，只能慢慢走，如今找到了人，他们又都精通阵法，出去很简单。

不一会儿，已经到了阵外。

玱玹仍昏迷着。

潇潇检查了下小夭和璟，脸色很难看："璟公子还活着，王姬却……已经没了气息。"

她手贴在小夭的后心上，对几个暗卫下令："立即回神农山，从现在开始，即使没有用，我们也要轮换给王姬输入灵气。还有，立即去找馨悦小姐，说王姬受了重伤，我们要中原所有最好的医师，但请她先封锁消息。"

回到神农山后，玱玹醒过来，他立即跳了起来："小夭！"

潇潇禀奏："我们已经将王姬从火海中带回。"她不敢说救，只能说带回。

玱玹大喜："小夭在哪里？"

金萱提心吊胆地领着玱玹去看小夭。

经过几个暗卫的努力，他们终于分开了璟和小夭。现在小夭平躺在一张特殊的水玉榻上。据说是当年神农王用来疗伤的榻，水玉能汇聚灵气，护住身体。一个暗卫盘腿坐在榻头，手掌贴在透明的水玉榻上，在给小夭输入灵气。

小夭全身裹得像个粽子，只有脸还露在外面。玱玹的医师鄞（yín）跪坐在榻尾，看到玱玹，站了起来。

玱玹问道："小夭如何？"

鄞是个哑巴，自小沉迷医术，不解人情俗事，完全不懂得回答某些问题要委婉，用手势直接地回道："她已经死了。"

玱玹瞪着鄞，如同一只要择人而噬的怒兽。鄞第一次觉得畏惧，急忙跪下。

半晌后，玱玹从齿缝里挤出两个字："退下。"

鄄没有看懂玱玹的唇语，潇潇给他打手势让他离开，鄄如释重负，赶紧退了出去。

玱玹坐到小夭身旁，从她的脸一直摸到了脚，脸色阴沉，神情却异常平静，简单地下令："说！"

潇潇立即利落地奏道："王姬手掌、脚掌被利刃贯穿，左腿被利刃刺穿了三次，右腿三次，左臂两次，右臂两次，腹部三次，身体还被无数飞镖刺入。这种虐杀方式多用于血债血还的仇杀。最后见到的虽然是火阵，但根据王姬身上的伤，应该还有水灵和木灵的高手，初步推断，这个阵势至少由三个人联合设置。这是一次计划周详、布置周密、目标明确的杀人计划，非短时间内能完成。杀人者必定有一个和嘾氏的小姐认识，所以才能影响或者提前得知嘾小姐会请馨悦小姐和王姬去游玩。"

玱玹的呼吸有些急促，一瞬后，他缓缓说道："查！查出来后，千万不要让他死！"

"是！"潇潇转身走出了殿门。

金萱问："要派人禀奏高辛王和轩辕王吗？"

玱玹说："怎么可能不禀奏两位陛下？让轩辕和高辛最好的医师立即赶来。"

"是。"

金萱退了出去。

小夭没有一丝生气，但因为有灵力源源不绝地输入，她的身体还是温暖柔软的，并没有冰凉僵硬。虽然感受不到她的脉搏和呼吸，可玱玹觉得她的心脏仍在微微地跳动。

玱玹轻抚着小夭的头，说道："我知道你很坚强，一定会挺过去。小夭，你尝过被人丢下的痛苦，所以我知道你一定不会丢下我。我已经在紫金顶种了凤凰树，再过几十年，它们就会长大，你答应过，要陪我一起看到神农山上也盛开出凤凰花。"

馨悦带着中原最好的两位医师赶到神农山，看到小夭死绝的样子，她腿一软，跌坐在地上，一时间竟然连话都不敢说。

医师上前检查小夭，玱玹走过去，扶起了馨悦："和你无关，他们能计划这么周密，不利用你也会利用别人，没必要因为别人的错误而责怪自己。"

馨悦的眼泪涌到了眼眶里，因觉得温暖，心更加柔软，反倒越发愧疚，也就越发恨那些竟敢利用她的人，她哽咽道："我一定会从嘾表姐那里仔细追查下去，给小夭一个交代。"

玱玹和馨悦都看着医师，两位医师仔细检查后，相对看了一眼，跪下磕头："殿下，我等无能。"语意婉转，可意思和郢一模一样，认为小夭已经没有救了。

这两位医师的父亲都曾跟着神农王学习医术，可以说，是得了神农王医术亲传的传人，他们若说没救，整个大荒应再无医师能救小夭。馨悦的眼泪落了下来，怕玱玹伤心，压抑着不敢哭。

玱玹却很平静，挥挥手示意医师下去，对馨悦说："小夭不会丢下我，她一定会挺过去。"

馨悦想说什么，金萱朝她悄悄摇头，馨悦吞下已经到了嘴边的话，把带来的一箱子稀世灵药交给玱玹。

玱玹说："谢谢。你留在这里也帮不上什么，但有件事情你却能帮我做，也只有你最适合做。"

馨悦道："我明白，我这就回去，曈表姐那里我去盘问，你放心，我一定会找出端倪。"

玱玹说："我送你出去。"

"不用了，你照顾小夭吧！"

玱玹对金萱说："你代我送一下馨悦。"

金萱把馨悦送到了殿门外，馨悦说："刚才谢谢你。"

金萱行礼："小姐太客气了。"

两个女人本没有任何关系，可因为喜欢上了同一个男人，关系变得微妙。

馨悦问两个医师："王姬可……真死了？"

两个医师回道："已死，五脏虽还有生气，但那全是靠着源源不绝的灵力在支撑，一旦停止输入灵力，五脏就会死透。"

馨悦犹豫了下，对金萱说："小夭已死，玱玹却还不愿接受现实，你们尽力宽慰一下他。"

馨悦跃上毕方鸟坐骑，带着医师，一行人离开了神农山。

金萱回到殿内，玱玹仍坐在榻旁。

输灵气的暗卫脸色发白，另一个暗卫立即换下了他。

玱玹问："璟的伤势如何？"

金萱回道："璟公子只是烧伤，郢医师说他伤势并不算严重，但他悲痛欲绝，在主动求死，所以一直昏迷不醒。"

玱玹沉默了一瞬，说道："他还算是对得起小夭的另眼相待。用灵药吊住他的性命，小夭若能熬过去，他自然会醒来。"

"是。"金萱默默退了出去。

玱玹一直守着小夭，一整夜都未离开。

潇潇回来时，金萱低声问："从昨日下午到现在一直在里面，要想办法劝一下吗？"

潇潇摇摇头："殿下清楚自己在做什么，他不能发怒，不能痛哭，更不能倒下，只能选择这种方式宣泄。我们做好自己的本分就行了。"

突然，守护神农山的护山阵势发出了尖锐的警告声，表示有人在硬闯神农山。

负责警戒天上的侍卫们驱策坐骑，向着某个方向飞去。霎时间，冷清了许久的神农山天上地下都是士兵。

潇潇拔出兵器，大声喝道："所有人各司其职，不许惊慌。"

金萱退进殿内，守在玱玹身边。

玱玹轻蔑地一笑："如果现在真有人想趁这个时机取我性命，我必让他后悔做了这个决定。"

灵力和阵法撞击，发出雷鸣一般的轰鸣声，玱玹笑对金萱说："来者灵力很高强，可不是一般的刺客，应该不是籍籍无名之辈，我们去会会。"

金萱想劝他，终究忍住了，应道："是。"在这个男人面前，一切都只能交由他掌控，她唯一能做的就是服从。

玱玹对几个暗卫说："不管发生什么，你们的任务就是保护好王姬。"

玱玹带着金萱走到殿外，看到天空中全是士兵。

一个人突破了阵法，向着紫金顶而来，白衣白发，银白的面具，长身玉立在白色的大雕上，纤尘不染得就如一片刚凝成的雪，在清晨的朝阳中异常刺目。

玱玹笑道："原来是老朋友。"

士兵将相柳围住，相柳用灵力把声音送到玱玹耳中："玱玹，你是想小夭活，还是想她死？"

玱玹脸色阴沉，消息一直在封锁中，除非相柳就是想杀小夭的人，否则他怎么可能这么快就得到消息？

玱玹怒到极点，反倒笑起来："让他下来。"

相柳落在殿前，他走向玱玹，一排侍卫将他隔开。相柳问："小夭在哪里？"

"你想要什么？"玱玹想不通相柳的目的，如果他想要求什么，那需要保住小夭的命才能交换，而不是杀了小夭，可是梅花谷内设阵的人显然是想要小夭的命。

相柳也是绝顶聪明的人，立即明白玱玹误会了他。他道："不是我做的，昨日下午之前我一直在清水镇外的大山中，这会儿刚到神农山。"

玱玹相信相柳说的话，因为相柳想撒谎不用这么拙劣。玱玹越发困惑："那你怎么可能知道小夭有事？"

相柳道："在清水镇，轩被小六下了一种怪毒，小六为了替轩解毒，把毒引到了另一个人身上。"

玱玹盯着相柳，抬了抬手："都退下。"

侍卫全部退下，相柳走到玱玹面前，玱玹转身向殿内走去："跟我来。"

相柳看到了小夭，他走过去，坐到水玉榻旁，凝视着无声无息的小夭。

玱玹看了眼潇潇，潇潇过去，替换下正在输灵力的暗卫，殿内的侍者都退了出去。

玱玹问："那个蛊在你身上？"

"嗯。"

"为什么？"玱玹能理解小夭为了帮他解蛊，不惜祸害另一个人，却不能理解相柳竟然容忍了小夭这么做。

相柳淡淡地说："这是我和小夭之间的事。"

玱玹说："你来此想干什么？为什么你刚才问我想小夭生还是想她死？"

"你把她交给我，我能救活她。"

"什么叫交给你？难道你不能在这里救她吗？"

"不能！"

玱玹苦笑："你是杀人无数的九命相柳，如果我脑袋还没糊涂，咱俩应该势不两立，你让我把妹妹交给你，我怎么可能相信你？"

"你不把她交给我，她只能死。"

玱玹的医师郼，师承轩辕和高辛两边的宫廷医师，医术十分好，他判定了小夭生机已断。馨悦带来的两位医师是中原最好的医师，他们也认为救不了小夭。玱玹相信，即使轩辕和高辛宫廷中最好的医师赶来，肯定和三位医师的判断相同。相柳是唯一认为小夭还未死的人，玱玹不相信相柳，可他更不能放弃这唯一可能救活小夭的机会，玱玹说："你让我考虑一下。"

相柳平静地说:"她就快没有时间了。"如果不是有这么多灵力高强的人不停地给小夭输灵力,纵使他现在赶到,也不可能了。只能说玱玹奢侈浪费的举动,为小夭争取了一线生机。

"你需要多少时间?我什么时候能再见到小夭?"

"不知道,也许一两年,也许几十年。"

玱玹在殿内走来走去,面色变来变去,终于他下定了决心:"你带她走吧!"玱玹盯着相柳,冷声说:"如果你敢伤害她,我必铲平神农义军,将你碎尸万段!"

相柳十分心平气和,淡然道:"我不伤害她,难道你就会不想铲平神农义军,不想将我砍成几段?"死都死了,几段和万段有何区别?

玱玹无奈地看着相柳,他有点明白小夭为什么能和相柳有交情了,这人虽然混账,但是混账得很有意思。

玱玹叹了口气,也心平气和地说:"反正你明白我的意思。"

相柳说:"把你所有的好药都给我。"

玱玹让金萱把紫金殿中所有的好药都拿出来,和馨悦带来的灵药一起装好:"够了吗?不够的话我可以再派人去轩辕王、高辛王、王母那里要。"

相柳看着地上的大箱子,嘲道:"足够了,难怪人人都想要权势。"

相柳俯身,抱起了小夭。

玱玹虽然做了决定,可真看到相柳要带走小夭,还是禁不住手握成了拳。他对潇潇说:"带他从密道出去,我可不想我妹妹的名字和个魔头牵扯到一起,我还指望着她嫁个好人家!"

相柳毫不在意,只是淡淡一笑,抱着小夭随着潇潇进了密道。

玱玹拿出两个若木做的傀儡,点入自己的精血,幻化成两个人。一个是小夭的模样,放到水玉榻上。一个是相柳的模样,玱玹对金萱说:"你送相柳出去吧!"

金萱送相柳出了大殿。

半晌后,潇潇回来,奏道:"已经送相柳离开神农山,我派了几个人暗中跟踪。"

玱玹说:"不会有用,相柳肯定会甩掉他们。"

潇潇沉默不语。

金萱也回来了,奏道:"已送相柳离开。"

玱玹微微颔首,表示知道了。

金萱说道:"殿下,涂山氏的璟公子还在紫金殿。不可能不给青丘那边一个交代,可璟公子的情形……处理不好只怕会影响殿下和涂山氏的关系。"

玱玹沉吟了一会儿,说:"馨悦一定已经通知了丰隆,丰隆应该很快会赶到,等他到了,麻烦他把璟送回青丘。"

◆

半夜里,丰隆赶到神农山。

玱玹知道榻上的傀儡瞒不住丰隆,也没打算瞒丰隆,把事情经过原原本本告诉了丰隆,只是隐下了相柳体内有蛊的事,丰隆自然也不可能知道小夭和相柳以前就认识。但相柳本就以心思诡诈、能谋人所不能谋在大荒内闻名,所以丰隆并未深究相柳的出现,只是分析他这么做的目的。

在小夭的事上,丰隆比玱玹更冷静理智,他说道:"不管相柳说的话是真是假,如果我是你,我也会选择相信他,毕竟只有这样,还有一线生机。而且,我觉得他真能救小夭,因为只有救活了小夭,他才能和你或者轩辕王谈条件。"

从昨日到现在,玱玹终于露出第一丝真心的微笑:"我相信你的判断。"

丰隆道:"其实这事你本不必告诉我。"

玱玹说:"有些事是私事,的确不方便告诉你,但这事有可能关系大局,你都愿意把性命押在我身上,我岂能不坦诚相待?"

丰隆道:"你难道不是把性命也押到了我身上?你若留在轩辕城徐徐图之,不是没有胜算,可你却来了中原。"

玱玹道:"因为我要的不仅仅是权势,一个王座算什么呢?"

丰隆道:"一个族长算什么呢?"

玱玹和丰隆相视而笑,玱玹道:"你随我来,我还要带你见一个人。"

丰隆看到昏迷的璟,愣住:"这是怎么回事?"

玱玹道:"我也不知道。我刚才和你说,我赶到山谷时,已是一片火海,我想冲进去,却被潇潇敲晕了,等我醒来时,潇潇已经救回小夭。让潇潇告诉你吧!"

潇潇对丰隆简洁明了地说:"我们进入阵势中搜救王姬,找到王姬时,看到璟公子护着王姬,如果不是璟公子用灵气护住了王姬,王姬的身体只怕早就焚毁,也正是因为他一直给王姬输入灵力,王姬才能留一线生机。可以说,其实是璟公子真正救了王姬。当时,璟公子已经昏迷,我们带着王姬和璟公子回到紫金顶，医师说璟公子伤势并不算严重，是他自己不愿求生，所以不能醒来。"

丰隆满脸茫然，喃喃道："璟不是在青丘吗？怎么会出现在梅谷中？这倒不重要，反正幸亏他出现，才救了小夭，但他为什么不愿求生？究竟发生了什么事？"

潇潇说："不知道，也许只有等璟公子醒来，或者抓到那几个想杀王姬的人，才能知道。"

丰隆已经冷静，明白瑢玹带他来看璟的意思，说道："你放心吧，我亲自送璟去青丘，璟和小夭都是受害者，现在小夭命悬一线，我想太夫人不会怪罪到你头上。"

瑢玹对丰隆作揖："那就麻烦你了。"

"你和我客气什么？我现在就送璟回青丘。追查凶手的事，妹妹在查办，我是赤水氏，不太好直接插手到中原的这些氏族中，但妹妹会随时告知我进展。"

"你处理璟的事就成，至于凶手……"瑢玹冷哼，"就算掘地三尺，我也会把他们都挖出来。"

丰隆护送着璟，星夜赶到青丘。

丰隆小时曾在涂山府住过十几年，与璟同吃同住，所以和太夫人十分亲近。虽然这次半夜里突然出现，但仆人依旧热情地把他迎了进去，立即去禀奏太夫人。

太夫人年纪大了，本就瞌睡少，这个时候已经醒了，只不过没起身而已。这会儿她正躺在榻上琢磨璟昨日的异常举动，不知道他究竟预感到了什么，只希望不会是祸事，一直没他的消息，天亮后该派人去找他了。

太夫人听到婢女说丰隆求见，立即让婢女扶着坐起："叫丰隆儿赶紧进来。"

婢女为难地说："丰隆公子请太夫人移步过去见他。"

太夫人倒没介意，一边穿衣服，一边说："丰隆儿不是不知礼数的人，这么做必定有原因，我们赶紧过去。"

走进丰隆的屋子，太夫人看到了躺在榻上的孙子，身子晃了一晃，丰隆赶紧说："伤势不重。"

太夫人平静下来，坐到榻旁："究竟发生了什么事？"

丰隆把高辛王姬遇险的事仔细交代了一番，把潇潇的话原封不动地重复了一遍，只把相柳的事隐瞒了下来。丰隆说道："王姬现在生死未卜，凶手还未找到，如今只能看出是璟救了王姬，可为什么璟萌生死志、不愿求生，我们都不清楚。

珨玹王子拜托我把璟送回来,也许璟回到家中,能苏醒过来。"

太夫人立即让婢女去叫医师。

医师赶来,把完脉后,对太夫人回道:"公子的伤没有大碍,他是哀伤过度,心神骤散,五内俱伤,这病却是无药可医,只能用灵药保住性命,再设法唤醒公子,慢慢开解他。"

丰隆安慰太夫人:"奶奶不必担心,我很了解璟,他看着柔和善良,却心性坚韧,一定不会有事。"

太夫人不说话,只是默默地看着孙儿。

璟失踪十年,回来后,不肯说究竟发生了什么,却坚决要求取消婚约,太夫人劝不动他,想着先用缓兵之计,表面上说需要时间考虑退婚,暗地里处处制造机会,诱哄着璟和意映多相处。她想着只要两人多点机会相处,意映姿容不凡,璟迟早会动情,可没想到璟竟然直接对意映表明心有所属,想说服意映取消婚约。她和意映拗不过璟,一再退让,都同意了璟可以娶那女子,她甚至告诉璟,人娶进了门,他想宠爱哪个女人,随他意,就算他一次不进意映的房,那也是意映自己没本事。璟却依旧坚持要退婚,太夫人一直想不通原因。现在,终于明白了。如果璟心有所属的那个女子是王姬,一切就说得通了。

太夫人又气又伤,恨不得狠狠捶璟一顿,可当务之急,是要保住璟的命。

太夫人思来想去,半晌后,对心腹婢女小鱼说:"璟儿的病情不许外泄。"

小鱼回道:"奴婢已经在外面设了禁制,除了诊病的医师胡珍,只有丰隆公子和太夫人知道。"

丰隆说:"我来时很小心,没有人知道我是带着璟一起来的。"

太夫人对丰隆说:"我有一事相求。"

丰隆忙起身行礼,恭敬地说道:"奶奶有事尽管吩咐,千万别和丰隆儿客气,否则我爷爷该揍我了。"

太夫人扶起丰隆,握着丰隆的手,道:"你把璟儿带去小炎奔府,让他在小炎奔府养伤,我会命静夜和胡哑,还有刚才给璟诊病的医师胡珍一块儿跟去,平日他们会照顾璟。"

丰隆立即猜到太夫人是觉得自己毕竟老了,担忧涂山府中有人会趁这个机会取璟的性命。丰隆说:"奶奶放心,小炎奔府的护卫本就很周密,这次出了这样的事,妹妹一定会把府里的人看管得更紧。我也会安排几个死卫保护璟。"

太夫人用力地拍拍丰隆的手:"好、好!"太夫人的眼泪差点要落下,表兄弟像亲兄弟,真正的亲兄弟却挥剑相向。

太夫人说："为了保密，趁着天还没亮，你赶紧带璟儿离开吧！"

　　丰隆应道："好。奶奶，您保重，我会让妹妹经常派人给您送消息。"

　　在太夫人的安排下，丰隆带着璟从青丘秘密赶回轵邑。

　　馨悦听完因由后，把璟安顿在了他早已住惯的木樨园。

　　除了静夜、胡哑、医师胡珍，馨悦还安排了几个灵力高强的心腹明里照管花木，暗中保护木樨园，丰隆也留下了几个赤水氏训练的死卫保护璟。

　　回到木樨园，静夜觉得公子的心绪好像平和了许多，也许太夫人为了保护公子的举动，其实在无意中真的救了公子。

　　只是，每次她一想到胡珍说的话，就觉得害怕，究竟发生了什么事，能让公子在瞬间悲痛到心神消散，只想求死？

　　静夜隐隐猜到原因，暗暗祈求那位能让公子再次奏出欢愉琴音的高辛王姬千万不要出事，否则她真怕公子永不会醒来。

第五章
但感别时久

神农山的地牢。

墙壁上燃着十几盏油灯,将地牢内照得亮如白昼。

沐斐满身血污,被吊在半空。

地牢的门打开,玱玹、丰隆、馨悦走了进来。馨悦蹙着眉,用手帕捂住口鼻。玱玹回头对她说:"你要不舒服,就去外面。"

馨悦摇摇头。

丰隆说道:"我们又不在她面前动刑,这是中原氏族的事,让她听着点,也好有个决断。"

一个高个的侍从对玱玹说道:"我们现在只对他动用了三种酷刑,他的身体已受不住,一心求死,却始终不肯招供出同谋。"

玱玹说道:"放他下来。"

侍从将沐斐放下来,沐斐睁开眼睛,对玱玹说:"是我杀了你妹妹,要杀要剐,随君意愿。"

丰隆说:"就凭你一人?你未免太高看自己了。"

沐斐冷笑着不说话,闭上了眼睛,表明要别的没有,要命就一条,请随便拿去!

玱玹蹲下,缓缓说道:"你们在动手前,必定已经商量好你是弃子,所有会留下线索的事都是你在做。我想之所以选择你是弃子,不仅因为你够英勇,还因为纵使两位陛下震怒,要杀也只能杀你一人,你的族人早已死光,无族可灭。"

沐斐睁开眼睛,阴森森地笑着,以一种居高临下的神情看着玱玹,似乎悲悯着玱玹的无知。

玱玹微微笑道:"不过,如果沐氏一族真的只剩了你一个人,你一死,沐氏的血脉也就灭绝了。当年为了从赤宸的屠刀下保住你,一定死了无数人。我相信,不管你再英勇,再有什么大事要完成,也不敢做出让沐氏血脉灭绝的事。如果我没有猜错,你应该已经有子嗣。"

沐斐的神情变了,玱玹的微笑消失,只剩下冷酷:"你可以选择沉默地死去,但我一定会把你的子嗣找出来,送他去和沐氏全族团聚。"

沐斐咬着牙,一声不吭。

玱玹叫:"潇潇。"

潇潇进来,奏道:"已经把近一百年和沐斐有过接触的女子详细排查了一遍,目前有两个女子可疑。一个是沐斐乳娘的女儿,她曾很恋慕沐斐,在十五年前嫁人,婚后育有一子。还有一个是沐斐寄居在亲戚曈氏家中时,服侍过他的婢女,叫柳儿。柳儿在二十八年前,因为和人私通,被赶出曈府,从此下落不明。"

玱玹道:"继续查,把那个婢女找出来。既然是和人私通,想来很有可能为奸夫生下孩子。"

"是。"

潇潇转身出去。

沐斐的身子背叛了他的意志,在轻轻颤抖,却还是不肯说话,他只是愤怒绝望地瞪着玱玹。

玱玹道:"你伤了我妹妹,我一定会要你的命,但只要你告诉我一件事,我就不动你儿子。"

沐斐闭上眼睛,拒绝再和玱玹说话,可他的手一直在颤抖。

玱玹说:"你不想背叛你的同伴,我理解,我不是问他们的名字,我只是想知道你为什么要杀小夭,只要你告诉我,你为什么要杀小夭,我就放过你儿子。"

玱玹站起:"你好好想想,不要企图自尽,否则我会把所有酷刑用到你儿子身上。"

玱玹对丰隆和馨悦说:"走吧!"

馨悦小步跑着,逃出地牢。等远离了地牢,她赶紧站在风口,大口呼吸着新鲜空气。

玱玹和丰隆走了出来,馨悦问:"为什么不用他儿子的性命直接逼问他的同谋?"

丰隆说:"说出同谋的名字,就是背叛,那还需要僵持一段时间,才能让他开口。玱玹问的是为什么要杀小夭,他回答了也不算背叛,不需要太多心理挣扎,只要今夜让狱卒多弄几声孩子的啼哭惨叫,我估计明天他就会招供。只要知道了他为什么要杀小夭，找他的同谋不难。"

◆

地牢里，没有时间的概念，所以时间显得特别长、特别难熬。

沐斐半夜里就支撑不住，大吼着要见玱玹，还要求丰隆必须在场。

幸亏馨悦虽然回了小炎奔府，丰隆却还在神农山。

当玱玹和丰隆再次走进地牢，沐斐说道："我可以告诉你为什么要杀你妹妹，但我要你的承诺，永不伤害我儿子。"

玱玹爽快地说："只要你如实告诉我，我不会伤害他。"

沐斐看向丰隆，冷冷地说："他是轩辕族的，我不相信他，我要你的承诺，我要你亲口对我说，保证任何人都不会伤害我儿子。"

丰隆对沐斐笑了笑，说道："只要你告诉玱玹的是事实，我保证任何人不能以你做过的事去伤害你儿子，但如果你儿子长大后，自己为非作歹，别说玱玹，我都会去收拾他！"

沐斐愣了一愣："长大后？"他似乎遥想着儿子长大后的样子，竟然也笑了，喃喃说："他和我不一样，他会是个好人。可惜，我看不到了……"

因为丰隆的话，沐斐身上的尖锐淡去，变得温和了不少，他对丰隆说："你也许在心里痛恨我为中原氏族惹来这么大的祸事，可是，我必须杀她。如果换成你，你也会做和我一模一样的事，因为她根本不是什么高辛王姬，她是赤宸的女儿。"

丰隆说："不可能！"

沐斐惨笑："我记得那个魔头的眼睛，我不会认错。自从见到假王姬后，我虽然又恨又怒，却还是小心查证了一番，假王姬的舅舅亲口说假王姬是赤宸的女儿，他还说当年轩辕的九王子就是因为撞破了轩辕王姬和赤宸的奸情，才被轩辕王姬杀了。"

玱玹冷哼一声："胡说八道！不错，姑姑的确是杀了我的九叔，但不是什么奸情，而是……"玱玹顿了一顿，"我娘想刺杀九叔，却误杀了九叔的亲娘，我爷爷的三妃。我娘知道九叔必定会杀我，她自尽时，拜托姑姑一定要保护我，姑姑答应了我娘，姑姑是为了保护我，才杀了九叔。"

外面都说玱玹的娘是战争中受了重伤，不治而亡，竟然是自尽……这些王室秘闻，沐斐和丰隆都是第一次听闻，沐斐知道玱玹说的是真话。

丰隆也说道："你从没见过高辛王，所以不清楚高辛王的精明和冷酷，但你总该听说过五王之乱。高辛王可是亲自监刑，斩杀了他的五个亲弟弟，还把五王的妻妾儿女全部诛杀，你觉得这样一个帝王，连你都能查出来的事，他会查不出来？如果他有半分不确信小夭是他的女儿，他会为小夭举行那么盛大的拜祭仪式？那简直是向全大荒昭告他有多喜爱小夭！"

沐斐糊涂了，难道他真杀错了人？不，不会！他绝不会认错那一双眼睛！沐斐喃喃说："我不会认错，我不会认错……"

玱玹冷冷地说："就算知道错了，也晚了！你伤害了小夭，必须拿命偿还！"

玱玹转身就走，丰隆随着他出了地牢。

玱玹面无表情地站在悬崖边上，虽然刚才他看似毫不相信地驳斥了沐斐，可心里真的是毫不相信吗？已经不是第一次听到小夭是赤宸的女儿了，玱玹开始明白小夭的恐惧，一次、两次都当了笑话，可三次、四次……却会忍不住去搜寻自己的记忆，姑姑和赤宸之间……

丰隆静静站在玱玹身后。玱玹沉默了许久，说道："被赤宸灭族的氏族不少，可还有遗孤的应该不会太多，首先要和沐斐交好，才能信任彼此，密谋此事；其次应该修炼的是水灵、木灵。另外，我总觉得他们中有一个是女子。只有女子配合，才有可能在适当的时机，不露痕迹地分开馨悦和小夭，阻拦下我派给小夭的护卫苗莆。有了这么多信息，你心里应该已经约莫知道是谁做的了。"

丰隆说："你明天夜里来小炎奔府，我和馨悦会给你一个交代。"

玱玹道："沐斐刚才说的话，我希望只你我知道。不仅仅因为这事关系着我姑姑和高辛王陛下的声誉，更因为我那两个好王叔竟然想利用中原的氏族杀了小夭。"

丰隆说道："我明白。"小夭的事可大可小，如果处理不好，说不定整个中原都会再起动荡。

玱玹说："我把小夭放在明处，吸引所有敌人的注意，让我的敌人们以为她是我最大的助力。就连把她送到小炎奔府去住，也是让别人以为我是想利用小夭讨好你，他们看我费尽心机接近你，反而会肯定你还没站在我这一边，其实是我给小夭招来的祸事。丰隆，小夭一直都知道我在利用她。"

丰隆拍了拍玱玹的肩膀："小夭不会有事。"

玱玹苦笑："只能把全部希望寄托在相柳身上。"

深夜，玱玹在暗卫的保护下，秘密进入小炎奔府。

馨悦的死卫将玱玹请到密室。

丰隆和馨悦已经在等他，玱玹坐到他们对面。

丰隆对馨悦点了下头，馨悦说道："经过哥哥的排查，确认伤害小夭的凶手有四个人，除了沐氏的沐斐，还有申氏、詹氏和晋氏三族的遗孤，申柽、詹雪绫、晋越剑。"

玱玹说："很好，谢谢你们。"

馨悦说："雪绫是樊氏大郎的未婚妻，他们青梅竹马，一块儿长大，三个月后就要成婚。越剑和郑氏的嫡女小时就定了亲，樊氏、郑氏都是中原六大氏。"

玱玹盯着馨悦，淡淡问："你是什么意思？"

馨悦的心颤了一颤，喃喃说："我、我……只是建议你再考虑一下。"

丰隆安抚地拍了妹妹的背一下，对玱玹说："其实也是我的意思。你现在正是用人之时，如果你杀了他们，就会和中原六大氏中的两氏结怨，很不值得！玱玹，成大事者，必须要懂得什么能做，什么不能做。小夭受伤已成事实，你杀了他们，也不能扭转，只不过泄一时之怒而已，没有意义！但你饶了他们，却会让你多一份助力，成就大业。"

玱玹沉吟不语，一会儿后才说道："你说得很对。"

丰隆和馨悦都放下心来，露了笑意。

玱玹笑了笑，说道："我想给你们讲个我小时候的事。那时，我还很小，我爹和我娘去打仗了，就是和你们爷爷的那场战争，我在奶奶身边，由奶奶照顾。有一天，姑姑突然带着昏迷的娘回来了，姑姑跪在奶奶面前不停地磕头，因为她没有带回我爹。我爹战死了！奶奶问姑姑究竟怎么回事，姑姑想让我出去，奶奶却让我留下，她说从现在起，我是这个家中唯一的男人了。姑姑说的话，我听得半懂不懂，只隐约明白爹爹本来可以不死，是九叔害了他，可爷爷却会包庇九叔。我看到奶奶、姑姑，还有我娘三个人相对落泪。"

玱玹看着丰隆和馨悦："你们从没有经历过痛失亲人的痛苦，所以无法想象三个女人的痛苦，她们三人都是我见过的世间最坚强的女子，可是那一刻，她们三人却凄苦无助，茫茫不知所依，令见者心碎。就在那一刻，我对自己发誓，我一定要强大，要变得比轩辕王更强大，我一定要保护她们，再不让她们这样无助凄伤地哭泣。可是，她们都等不到我长大，我娘自尽了，我奶奶伤心而死，我姑姑战死，我没能保护她们，她们最后依旧孤苦无依地死了……"

玱玹猛地停住，他面带微笑，静静地坐着，丰隆和馨悦一声都不敢吭。

半晌后，玱玹才说："我是因为想保护她们，才想快快长大，快点变强，才立志要站在比爷爷更高的地方。我现在长大了，虽然还不够强大，但我绝不会让任何人再伤害我的亲人。如果今日我为了获取力量，而放弃惩罚伤害小夭的人，我就是背叛了朝云殿上的我，我日后将不能再坦然地回忆起所有过往的快乐和辛苦。"

　　玱玹对丰隆说："的确如你所说，这世间有事可为，有事不可为，但无论什么理由，都不该背叛自己。我希望有朝一日，我站在高山之巅、俯瞰众生时，能面对着大好江山，坦然自豪地回忆一切，我不希望自己变得像我爷爷一样，得了天下，却又把自己锁在朝云殿内。"

　　丰隆怔怔地看着玱玹，玱玹又对馨悦说："你劝我放弃时，可想过今日我能为一个理由舍弃保护小夭，他日我也许就能为另一个理由舍弃保护你？"

　　馨悦呆住，讷讷不能言。

　　玱玹说："我不是个好人，也不会是女人满意的好情郎，但我绝不会放弃保护我的女人们！不管是你，还是潇潇、金萱，只要任何人敢伤害你们，我都一定不会饶恕！"

　　馨悦唇边绽出笑，眼中浮出泪，似乎想笑，又似乎想哭。

　　玱玹笑道："绝大多数情况下，我都是个趋利避害、心狠手辣的混账，但极少数情况下，我愿意选择去走一条更艰难的路。得罪了樊氏和郑氏的确不利，我的确是放弃大道，走了荆棘小路，但又怎么样呢？大不了我就辛苦一点，披荆斩棘地走呗！"

　　丰隆大笑起来："好，我陪你走荆棘路！"

　　玱玹道："我相信，迟早有一日，樊氏和郑氏会觉得还是跟着我比较好。"

　　丰隆忍不住给了玱玹一拳："疯狂的自信啊！不过……"他揽住玱玹的肩，扬扬自得地说："不愧是我挑中的人！"

　　玱玹黑了脸，推开他，对馨悦说："我没有特殊癖好，你千万不要误会。"

　　馨悦扑哧一声笑了出来，一边匆匆往外走，一边悄悄印去眼角的泪："懒得理你们，两个疯子！"

　　丰隆看密室的门合上了，压着声音问："你究竟是喜欢我妹的身份多一点，还是她的人多一点？"

　　玱玹叹气："那你究竟是喜欢小夭的身份多一点，还是她的人多一点？"

　　丰隆干笑。

　　玱玹说："虽然决定了要杀他们，但如何杀却很有讲究，如果方式对，樊氏和郑氏依旧会很不高兴，不过怨恨能少一些。"

　　丰隆发出啧啧声，笑嘲道："你刚才那一堆话把我妹妹都给忽悠哭了，原来还是不想走荆棘路。"

　　玱玹盯着丰隆："你不要让我怀疑自己挑人的眼光。"

丰隆笑道："你想怎么杀？"

"如果把沐氏、申氏、詹氏、晋氏都交给爷爷处置，有心人难免会做出一些揣测，不利于小夭，所以要麻烦你和馨悦把此事遮掩住，让你爹只把沐斐交给爷爷。申氏、詹氏和晋氏，我自己料理，这样做，也不会惊动王叔。"

"你打算怎么料理？"

"虽然有无数种法子对付詹雪绫，不过看在她是女人的分儿上，我不想为难她，给她个痛快吧！但越剑，先毁了他的声誉，让郑氏退亲，等他一无所有时，再要他的命。申柊交给我的手下去处理，看看他能经受多少种酷刑。"

丰隆心里其实很欣赏玱玹的这个决定，但依旧忍不住打击嘲讽玱玹："难怪女人一个两个都喜欢你，你果然对女人心软。"

玱玹站起："我得赶回去了。"玱玹走到门口，又回身，"璟如何了？"

丰隆叹了口气，摇摇头："完全靠着灵药在续命，长此以往肯定不行。"丰隆犹豫了下，问道："你说他到底是为了什么伤心欲绝？"

玱玹道："等他醒来，你去问他。"

玱玹拉开密室的门，在暗卫的护卫下，悄悄离开。

又过了好几日，众人才知道高辛王姬遇到袭击，受了重伤。

小炎弇捉住了凶手，是沐氏的公子沐斐。因为沐斐是沐氏最后的一点血脉，中原的几个氏族联合为沐斐求情，不论断腿还是削鼻，只求轩辕王为沐氏留一点血脉。

轩辕王下旨将沐斐千刀万剐，暴尸荒野，并严厉申斥了联合为沐斐求情的几个氏族，甚至下令两个氏族立即换个更称职的族长。

高辛王派了使者到中原，宴请中原各大氏族，当众宣布，高辛不再欢迎这几个氏族的子弟进入高辛。自上古到现在，高辛一直掌握着大荒内最精湛的铸造技艺，大部分的神族子弟在成长中，都需要去高辛，寻访好的铸造师，为自己铸造最称心如意的兵器。高辛王此举，无疑是剥夺了这几个氏族子弟的战斗力。

一时间中原人心惶惶，生怕又起动荡。幸亏有小炎弇，在他的安抚下，事件才慢慢平息，众人都希望王姬的伤赶紧养好，高辛王能息怒。

◆

小夭觉得自己死前看见的最后一幅画面是铺天盖地的梅花飞向自己。

不觉得恐怖，反而觉得真美丽啊！

那么绚烂的梅花，像云霞一般包裹住了自己，一阵剧痛之后，身体里的温暖随着鲜血迅速地流逝，一切都变得麻木。

她能清晰地感觉到，自己的心跳在渐渐地微弱，可就在一切都要停止时，她听到了另一颗心脏跳动的声音，强壮有力，牵引着她的心脏，让它不会完全停止。就如被人护在掌心的一点烛火，看似随时会熄灭，可摇曳闪烁，总是微弱地亮着。

小夭好似能听到相柳在讥嘲地问："只是这样，你就打算放弃了吗？"

小夭忍不住想反唇相讥：什么叫就这样？你若被人打得像筛子一样，全身上下都漏风，想不放弃也得放弃。

她真的没力气了，就那一点点比风中烛火更微弱的心跳都已耗尽她全部的力气。即使有另一颗心脏的牵引鼓励，她的心跳也越来越微弱。

突然，源源不绝的灵力输入进来，让那点微弱的心跳能继续。

她听不到、看不见、什么都感受不到，可是她觉得难过，因为那些灵力是那么伤心绝望。连灵力都在哭泣，小夭实在想不出来这些灵力的主人该多么伤心绝望。

小夭想看看究竟是谁在难过，却实在没有力气，只能随着另一颗心脏的牵引，把自己慢慢锁了起来，就如一朵鲜花从盛放变回花骨朵，又从花骨朵变回一颗种子，藏进了土壤中。等待严冬过去，春天来临。

小夭看不见、听不到、感受不到，却又有意识，十分痛苦。

就像是睡觉，如果真睡着了，感受不到时间的流逝，也无所谓，可是身体在沉睡，意识却清醒，如同整个人被关在一个狭小的棺材中，埋入了漆黑的地下。清醒的沉睡，很难挨！

寂灭的黑暗中，时间没有开始，也没有结束，一切都成了永恒。

小夭不知道她在黑暗里已经待了多久，更不知道她还要待多久，她被困在了永恒中。小夭第一次知道永恒才是天下最恐怖的事，就好比，吃鸭脖子是一件很享受的事，可如果将吃鸭脖子变成永恒，永远都在吃，没有终点，那么绝对不是享受，而是最恐怖的酷刑。

永恒的黑暗中，小夭觉得已经过了一百万年。如果意识能自杀，她肯定会杀了自己的意识，可是，她什么都做不了，只能永远如此，她甚至开始怨恨救了自己的人。

有一天，小夭突然能感觉到一点东西，好似有温暖从外面流入她的身体，一点点驱除着冰凉。她贪婪地吸收着那些温暖。

每隔一段日子，就会有温暖流入。虽然等待很漫长，可因为等待的温暖终会来到，那么即使漫长，也并不可怕。

一次又一次温暖的流入，也不知道过了多久，她心脏的跳动渐渐变得强劲了一些，就好似在微弱的烛火上加了个灯罩，烛火虽然仍不明亮，可至少不再像随时会熄灭了。

有一次，当温暖流入她的身体时，小夭再次感受到了另一颗心脏的跳动，她的心在欢呼，就好似遇见了老朋友。

小夭想笑：相柳，是你吗？我为你疗了那么多次伤，也终于轮到你回报我一次了。

一次又一次，小夭不知道究竟过了多久，只是觉得时间真是漫长啊！

在寂灭的永恒黑暗中，相柳每次来给她疗伤成了她唯一觉得自己还活着的时候，至少她能感受到他给予的温暖，能感受到另一颗心脏的跳动。

又不知道过了多久，有一天，当温暖慢慢地流入她的身体时，小夭突然觉得自己有了感觉，她能感受到有人在抱着她。

很奇怪，她听不到、看不见，甚至感受不到自己的身体，可也许因为体内的蛊，两颗心相连，她能模糊感受到他的动作。

他好像轻轻地抚摸着她的脸颊，然后他好像睡着了，在她身边一动不动，小夭觉得困，也睡着了。

当小夭醒来时，相柳已经不在。

小夭不知道自己等了多久，也许是几个时辰，她再次感受到相柳，就好像他回家了，先摸了摸她的额头，跟她打招呼，之后他躺在了她身边。

他又睡着了，小夭也睡着了。

因为相柳的离开和归来，小夭不再觉得恐怖，因为一切不再是静止的永恒，她能通过他感受到时间的流逝，感受到变化。

每隔二三十天，相柳会给她疗伤一次，疗伤时，他们应该很亲密，因为小夭觉得他紧紧地拥抱着自己，全身上下都能感受到他。可平日里，相柳并不会抱她，最多摸摸她的额头脸颊。

又不知道过了多久，小夭只能估摸着至少过了很多年，因为相柳给她疗伤了很多次，多得她已经记不住了。

渐渐地，小夭的感觉越来越清晰，当相柳拥抱着她时，她甚至能感受到他的体温，也开始清楚地意识到流入她身体的温暖是什么，那应该是相柳的血液。和一般的血液不同，有着滚烫的温度，每一滴血，像一团小火焰。小夭只能推测也许是相柳的本命精血。

相柳把自己的本命精血喂给她，但大概他全身都是毒，血液也是剧毒，所以他又必须再帮她把他血液中蕴含的毒吸出来。

小夭知道蛊术中有一种方法，能用自己的命帮另一人续命，如果相柳真的是用自己的命给她续命，她希望他真的有九条命，让给她一条也不算太吃亏。

有一天，小夭突然听到了声音，很沉闷的一声轻响，她急切地想再次验证自己能听到声音了，可是相柳竟然是如此沉闷的一个人，整整一夜，他什么声音都没有发出。

小夭急得压根儿睡不着，一个人在无声地呐喊，可是怎么呐喊都没用，身边的人平静地躺着，连呼吸声都没有。

早上，他要离开了，终于，又一声沉闷的声音传来，好似什么东西缓缓合上的声音。小夭既觉得是自己真的能听到了，又觉得是自己太过想听到而出现的幻觉。

小夭强撑着不休息，为了能再听到一些声音。可是相柳已经不在，四周死寂，没有任何声音。

直到晚上，终于又响起了一点声音。相柳到了她身旁，摸了摸小夭的额头，握住了她的手腕。小夭激动地想，她真的能听到了，那一声应该是开门的声音，可小夭又觉得自己不像是躺在一个屋子里。

刚开始什么都听不到时，觉得难受，现在，发现自己又能听到了，小夭无比希望能听到一些声音，尤其是人的说话声，她想听到有人叫她的名字，证明她仍活着，可相柳竟然一点声音没发出。

整整一夜，他又是一句话没说。

清晨，相柳离开了。

一连好几天，相柳没有一句话。小夭悲愤且恶毒地想，难道这么多年中发生了什么事，相柳变成了哑巴？

又到了每月一次的疗伤日。

相柳抱住小夭，把自己的本命精血喂给小夭，用灵力把小夭的经脉全部游走了一遍，然后他咬破了小夭的脖子，把自己血液中带的毒吸了出来。

等疗伤结束，相柳并没有立即放开小夭，而是依旧拥着她。

半响后，相柳轻轻地放下小夭，抚着小夭的脸颊说："小夭，希望你醒后，不会恨我。"

小夭在心里嚷：不恨，不恨，保证不恨，只要你多说几句话。

可是，相柳又沉默了。

小夭不禁恨恨地想：我恨你，我恨你！就算你救了我，我也要恨你！

小夭想听见声音，却什么都听不到，她晚上睡不好，白日生闷气，整天都不开心。

相柳每日回来时，都会检查小夭的身体，觉得这几天，小夭无声无息，看上去和以前一样，可眉眼又好似不一样。

相柳忽然想起了小夭以前的狡诈慧黠，总嚷嚷害怕寂寞，他对小夭说："你是不是在海底躺闷了？"

小夭惊诧：我在海底？我竟然在海底？难怪她一直觉得自己好似飘浮在云朵中一般。

相柳说："我带你去海上看看月亮吧！"

小夭欢呼雀跃：好啊，好啊！

相柳抱住小夭，像两尾鱼儿一般，向上游去。

他们到了海面上，小夭感觉到海潮起伏，还有海风吹拂着她，她能听到潮声、风声，小夭激动得想落泪。

相柳说道："今夜是上弦月，像一把弓。每次满月时，我都要给你疗伤，不可能带你来海上，我也好多年没有看见过满月了。"

小夭心想，原来我没有估计错，他真的是每月给我疗伤一次。听说满月时，妖族的妖力最强，大概正因为如此，相柳才选择满月时给她疗伤。

相柳不再说话，只是静拥着小夭，随着海浪起伏，天上的月亮，静静地照拂着他们。

小夭舒服地睡着了。

相柳低头看她，微微地笑了。

从那日之后，隔几日，相柳就会带小夭出去玩一次，有时候是海上，有时候是在海里。

相柳的话依旧很少，但会说几句。也许因为小夭无声无息、没有表情、不能做任何反应,他的话也是东一句、西一句,想起什么就说什么。

月儿已经快圆,周围浮着丝丝缕缕的云彩,乍一看像是给月儿镶了花边,相柳说道:"今晚的月亮有点像你的狌狌镜,你偷偷记忆在狌狌镜子里的往事……"

小夭简直全身冒冷汗。

相柳停顿了好一会儿,淡淡说:"等你醒来后,必须消除。"

小夭擦着冷汗说:只要你别发火,让我毁了狌狌镜都行!

有一次,他们碰上海底大涡流,像陆地上的龙卷风,却比龙卷风更可怕。

相柳说:"我从奴隶死斗场里逃出来时,满身都是伤,差点死在涡流中,是义父救了我。那时,神农王还健在,神农国还没有灭亡,义父在神农国,是和炎犴、赤宸齐名的大将军,他为了救我一个逃跑的妖奴,却被我刺伤,可他毫不介意,看出我重伤难治,竟然以德报怨,给我传授了疗伤功法,他说要带我去求神农王医治,可我不相信他,又逃了。"

小夭很希望相柳再讲一些他和洪江之间的事,相柳却没有继续讲,带着小夭避开了大涡流。

很久后,某一夜,相柳带她去海上时,小夭感觉到一片又一片冰凉落在脸上。相柳拂去小夭脸颊上的雪:"下雪了。你见过的最美的雪在哪里?"

小夭想了想,肯定地说:在千里冰封、万里雪飘的极北之地,最恐怖,也最美丽!

鹅毛大雪,纷纷扬扬地飘下,落在了相柳身上。

相柳说:"极北之地的雪是我见过的最美丽的雪。我为了逃避追杀,逃到了极北之地,一躲就是一百多年。极北之地的雪不仅救了我的命,还让我心生感悟,从义父传我的疗伤功法中自创了一套修炼功法。"

小夭想:难怪每次看相柳杀人都美得如雪花飞舞!

相柳笑了笑,说:"外人觉得我常穿白衣是因为奇怪癖好,其实,不过是想要活下去的一个习惯而已。在极北之地,白色是最容易藏匿的颜色。"

相柳又不说话了。小夭心痒难耐,只能自己琢磨,他应该是遇见防风邶之后才决定离开。神农国灭后,洪江落魄,亲朋好友都离洪江而去,某只九头妖却主动送上了门,也许一开始只是想了结一段恩情,可没想到被洪江看中,收为了义子。恩易偿,情却难还。

想到这里,小夭有些恨洪江,却觉得自己的恨实在莫名其妙,只能闷闷不乐地和自己生闷气。

相柳抚她的眉眼："你不高兴吗？难道不喜欢看雪？那我带你去海里玩。"

相柳带着小夭沉入了海底。

又不知道过了多少年，小夭感觉自己好像能感受到自己的脚了，她尝试着动脚趾，却不知道究竟有没有动，她也不可能叫相柳帮她看一看。可不管动没动，小夭都觉得她的身体应该快要苏醒了。

有一天，相柳回来时，没有像以往一样，摸摸她的额头，而是一直凝视着她。小夭猜不透相柳在想什么，唯一能感觉到的是他在考虑什么、要做决定。

相柳抱起小夭："今夜是月圆之夜，我带你去玩一会儿吧！"

小夭不解，月圆之夜不是应该疗伤吗？

相柳带着她四处闲逛，有时在大海中漫游，有时去海面上随潮起潮落。

今夜的他和往日截然不同，话多了很多，每到一个地方，他都会说话。

"那里有一只玳瑁，比你在清水镇时睡的那张榻大，你若喜欢，日后可以用玳瑁做一张榻。"

"一只鱼怪，它的鱼丹应该比你身上戴的那枚鱼丹紫好，不过，你以后用不着这玩意儿。"

大海中传来奇怪的声音，既不像是乐器的乐声，也不像是人类的歌声，那声音比乐器的声音更缠绵动情，比人类的歌声更空灵纯净，美妙得简直难以言喻，是小夭平生听到的最美妙的声音。

相柳说："鲛人又到发情期了，那是他们求偶的歌声，据说是世间最美的歌声，人族和神族都听不到。也许你苏醒后，能听到。"

相柳带着小夭游逛了大半夜，才返回。

"小夭，你还记得涂山璟吗？玟小六的叶十七。自你昏睡后，他也昏迷不醒，全靠灵药续命，支撑到现在，已经再支撑不下去，他就快死了。"

璟、璟……小夭自己死时，都没觉得难过。生命既有开始，自然有终结，开始不见得是喜悦，终结也不见得是悲伤，可现在，她觉得很难过，她不想璟死。

小夭努力地想动。

相柳问："如果他死了，你是不是会很伤心，恨我入骨？"

小夭在心里回答：我不要璟死，我也不会恨你。

相柳说："今晚我要唤醒你了。"

相柳把自己的本命精血喂给小夭，和以前不同，如果以前他的精血是温暖的小火焰，能驱开小夭身体内死亡带来的冰冷，那么今夜，他的精血就是熊熊烈火，在炙烤着小夭。它们在她体内乱冲乱撞，好似把她的身体炸裂成一片片，又一点点糅合在一起。

小夭喊不出、叫不出，身体在剧烈地颤抖。渐渐地，她的手能动了，她的腿能动了，终于，她痛苦地尖叫了一声，所有神识融入身体，在极度的痛苦中昏死过去。

小夭醒来的一瞬，觉得阳光袭到她眼，她下意识地翻了个身，闭着眼睛接着睡。

突然，她睁开眼睛，不敢相信地愣愣发了会儿呆，缓缓把手举起。

啊！她真的能动了！

"相柳！"小夭立即翻身坐起，却砰的一声，撞到什么，撞得脑袋疼。

没有人回答她，只看到有一线阳光从外面射进来，小夭觉得自己好像在什么壳子里，她尝试着用手去撑头上的墙壁，墙壁像是花儿绽放一般，居然缓缓打开了。

一瞬间，小夭被阳光包围。

只有被黑暗拘禁过的人才会明白这世间最普通的阳光是多么宝贵！阳光刺着她的眼睛，可她都舍不得闭眼，迎着阳光幸福地站起，眼中浮起泪花，忍不住长啸几声。

待心情稍微平静后，小夭才发现自己穿着宽松的白色纱衣，站在一枚打开的大贝壳上，身周是无边无际的蔚蓝大海，海浪击打在贝壳上，溅起了无数朵白色的浪花。

原来，这么多年，她一直被相柳放在一枚贝壳中沉睡，小夭不禁微笑，岂不是很像一粒藏在贝壳中的珍珠？

小夭把手拢在嘴边，大声叫："相柳、相柳，你在哪里？我醒来了。"

一只白羽金冠雕落下，相柳却不在。

小夭摸了摸白雕的背："毛球，你的主人呢？"

毛球扇扇翅膀，对着天空叫了一声，好似在催促小夭上它的背。

小夭喜悦地问："相柳让你带我去见他？"

毛球摇摇头。

小夭迟疑地问："相柳让你送我回去吗？"

毛球点了点头。

不知道相柳是有事，还是刻意回避，反正他现在不想见她。小夭怔怔地站着，重获光明的喜悦如同退潮时的潮汐一般，哗哗地消失了。

毛球啄小夭的手，催促小夭。

小夭爬到白雕的背上，白雕立即腾空而起，向着中原飞去。

小夭俯瞰着苍茫大海，看着一切如箭般向后飞掠，消失在她身后，心中滋味很是复杂。

第二日早上，白雕落在轵邑城外。小夭知道不少人认识相柳的坐骑，它只能送她到这里。

不知为何，小夭觉得无限心酸，猛地紧紧抱住毛球的脖子，毛球不耐烦地动了动，却没有真正反抗，歪着头，郁闷地忍受着。

小夭的头埋在毛球的脖子上，眼泪一颗颗滚落，悄无声息而来，又悄无声息地消失在毛球的羽毛上。

毛球实在忍无可忍了，急促地鸣叫了一声。

小夭抬起头，眼角已无丝毫泪痕，她从毛球背上跳下，拍打了毛球的背一下："回你主人身边去吧！"

毛球快走几步，腾空而起。小夭仰着头，一直目送到再也看不到它。

◆

小夭进了轵邑城，看大街上熙来攘往，比以前更热闹繁华，放下心来。

她雇了辆马车，坐在车内，听着车外的人语声，只觉亲切可爱。

马车到了小炎奔府，小夭从马车里跃下，守门的两个小奴已是新面孔，并不认识她，管他们的小管事却还是老面孔，他惊疑不定地看着小夭，小夭笑道："不认识我了吗？帮我先把车钱付了，然后赶紧去告诉馨悦，就说我来了。"

小管事结结巴巴地说："王姬？"

"是啊！"

小管事立即打发人去付车钱，自己一转身，用了灵力，一溜烟就消失不见。

不一会儿，馨悦狂奔出来，冲到小夭面前："小夭，真的是你吗？"

小夭在她面前转了个圈："你看我像是别人变幻的吗？"

馨悦激动地抱住她："谢天谢地！"

小夭问："我哥哥可好？"

馨悦道："别的都还好，唯一挂虑的就是你。"

小夭说："本该先去神农山看哥哥，可我听说璟病得很重，想先去青丘看看璟，你能陪我一块儿去吗？"

馨悦拽着她往里走："你来找我算是找对了，璟哥哥不在青丘，他就在这里。"

小夭忙说："你现在就带我去看他。"

馨悦一边带她往木槿园走，一边说："当年究竟发生了什么事？为什么璟哥哥会在梅花谷？"

小夭回道："我也不知道。我只记得那个人把梅花变作梅花镖射向我，然后我就什么都看不见，什么都听不到了。"

馨悦想起小夭当时的伤，仍旧觉得不寒而栗，她疼惜地拍拍小夭的手："那些伤害你的人已经全被你哥哥处理了，他们不会再伤害你。"

小夭沉默不语。

到了木槿园，馨悦去敲门。

静夜打开门，看到小夭，霎时愣住，呆呆地问："王姬？"

"是我！"

静夜猛地抓住小夭，用力把她往屋里拽，一边拽，一边已经泪滚滚而下。

馨悦诧异地斥道："静夜，你怎么对王姬如此无礼？"

小夭一边被拽着走，一边回头对馨悦说："这里的事交给我处理，你给玱玹递个消息，就说我回来了。"

馨悦也想到，小夭突然归来，她的确要处理一堆事情，她道："那好，你先在璟哥哥这里待着，若有事，打发人来叫我。"

"好！反正我不会和你客气的。"

馨悦笑着点点头，转身离开了。也许因为神族的寿命长，连亲人间都常常几十年、上百年才见一次面，所以即使几十年没有见小夭，也不觉得生疏。

静夜似乎怕小夭又消失不见，一直紧紧地抓着小夭。

她带小夭来到一片木槿林中。林中单盖了一座大木屋，整个屋子都用的是玉山桃木。走进桃木屋，屋内还种满了各种灵气浓郁的奇花异草，组成一个精妙的阵法，把灵气往阵眼汇聚。阵眼处，放着一张用上等归墟水晶雕刻而成的晶榻，璟正静静地躺在榻上。

小夭走到榻旁坐下，细细看璟，他身体枯瘦，脸色苍白。

静夜说："前前后后已经有数位大医师来看过公子，都说哀伤过度，心神骤散，五内俱伤，自绝生机。"

小夭拿起璟的手腕，为他把脉。

静夜哽咽道："为了给公子续命，太夫人已经想尽一切办法，都请求了高辛王允许公子进入圣地归墟的水眼养病，可公子一离开木樨园反而会病情恶化，再充盈的灵气都没用。王姬，求求您，救救公子吧！"

静夜跪倒在小夭面前，砰砰磕头。

小夭纳闷地说："的确如医师所说，璟是自己在求死。发生了什么事？他竟然伤心到不愿活下去？"

静夜满是怨气地看着小夭："王姬竟然不明白？"

"我要明白什么？"

"玱玹王子说他们去救王姬时，看到公子抱着王姬。当时王姬气息已绝，整个阵势化作火海。公子天生灵目，精通阵法，又没有受伤，不可能走不出阵势，可是他却抱着王姬在等死。"静夜哭着说，"公子宁可被烈火烧死，也不愿离开已死的你。王姬难道还不明白公子的心吗？他是不管生死都一定要和你在一起啊！"

小夭俯身凝视着璟，喃喃自语："你真为了我竟伤心到自绝生机？"小夭觉得匪夷所思，心上的硬壳却彻底碎裂了，那一丝斩了几次都没斩断的牵念，到这一刻终于织成了网。

胡珍端了药进来："该吃药了。"

静夜扶起璟，在璟的胸口垫好帕子，给璟喂药。药汁入了口，却没有入喉，全都流了出来，滴滴答答地顺着下巴落在帕子上。

静夜怕小夭觉得腌臜，赶紧用帕子把璟的唇角下巴擦干净，解释道："以前十勺药还能喂进去两三勺，这一年来连一勺都喂不进去了，胡珍说如果再这样下去，公子……"静夜的眼泪又掉了下来。

小夭把药碗拿过来："你们出去吧，我来给他喂药。"

静夜迟疑地看着小夭，小夭说："如果我不行，再叫你进来，好吗？"

胡珍拽拽静夜的袖子，静夜随着胡珍离开了。

小夭舀了一勺药，喂给璟，和刚才静夜喂时一样，全流了出来。

小夭抚着璟的脸，叹了口气，对璟说："怎么办呢？上次你伤得虽然严重，可你自己还有求生意志，不管吞咽多么艰难，都尽力配合，这次却拒绝吃药。"

小夭放下药碗，抱住璟的脖子，轻轻地在他的眼睛上吻了下，又轻轻地在他的鼻尖吻了下，再轻轻地含住了璟的唇。她咬着他的唇，含糊地嘟囔："还记得吗？在这个园子里，我跟着你学琴。每一次，你都不好意思，明明很想亲我，却总是尽力忍着，还刻意地避开我。其实我都能感觉到，可我就喜欢逗你，装作什么都不知道，看你自己和自己较劲，可你一旦亲了，就从小白兔变成了大灰狼，不管我怎么躲都躲不掉，我就从大灰狼变成了小白兔……"

小夭咯咯地笑："现在你可真是小白兔了，由着我欺负。"

小夭端起药碗，自己喝了一口药，吻着璟，把药汁一点点渡进他嘴里。璟的意识还未苏醒，可就如藤缠树，一旦遇见就会攀援缠绕，他的身体本能地开始了纠缠，下意识地吮吸着，想要那蜜一般的甜美，一口药汁全都缓缓地滑入了璟的咽喉。

就这样，一边吻着，一边喝着药，直到把一碗药全部喝光。

璟面色依旧苍白，小夭却双颊酡红，她伏在璟的肩头，低声说："醒来好吗？我喜欢你做大灰狼。"

静夜在外面等了很久，终究是不放心，敲了敲门："王姬？"

小夭道："进来。"

静夜和胡珍走进屋子，看到璟平静地躺在榻上，药碗已经空了。

静夜看药碗旁的帕子，好像只漏了两三勺的药汁，静夜说道："王姬，您把药倒掉了吗？"

"没有啊，我全喂璟喝了。"

静夜不相信地举起帕子："只漏了这一点？"

小夭点头："你漏了一勺，我漏了一勺，总共漏了两勺药，别的都喝了。"

静夜呆呆地看着小夭，胡珍轻推了她一下，喜道："只要能吃药，公子就有救了。"

静夜如梦初醒，激动地说："你赶紧再去熬一碗药，让公子再喝一碗。"

小夭和胡珍都笑了，静夜也反应过来自己说了傻话。

小夭对胡珍说："你的药方开得不错，四个时辰后，再送一碗来。"

静夜忙道："王姬，您究竟是如何给公子喂的药？您教教我吧！"如果小夭是一般人，静夜还敢留她照顾公子，可小夭是王姬，不管静夜心里再想，也不敢让小夭来伺候公子进药。

小夭的脸色有点发红，厚着脸皮说："我的喂药方法是秘技，不能传授。"

静夜满脸失望，却又听小夭说道："我会留在这里照顾璟，等他醒来再离开，所以你学不会也没关系。"

静夜喜得又要跪下磕头，小夭赶紧扶起她："给我熬点软软的肉糜蔬菜粥，我饿了。"

"好。"静夜急匆匆地想去忙,又突然站住,回头看小夭。

小夭说:"从现在起,把你家公子交给我,他的事不用你再管。"

静夜响亮地应道:"是!"

等静夜把肉糜蔬菜粥送来,小夭自己喝了大半碗,喂璟喝了几口。

小夭的身体也算是大病初愈,已经一日一夜没有休息,现在放松下来,觉得很累。

静夜进来收拾碗筷,小夭送她出去,说道:"我要休息一会儿,没要紧事,就别来叫我。"

静夜刚要说话,小夭已经把门关上。

静夜愣愣站了一会儿,笑着离开了。

小夭把璟的身体往里挪了挪,爬到榻上,在璟身边躺下,不一会儿,就沉入了梦乡。

◆

一觉睡醒时,小夭只觉屋内的光线已经昏暗,想来已是傍晚。

花香幽幽中,小夭惬意地展了个懒腰,玱玹的声音突然响起:"睡醒了?"

小夭一下坐起,玱玹站在花木中,看着她。

小夭跳下榻,扑向玱玹:"哥哥!"

玱玹却不肯抱她,反而要推开她:"我日日挂念着你,你倒好,一回来先跑来看别的男人。"

小夭抓着玱玹的胳膊,不肯松开,柔声叫:"哥哥、哥哥、哥哥……"

"别叫我哥哥,我没你这样的妹子。"

小夭可怜兮兮地看着玱玹:"你真不肯要我了?"

玱玹气闷地说:"不是我不要你,而是你不要我!"

小夭解释道:"我是听说璟快死了,所以才先来看他的。"

"那你就不担心我?"

"怎么不担心呢?我昏迷不醒时,都常常惦记着你,进了轵邑城,才略微放心,见了馨悦,第一个问的就是你。"

玱玹想起她重伤时无声无息的样子,一下子气消了,长叹口气,把小夭拥进怀里:"你可是吓死我了!"

小夭很明白他的感受,拍拍他的背说:"我现在已经没事了。"

玱玹问:"跟我回神农山吗?"

小夭咬了咬唇,低声道:"我想等璟醒来。"

玱玹看着榻上的璟,无奈地说:"好。但是……"玱玹狠狠敲了小夭的头一下,"不许再和他睡在一张榻上了,看在别人眼里算什么?难道我妹妹没有男人要了吗?要赶着去倒贴他?"

小夭吐吐舌头,恭敬地给玱玹行礼:"是,哥哥!"

玱玹询问小夭,相柳如何救活了她。

小夭说道:"我一直昏迷着,具体我也不清楚,应该和我种给他的蛊有关,靠着他的生气,维系住了我的一线生机,然后他又施行了某种血咒之术,用他的命替我续命。"

玱玹沉思着说:"蛊术、血咒之术都是些歪门邪道,你可觉得身体有异?"

小夭笑起来:"哥哥,你几时变得这么狭隘了?济世救人的医术可用来杀人,歪门邪道的蛊术也可用来救人,何谓正,又何谓邪?"

玱玹自嘲地笑:"不是我狭隘了,而是怕你吃亏。我会遵守承诺,自然不希望相柳耍花招。"

小夭立即问:"相柳救我是有条件的?"

玱玹道:"之前,他只说他有可能救活你,让我同意他带你走,我没办法,只能同意。前几日,相柳来见我,让我答应他一个条件,你就能平安回来。"

相柳可真是一笔笔算得清清楚楚,一点亏不吃!小夭心中滋味十分复杂,说不出是失落还是释然,问道:"什么条件?"

"他向我要一座神农山的山峰。"

"什么意思?"

"我也这么问相柳。相柳说,所有跟随洪江的战士都是因为难忘故国,可颠沛流离、佗傺一生,即使战死,都难回故国,如果有朝一日,我成为轩辕国君,他要我划出一座神农山的山峰作为禁地,让所有死者的骨灰能回到他们魂牵梦萦的神农山。"

"你答应了?"

玱玹轻叹口气:"神农山里再不紧要的山峰,也是神农山的山峰!我知道兹事体大,不能随便答应,但我没有办法拒绝。不仅仅是因为你,还因为我愿意给那些男人一个死后安息之地。虽然,他们都算是我的敌人,战场上见面时,我们都会尽力杀了对方,但我敬重他们!"

小夭默默不语。

玱玹笑了笑："不过，我也告诉相柳，这笔交易他有可能会赔本，如果我不能成为轩辕国君，他不能因此来找你麻烦。相柳答应了，但我还是担心他耍花招。"

小夭道："放心吧！相柳想杀我容易，可想用蛊术、咒术这些歪门邪道来害我可没那么容易。"

"每次你都言语含糊，我也一直没有细问，你如何懂得养蛊、种蛊？还有你出神入化的毒术是和谁学的？"

小夭问："此处方便讲秘密吗？"

玱玹点了下头，又设了个禁制，小夭说："你可知道《百草经注》？"

"当然，传闻是医祖神农王的一生心血，天下人梦寐以求，可惜神农王死后就失传了。"

"实际在我娘手里，你还记得外婆和外爷重病时，都是我娘在医治吧？"

"记得，我一直以为，姑姑向宫廷医师学习过医术。"

"我也是这么以为，后来才明白传授娘医术的应该是神农王。"

"可是……怎么可能？爷爷可是一直想灭神农国。"

"谁知道呢？也许是我娘偷的。"

"胡说！"在很多时候，玱玹对姑姑的敬意要远大于小夭对母亲的敬意。

"娘把我放在玉山时，在我脖子上挂了一枚玉简，里面有《百草经注》，有我娘对医术的心得体会，还有百黎族巫王写的《毒蛊经注》，专门讲用毒和用蛊之术。王母发现后，说这些东西都是大祸害，被人知道了，只会给我招来麻烦和祸事，勒令我每天背诵。等我记得滚瓜烂熟后，她就把玉简销毁了。"小夭记得当时她还大哭了一场，半年都不和王母说话，恨王母毁了娘留给她的东西。

小夭说："本来我把这些东西都忘到脑后了，直到我被九尾狐妖关起来时，突然就想起那些毒术。我知道我只有一次杀九尾狐妖的机会，所以十分谨慎小心，怕巫王的毒术还不够毒辣隐秘，又把神农王的医术用来制毒。"

小夭摊摊手，自嘲地笑道："娘留这些东西给我，估计想要我仁心仁术，泽被苍生，可我看我要成为一代毒王了。"

玱玹只是笑着摸了摸小夭的头："你喜欢做什么就做什么。"

馨悦在外面叫道："玱玹、小夭，我哥哥赶回来了。"

玱玹拉着小夭往外走："陪我一块儿用晚饭，等我走了，你爱怎么照顾那家伙随你便，反正我眼不见，心不烦！"

小夭笑道："好。"

出门时，小夭对静夜说："既然璟住在这里，你就把璟以前住的屋子给我收拾一下，我暂时住那里。"

静夜看玱玹一言未发，放下心来，高兴地应道："好。"

◆

小夭、玱玹、馨悦、丰隆四人用晚饭时，小夭才知道自己已经沉睡了三十七年。

小夭刚回来，玱玹三人都不愿聊太沉重的话题，只把三十七年来的趣事拣了一些讲给小夭听。最让丰隆津津乐道的就是一心想杀了玱玹的禺疆居然被玱玹收服，经过高辛王同意，他脱离羲和部，正式成为轩辕族的人，跟随玱玹。

小夭十分惊讶："他不是一心想为兄长报仇吗？怎么会愿意跟随哥哥？"

玱玹微微一笑，淡淡说："他是个明事理、重大义的男人，并不是我做了什么，而是他想做什么。"

馨悦对小夭说道："才没玱玹说的那么轻巧呢！禺疆一共刺杀了玱玹五次，玱玹有五次机会杀了他，可玱玹每次都放任他离去，第六次他又去刺杀玱玹时，被玱玹设下的陷阱活捉了。你猜玱玹怎么对他？"

小夭忙问："怎么对付他？"

馨悦说："玱玹领禺疆去参观各种酷刑。禺疆得知，那些令他都面色发白、腿发软的酷刑居然全是他哥哥设计的，通过使用在无辜的人身上，一遍遍改进到最完美。刚开始，他怎么都不相信。玱玹把一份写满人名的册子递给禺疆，是禺疆的兄长亲笔写下的，每个人名旁都写着施用过的酷刑。禺疆才看了一半，就跪在地上呕吐了。禺疆那时才发现，他想为之复仇的兄长和他小时记忆的兄长截然不同。玱玹告诉他'我从不后悔杀了你哥哥，因为你哥哥身为一方大吏，却罔顾民生，只重酷刑，冤死了上万人，他罪有应得。如果你认为我做错了，可以继续来刺杀我'。玱玹放走了禺疆。几日后，禺疆来找玱玹，他对玱玹说'我想跟随你，弥补哥哥犯的错'，所有人都反对，玱玹居然同意了。不仅仅是表面的同意，而是真的对禺疆委以重任，和禺疆议事时，丝毫不提防他。说来也巧，正因为玱玹的不提防，有一次有人来刺杀玱玹，幸亏禺疆离得近，把射向他的一箭给挡开了。"

馨悦看似无奈，实则骄傲地叹道："我是真搞不懂他们这些男人！"

小夭笑着恭喜玱玹，得了一员大将！几人同饮了一杯酒。

四人聊着聊着，无可避免地聊到了璟。

玱玹对馨悦和丰隆说："我刚才告诉小夭，当日若非璟恰好出现救了她，纵使我赶到，只怕也晚了。小夭很感激璟的相救之恩，她恰好懂得一些民间偏方，所以想亲自照顾璟。"

馨悦和丰隆虽觉得有一点奇怪，可目前最紧要的事就是救回璟，不仅涂山氏需要璟，玱玹和丰隆也都非常需要璟。只要璟能醒来，别说要小夭去照顾他，就是要馨悦和丰隆去照顾也没问题。

丰隆急切地问小夭："你有把握璟能醒来吗？"

小夭说："十之八九应该能醒。"

丰隆激动地拍了下食案，对玱玹说："小夭真是咱们的福星，她一回来，就全是好消息。"

玱玹目注着小夭，笑起来。

四人用过晚饭后，玱玹返回神农山。

小夭送玱玹离开后，回了木槿园。

静夜已经熬好药，正眼巴巴地等着小夭。她刚才偷偷地给公子喂了一下药，发现压根儿喂不进去，只得赶紧收拾好一切，等小夭回来。

小夭让静夜出去，等静夜离开后，小夭一边扶璟坐起，一边说："也不知道你听不听得到，我昏迷时，虽然人醒不过来，却能听到外面的声音。"

小夭喂完璟喝药后，又扶着他躺下。

小夭盘腿坐在榻侧，拿出一枚玉简，开始用神识给父王写信。先给父王报了平安，让他勿要担忧，又说了一些杂七杂八的事。小夭灵力弱，没写多少就觉得累，休息了一会儿，才又继续，不敢再东拉西扯，告诉父王她还有点事情，暂时不能回高辛，等事情办好，就回去看他。

小夭收好玉简，对璟说："我和父王说要回去探望他，你愿不愿意和我一块儿回去？"

小夭下了榻："我得回去睡觉了。"她看着璟清瘦的样子，低声说，"我也想陪你啊，可我哥哥不让，明天早上我再来看你。"

小夭回到璟以前住的屋子，在璟以前睡过的榻上翻来覆去、覆去翻来，熬了半个时辰都没有睡着。

小夭想起自己昏迷不醒时，最高兴的时候就是相柳陪着她时，即使他什么话都不说，她也觉得不再孤寂，永恒的黑暗变得不再是那么难以忍受。

小夭披衣起来，悄悄地溜出屋子，溜进了璟住的桃木大屋。她不知道的是整个桃木屋都有警戒的禁制，她刚接近时，静夜和胡哑就出现在暗处，他们看到小夭提着鞋子、拎着裙裾，蹑手蹑脚的样子，谁都没说话。

　　小夭摸着黑，爬到榻上，在璟身边躺下，对璟低声说："我不说、你不说，谁都不知道，哥哥不知道，就是没发生。"

　　小夭下午睡了一觉，这会儿并不算困。

　　她对着璟的耳朵吹气："你到底听不听得到我说话？"

　　她去摸璟的头发："头发没有以前摸着好了，明日我给你洗头。"

　　她去捏他的胳膊："好瘦啊，又要硌着我了。"

　　她顺着他的胳膊，握住了他的手，和他十指交缠："他们说，你是因为我死了才不想活了，真的吗？你真的这么在意我吗？"

　　小夭把头窝在璟的肩窝中："如果你真把我看得和自己性命一样重要，是不是不管碰到什么，都永远不会舍弃我？"

　　屋内寂寂无言。

　　小夭轻声笑："你真聪明，这种问题是不能回答的。有些事情不能说，一说就显得假了，只能做。"

　　小夭闭上了眼睛："璟，快点醒来吧！"

　　第二日清晨，静夜、胡哑和胡珍起身很久了，却都窝在小厨房里，用蜗牛的速度吃着早饭。

　　小夭悄悄拉开门，看四周无人，蹑手蹑脚地溜回了自己的屋子。

　　静夜和胡珍都轻嘘了口气，胡哑吃饭的速度也正常了，等吃完，他走进庭院，开始洒扫。

　　小夭在屋子里躺了会儿，装作刚起身，故意重重地拉开门，和胡哑打招呼："早。"

　　胡哑恭敬地行礼。

　　静夜端了洗漱用具过来，小夭一边洗漱一边问："你们平日都这个时候起身吗？"

　　静夜含含糊糊地说："差不多。"

　　小夭微微一笑，去吃早饭。

　　静夜知道她大病初愈，身体也不大好，给她准备的依旧是烂烂的肉糜蔬菜粥，小夭边吃边问："你什么时候到的璟身边？"

　　静夜回道："按人族的年龄算，八岁。公子那时候七岁。"

小夭的眼睛亮了："那你们几乎算是一起长大的了，你肯定知道很多他小时候的事情，好姐姐，你讲给我听吧！璟小时候都做过什么调皮捣蛋的事？"

静夜愣了一愣，防风意映在青丘住了十几年，从没问过她这些事情，只有一次把她和兰香叫去，询问她们所掌管的公子的私账。

静夜给小夭讲起璟小时的事，都是些鸡毛蒜皮的琐事，小夭却听得津津有味，边听边笑。静夜也想起了小时候的快乐，不禁愁眉展开，笑声不断。

胡珍在外面听了好一会儿，才敲了敲门："药熬好了。"

小夭跑了出来，端过托盘，对静夜说："晌午后，我要给璟洗头，找张木榻放在树荫下，多准备些热水。"

"是。"

小夭脚步轻快地朝着桃木屋走去。

过了晌午，小夭果真把璟从桃木大屋里抱了出来，放在木榭榻上。

静夜怕小夭不会做这些事，站在旁边，准备随时接手，可没想到小夭一举一动都熟练无比，而且她的举动自带着一股温柔呵护，让人一看就明白她没有一丝勉强。

璟虽然不言不语、没有表情，却让人觉得他只愿意被小夭照顾，在小夭身边，他就犹如鱼游于水、云浮于天，有了一切，身体舒展放松。

静夜看了一会儿，悄悄地离开了。

小夭坐在小杌子上，十指插在璟的头发中，一边按摩着璟头部的穴位，一边絮絮叨叨地说："等会儿洗完头发，你就躺这里晒会儿太阳，我也晒会儿。其实，我还是喜欢竹席子，可以滚来滚去地晒，把骨头里的懒虫都晒出来，全身麻酥酥的，一点不想动弹……再过一个月，木槿就该开花了，到时你总该醒来了吧……"

小夭并没有等一个月。

四日后，木槿林中，一张木槿木做的卧榻，璟躺在榻上。

绚烂的阳光从树叶中晒下，落在他身上时，温暖却不灼热，恰恰好。

小夭刚洗了头，跪坐在榻旁的席子上，一边梳理头发，一边哼唱着歌谣："南风之薰兮，可以解依之思兮！南风之时兮，可以慰依之忆兮……"

璟缓缓睁开了眼睛，凝视着眼前的人儿，云鬓花颜、皓腕绿裳，美目流转、巧笑嫣然，他眼角有湿意。

小夭自顾梳着头发，也没察觉璟在看着她。

静夜端了碗解暑的酸梅汤过来，看到璟凝视着小夭，她手中的碗掉到了地上。小夭看向她："你没事吧？"

静夜指着璟："公子、公子……"

小夭立即转身，和璟的目光胶着到一起。

小夭膝行了几步，挨到榻旁："为什么醒了也不叫我？"

璟道："我怕是一场梦，一出声就惊走了你。"

小夭抓起他的手，贴在脸颊上："还是梦吗？"

"不是。"

璟撑着榻，想坐起来，小夭赶紧扶了他一把，他立即紧紧地搂住她。小夭不好意思，低声说："静夜在看着呢！"

璟却恍若未闻，只是急促地说："小夭，我一直希望能做你的夫君，能堂堂正正地拥有你。你是王姬，只有涂山璟的身份才有可能配上你，所以我一直舍不得舍弃这唯一有机会能明媒正娶到你的身份，可我错了！我不做涂山璟了，能不能堂堂正正地娶你不重要，即使一辈子无名无分，一辈子做你的奴仆，都没有关系，我只要在你身边，守着你、看到你就够了。"

小夭忘记了静夜，她问道："璟，你真把我看得和性命一样重要吗？"

璟说："不一样，我把你看得比我的性命更重要。小夭，你以前埋怨我一边说着自己不配，一边又绝不松手。其实，我知道你离开我依旧可以过得很好，我明白防风邶才更适合你，可我没有办法松手，只要我活着一日，就没有办法！对不起、对不起……"

小夭用手捂住了璟的嘴："傻子！我想要的就是无论发生什么，你都把我抓得紧紧的，不要舍弃我！"小夭的额头抵着璟的额头，低声呢喃，"你没有办法舍弃，我真的很欢喜！"

静夜站在木槿林外，禀奏道："公子，馨悦小姐来看王姬。"

小夭冲璟笑笑，扬声说："请她过来。"

小夭替璟整理好衣袍，一边扶着璟站起，一边简单地将璟昏迷后的事情交代清楚。

馨悦走进木槿林，惊讶地看见了璟。

站在木槿树下的璟虽然很瘦削，气色也太苍白，精神却很好，眉眼中蕴着笑意，对馨悦说："好久不见。"

馨悦呆了一瞬，激动地冲过来，抓住璟的胳膊，喜悦地说："璟哥哥，你终于醒了。"

璟说："这段日子劳烦你和丰隆了。"

馨悦哎呀一声："对、对！我得立即派人去通知哥哥，还有珓玹。"她匆匆出去，盼咐了贴身婢女几句，又匆匆返来。

馨悦对璟和小夭说："我估摸着要么今晚，最迟明日，他们就会来看璟哥哥。"

静夜问道："公子，是否派人告知太夫人您已醒来？"

璟对静夜说："你去安排吧！"

馨悦和璟相对坐在龙须席上，一边吃着茶，一边说着话。

馨悦将这三十七年来的风云变幻大致讲了一下，话题的重心落在涂山氏。自从璟昏迷后，篌就想接任族长，可是太夫人一直不表态，族内的长老激烈反对，再加上四世家中的赤水氏和西陵氏都表现得不太认可篌，所以篌一直未能接任族长。但篌的势力发展很快，太夫人为了钳制他，只能扶持意映。现如今，整个家族的重大决定仍是太夫人在做，一般的事务则是篌和防风意映各负责一块。

小夭蜷坐在木榍榻上，听着馨悦的声音嗡嗡不停，她懒懒地笑起来，刚才，整个天地好似只有璟和她，可不过一会儿，所有人、所有事都扑面而来。

馨悦正说着话，璟突然站了起来："我去拿条毯子。"向屋子走去。

馨悦想起小夭，侧头去寻，看到她竟然睡着了。

璟把薄毯轻轻地盖到小夭身上，又坐到了馨悦对面："你继续说。"

馨悦指指小夭，问道："我们要换个地方吗？"

璟凝视着小夭，微笑着说："不用，她最怕寂寞，喜欢人语声。"

馨悦觉得异样，狐疑地看看璟，再看看小夭，又觉得自己想多了，遂继续和璟讲如今涂山氏的情况。

小夭一觉睡醒时，已到了用晚饭的时候。

馨悦命婢女把饭菜摆到木榍林里，正准备用饭，婢女来奏，丰隆和珓玹竟然都到了，馨悦让婢女又加了两张食案。

丰隆看到璟，一把抱住，在他肩头用力砸了一拳："我以为你老人家已经看破一切，打算就这么睡死过去，没想到你还是贪恋红尘啊！"

璟作揖："这次是真麻烦你了。"

丰隆大咧咧地坐下："的确是太麻烦我了，所以你赶紧打起精神，好好帮帮我！"

馨悦无奈地抚额："哥，你别吓得璟哥哥连饭都不敢吃了。"

丰隆嗤笑："他会被我吓着？他在乎什么呀？"

小夭饿了，等不及他们入席，偷偷夹了一筷子菜。

璟笑道："行了，别废话了，先吃饭吧，用完饭再说你们的大事。"

五人开始用饭。

因为璟刚醒，他的饭菜和其他人都不同，是炖得糜烂的粥，璟喝了小半碗就放了勺子，和丰隆说着话。小夭蹙眉，突然说道："璟，你再吃半碗。"

璟立即搁下手中的茶杯，又舀了半碗粥，低头吃起来。

丰隆哈哈笑道："璟，你几时变得这么听话了？"

馨悦和玱玹却都没笑。

用完饭，小夭知道他们要商议事情，自觉地说："我去外面走走。"

玱玹道："你去收拾一下东西，待会儿跟我回神农山。"

"没什么可收拾的，待会儿你要走时，叫我就行。"小夭悠闲地踱着步子走了。

馨悦有点羡慕地说："小夭倒真像闲云野鹤，好像随时都能来，随时都可以走。"

玱玹叹了口气，对丰隆说："你来说吧！"

丰隆开始对璟讲他和玱玹如今的情形，玱玹秘密练兵的事，不能告诉璟，只能把自己这边的情况粗略介绍一番。丰隆说道："现在跟着我的人不少，什么都需要钱，赤水氏有点闲钱，但我一分都不敢动。玱玹那边本来有一部分钱走的是整修宫殿的账，但前几年篌突然查了账，幸亏你的人及时通知了我们，才没出娄子，可已经把那边能动的手脚卡得很小，而且，现在和当年不一样，用钱的地方太多，所以我和玱玹都等着你救急。"

璟微微一笑，说道："我明白了。"

丰隆嚷："光明白啊？你到底帮是不帮？"

璟问："我能说不帮吗？"

"当然不行！"

璟道："那你废话什么？"

丰隆索性挑明了说："我和你是不用废话，可你得让玱玹放心啊！"

璟含笑对玱玹说："别的忙我帮不上，但我对经营之道还算略懂一二，以后有关钱的事，就请放宽心。"

丰隆得意地笑起来，对玱玹说："看吧，我就说只要璟醒来，咱们的燃眉之急绝对迎刃而解，咱俩都是花钱的主，非得要他这个会敛财的狐狸帮衬才行。只可惜他和咱们志向不同，帮咱们纯粹是情面。"

玱玹也终于心安了，笑对璟说："不管冲谁的情面，反正谢谢你。"

　　几人议完事，玱玹让人去叫小夭。
　　璟对玱玹和丰隆说："我想和你们说几句话。"
　　馨悦站起，主动离开了。
　　璟对玱玹说："要解决你们的事，我必须尽快回青丘。回去后，我打算告诉奶奶一切，不管结果如何，我都会回到小夭身边，永远守着小夭。"
　　玱玹的脸色骤然阴沉，冷冷地问："你是在和我谈条件吗？"
　　璟说："我怎么可能用小夭来谈条件？我是在请求你允许。"
　　丰隆茫然地问："你要守着小夭？小夭又有危险吗？"
　　璟看着丰隆，眼中满是抱歉和哀伤。
　　丰隆十分精明，只是对男女之事很迟钝，看到璟的异样，终于反应过来，猛地跳起来："你、你是为了小夭才伤痛欲绝、昏迷不醒？"虽然丰隆这么问，却还是不相信，在他的认知里，男人为了大事头可断、血可流，可为个女人，太没出息！太不可想象了！
　　璟对丰隆弯身行礼："对不起，我知道你想娶小夭，但我不能失去小夭。"
　　丰隆一下子怒了，一脚踹翻了食案："你知道我想娶小夭，还敢觊觎我的女人？我就纳闷，你怎么能在我家一住半年，我还以为你是想躲避家里的事，可没想到你居然在我家里勾引我的人！我把你当亲兄弟，你把我当什么？涂山璟，你给老子滚！带着你的臭钱滚！老子不相信没了你，我就做不了事情了！"
　　丰隆说着话，一只水灵凝聚的猛虎扑向璟，璟没有丝毫还手的意思，玱玹赶忙挡住，叫道："来人！"
　　馨悦和几个侍卫听到响动，匆匆赶到，玱玹对他们说："快把丰隆拖走。"
　　丰隆上半身被玱玹摁住，动弹不得，却火得不停抬脚，想去踹璟，一把把水刺嗖嗖地飞出，朝着璟扎去，璟却不躲避，两把水刺刺到了璟身体里。馨悦骇得尖叫，赶紧命几个侍卫抱住丰隆，拼了命地把丰隆拖走了。

　　玱玹在满地狼藉中施施然坐下，对璟冷淡地说："我相信你对小夭的感情，可是涂山璟已有婚约，我看涂山太夫人非常倚重防风意映，绝不会同意退婚。"
　　璟说："我曾无比渴望站在高辛王面前，堂堂正正地求娶小夭，为此我一忍再忍。但当我经历了一次失去后，发现什么都不重要，只要能和小夭在一起，我愿意放弃一切。如果奶奶不愿意涂山璟退婚，我可以放弃做涂山璟。"
　　涂山璟这个名字代表着什么，玱玹非常清楚，不仅仅是可敌国的财富，还是可以左右天下的权势。玱玹见过各种各样的男人，但他从没有见过愿意为一个女人舍弃一切的男人。玱玹不禁也有些动容，神色缓和起来："其实，这事我没有办法替小夭做主，要看她怎么想。"

小夭从一株木樨树后走出，走到璟身前，检查了下他胳膊上的水刺伤，捏碎了两颗流光飞舞丸，把血止住。

玱玹和璟都目不转睛地盯着小夭，紧张地等着她的答案。小夭看了一眼璟，笑了笑，对玱玹说："反正我救他回来时，他就一无所有，我不介意他又变得一无所有。"

璟如释重负，微微笑起来。

玱玹一语不发，低下头，端起案上的一碗酒一饮而尽，方抬头笑看着小夭，说道："不管你想怎么样，都可以！"

小夭抿着唇笑。

玱玹对璟说："今夜你打算住哪里？丰隆现在不会乐意你住在这里。"

"你们的事很着急，越早办妥越好，我想早去早回，打算现在就回青丘。"

玱玹笑说："也好！我和小夭送完你，再回神农山。"

玱玹和璟聊了一会儿，静夜和胡珍已经简单地收拾好行囊，胡哑驾着云辇来接璟。

小夭和璟站在云辇前话别，璟说："我回来后，就去神农山找你。"

小夭笑点点头："照顾好自己，别让篌有机可乘。"

"我知道，你也一切小心。"

小夭朝玱玹那边努努嘴："就算我不小心，某个谨慎多疑的人也不会允许我出错！放心吧！我会很小心！"

璟依依不舍地上了云辇。

小夭看璟的云辇飞远了，才转身走向玱玹。

玱玹扶着她，上了云辇。

小夭有些累了，闭着眼睛休憩，车厢内寂寂无声。

玱玹突然问："你真的想好了？璟不见得是最好的男人，也不见得是最适合你的男人。"

小夭睁开了眼睛，微笑着说："你和我都是被遗弃的人，你应该明白，我要的是什么。"

玱玹说:"就算他肯放弃涂山璟的身份,但你和我都明白,有些牵绊流淌在血脉中,根本不是想放弃就能放弃,想割舍就能割舍。涂山氏的太夫人是出了名的硬骨头,十分固执难缠,你想过将来吗?"

"将来如何不取决于我,而取决于他,我只是愿意等他给我个结果。"

玱玹嘟囔:"也不见你愿意等别人,可见他在你心中还是特殊的。"

小夭温和地说:"不要担心我!我经历过太多失望,早学会了凡事从最坏处想。你和我都清楚,想要不失望,就永远不要给自己希望。"

玱玹轻叹了口气,说道:"不管结果是什么,我都在这里。"

小夭把头靠在玱玹肩膀上,笑道:"我知道。"

第六章
相煎何太急

子夜时分，璟回到青丘，他命仆役不要惊动奶奶，他就在外宅歇息，等明日奶奶起身后，再去拜见奶奶。

璟惦记着琀玹和丰隆的事，顾不上休息，见了几个心腹，了解了一下这几十年的事，忙完后已是后半夜。

他睡了两个时辰就起来了，洗漱后，去内宅见奶奶。

太夫人居中，坐在榻上，篌、篌的夫人蓝枚、防风意映站立在两侧。

璟看到太夫人，快走了几步，跪在太夫人面前："奶奶，我回来了。"

太夫人眼中泪光闪烁，抬手示意璟起来："你总算回来了，我还以为熬不到见你了。"

璟看太夫人气色红润，精神也好，说道："奶奶身子好着呢，怎么可能见不到孙儿？"

太夫人把璟拖到她身畔坐下，说道："瘦了，太瘦了！可要好好养一养了，别让我看着心疼！"

璟笑道："孙儿一定多吃，胖到奶奶满意为止。"

太夫人笑着点头。

璟和大哥、大嫂见礼寒暄后，太夫人指着意映说："你该给意映也行一礼，这几十年，她可帮你操劳了不少！"

璟客气地对意映行礼，却什么话都没说，起身后，对太夫人道："我有话想和奶奶说。"

太夫人说："我也正好有话和你说。"

太夫人看了看篌、意映，说道："你们都下去吧，让我和璟儿好好聚聚。"

箜、蓝枚、意映依次行礼后，都退了出去。

璟跪下："我想尽快取消我和意映的婚约，求奶奶准许。"
太夫人没有丝毫诧异："我就知道你会说这事，我也告诉你，不可能！"
璟求道："我对意映无情，意映对我也无意，奶奶为什么就不能允许我们取消婚约呢？"
"我只看出你对意映无情，没看出意映对你无意！"
璟磕头："我已经心有所属，求奶奶成全！"
太夫人长叹口气："傻孩子，你以为情意能持续多久？日复一日，天长地久，不管再深的情意都会磨平，到最后，都是平平淡淡！其实，夫妻之间和生意伙伴差不多，你给她所需，她给你所需，你尊重她一分，她尊重你一分，一来一往，细水长流地经营。"
"奶奶，我绝不会娶意映！"
"如果你是箜儿，你爱做什么，就做什么，随你便！可你是未来的涂山族长，族长夫人会影响到一族兴衰！意映聪慧能干，防风氏却必须依附涂山氏，又牵制了她，相信奶奶的判断，防风意映会是最合适的族长夫人！为了涂山氏，你必须娶她！"
璟说道："我并不想做族长，让大哥去做族长……"
"孽障！"太夫人猛地一拍案，案上的杯碟全震到了地上，热茶溅了璟满身。太夫人揉着心口，说道："六十年了！我花费了六十年心血调教出了最好的涂山族长夫人，我不可能再有一个六十年！"
璟重重磕头，额头碰到地上碎裂的玉杯晶盏，一片血肉模糊："如果奶奶不同意退婚，那么我只能离开涂山氏。"
太夫人气得身子簌簌直颤，指着璟，一字一顿地说："你如果想让我死，你就走！你不如索性现在就勒死我，我死了，你爱做什么就去做什么，再没有人会管你！"
璟重重地磕头，痛苦地求道："奶奶！"
太夫人厉声叫心腹婢女："小鱼，让这个孽障滚！"
小鱼进来，对璟道："请公子怜惜一下太夫人，让太夫人休息吧！"
璟看太夫人紧按着心口，脸色青紫，只得退了出来。
可他走出屋子后，并未离去，而是一言不发地跪在了院子里。
婢女进去奏报给太夫人，太夫人闭着眼睛，恨恨地说："不用管他！去把所有长老请来！"

璟在太夫人的屋子外跪了一日一夜，太夫人不予理会，让长老按照计划行事。

待一切安排妥当，太夫人派人把篌、蓝枚、意映都请来。

璟久病初愈，跪了那么久，脸色惨白，额上血痕斑斑，样子十分狼狈。篌和意映看到璟的样子，眼中的恨意一闪而过。

意映走进屋内，见到太夫人，立即跪下，抹着眼泪，为璟求情。

太夫人看人都到齐了，对小鱼说："把那个孽障叫进来！"

璟在侍者的搀扶下，走了进来。

意映忙走过去，想帮璟上点药，璟躲开了，客气却疏远地说："不麻烦小姐！"

意映含着眼泪，委屈地站到一旁，可怜兮兮地看着太夫人。

太夫人一言不发，冷冷地看着小鱼帮璟把额上的伤简单处理了。

太夫人让篌和璟坐，视线从两个孙子脸上扫过，对他们说道："一切都已准备妥当，三日后举行典礼，正式宣布璟儿接任涂山氏的族长。事情仓促，没有邀请太多客人，但轩辕王、高辛王、赤水、西陵、鬼方、中原六大氏都会派人来观礼，已经足够了。"

璟和篌大惊失色，谁都没想到太夫人竟然无声无息地安排好一切，连观礼的宾客都请好了。

璟跪下，求道："奶奶，族长的事还是过几年再说。"

太夫人怒道："过几年？你觉得我还能活多久？你爹刚出生不久，你爷爷就走了，我不得不咬牙撑起一切，好不容易看着你父亲娶妻，接任了族长，觉得自己终于可以喘口气了，可那个孽障居然……居然走在了我前面！那一次我差点没撑下去，幸亏你娘撑起了全族……我们两个寡妇好不容易拉扯着你们长大，你娘一点福没享，就去找那个孽障了。我日盼夜盼，终于盼到你能接任族长，你却又突然失踪！等了十年才把你等回来，没让我太平几年，你又昏睡不醒，你觉得我还能被你折腾多久？"

太夫人说着说着，只觉一生的辛酸悲苦全涌到心头，一生好强的她也禁不住泪如雨落。

篌、蓝枚、意映全跪在了她面前，太夫人擦着眼泪，哭道："我不管你们都是什么心思，反正这一次，涂山璟，不管你愿不愿意，你都必须接任族长之位。"

璟不停地磕头，哀求道："奶奶，我真的无意族长之位！哥哥为长，何不让哥哥接任族长呢？"

太夫人泣道："孽障！你是明知故问吗？有的事能瞒过天下，却瞒不过知情人，你外祖父是暽氏的上一任族长，现如今暽氏的族长是你的亲舅舅，你的外祖母是赤水氏的大小姐，赤水族长的嫡亲堂姐，篌儿却……他们能同意篌吗？"

太夫人揉着心口，哭叫着问："孽障，你告诉我！赤水、西陵、中原六氏能同意你不做族长吗？"

璟磕着头说："我可以一个个去求他们，求他们同意。"

太夫人哭着说："涂山氏的所有长老也只认你，你以为我不知道这些年你背着我做的事吗？你折腾了那么多事，哪个长老同意你不做族长了？"

璟无法回答，只能磕头哀求："奶奶，我真的无意当族长，大哥却愿意当族长！"

太夫人看着榻前跪着的两个孙子，声音嘶哑地说："族长要族内敬服，天下认可，才能是真正的一族之长，不是谁想做就能做！"

"篌儿，你过来！"太夫人对篌伸出双手，篌膝行到太夫人身前。

太夫人把篌拉起，让他坐到自己身边："篌儿，奶奶知道你才干不比璟儿差，可是，族长关系到一族盛衰，甚至一族存亡。如果你做族长，九个长老不会服气，涂山氏内部就会分裂。到时，你也得不到外部的支持，赤水氏和暽氏会处处刁难你，一族兴盛要几代人辛苦经营，一族衰亡却只是刹那。"

太夫人抱着篌，哀哀落泪："你爹临死前，最后一句话就是求我一定要照顾好你，这么多年，奶奶可有薄待你一分？"

篌回道："奶奶一直待孙儿极好，从无半点偏颇。"所以这么多年，他本有机会强行夺取族长之位，可终究是不忍心杀害从小就疼爱他的奶奶，只能僵持着。

太夫人抚着篌的头："你爹临死前，放不下的就是你。不管你有多恨你娘，可她终究没有取你性命，而是抚养你长大了，给你请了天下最好的师傅，让你学了一身本事。你骨子里流着涂山氏的血，难道你就真忍心看到涂山氏衰落，让我死不瞑目吗？"

篌神情哀伤，跪下，重重磕头："奶奶身体康健。"却始终不承诺不去争夺族长之位。

璟也重重磕头："求奶奶把三日后的仪式取消，我不想做族长。"也始终不答应接任族长。

太夫人看着两个孙子，伤心、愤怒、绝望全涌上心头，只觉气血翻涌，一口腥甜猛地呕了出来，溅到篌和璟身上。

筷和璟都惊骇地跃起，去扶太夫人。太夫人已是面如金纸、气若游丝，璟要给太夫人输入灵力，筷狠狠打开了他："我来！"

璟知道他灵力比自己深厚，也不和他争，按压奶奶的穴位，帮奶奶顺气。

意映和蓝枚忙着叫："医师、医师！"

平日照顾太夫人的女医师蛇莓儿跑进来，看到璟和筷身上的血迹，脸色变了变，上前给太夫人喂了一颗龙眼大的丸药，太夫人的气息渐渐平稳。

璟和筷都稍稍放下心来，筷对太夫人说："奶奶，三日后的仪式取消吧！您的身子最紧要。"

璟也说："是啊，先养好身子。"

太夫人苦涩地笑："我也不瞒你们了，我的寿命最多只剩下一年。"

璟和筷都不相信，看向医师。

医师蛇莓儿道："太夫人说的是实情，最多一年。"

筷激动地叫了起来："不会、不会！这几十年奶奶的身体一直很好，一定有办法医治。"

太夫人虚弱地说："璟昏睡后，我猜到你必定不会安分。我一个寡妇能撑起整个涂山氏，也不是好相与的人，如果你不是我孙儿，我必定已经除了你，可你是我抱在怀里疼大的亲孙儿。因为你娘疼璟儿多，我一直更偏疼你，你就是我的心头肉，我舍不得动你，又打消不了你的野心，那我只能打点起精神，守住祖祖辈辈的基业。为了有精神和你们这帮小鬼头周旋，我让蛇莓儿给我施了蛊术，你们看我这几十年精神足，那是因为体内的蛊虫在支撑着。"

筷和璟都神色大变。璟因为小夭，私下搜集了不少蛊术的资料，喃喃说："这是禁忌的咒术。"

筷问："没有破解的方法吗？"

蛇莓儿说："如今蛊虫反噬，已无力回天。"

筷着急地问："反噬？反噬是什么？"

蛇莓儿回道："禁忌的咒术往往能满足人们的某个心愿，可在临死前都要遭受极其痛苦的反噬，先要承受蛊虫钻噬五脏的痛苦，直至全身精血被体内的蛊虫吞食掉，最后尸骨无存。"

璟看着奶奶，泪涌到眼睛里，筷也泪湿双眸："奶奶、奶奶，你、你……何苦？"

太夫人笑："我何苦？还不是因为你们两个孽障！纵使万痛加身，尸骨无存，只要能保涂山氏平安，我就死得无愧于涂山氏的列祖列宗……"太夫人的说话声突然中断，她痛苦地蜷缩起身子，筷和璟忙去扶她。

太夫人痛苦地对蛇莓儿说："都出去，让他们……出去！"

蛇莓儿对簇和璟说："太夫人一生好强，不愿人看到她现如今的样子……你们若真心尊敬长辈，就都出去吧！"

簇和璟看着已经痛苦地蜷缩成一团的奶奶，对视一眼，都向外退去。蓝枚和意映也忙随着他们快速走了出去。

"啊——啊——"屋子内传来撕心裂肺的痛苦叫声。

簇和璟都愤怒地瞪着对方，可听到奶奶的惨叫声，又都痛苦地闭上眼睛。就是因为他们，他们至亲的亲人竟然要承受蛊虫吞噬血肉的痛苦。

太夫人的心腹婢女小鱼走了出来，对他们说："两位公子，都回去吧！如今太夫人每日只需承受一个时辰的痛苦，神志还清醒，再过一段日子，痛苦会越来越长，神志会渐渐糊涂。刚才太夫人说最多还能活一年，很有可能，只是半年。"

小鱼眼中泪花滚滚，声音哽咽："几百年来，我跟在太夫人身边，亲眼看到太夫人为涂山氏，为两位公子付出了什么。如果两位公子真还有一丝一毫的孝心，只求两位公子为了整个涂山氏，成全老夫人的心愿，让老夫人能在神志清醒时，亲眼看到族长继位，死能瞑目，也就算这场痛苦没有白白承受。"

小鱼说完，抬手，示意他们离开。

簇猛地转身，向外冲去，一声长啸，纵跃到坐骑上，腾空而起，半空中传来他痛苦愤怒的吼叫声。

璟一言不发，一步又一步地慢慢走着，走出了涂山府，走到了青丘山下。

坐骑狸狸飞落到他身旁，亲热地蹭了蹭他的胳膊，好似在问他想去哪里，璟茫然地看着狸狸，他不知道能去哪里。本以为只要走出青丘，就能天高海阔，长相厮守，可原来他根本走不出青丘。

璟回身望向青丘山——

涂山氏的宅邸依着青丘山的山势而建，从上古到现在，历经数十代涂山族长的修建，占地面积甚广，大大小小几十个园子。夕阳映照下，雕栏玉砌、林木葱茏、繁花似锦，一切都美轮美奂。

他愿意割舍这一切，却割不断血脉。

天渐渐黑了，璟依旧呆呆地站在山下。

轰隆隆的雷声传来，大雨哗哗而下，惊醒了璟，他对狸狸说："去神农山！"

◆

小夭已经睡下，半夜里被惊雷吵醒。

瓢泼大雨，倾盆而下，打在屋顶上，叮叮咚咚响个不停。

小夭卧听了会儿风雨，迷迷糊糊正要睡过去，突然听到几声鹤鸣，她披衣坐起，打开了门。

天地漆黑一片，风卷着雨，扑面而来，寒气袭人。

小夭裹着披风，提着灯张望，一会儿后，看到两个黑黢黢的人影过来。

小夭惊疑不定："璟？是你吗？"

人影走近了，一个是潇潇，披着斗篷，戴着斗笠；另一个真是璟，他全身上下湿透，像是刚从水里捞出来，发冠也不知道掉哪里去了，头发散乱地贴在脸上，衬得脸色煞白。

潇潇说："侍卫说有人闯入紫金宫，我见到璟公子时，他就是这般样子。殿下让我送他来见王姬。"

潇潇说完，行了一礼，悄悄离去。

"璟，你……先进来！"小夭顾不上问璟为何深夜来神农山，推着璟进了屋子。

小夭让璟坐到熏炉旁，帮他把头发擦干，看他额头上都是细密的伤痕，小夭抚着伤痕，轻声问："发生了什么事？"

璟猛地把小夭紧紧抱住，在雨水里泡久了，他的身体寒如冰块。

小夭默默地依在他怀里。

半响后，璟说："奶奶用了禁忌的蛊咒术，已经被蛊虫反噬。"

蛊虫反噬，命不久矣。小夭愣了一会儿，不知道该如何安慰璟，轻轻地抚着璟的背。

璟说："奶奶要我三日后接任族长，我没有办法再拒绝。"

小夭道："我明白。"

"我本来打算，不管奶奶同意不同意，我都要和你在一起……可是现在……对不起！"

"没有关系，真的没有关系！"

小夭叹息，她不是不难过，可如果璟连奶奶的命都不顾，自私地选择离开涂山氏，和她在一起，那他也就不是小夭喜欢的璟了。

这一夜，璟没有回青丘。

这一夜，篌也没有回去歇息。蓝枚早已习惯，压根儿不敢声张，半夜里，她悄悄化作狐狸，溜去查探防风意映，发现防风意映也不知去向。六十年来，已经不是第一次篌和意映同时不知去向，蓝枚一个人躲在被子里，偷偷哭泣了半晚，并不是为篌的不归伤心，而是因为她知道了不该知道的事，恐惧害怕。

◆

　　第二日，晌午过后，璟和篌才回到青丘。
　　太夫人叫璟和篌去见她。
　　太夫人靠坐在榻上，面色看着发黄，可因为收拾得整洁利落，给人的感觉一点不像是将死之人。
　　太夫人问璟："你可想好了？"
　　璟跪下，说道："孙儿愿意接任涂山氏族长之位。"
　　太夫人唇角露了一点点笑意，她看向篌："你可想好了？"
　　篌跪下，说道："孙儿永不争夺族长之位。"
　　太夫人紧紧地盯着他："你可愿意在先祖灵位前发下血誓？永不争夺族长之位，永不伤害璟。"
　　篌沉默了一瞬，说："孙儿愿意！"
　　太夫人长长地吐了口气，一边欣喜地笑着，一边用手印去眼角的泪："我总算没有白疼你们两个！"
　　篌和璟磕头，异口同声地说："孙儿让奶奶受苦了！"
　　太夫人说道："待会儿就让长老去准备祭礼，明日到先祖面前，篌儿行血誓之礼。"
　　篌恭顺地应道："是。"
　　太夫人让他们起来，左手拉着篌，右手拉着璟，左看看、右看看，满脸笑意，叹道："就算死，我也死得开心啊！"
　　璟看着篌，自从回到涂山家，他尝试了很多方法，想化解篌和他之间的仇怨，可篌从不接受，篌竟然真的能为奶奶放下仇恨？

　　从太夫人屋内出来后，篌脚步匆匆，璟叫道："大哥。"
　　篌停住了步子，璟问："你真的愿意？"
　　篌冷笑："你能为了奶奶舍弃想要的自由，我为什么不能为奶奶舍弃一点野心？"
　　一瞬间，璟说不清楚自己心里是什么感受，璟道："既然大哥明知道我并不想要族长之位，为什么几十年前不肯配合我？我当年就告诉过大哥，我不愿做族长，我也不恨你，如果大哥肯配合我，早已经顺利接任族长。"

篌讥嘲地笑起来："我想要的东西自己会去争，不需要高贵完美的璟公子施舍！你为什么不来复仇？是不是原谅了我，能让你觉得比我高贵？是不是又可以高高在上，怜悯地看着我这个被仇恨扭曲的人？"

篌一步步逼到璟眼前，璟被逼得步步后退，说不出话来。

篌抓住了璟的肩膀，力气大得好似要捏碎璟："你为什么不来复仇？我宁愿你来复仇，也不愿看到你这假仁假义的虚伪样子！为什么不恨我？看看你身上恶心的伤痕，看看你恶心的瘸腿，连你的女人都嫌弃你，不愿意要你，你真就一点不恨吗？来找我报仇啊！来报仇啊……"

璟抓住了篌的手，叫道："大哥，我真的不恨你！"

篌猛地推开了璟："为了奶奶，我们做好各自分内的事就行了，不需要哥哥弟弟的假亲热，反正该知道的人都知道我是贱婢所生，和高贵完美的你没法比。"

璟揉着酸痛的肩膀，看着篌扬长而去，心里终于明白，他和篌之间真的不可能再像当年一样兄友弟恭了，也许现在奶奶牺牲自己换来的兄弟各司其职、不自相残杀，已经是最好的结果。

◆

两日后，涂山氏举行了一个不算盛大却非常隆重的族长继位仪式。

轩辕王、高辛王、四世家、中原六大氏，都来了人观礼。高辛王派来观礼的使者是大王姬和蓐收，小夭不禁暗自谢谢父王，让她能名正言顺地出现在青丘，观看璟一生中的盛典。

也许因为九尾狐都是白色，所以涂山氏也很尊崇白色。祭台是纯白色，祭台下的白玉栏杆雕刻着神态各异的九尾狐。

璟穿着最正式的华服，先祭奠天地和祖先，再叩谢太夫人，最后登上祭台，从长老手中接过了象征涂山氏财富权势的九尾狐玉印。两位长老把一条白色的狐皮大氅披到璟身上，这条狐皮大氅据说是用一万只狐狸的头顶皮所做，象征着九尾狐是狐族之王，表明涂山氏可统御狐族。

鼓乐齐鸣，长老宣布礼成。

璟转身，走到祭台边，看向祭台下的涂山氏子弟。

在他的身后，一只巨大的白色九尾狐出现，九条毛茸茸的尾巴，像九条巨龙一般飞舞着，几乎铺满了整个天空，彰显着九尾狐强大的法力和神通。

这样的吉兆并不是每任族长继位都会出现，所有涂山氏子弟情不自禁地跪倒，对璟叩拜。就连太夫人也跪下了，含着眼泪，默默祝祷："愿先祖保佑涂山氏世代传承、子孙昌盛。"

在涂山氏子弟一遍遍的叩拜声中，站在白色祭台上的璟显得十分遥远。

小夭有些茫然，从这一刻起，璟必须背负起全族的命运！他，再不是她的叶十七了。

庆祝的宴饮开始，小夭喝了几杯酒后，借口头晕，把一切扔给蓐收，自己悄悄离开，沿着山间小道慢慢地向山下走去。

幽静的小道，曲曲折折，时而平整，时而坑坑洼洼，看不到尽头所在，就像人生。

小夭不禁苦笑起来，她害怕孤独，总不喜欢一个人走路，可生命本就是一个人的旅程，也许她只能自己走完这条路。

脚步声传来，小夭回过头，看见了防风邶。

一瞬间，她的心扑通扑通狂跳，竟然不争气地想逃跑，忙又强自镇定下来，若无其事地说："刚才观礼时，没看到你。"

防风邶戏谑地一笑："刚才你眼睛里除了涂山璟还能看到谁？"

他的语气活脱脱只是防风邶，小夭自然了许多，不好意思地说："来观礼，不看涂山璟，难道还东张西望吗？"

两人沿着山间小道并肩走着，脚踩在落叶上，发出沙沙的声音，显得空山越发幽静。

防风邶说："听小妹说璟不愿做族长，他为了取消和防风氏的婚约，在太夫人屋前跪了一日一夜。如果他真能不做族长，以小妹的性子，很有可能会想个法子，体面地取消婚约，可现在璟做了族长，小妹熬了多年的希望就在眼前，她不可能放弃。"

邶看向小夭："本以为希望就在眼前，却转瞬即逝，你难过吗？"

小夭说："肯定会有一些难过，不过，也许因为我这人从小到大倒霉习惯了，不管发生再好的事，我都会下意识地准备着这件好事会破灭；不管听到再感动的誓言，我都不会完全相信，所以也不是那么难过。"毕竟，连至亲的娘亲都会为了大义舍弃她，这世间又有谁真值得完全相信呢？

防风邶轻声地笑："这性子可不怎么样，不管再欢乐时，都在等待着悲伤来临。"

小夭笑:"所以才要贪图眼前的短暂欢乐,只有那才是真实存在的。"

防风邶停住了脚步,笑问:"王姬,可愿去寻欢?"

"为什么不去?"

防风邶拇指和食指放在唇边,打了一声响亮的口哨,一匹天马小跑着过来。防风邶翻身上马,把手伸给小夭,小夭握住他的手,骑到天马上。

防风邶驾驭着天马去了青丘城,他带着小夭走进离戎族开的地下赌场。

小夭接过狗头面具时,赞叹道:"看不出来啊,狗狗们居然把生意做到了涂山氏的眼皮子底下。"

防风邶给她后脑勺上来了一下:"你不怕得罪离戎族,我可是怕得很!"

小夭戴上面具,化作了一个狗头人身的女子,朝他龇了龇狗牙,汪汪叫着。

防风邶无奈地摇摇头,快步往里走:"离我远点!省得他们群殴你时,牵连了我!"

小夭笑嘻嘻地追上去,抓住防风邶的胳膊:"偏要离你近!偏要牵连你!"一边说,一边还故意汪汪叫。

防风邶忙捂住小夭的"狗嘴",求饶道:"小姑奶奶,你别闹了!"

防风邶是识途老马,带小夭先去赌钱。

小夭一直觉得赌博和烈酒都是好东西,因为这两样东西能麻痹人的心神,不管碰到多不开心的事,喝上几杯烈酒,上了赌台,都会暂时忘得一干二净。

防风邶做了个六的手势,女奴端了六杯烈酒过来。防风邶拿起一杯酒,朝小夭举举杯子,小夭也拿起一杯,两人什么话都没说,先各自喝干了三杯烈酒。

小夭笑着去赌台下注,防风邶也去玩自己的了。

小夭一边喝酒,一边赌钱,赢了一小袋子钱时,防风邶来找她:"去看奴隶死斗吗?"

小夭不肯起身:"你们男人怎么就那么喜欢看打打杀杀呢?血淋淋的有什么看头?"

防风邶把她揪了起来:"去看了就知道了,保证你不会后悔。"

坐在死斗场里,小夭一边喝酒一边漫不经心地东张西望。

两个即将进行死斗的奴隶走出来,小夭愣了一愣,坐直了身子。其中一个奴隶她认识,在轩辕城时,她曾和邶拿他打赌。于她而言,想起来,仿似是几年前的事,可于这个奴隶而言,却是漫长的四十多年,他要日日和死亡搏斗,才能活下来。

小夭喃喃说:"他还活着?"

虽然他苍白、消瘦,耳朵也缺了一只,可是,他还活着。

邶跷着长腿,双手枕在脑后,淡淡道:"四十年前,他和奴隶主做了个交易,如果他能帮奴隶主连赢四十年,奴隶主赐他自由。也就是说,如果今夜他能活着,他就能脱离奴籍,获得自由。"

"他怎么做到的?"

"漫长的忍耐和等待,为一个渺茫的希望绝不放弃。其实,和你在九尾狐的笼子里做的是一样的事情。"

小夭不吭声了,把杯中的酒一饮而尽,然后把钱袋扔给收赌注的人,指了指她认识的奴隶:"我赌他赢。"

周围的声音嗡嗡响个不停,全是不解,因为她押注的对象和他的强壮对手比,实在显得不堪一击。

搏斗开始。

那个奴隶的确是太虚弱了!大概因为他即将恢复自由身,他的主人觉得照顾好他很不划算,所以并没有好好给他医治前几次搏斗中受的伤。

很快,他身上的旧伤口就撕裂,血涌了出来,而他的对手依旧像一头狮子般,威武地屹立着。

酒壶就在小夭手边,小夭却一滴酒都没顾上喝,专心致志地盯着比斗。

奴隶一次次倒在血泊中,又一次次从血泊中站起来。

刚开始,满场都是欢呼声,因为众人喜欢看这种鲜血淋淋的戏剧化场面。可是,到后来,看着一个浑身血淋淋的人一次又一次站起来,大家都觉得嗓子眼发干,竟然再叫不出来。

满场沉默,静静地看着一个瘦弱的奴隶和一个强壮的奴隶搏斗。

最终,强壮的奴隶趴在血泊中,站不起来,那个瘦弱的奴隶也趴在血泊中,再站不起来。

死斗双方都倒在地上,这是一场没有胜利者的比赛。

众人叹气,准备离开,小夭突然站了起来,对着比赛场内大嚷:"起来啊,你起来啊!"

众人都停住脚步,惊诧地看看小夭,又看向比赛场内。

小夭叫:"你已经坚持了四十多年,只差最后一步了,起来!起来!站起来……"

那个瘦弱的奴隶居然动了一动,可仍旧没有力气站起来。众人却都激动了,目不转睛地盯着他。

小夭嘶喊着大叫:"起来,站起来,站起来!只要你站起来,就可以获得自由!起来,站起来!"

小夭不知道为什么,冷漠了几百年的心竟然在这一刻变得热血沸腾,她不想他放弃,她想他坚持,虽然活着也不见得快乐,可她就是想让他站起来,让他的坚持有一个结果,让他能看到另一种人生,纵使不喜欢,至少看到了!

还有人知道这个奴隶和奴隶主之间的约定,交头接耳声中,不一会儿整个场地中的人都知道他已经坚持了四十年,这是他通向自由的最后一步。

小夭大叫:"起来,你站起来!"

众人禁不住跟着小夭一起大叫起来:"起来,起来,站起来!"

有时候,人性很黑暗,可有时候,人性又会很光明。在这一刻,所有人都选择了光明,他们都希望这个奴隶能站起来,创造一个几乎不可能的奇迹。

人们一起呼喊着:"起来,起来,站起来!"

瘦弱的奴隶终于摇摇晃晃地爬了起来,虽然他站在那里,满身血污,摇摇欲坠,可他站起来了,他胜利了!

几乎所有人都输了钱,可是每个人都在欢呼,都在庆祝。奴隶的胜利看似和他们无关,但人性中美好的一面让他们忘记了自己的得失,只为奴隶的胜利而高兴,就好似他们自己也能打败生命中无法克服的困难。

小夭哈哈大笑,回过身猛地抱住邶,激动地说:"你看到了吗?他赢了,他自由了!"

邶凝视着蹒跚而行的奴隶,微笑着说:"是啊,他赢了!"

小夭看到奴隶主带着奴隶去找地下赌场的主人,为奴隶削去奴籍。

小夭静静地坐着,看所有人一边激动地议论着,一边渐渐地散去。到后来,整个场地只剩下她和邶。

小夭凝视着空荡荡的比赛场地,问道:"为什么带我来看比赛?"

邶懒洋洋地说:"除了寻欢作乐,还能为了什么?"

小夭沉默,一瞬后,说道:"我们回去吧!"

小夭和邶归还了狗头面具,走出地下赌场。

"等、等一等!"

一个人颤颤巍巍地走过来,简陋的麻布衣衫,浆洗得并不干净,可洗去了满脸的血污，头发整齐地用根布带子束成发髻，如果不是少了一只耳朵，他看上去只是个苍白瘦弱的普通少年。

他结结巴巴地对小夭说："刚才，我听到你的声音了，我记得你的声音，你以前抱过我。"

小夭喜悦地说："我也记得你，我好开心你赢了！"她指指防风邶，"你还记得他吗？"

防风邶并没回头，在夜色的阴影中，只是一个颀长的背影，可少年在死斗场里，看到的一直是狗头人身，他也不是靠面容去认人。

少年点了下头："记得！我记得他的气息，他来看过我死斗，一共七次！"少年突然热切地对防风邶说，"我现在自由了，什么都愿意干，能让我跟随您吗？"

防风邶冷漠地说："我不需要人。"

少年很失望，却不沮丧，对防风邶和小夭说："谢谢你们。"

他要离去，小夭出声叫住了他："你有钱吗？"

少年满脸茫然，显然对钱没有太多概念，小夭把刚才赢来的钱塞给他："这是我刚才押注你赢来的钱，你拿去可一点都不算占便宜。"

少年低头看着怀里冰冷的东西，小夭问："你叫什么？打算去做什么？"

少年抬起头，很认真地说："他们叫我奴十一，我想去看大海，他们说大海很大。"

小夭点头："对，大海很大也很美，你应该去看看。嗯……我送你个名字，可以吗？"

少年睁着黑白分明的双眼，静静地看了一会儿小夭，郑重地点点头。

小夭想了一会儿，说："你的左耳没有了，就叫左耳好吗？你要记住，如果将来有人嘲笑你没有一只耳朵，你完全不用在意，你应该为自己缺失的左耳骄傲。"

"左耳？"少年喃喃重复了一遍，说道："我的名字，左耳！"

小夭点头："如果你看够了风景，或者有人欺负你，你就去神农山，找一个叫珧玹的人，说是我推荐的，他会给你份工作。我叫小夭。记住了吗？"

"神农山、珧玹、小夭，左耳记住了。"

左耳捧着小夭给他的一袋子钱，一瘸一拐地走进了夜色中。

小夭凝视着他的背影，突然想，五六百年前，相柳从死斗场里逃出来时，应该也是这样一个少年，看似已经满身沧桑、憔悴疲惫，可实际又如一个新生的婴儿，碰到什么样的人就会成就什么样的命运。

可是，那时她还未出生！

邶在小夭耳畔打了个响指："人都走远了，还发什么呆？走了！"

小夭边走边说："我在想，如果你从死斗场里逃出来时，是我救了你该多好！如果那样的话，我就会让你只做防风邶！真恨不得能早出生几百年，我一定会去死斗场里找你……"

邶停住了脚步，凝视着小夭。

小夭回身看着他，两人的眼眸内都暗影沉沉、欲言又止。

邶伸出手，好似想抚过小夭的脸颊，可刚碰到小夭，他猛然收回了手，扫了一眼小夭的身后，不屑地讥嘲道："就你这样还能救我？你配吗？"

小夭喃喃解释："我不是说洪江大人不好，我只是、只是觉得……"

"闭嘴！"突然之间，邶就好似披上了铠甲，变得杀气凛凛。

小夭戒备地盯着相柳，慢慢往后退。

她退进了一个熟悉的怀抱中："璟？"

"嗯。"璟搂着小夭，盯着邶，眼中是威慑警告。

邶身上的杀气散去，嘲笑道："听说你想退婚，刚成为族长，就嫌弃我妹妹配不上你了吗？"

璟的杀机也消散："不是意映不好，而是……"

小夭抓住璟就跑："他是个疯子，不用理会他！"

小夭也不知道她想去哪里，只是下意识地朝着和涂山氏宅邸相反的方向跑去。

渐渐地，小夭跑累了，她放慢了脚步，缓缓地走着。

走着走着，小夭停下了。

璟未等她开口，就说道："小夭，不要离开我。"

小夭微笑着说："我没打算离开你。"

"真的吗？"璟并不相信，他太了解小夭了，小夭从小就靠着自己生存，她的心过于坚强独立，也可以说十分理智冷漠，不依赖于任何人与物，即使小夭喜欢他，可一旦她觉得这份喜欢让她难受了，她就会选择割舍。

小夭老实地说："刚看到你成为族长时，是有点失落犹豫，想要不理你了，但现在没有了。"

璟终于放心，握着小夭的手，说道："谢谢！"

◆

因为珑玹和丰隆都等着用钱，璟接任族长的第二日，就随小夭一起回了轵邑。

璟没有去自己的私宅，而是像以往一样，去了小炎奔府。

仆役和他熟识，连通传都免了，直接把他带去木樨园。

馨悦闻讯赶来，满面不解地说："璟哥哥，你明知道哥哥不欢迎你，你这算什么？"

璟翻着书卷，闲适得犹如在自己家中一般："我等丰隆来赶我走。"

馨悦看小夭，小夭摊手，一脸无奈："他无赖起来，很无赖的。"

馨悦对小夭使了个眼色，小夭跟她出了屋子。

两人站在木樨树下，馨悦问："小夭，你怎么会舍哥哥，而选璟哥哥呢？我哥哥哪点比他差呢？"

"哪点都不比璟差，这就像人的吃菜口味，不是以好坏论，只不过看合不合胃口而已。"

"我本来还以为你能做我嫂子呢！"

"你做我嫂子不是一样吗？长嫂如姐，我还真想有个姐姐疼我呢！"

馨悦本来就没生小夭的气，此时更是心软了，有些好奇地问："你和璟哥哥在一起快乐吗？"

"有快乐的时候，也有不快乐的时候。"

馨悦倒是心有戚戚焉地叹气："和我一样。不过，你可比我惨，防风意映，我想着都替你发愁。我宁可面对你哥哥身边的所有女人，也不愿意面对一个防风意映。"

砰砰的拍门声传来，未等珊瑚和静夜去开门，院门就被踹飞了。

丰隆怒气冲冲地走进来："璟，你还有脸来？"

馨悦吓得赶紧去拦，小夭拉住了她："男人的事让他们男人自己去解决吧！"

馨悦花容变色："我哥的灵力十分高强，真打起来，三个璟哥哥都不够他打！"

小夭拍拍她的肩："死不了人……"

丰隆冲进屋子，璟施施然地放下书卷。丰隆看到他那云淡风轻的样子，越发怒了，二话没说，冲上去就给了璟一拳。

璟擦了下嘴角的血迹："我让你三拳，如果你再动手，我就也不客气了。"

"不客气？你几时和我客气过？"丰隆连着两拳砸到璟肚子上，把璟砸得整个身子弯了下去。

丰隆去踹璟，璟一拳打在丰隆的膝关节上，丰隆的身子摇晃了下，差点摔倒，气得丰隆扑到璟身上连砸带踢。璟也没客气，对丰隆也是一阵狠打，两个身居高位、灵力修为都不弱的大男人竟然像顽童打架一般，毫无形象地厮打在一起。

噼里啪啦，屋子里的东西全被砸得粉碎。

馨悦听到声音，觉得牙都冷："你肯定死不了人？"

"……"小夭迟疑着说，"也许会躺几个月。"

丰隆和璟打着打着，也不知道是谁先停了手，两人都不打了，仰躺在一地狼藉中，沉默地看着屋顶。

丰隆记得小时候，璟一向斯文有礼，衣衫总是整洁干净，从不像他，弄得和毛猴子一样。可有一次他辱骂篌，被璟听到了，璟立即和他急了，举着琴就砸他，两人在泥地上狠狠打了一架，明明他比璟更能打，可璟和他拼命，迫得他不得不发誓以后绝不辱骂篌。那时，他就开始羡慕篌，他若有个肯为他拼命的弟弟该多幸福啊！他郁闷了半年，有一天表姑姑叮咛他，和璟要像亲兄弟般好好相处，他突然想通了，如果没弟弟，让璟做他哥哥也成啊！

这么多年，璟从没有让他失望，他的雄心、野心、私心，都可以告诉璟，璟从不觉得他是胡思乱想。当他偷偷告诉璟，他想打破四世家的族规，璟也只是微笑着说"规矩既然是人定的，自然人也能破"，他咄咄逼问"你会帮我吗"，璟叹道"我不想惹这些麻烦，不过我肯定也不能看着你死"。

这么多年，不管他琢磨什么，璟都能理解他，也都会帮他，从不介意为他打扫麻烦。他看到篌和璟生分了，还暗暗高兴，从今后，就他和璟两兄弟了！

其实，他不是生气璟抢了小夭，他只是生气璟不当他是兄弟，如果璟想要，和他说就行，璟为什么不肯告诉他？如果璟把小夭看得和自己性命一样重要，他怎么可能不让给璟？

璟的声音突然响起："在小夭还不是小夭的时候，我就已经喜欢她。你肯定怪我为什么不早告诉你，可我根本没有办法告诉你。很多时候，我自己都很矛盾。我觉得配不上小夭，你、防风邶都是更好的选择，不管你们谁接近小夭，我都觉得这对小夭好，不管小夭选择谁，也许都比和我在一起幸福。我常常告诉自己该放弃，可我又没有办法放弃……"

丰隆觉得心里的怒火淡去了，另一种怒火却又腾起："什么叫你配不上小夭？

涂山璟，你什么时候变得这么怯懦无用了？难道篌的一点折磨把你的骨头都折磨软了？"丰隆抓住璟的衣襟，"你给我听好了！我丰隆的兄弟都是最好的，别说一个小夭，就是十个小夭你也配得上！"

璟问："还当我是兄弟？"

丰隆重重冷哼一声，把头扭到一旁，不理会璟。

璟说："我知道你当我是兄弟，也知道你一定会让着我，我才敢放肆地在你的地盘上抢人。"

丰隆的气渐渐消了，瓮声瓮气地问："你刚才说，在小夭还不是小夭的时候，就已经喜欢她，什么叫在小夭还不是小夭的时候？"

"我和她其实很早就认识，在她流落民间，还不是王姬的时候。"

丰隆的火气又上来了，砰地给了璟一拳："原来你一直把我们当猴耍！"

璟看着丰隆："你以为我想吗？你觉得我那时看着你向小夭大献殷勤，频频讨好她，我是什么样的心情？"

丰隆沉默了，憋了一会儿，蹦出句："你活该！"

璟问："气消了没？"

丰隆翻身站起，没好气地说："没消！"却伸手给璟，璟拉住他，站了起来。

丰隆看着璟的样子，不禁得意地笑了："说出去，我把涂山氏的族长揍成了这样，肯定没人相信。"

馨悦在门口探了探脑袋："你们打完了吗？要不要请医师？"

丰隆冷哼，大声说："准备晚饭！"

馨悦白了他一眼："打个架还打出气势了！"转身出去，吩咐婢女把晚饭摆到木槿园来。

小夭拿出药瓶，倒出几颗流光飞舞丸，没有先给璟上药，反而走到丰隆身旁，对丰隆说："闭上眼睛。"

丰隆闭上了眼睛，小夭把药丸捏碎，药汁化作流萤，融入伤口中，一阵冰凉，丰隆觉得十分受用，不禁得意地看了璟一眼。璟微笑地看着小夭和丰隆。

小夭给丰隆上完药，又给璟上药。

馨悦站在门口叹气："你们就这么浪费流光飞舞丸，小心遭雷劈！"

馨悦操办酒宴早驾轻就熟，不过一会儿工夫，已置办得有模有样。

一张龙须席铺在木槿林内，两张长方的食案相对而放，四周挂了八角绢灯。

木槿花还未到最绚烂时，可香气已十分浓郁，一阵风过，须臾间，龙须席上已有薄薄一层白的、黄的小碎花，脚踏上去，足底生香。

馨悦请璟和小夭坐，待他们两人坐下，馨悦只觉眼前的一幕看着眼熟，突然回过味来，不禁笑对丰隆说："这两人啊，原来在我们眼皮底下已经郎有情妾有意，难怪当日小夭一曲歌谣唱得情意绵绵、撩人心弦。"

小夭一下子羞红了脸，低下头。

馨悦不肯饶了她，打趣道："当年都敢做，今日才知道害臊了？"

璟对丰隆说："不如把璄玹请来吧，省得馨悦聒噪不停。"

馨悦又羞又恼，腮染红霞："璟哥哥，你、你……你敢！"

璟对静夜吩咐："把青鸟放了，璄玹应该很快就能收到消息。"

"是！"静夜去放青鸟传信。

馨悦着急了，对丰隆叫："哥哥，你真看着璟哥哥欺负我啊？"

丰隆笑起来："看你平日挺聪明，被璟一逗就傻了，璟找璄玹有正事。"

馨悦这才反应过来自己被璟戏弄了，不禁对小夭恨恨地说："你如今有了大靠山，我以后是不敢欺负你了。"

小夭眨巴着眼睛，稀罕地看着璟，她也是第一次看到璟谈笑戏谑的一面。

丰隆举起酒杯，对璟说："你总算恢复昔日风采了。"

璟举起酒杯："情义在心，就不说谢字了。"

两人同时一饮而尽。

饭菜上来，小夭秉持一贯爱吃的风格，立即埋头苦吃。

璟对小夭的喜好了如指掌，大部分心思都放在小夭身上。小夭喜欢碎饼浸透了肉汁吃，他就把饼子都细细地撕成指甲般大小，放在羊肉汤汁里泡好，待软而不烂时，再拿给小夭。

小夭还有一种怪癖，不喜欢吃整块的肉，喜欢吃碟子底的碎肉，她说这些碎肉入味又烂软，最香。璟把自己碟子里的碎肉块都挑了出来，拿给小夭。

丰隆大大咧咧，光忙着和璟说话，并没留意这些细节。馨悦却恰恰相反，一直留意着细节，看璟虽然一直和丰隆在说话，心却一直挂着小夭，那些琐碎可笑的事，他做得自然无比，眉眼间洋溢着幸福，她看着看着竟然有些嫉妒小夭。

馨悦突然插嘴问道："璟哥哥，你是不是很开心？"

璟愣了一下，点点头："我很开心。"他终于可以在朋友面前大大方方地和小夭坐在一起，可以照顾小夭，他怎么可能不开心？

半个时辰后，璄玹赶到。

玱玹对璟抱拳赔罪："你接任族长的典礼，我不方便请求爷爷派我去观礼，不得已错过了，让丰隆去，丰隆小心眼闹别扭不肯去。"

璟道："不过一个仪式而已，去不去没什么。"

玱玹看看璟脸上的瘀青，再看看丰隆，不禁笑了出来："你们俩可真有出息！好歹也是族长和未来的族长，竟然没一点轻重，我看你们明后两天都得躲在家里好好养伤。"

馨悦担心地问："你过来得这么匆忙，可有人留意？"

玱玹道："如今不同往日，处理正经事要紧，就算留意到也没什么大碍。"

璟对馨悦说："小夭就住以前的地方，你让人打扫一下。"

馨悦明白璟的意思，对小夭说："我带你去看看，如果觉得缺什么，我叫人立即补上。"

小夭随着馨悦走出木樨园，她问道："我是自己对他们的事没兴趣，可你为什么要特意回避呢？"

馨悦说："你不告诉你哥哥，我就告诉你。"

"我不告诉他。"

"不是我想回避，是我哥让我尽量回避。我哥说，如果我想做个幸福的女人，男人的事情还是少掺和，不能完全不知，却绝不能事事都知。"

"你哥看似大大咧咧，实际是抓大放小，该糊涂时则糊涂，真正的聪明人。"

馨悦笑："现在后悔还来得及哦！我哥是很乐意娶你的，他说你像男人，搭伙过日子不麻烦。"

小夭觉得黑云压顶，丰隆这混账说的是赞美的话吗？小夭干笑道："如果璟不要我了，我就来投奔你哥。"

玱玹和璟聊完后，立即就离开了，都没顾上来看小夭。

在璟的安排下，玱玹和丰隆的燃眉之急逐渐解决。

玱玹可以继续从整修宫殿中获得一部分钱，璟又把涂山氏从整修宫殿中获得的利润全部转给了馨悦，馨悦自然会把这部分钱设法交给丰隆。

璟和离戎族的族长离戎昶（chǎng）颇有些交情，璟把离戎昶介绍给玱玹，让玱玹和离戎昶秘密谈判。离戎族不但同意每年给玱玹一笔钱，还愿意把族中最勇猛的子弟派给玱玹，任玱玹差遣。

因为篌发了血誓，不争夺族长之位，所以他不再处处和璟对着干。璟虽未表态支持玱玹，却在家族大会上，明确表示不希望涂山氏和德岩、禹阳有密切的联系。篌对德岩、禹阳渐渐疏远起来。

刚开始，德岩和禹阳还以为只是箐的手段，向箐一再承诺一定会设法让他当上族长，可渐渐发现箐竟然是真的不再企图夺取族长之位。

虽然玱玹和丰隆的往来很隐秘，但毕竟已经四十多年，随着玱玹在中原势力的扩展，有些事情想瞒也瞒不住，再隐秘也有蛛丝马迹可查。德岩和禹阳都明白，丰隆选择了玱玹。

璟和丰隆要好是全大荒都知道的事情，德岩和禹阳认定箐的背叛是玱玹在暗中捣鬼，不禁重新估量玱玹。却是越估量越紧张，一个他们认为流放出去做苦差事的废人，竟然在不知不觉中自成一股势力，而且这股势力独立于轩辕族之外，不要说他们，就是轩辕王也难以完全控制。

德岩和禹阳召集幕僚，商议如何对付玱玹。幕僚们意见不统一。

有人认为该立即铲除。

有人却认为小题大做，就算玱玹和中原氏族交好，那又能如何？所有的军队都牢牢控制在轩辕族手中，只要轩辕王不把位置传给玱玹，玱玹什么都做不了，现在看来，轩辕王既然把玱玹扔在中原不闻不问，显然不看重他。如果这时候企图杀玱玹，反倒有可能引起轩辕王的反感，万一轩辕王改变心意，又把玱玹召回朝云殿，朝夕陪伴，那可就得不偿失了。

还有人建议，轩辕王一直很提防中原的氏族，不妨由着玱玹和中原氏族来往，时机成熟时，给玱玹安个意图谋反的罪名。

德岩和禹阳越听越心乱，不知道到底是该立即设法除掉玱玹，还是该按兵不动、静观其变。思来想去，觉得还是第三种建议最稳妥，先养着玱玹，由着他去勾结中原氏族，等个合适的时机，让轩辕王自己除去玱玹。

第七章
爱恨两依依

璟把琀玹和丰隆的事解决妥当后，准备回青丘，去陪奶奶。

小夭本来不打算插手太夫人的事，太夫人身边的人能给她种蛊，自然是巫蛊高手。小夭不认为自己这个半吊子能比对方强，可那人毕竟是璟的奶奶，小夭不可能真的漠不关心。

小夭说："我想跟你去看看太夫人。"

璟知道小夭的毒术几乎冠绝天下，蛊术虽然只看她使用了一次，可能让琀玹束手无策，也绝不一般。璟握住了小夭的手："谢谢。"

小夭道："我不见得能帮上忙，说谢太早了。"

璟微笑："我不是谢你做了什么，而是谢你对我的心意。"

小夭甩掉他的手，嘟着嘴说："少自作多情，我哪里对你有什么心意？"

璟笑看着小夭，不说话，小夭红了脸。

璟带小夭回到青丘时，恰好碰上太夫人蛊毒发作。

璟匆匆跑进去探视，小夭在外面等着。

阵阵惨叫声传来，令听者毛骨悚然，苗莆悄悄对小夭说："难怪大荒内的人闻蛊色变！涂山氏的这位太夫人年纪轻轻就守寡，是大荒内出了名的硬骨头，能让她惨号，想来蛊毒真是可怕。"

一会儿后，璟、篌、意映和蓝枚从太夫人院内走出来，璟和篌的表情是一模一样的愧疚难受，让人清楚地意识到他们俩是兄弟。

小夭走上前，对璟和篌说："能让我帮太夫人诊察一下身子吗？"

篌和意映都愣住了，想到璟坚持退婚，立即意识到什么，却是不愿相信。篌惊讶地问："王姬为何在此？"

璟替小夭回道："是我邀请她来的。"

只有太夫人知道璟昏迷的真相，意映一直以为璟是重伤昏迷，完全没想到小夭会和璟走到一起。意映质问璟："是她吗？"

璟没有吭声，意映震惊下，都忘记了掩饰，激动地说："怎么可能？她怎么可能看得上你？"

意映语气中赤裸裸的鄙夷让众人都吃惊地看着意映。篌咳嗽了一声，对小夭道："实在对不起，奶奶不方便见客，请王姬离开吧！"

小夭道："我想见太夫人，是因为我懂得蛊术。没有具体查看前，我不敢承诺什么，但若有一分机会能帮到太夫人，我没去做，于心不安。"

篌将信将疑："你懂蛊术？这可是百黎族的秘术，你怎么会懂？"

小夭笑了笑："反正我懂。"

璟对小夭说："我们先回去吧，待奶奶好一点时，我和奶奶说。"

璟带着小夭离开了，篌和意映看着他们的背影，都面色古怪。如果是其他女子，还可以说贪图璟的身份和财富，可小夭什么都有，连眼高于顶的丰隆都在殷勤追求，难以想象她挑来挑去，竟然挑中了璟！

◆

太夫人不想见小夭，可耐不住璟软语相求，终于答应了让小夭来看她。

璟刚刚继任族长，虽然是众望所归，但事关太夫人的安危，小夭不想落人口实，才会特意当着篌的面提出要看太夫人。同样的，她去看望太夫人时，也特意对璟说希望篌在场。

璟明白小夭的心思，嘴里什么都没说，心中却是千种滋味。

小夭随静夜走进太夫人的屋子时，除了太夫人、璟、篌，还有一位老妇，是长期照顾太夫人的医师蛇莓儿。

太夫人微笑着说："听璟儿说，王姬懂得蛊术？"

小夭应道："懂一点。"

太夫人指指站立在她身侧的女医师："她叫蛇莓儿，是百黎族人，曾跟随百黎族的巫医学习巫蛊术，后来沦为女奴，偶然被我所救，带回涂山氏。我找了名师，让她学习医术，她在大荒内虽然没有名气，可医术绝对不比高辛和轩辕的宫廷名医差。"

小夭打量蛇莓儿，看到她衣襟上绣着小小的彩色飞蛾，不懂的人肯定会看作蝴蝶。小夭突然想起，在百黎巫王写的书里，她见过这些蛾子，旁边还有一串古怪的暗语和手势。小夭不禁对着蛇莓儿边打手势，边念出了那一串暗语。

太夫人和篌都莫名其妙地看着小夭，一直面色漠然的蛇莓儿却神情骤变，跪在了小夭面前，又是激动又是敬畏，她一边叩拜，一边用巫语对小夭说着什么。

小夭小时，娘教过她百黎的巫语，所以她能看懂巫王留下的东西，可她毕竟没有在百黎生活过，不怎么会说，听也只是勉勉强强。

小夭连听带猜，总算明白了。蛇莓儿把她当作了巫王，害怕小夭惩罚她施用蛊术，对小夭解释她没有害人。

小夭用巫语，结结巴巴地说："我不是巫王，我只是……"如果没有巫王留下的毒术，她早就死了，虽然她从没有见过百黎族的巫王，可是他的的确确救了她。小夭怀着尊敬，对蛇莓儿说："巫王救过我一命，还教了我蛊术和毒术。我知道你没有害人，巫王不会惩罚你。"

蛇莓儿欣喜地给小夭磕头，说道："您是巫王的徒弟。"

她算是巫王的徒弟吗？小夭不知道，她对蛇莓儿叮嘱："不要告诉别人我和巫王的关系。"

蛇莓儿立即应了，在小夭的拖拽下，蛇莓儿才恭敬地站起来。

太夫人和篌都已认识蛇莓儿一百多年，深知她沉默冷淡的性子，就是对救命恩人太夫人也只是有礼貌的尊敬，可她对小夭竟然尊崇畏惧地叩拜，他们已然都相信了小夭懂得蛊术。

蛇莓儿对太夫人说："她能帮到您，不仅能减轻您的痛苦，也许还能延长您的寿命。"

太夫人虽然为了两个孙儿和涂山氏，不惜承受一切痛苦，可没有人不贪生畏苦，听到能减少痛苦，还有可能多活一段日子，太夫人热切地看着小夭。

小夭苦笑，蛇莓儿对巫王真是盲目地崇拜啊！竟然不等她给太夫人诊断，就夸下了海口。不过，有蛇莓儿在，再加上她脑中有毒王的《毒蛊经注》和医祖的《百草经注》，减轻痛苦还是很有可能的。

小夭帮太夫人诊察身体，太夫人十分配合。

小夭没有先问蛇莓儿，而是待自己判断出是蠹蛾蛊后，才和蛇莓儿求证。蛇莓儿立即点头："是我养的蠹蛾蛊。"

小夭有了几分信心，她昨夜就推测过太夫人体内的蛊虫是什么，已经考虑过蠹蛾蛊，也设想过如果是蠹蛾蛊该如何缓解痛苦。

太夫人和篌都紧张地看着小夭。小夭对太夫人说："太夫人养几只棒槌雀吧！

· 129 ·

棒槌雀是蛊蛾的天敌，再厉害的东西对天敌的畏惧都是本能，若有那百年以上、已有些灵性的棒槌雀最好。让棒槌雀贴身相伴，虽不能减轻痛苦，却能延缓蛊蛾蛊的发作，日复一日地压制着蛊，自然而然就能偷得一段时日。我再回去配些缓解痛苦的丸药，至于能减轻几分痛苦，却不好说，吃后才能知道效果。若真能减轻痛苦，再好好调理身子，多了不敢说，多活一年还是有可能的。"

篌忙道："我立即派人去寻棒槌雀，一定能帮奶奶寻到。"

太夫人对小夭说："我不怕死，可我总是不放心璟儿和篌儿，希望能看顾着他们多走一段路，谢谢王姬。"

小夭客气地说："太夫人不必客气，我也算半个医师，为人治病是分内之事。"

太夫人看了璟一眼，说道："王姬若不嫌老身张狂，不妨跟着璟儿喊我一声奶奶。"

小夭看璟，璟希冀地盯着她，小夭笑了笑："奶奶。"

太夫人笑点头。

小夭让璟去准备炼药的工具和所需的药材，还问蛇莓儿要了一碗她的血，来做药引。

涂山氏不愧是天下首富，准备的东西比王族所藏都好。一切准备妥当后，小夭开始炼药。

她炼制毒药炼习惯了，虽然现在目的不同，一个杀人、一个救人，可炼药和炼毒药并没有多大区别，所以做起来驾轻就熟。

璟用帕子替她擦去额头的汗："累吗？"

小夭笑道："不用担心，这和给相柳炼制毒药比起来，实在太简单了。"

璟沉默了一会儿，问道："你一直在给相柳做毒药？"

小夭观察着鼎炉里的火，不在意地回答："是啊！"

璟缓缓说："那夜，我几乎觉得防风邶就是相柳。"

小夭愣了一愣，不想欺骗璟，可又不想泄露相柳的秘密，她有几分倦怠地说道："我不想谈这两个人。"

璟说："我帮你看着炉火，你去休息一会儿。"

小夭靠着他肩膀，说道："这事你可不会做，全是经验活，日后我再慢慢教你。"

一句"日后、慢慢"让璟揪着的心松了，忍不住眉梢眼角都带了笑意。被炉火映着的两人，浸在融融暖意中。

七日七夜后，做好了药丸，一粒粒猩红色，龙眼般大小，散发着辛、苦味。

小夭把药丸拿给太夫人，太夫人向她道谢，小夭说："我只是出了点力，蛇莓儿却流了一碗血。"

蛇莓儿说："太夫人给了我不少灵药，很快就能补回来。"

太夫人道："你们两个，我都要谢。"

小夭说："用雄黄酒送服，每日午时进一丸，这次一共做了一百丸，如果管用的话，我再做。"

篌看了眼水漏，提醒道："就要午时了。"

小鱼拿了雄黄酒来，璟和篌服侍着太夫人用了药。

太夫人说："有没有效果，明日就知道了。这里有蛇莓儿和小鱼照顾，你们都回去吧！"

第二日清晨，小夭刚起身，太夫人的婢女已经等在外面。

小夭以为药有什么问题，胡乱洗漱了一把，立即赶去见太夫人。

璟、篌、意映和蓝枚都在，屋子里没有了这段时日的沉闷，竟都微微笑着。

太夫人看到小夭，招手叫道："快坐到奶奶身边来。"

意映袖中的手捏成了拳头，却一脸温柔喜悦，盈盈而笑，好似唯一在乎的只是太夫人的身体。

小夭坐到太夫人身旁，拿起她的手腕，为她把脉。

太夫人笑道："昨儿夜里蛊毒发作，虽然也痛，可和前段日子比起来，就好似一个是被老虎咬，一个是被猫儿挠。"太夫人笑拍着小夭的手，"不管能多活几天，就凭少受的这份罪，你也是救了我这条老命。"

小夭终于松了口气："有效就好。"

小夭告辞离去："刚才怕有事，急忙赶来，还没用饭，既然药有效，我先回去用饭了。"

太夫人看小夭清清淡淡，并没借机想和她亲近，再加上这几日的暗中观察，倒觉得璟儿的确好眼光，只可惜她是王姬……太夫人不禁叹息。

待小夭走后，太夫人让篌、蓝枚、意映都退下，只把璟留了下来。

太夫人开门见山地问璟："你是不是想娶高辛王姬？"

璟清晰地说："是！"

太夫人长叹了口气，说道："可惜她是高辛王姬，又是轩辕王的外孙女。你该知道，族规第一条就是不得参与任何王族的争斗，四世家靠着明哲保身才昌盛到现在。小夭身为高辛王姬,不在高辛五神山待着,却一直跟在轩辕王子玱玹身边,深陷轩辕争夺储君的斗争中,显然不是个能让人省心的女人,我不想涂山氏被牵连进去。而且……现在大荒是很太平,可根据我的判断,轩辕王和高辛王迟早会有一战,小夭会给涂山氏带来危机,我不是不喜欢小夭,但为了涂山氏,就算你和意映没有婚约,我也不能同意你娶小夭。"

璟本以为奶奶见到小夭后会有转机,可没想到奶奶依然坚持己见,他跪下求道:"四世家是有明哲保身的族规,但规矩是数万年前的祖先所定,当年的情势和如今的情势已截然不同,不见得会永远正确,应该根据情势做变通……"

太夫人本来对小夭的两分好感刹那全消,疾言厉色地说:"你可是一族之长,这些混账话是你能说的吗?你自小稳重,几时变得和丰隆一样没轻没重了?是不是高辛王姬教唆你的?"

"不是,小夭从没有说过这些话,是我自己观察大荒局势得出的想法。"

太夫人却不信,认定了是小夭教唆,想利用涂山氏帮玱玹夺位:"涂山璟,你现在是一族之长,不要为了个女人连老祖宗定的规矩都抛在脑后!你对得起……"太夫人气得脸色青白,抚着心口,喘着大气,说不下去。

璟忙把灵气送入太夫人体内:"奶奶,奶奶,你仔细身子!"

太夫人说:"你答应奶奶放弃高辛王姬。"

璟跪在榻边,不说话,只一次又一次重重磕头。

太夫人看他眼中尽是凄然,心酸地叹道:"你个孽障啊!"她抚着璟的头,垂泪道:"璟儿,不要怪奶奶,奶奶也是没有办法啊!"

◆

小夭练习了一个时辰箭术,觉得有些累时,把弓箭交给珊瑚,打算去看看璟。

从她暂住的小院出来,沿着枫槭林中的小道慢步而行。因为贪爱秋高气爽、霜叶红透,并不着急去找璟,而是多绕了一段路,往高处走去。待攀上山顶的亭子,小夭靠在栏杆上,看着层林尽染落霞色。

苗莆拽拽小夭的衣袖,小声说:"王姬,您看!"

小夭顺着苗莆指的方向看去。她受伤后,身体吸纳了相柳的本命精血,发生了不少变化,目力远胜从前。只见山下的小道上,璟和意映并肩走着,两人不知道在说什么,脚步都非常沉重缓慢。

到璟居住的暄熙园了,璟停住步子,和意映施礼告别,意映突然抱住璟,似乎在哭泣，身体簌簌颤抖，如一朵风雨中的花，娇弱可怜，急需人的呵护。

璟想推开她，可意映灵力不比他弱，他用力推了几次都没有推开，反而被意映缠得更加紧，他毕竟是君子，没办法对哀哀哭泣的女人疾言厉色，只能边躲边劝。

苗莆低声道："璟公子太心软了，有的女人就像藤蔓，看似柔弱得站都站不稳，可如果不狠心挥刀去砍，就只能被她缠住了。"

小夭默默地走出亭子，向着远离暄熙园的方向走去。苗莆低声嘟囔："王姬若觉得心烦，不妨和殿下说一声，殿下有的是法子，把防风意映打发走。"

小夭道："两人还没在一起，就要哥哥帮忙解决问题，那以后两人若在一起了，要过一辈子，肯定会碰到各种各样的问题，难道我还要哥哥一直帮我去解决问题？"

苗莆吐吐舌头，笑嘻嘻地说："就算让殿下帮王姬解决一辈子问题，殿下也肯定甘之若饴。"

小夭在山林里走了一圈，就回去了。

珊瑚看她们进来，笑问："璟公子有事吗？怎么这么快就回来了？"

苗莆对珊瑚打了个眼色，珊瑚立即转移了话题，笑道："王姬，渴了吗？我走时，馨悦小姐给我装了一包木樨花，我去给您冲些木樨花蜜水。"

下午，璟来看小夭，神情透着疲惫，精神很消沉。小夭装作什么都没察觉，一句都没问。

两人静静坐了会儿，小夭端了一杯木樨花蜜水给璟："这次跟你来青丘，是为了太夫人的病，如今太夫人的病情已经稳定住，日后只要按时炼制好药丸，送来给太夫人就可以了，所以我想先回去了。"

璟说："再过三四日，我就回轵邑，咱们一起走吧！"

小夭笑了笑："实不相瞒，我在这里住得并不习惯，你知道我的性子，散漫惯了，连五神山都住不了，父王因为明白，所以才由着我在外面晃荡。在这里住着，言行都必须顾及父王和外祖父的体面，不敢随意。"

璟忙道："那我派人先送你回去，我陪奶奶一段日子，就去轵邑。"

小夭笑着点点头。

◆

第二日，小夭带着珊瑚和苗莆离开了，没有去小炎奔府，而是去了神农山紫金顶。

玱玹去巡查工地了，不在紫金宫，金萱把小夭安顿好。

晚上，玱玹回来时，看到小夭躺在庭院中看星星。玱玹去屋内拿了条毯子给她盖上，在她身旁躺下："倦鸟归巢了？"

"嗯！"

玱玹说："璟没有料到涂山太夫人只能活一年，打乱了计划，防风意映也没料到。璟已是族长，太夫人一旦死了，涂山家再没有人能约束璟，也就没有人能为防风意映的婚事做主。即使有婚约，可只靠防风氏的力量，肯定没有办法逼得涂山氏的族长娶她。防风意映想成为涂山氏的族长夫人，只能抓紧时间，在太夫人死前举行婚礼。她本来就很着急，你又突然出现在青丘，更让她如临大敌、紧张万分，自然会想尽一切办法去缠着璟，所以这事，你倒不能太怪璟，也没必要往心里去。"

小夭早知道苗莆必定会把所有的事情向玱玹奏报，没有意外，叹道："我都不知道你派了苗莆给我，到底是在保护我，还是在监视我？"

玱玹笑道："你以为珊瑚不会把你的事奏报给师父？关爱就是这样，如寒夜里的被子，能给予温暖，可终究要压在身上，也是一种负担。我们能克制着只派一个人在你身边，你就知足吧！"

小夭道："我想回一趟高辛，去看看父王。你有什么口信要我捎带的吗？"

"没有。不过我有些礼物，你帮我带给静安王妃和阿念。你什么时候回去？"

"如果你的礼物能明天准备好，我明天就走。"

玱玹嗤笑："你这到底是思念师父了，还是想躲开璟？"

"都有。从我苏醒到璟接任族长，我们一直在被形势推逼着做出选择，可不管如何，如今他已是涂山氏的族长，有一族的命运需要背负，我觉得他应该静下心，好好想想自己的新身份，想想自己究竟需要什么。"

"你一直说他，你自己呢？你的想法呢？"

小夭翻身，下巴搭在玉枕上，看着玱玹："不要说我，你和我一样！我们看似是两个极端，可其实我们一样，我们都不会主动地去争取什么，怕一争取就是错，都只是被动地被选择！"

玱玹神情复杂，看了一瞬小夭，大笑起来："我和你不一样，男女之情对我无关紧要。"

小夭笑道："这点上是不一样，我想要一个人陪我一生，你却选择了让权势陪伴一生。"

玱玹抚了抚小夭的头，叹了口气："明日礼物就能准备好，你明日就出发吧！

在五神山好好休息，发闷了就去找阿念吵架。"

小夭扑哧笑了出来："有你这样的哥哥吗？鼓励两个妹妹吵架？"

玱玹笑道："也只有兄弟姊妹，不管怎么吵，还能下次见了面依旧吵，若换成别的朋友，早已形同陌路了。阿念只是有些天真，并不蠢笨，你上次激了她走，她不见得现在还不明白你的苦心。"

◆

小夭在珊瑚和苗莆的陪伴下，悄悄回了五神山。

中原已是寒意初显，五神山却依旧温暖如春。小夭恢复了以前的悠闲生活，早上练习箭术，下午研制毒药，不过最近新添了一个兴趣，会真正思考一下医术。

一日，高辛王散朝后，特意来看小夭练箭。

小夭认认真真射完，走回高辛王身畔坐下，感觉发髻有些松了，小夭拿出随身携带的狌狌镜，边整理发髻，边问："父王，我的箭术如何？"

高辛王点点头，把小夭的手拉过去，摸着她指上硬硬的茧子："你的执着和箭术都超出我的预料。小夭，为什么这么渴望拥有力量？是不是因为我们都无法让你觉得安全？"

小夭歪着头笑了笑："不是我不信你们，而是这些年……习惯了不倚靠别人，反正闲着也是闲着，总要找点事情来做。"

小夭抽回手，要把狌狌镜装起来，高辛王拿了过去，展手抚过，相柳在蔚蓝的海底畅游的画面出现。小夭愣愣地看着，虽然在她昏迷时，相柳曾说要她消去镜子中记忆的往事，可等她醒来，他从未提过此事，小夭也忘记了。

高辛王问："他是九命相柳吗？这一次，是他救了你？"

小夭低声道："嗯。"

高辛王的手盖在镜子上，相柳消失了。

高辛王说："小夭，我从不干涉你的自由，但作为父亲，我请求你，不要和他来往。他和玱玹立场不同，你的血脉已经替你做了选择。"高辛王已经看过一次悲剧，不想再看到小夭的悲剧了。

小夭取回镜子，对高辛王露出一个明媚的笑："父王，你想到哪里去了？我和他之间只是交易，他救我，是对玱玹有所求。"

高辛王长吁口气，说道："反正你记住，我宁愿冒天下之大不韪出兵灭了防风一族，帮你把涂山家的那只小狐狸抢回来，也不愿你和相柳有瓜葛。"

小夭做了个目瞪口呆被吓着的鬼脸，笑道："好了，好了，我记住了！啰唆的父王，还有臣子等着见您呢！"

他竟然也有被人嫌弃啰唆的一天？高辛王笑着敲了小夭的脑门一下，离开了。

小夭低头凝视着掌上的镜子，笑容渐渐消失。

◆

高辛王看完小夭的箭术，找来了金天氏最优秀的铸造大师给小夭锻造兵器。

就要拥有真正属于自己的兵器，还是神秘的金天氏来为她锻造，凡事散漫的小夭都认真梳洗了一番，恭谨地等待着铸造大师的到来。

一个苹果脸，梳着小辫，穿得破破烂烂的少女走进来，上下打量小夭："就是要给你打造弓箭吗？你灵力这么低微，居然想拉弓杀人？族长倒真没欺骗我，果然是很有挑战性啊！"

小夭不敢确信地问："你就是要给我铸造兵器的铸造大师？"

少女背起手，扬起下巴："我叫星沉，是金天氏现在最有天赋的铸造大师，如果不是族长一再说给你铸造兵器非常有挑战性，纵然有陛下说情，我也不会接的。"

小夭忙对少女作揖："一切拜托你了。"

星沉看小夭态度恭谨，满意地点点头，拿出一副弓箭，让小夭射箭。小夭连射了十箭，星沉点点头，让小夭站好，她拿出工具，快速做了一个小夭的人偶，又拿起小夭的手掌，翻来覆去地看了一会儿，眼中流露出诧异。

星沉问："你对兵器有什么要求吗？比如颜色、形状、辅助功能，等等。"

小夭说："只一个要求，能杀人！"

星沉愣了一愣，说道："我真怀疑你是不是女人。"

小夭笑着说："其实我对你也有怀疑。"

星沉哈哈大笑，说道："我先回去思索，待兵器锻造好时，再通知你。快则一二十年，慢则上百年的都有，所以你不用太上心，全当没这回事吧！"

没想到一个多月后，星沉来找小夭，对小夭说："你想要的杀人弓箭已经差不多了。"

小夭诧异地说："这么快？"

"并不快，这副弓箭本是另一个人定制的，已经铸造了三十五年，他突然变卦不要了，我看着你恰好能用，所以决定给你。"

"原来这样，我运气真好！"

星沉点头："你运气不是一般二般的好，你都不知道那副弓箭的材料有多稀罕，鲛人骨、海妖丹、玳瑁血、海底竹、星星砂、能凝聚月华的极品月光石……"

星沉说得满脸沉痛，小夭听得一脸茫然。星沉知道她不懂，叹道："反正都是稀世难寻的东西，就算是陛下，想集齐也很难，真不知道那人是如何收集齐了所有材料。"

小夭点头，表示明白了，问道："这样的兵器怎么会不要了？"

星沉皱着眉头，气鼓鼓地说："不要了就是不要了！能有什么原因？反正绝不是我没铸造好！"

小夭道："我相信你！"

星沉转怒为笑："那么好的东西我宁可毁了，也舍不得给一般人，但我觉得你还不错，所以给你。"

小夭说："原谅我好奇地多问一句，究竟是谁定造的？"

星沉说："究竟是谁我也不知道，只知道应该和鬼方氏有瓜葛，他每次见我都穿着宽大的黑袍，戴着帽子，捂得严严实实。"

"你怎么知道是鬼方氏？"

"他找到金天氏时，拿着鬼方族长的信物，金天氏曾受过鬼方氏的恩，所以族长命我为他铸造兵器。本来我不想接，但族长说，他想要一副弓箭，能让灵力低微的人杀死灵力高强的人，我闻所未闻，决定见见他，没想到他给了我几张设计图稿，在我眼中，都有缺陷，却让我发现，有可能实现他的要求。"星沉抓抓脑袋，对小夭道，"如果不是他不认识你，简直就像为你量身定造！你确定你们不认识？"

小夭想了想，能拿到鬼方族长的信物，和鬼方族长的交情可不浅，她认识的人只有玱玹和诡秘的鬼方氏有几分交情，小夭笑道："不可能是我认识的人，锻造弓箭送给我是好事，何必不告诉我呢？我又不会拒绝！"

星沉点头，说道："这副弓箭所用的材料真是太他娘的好了，又是我这么杰出优秀的铸造大师花费了三十五年心血铸造，是我此生最得意的作品，不过……"

小夭正听得心花怒放，星沉的"不过"让她心肝颤了一颤："不过什么？"

"不过这副弓箭需要认主。"

"很多兵器都需要认主啊！"

"这副弓箭比较桀骜不驯,所以要求有点特殊,不过你是王姬,陛下应该能帮你解决。"

"怎么个特殊法?"

"需要海底妖王九头妖的妖血,还必须是月圆之夜的血。"星沉干笑,似乎也觉得自己的这个要求实在夸张,"那个……我也知道如今大荒内听说过的九头妖只有那个、那个……九命相柳,听说他很不好相与,不过你是王姬嘛!你爹可是高辛王啊!总会有办法的!"

小夭的眼神有些空茫,迟迟不说话。

星沉一边挠头,一边干笑,说道:"那个认主的方法也有点特别。"

小夭看着星沉,星沉小心翼翼地说:"九头妖的血不是祭养兵器,而是要、要……兵器的主人饮了,兵器主人再用自己的血让兵器认主。"

小夭似笑非笑地盯着星沉:"难怪你这兵器没有人要了。"

星沉干笑着默认了:"没办法,那么多宝贝,没有九头妖的妖血镇不住它们。"

小夭微笑着没说话,星沉不知道相柳是用毒药练功,他的血压根儿喝不得!也许那个人正是知道什么,所以放弃了这兵器。

星沉说:"王姬,真的是一把绝世好弓,我保证你绝不会后悔要它。"

小夭问:"何时可以认主?"

星沉说:"只要是月圆夜就可以。"

小夭说:"好,这个月的月圆之夜,我去找你。"

星沉瞪大眼睛,结结巴巴地说:"王姬是说这个月?两日后?"

"是!"

"九头妖……"

"你也说了我是王姬,我爹是高辛王!"

星沉笑道:"好,我立即去准备,两日后金天谷见。"

月圆之夜,金天谷。

侍者领着小夭走进了星沉的铸造结界内。

不远处有一道人工开凿的瀑布,是从汤谷引的汤谷水,专门用来锻造兵器。瀑布右侧是一座火焰小山,火势聚而不散,如果没有炙热的温度,几乎让人觉得像一块硕大的红宝石。

星沉依旧梳着乱糟糟的辫子,不过穿着纯白的祭服,神情沉静,倒是庄重了不少。

星沉问小夭:"你准备好了吗?"

小夭说:"好了!"

星沉看了看天空的圆月,开始念诵祭语,她的声音刚开始很舒缓,渐渐地越来越快,火焰小山在熠熠生辉,映照得整个天空都发红。

随着星沉的一声断喝,火焰小山炸裂,漫天红色的流光飞舞,妖艳异常,一道银白的光在红光中纵跃,好似笼中鸟终于得了自由,在快乐地嬉戏。

星沉手结法印,口诵咒语,可银白的光压根儿不搭理她,依旧满天空跳来跳去。星沉脸色发白,汗水涔涔而下,她咬破了舌尖,银白的光终于不甘不愿地从天空落下。

随着它速度的减慢,小夭终于看清了,一把银白的弓,没有任何纹饰,却美得让小夭移不开目光。小夭禁不住往前走了几步,对着天空伸出手,袍袖滑下,皎洁的月光照在她的皓腕玉臂上。

弓从她的手臂上快速划过,一道又一道深深的伤口,可见白骨。

小夭能感受到,它似乎在桀骜地质问你有什么资格拥有我。如果小夭不能回答它,它只怕会绞碎她的身体。

可随着弓弦浸染了她的血,它安静了,臣服了。

小夭心随意动,喝道:"收!"

银白的弓融入了她的手臂内,消失不见,只在小臂上留下一个月牙形的弓箭,仿若一个精美的文身。

星沉软坐到地上,对小夭说:"你现在应该明白我为什么要求必须有九头妖的血了。"

小夭说:"谢谢你!"

星沉吞了几颗灵药,擦了擦汗说:"不必了!机缘巧合,它注定了属于你。何况我问陛下要东西时,不会客气的!"

小夭一边给自己上药,一边笑道:"需不需要我提前帮你探查一下父王都收藏了什么好宝贝?"

星沉摇摇头:"我早就想好要什么了。"

星沉恢复了几分体力,她站起,送小夭出谷:"你灵力低微,这张弓一日只能射三次,慎用!"

小夭真诚地谢道:"对一个已成废人的人而言,有三次机会,已经足够!"

星沉看着小夭手上厚厚的茧子,叹道:"我不敢居功,是你自己从老天手里夺来的!"至今她仍然难以理解,堂堂王姬怎么能对自己如此狠得下心?

◆

小夭在五神山住了将近三个月。

估摸着太夫人的药快要吃完,她必须回去时,小夭才去向父王辞行。

这段日子,阿念和小夭很少见面,偶尔几次一起陪着高辛王用饭,两人都不怎么说话。

听闻小夭要走,阿念来寻小夭:"你明天要去神农山了?"

"嗯。"

"听说这些年玱玹哥哥又好了,不再和人瞎混。"

"嗯。"

"父王说玱玹哥哥当年只是做戏。"

小夭说:"的确是。"

阿念不满地瞪着小夭:"你为什么当年不肯告诉我?要让我误会玱玹哥哥?"

"当年玱玹什么都没和我说,我所知道的和你所知道的一模一样,你让我和你说什么?说我的判断?你会愿意听吗?"

阿念听到玱玹也没告诉小夭,立即心平气和了,低声问:"我、我……想和你一起去神农山,可以吗?"

阿念居然为了玱玹向她低头,小夭不禁叹了口气,问道:"我听说父王在帮你选夫婿,难道整个高辛就没一个让你满意的吗?"

阿念的脸一会儿红一会儿白:"他们每一个都不如玱玹哥哥。"

小夭禁不住又叹了口气,拍拍自己身边的位置,对阿念说:"小妹,你过来。"

阿念居然乖乖地坐到了小夭身旁,小夭说:"你是我妹妹,所以我其实不想你喜欢玱玹。"

小夭本以为阿念会发怒,没想到阿念一声没吭。小夭说:"我和你说老实话,当年玱玹虽然是做戏,可他女人多也是事实。现在他身边光我知道的就有三个,至于我不知道的,肯定也有。"

阿念低声说:"我听说了一些,他身边有两个姿容出众的侍女,估摸着迟早会收了做侍妾。"

"不仅仅会有这些女人,日后,若有女人喜欢他,想跟他,对他有帮助,他又不讨厌,只怕他都会收下。"小夭苦笑着摇摇头,叹道,"我说错了!只要对他有帮助,即使他讨厌,他也会收下。"

阿念困惑地看着小夭。小夭给她解释道:"父王拒绝从高辛四部纳妃,除了你和我,大概整个高辛再没有人满意父王此举。很多人说,如果父王肯从常曦、白虎两部选妃，根本不会爆发五王之乱。虽然五王之乱被父王以铁血手段镇压了，可死了多少人？祸及多少部族？到现在常曦部和白虎部还心存芥蒂，时不时给父王添麻烦。如果这件事换成玱玹，他不会拒绝，有时候娶一个女人，可以少很多纷争，让侍卫少死几十个、几百个，甚至能避免一场战争，你觉得玱玹的选择会是什么？"

阿念张了张嘴，却什么都没说出来。

小夭轻轻叹了口气，苦涩地说："其实，我也不喜欢玱玹这样做，但因为我在民间流浪了几百年，曾是最普通的人，所以我完全支持玱玹。也许，这就叫苦了他一人，泽被全天下。"

阿念沉默，眉梢眼角全是哀伤。

小夭说："小妹，我真的不想你喜欢玱玹，让父王帮你在高辛好好选个夫婿，别惦记玱玹了。"

阿念眼中泪花滚滚，盈盈欲坠："我也想忘记他啊！可是我从一出生就认识他，母亲又聋又哑，父王政事繁重，我小时候说话晚，别人都怀疑我是哑巴，他却毫不气馁，总是一遍遍指着自己让我叫哥哥，为了逗我说话，模仿各种鸟叫。别人在背后议论母亲身份低微，我躲在角落里哭，他却鼓励我去打回来。即使出门在外，他也记得每年给我捎带礼物。从小到大，是他一直伴着我，我所有的记忆都是他的身影，你让我怎么去忘记？这世间再到哪里去寻个男人能像他那么了解我，懂得我的心意和喜好？纵使他只给我一分，也胜过别人给的十分。"

阿念用手帕印去眼泪："我知道你是为我好，你是真把我当妹妹，才会说这些话给我听，可我……我已经努力了四十年想忘记他，我真的做不到！我反反复复想了很久，已经想明白了，反正这世间除了父王，又有哪个男人不是三妻四妾呢？纵使玱玹哥哥有了别的女人，只要他一直对我好，我什么都不在乎。"

小夭又是怜又是恨："你、你……怎么就不能对自己心狠点？哪里就会离开一个男人，真没办法过日子了？不过剜心之痛而已！"

阿念哭："我不是你和父王，我没你们的本事，受了剜心之痛，还能笑着过日子。我只知道，如果没有了玱玹哥哥，每一天不管做什么，一点乐趣都没有，生不如死！"

"你这样，会让父王很难过。"

阿念抹着眼泪说："父王都明白，要不然我怎么可能知道玱玹哥哥身边有女人的事情呢？是父王告诉我的，他还说玱玹哥哥会娶神农族的馨悦。我知道父王是想打消我的念头，但我已和父王说了，我就是忘不了！"

小夭不解，忘不了？难道以神族漫长的生命，都会忘不掉一个人吗？

阿念哭求道："姐姐，这世间除了父王和娘亲，只有你能帮我了，姐姐，你帮帮我吧！"

馨悦也叫过小夭姐姐，可阿念的一声姐姐，却叫得小夭的心发酸，有一种纵使满脑子诡计，都拿阿念束手无策的感觉。小夭无奈地说："我要和父王商量一下，你先回去。"

"我就在这里等你。"

小夭没办法，只能立即去找高辛王。

没有想到，刚走出殿门不远，就看到父王站在水榭中。

小夭走到高辛王面前，背着手，歪头看着高辛王："父王，你知道我会去找你？"

高辛王道："阿念想跟你去神农山？"

"嗯。"

高辛王遥望着渺茫的星空："小夭，我该让阿念去神农山吗？"

小夭说："四十年，我想父王能用的方法一定都用了，可显然没有效果。现如今阿念已经和我们摊开来说，如果我们反对，她一定不会听。父王想阻止她，就必须要用硬的了。如果父王想逼迫阿念嫁给别人，肯定能做到，可父王你舍得吗？"

仰望漫天星辰，高辛王清楚地记得他曾带一个人去看过人间星河，高辛王说："你娘和我是政治联姻，在你们还没长大前，我就曾想过，我不要我的女儿再经历你娘的痛苦，我绝不会拿你们的婚姻去做政治联姻，也绝不会强迫你们的婚事，一定要让你们和自己喜欢的人在一起。"

小夭鼻子发酸，她装作眺望星空，把泪意都逼了回去："父王，我刚才为了打消阿念的念头，在阿念面前说了玱玹的一堆坏话。可平心而论，父王，就算你给阿念亲自挑选的夫婿，你就能保证他一生一世对阿念好？你就能保证他是真心喜欢阿念，而不是冲着你？你就能保证他不会娶了阿念之后又看上别的女人？"

高辛王强硬地说："我不能保证他的心，但我能保证他的人。"

小夭扑哧笑了出来："父王，你有没有听过一句话叫偷香窃玉？你越是这样，只怕那男人越是想偷偷摸摸，你根本管不住。何况这种男人要来有意思吗？本来我还不太能理解阿念，这会儿突然明白了，真正有骨气、有本事，像薅收那样的男人，根本不会娶阿念，而那些动念想娶的却真的不如玱玹。不管怎么说，玱玹看着阿念从小长大，对阿念有很深的感情，对她的关怀丝毫不假。阿念看似糊涂，可实际，她在大事上从来都很清醒，她明白哪个男人是真心疼她，哪个男人是假意讨好她。她刚才有句话说得很对，相比那些男人而言，她宁可要玱玹的一分好，也不要他们的十分好。"

高辛王沉默，半晌后，他问道："小夭，你说阿念跟着玱玹能幸福吗？"掌控着无数人命运的帝王，却对女儿的未来茫然了。

"阿念要的不是唯一，她只要玱玹对她一辈子好，我相信我哥哥，也相信阿念和哥哥从小到大的情意。阿念应该能幸福，虽然这种幸福不是我能接受的，但就如我看静安王妃不觉得那是幸福，可对静安王妃而言，她一定觉得自己很幸福。幸福是什么呢？不过是得到自己想要的，即使那想要的在别人眼里一文不值。"

高辛王苦笑："你居然敢拿父王打趣了？"

小夭吐吐舌头："请陛下恕罪。父王，既然四十年的隔绝都不能让阿念忘记玱玹，反而让她思量着玱玹的每一分好，觉得离开玱玹生不如死，那不妨让阿念去亲眼看看。有的事听说是一回事，亲身经历是另一回事，她亲眼看到玱玹身边的女人，受上几次委屈，也许就会觉得，即使玱玹真是蜜糖，里面却浸泡了黄连，每喝一口，都要再将黄连细细嚼碎了吞咽下去，也许阿念会放弃。"

高辛王沉思了一会儿，说道："你带阿念去神农山吧！有你照看着她，我还能放心几分。"

小夭踮起脚，替高辛王揉开他锁着的眉心："父王，阿念不是孤身一人，就如你所说，我们身后可有你呢！不管阿念最后嫁给谁，谁都不敢怠慢她！现在该犯愁的可不该是你，而是玱玹！"

高辛王笑起来："你啊！别光顾着给我们分忧，自己的事却全压在心里！"

小夭笑了笑："父王别为我操心，我和阿念不一样，我不会有事。"

高辛王叹了口气，正因为小夭和阿念不一样，连操心都不知道该怎么为她操，才让人挂虑。

◆

清晨，小夭和阿念一起出发，去往神农山。

小夭的恶趣味又发作，故意什么都没跟玱玹说，连苗莆都瞒着，直到出发时，苗莆才知道阿念也要去神农山。

待到神农山，已是傍晚。前几日恰下过一场大雪，紫金顶上白茫茫一片。玱玹怕小夭衣服没穿够，听到小夭的云辇已经进山，他拿着一条大氅在外面等着，看到云辇落下，立即迎了上去，却看车门推开，跃下来两个玲珑的人儿，美目流转,异口同声地叫道:"哥哥!"

玱玹愣住,一时间不知道该把大氅裹到谁身上。

小夭笑起来,边笑,边轻盈地跑过雪地,冲进了殿内。潇潇已另拿了大氅,小夭把自己裹好,笑眯眯地看着外面。

玱玹把大氅披到阿念身上:"明知道中原是寒冬,怎么也不穿件厚衣服?"

阿念眼眶红了:"哥哥,我上次误会了你,不辞而别,你不生我气吗?"

玱玹笑着刮了阿念的鼻头一下:"我还能为这事生你的气?那我早被你气死了!赶紧进去,外面冷。"

阿念随着玱玹进了殿,玱玹对她说:"正好山上的梅花都开了,回头带你去看。长在神山上的寒梅比当年清水镇里种给你看的那两棵可是要好看许多。"

阿念笑起来,叽叽喳喳地说:"哥哥带给我的礼物有一只绘着梅花的大梅瓶子,我看那画风像是哥哥的手笔,不会就是画的山上的梅花吧?"

"被你猜对了,有一次我看着好看,惦记起你喜欢梅花,就画了一幅,让人拿去做了瓶子。"

阿念越发开心,笑道:"我估摸着你最近不会回高辛,这次来时把以前我们埋在竹林里的酒都挖了出来……"

在高辛时,阿念黯淡无光,这会儿整个人就好似被雨露浇灌过的花朵,晶莹润泽了许多。小夭不禁想着,不管将来如何,至少现在阿念是真正快乐的,也许这就是阿念不愿放弃的原因。

小夭用过晚饭,借口累了,回了自己的屋子,让玱玹陪阿念。阿念已经四十年没有见过玱玹,她应该想和玱玹单独聚一下。

小夭沐浴完,珊瑚帮她擦头发,潇潇带着一坛酒进来,笑道:"这是二王姬带来的酒,殿下让给王姬送来。"

小夭笑起来:"这是哥哥以前酿的酒?放那里,我待会儿就喝。"

小夭靠坐在榻上,慢慢地啜着酒,喝着喝着不禁长长地叹了口气。

"为谁叹气?为谁愁?"玱玹分开纱帘,走了进来。

"阿念呢?"

"喝醉了,让海棠照顾她歇息了。"

小夭笑道:"怎么?还想找我喝?"

玱玹坐到榻的另一边,拿了酒杯,给自己倒了酒:"你把阿念带来是什么意思?"

"她想见你了，我就让她跟来了。"

"就这么简单？"

"你想多复杂？"

"我记得，你好像以前暗示过我最好远离阿念。"

"纵使她是我妹妹，我也无权替她做决定。"

玱玹苦笑："你这算什么？"

小夭笑得幸灾乐祸："反正你要记住，阿念是你师父的女儿，我的妹妹。"

玱玹抚着额头，头痛地说："我现在一堆事情要做，阿念来得不是时候。"

小夭摊摊手，表明无能为力，你自己看着办。

玱玹说道："涂山璟在小炎弃府，你打算什么时候去见他？"

"我明天就会去见他，打算和他一起去青丘，帮太夫人再做一些丸药，至少要七八天才能回来，阿念就交给你了。"

玱玹啜着酒，笑眯眯地看着小夭。

小夭憋了半晌，终于没忍住，问道："他最近可好？"

玱玹笑问："你想我告诉你吗？"

小夭无可奈何："哥哥！"

玱玹说："你离开后，他过了十来天才来找你，发现你去了高辛，面色骤变，我向他保证你一定会回来，他才好一些。不过，那段日子他有些反常，馨悦说他通宵在木槿林内徘徊，而且特别喜欢沐浴和换衣服。"

"沐浴，换衣服？"小夭想起，那次他被意映抱住后，来见她时，就特意换过衣衫。

玱玹说："我看璟是不可能在太夫人还活着时，退掉和防风氏的婚约，只能等着太夫人死了。说老实话，我一直看不透涂山璟这个人，丰隆看似精明厉害、飞扬狂妄，可我能掌控他，因为我知道他想要什么。涂山璟看似温和，可他就像泉中水，握不住，抓不牢，根本无法驾驭掌控。他表现得很想和你在一起，却一直没有切实的行动，想要防风氏心甘情愿退婚是不容易，可逼得他们不得不退婚却不难！"

小夭睨着玱玹："不会是防风氏又给你添麻烦了吧？你想让璟出头去收拾防风氏？"

玱玹没好气地说："我是为你好！"

小夭说道："我明白你的意思，只要不在乎防风意映的死活，是有方法逼防风氏退婚，甚至索性除掉防风意映，人一死，婚约自然就没了。但婚约是璟的娘亲和奶奶亲自定下的，防风意映只是想做族长夫人，并没有对璟做什么大恶事。

老实说，如果璟和你一样，真能狠辣到以不惜毁掉防风意映的方式去摆脱防风意映，我反倒会远离他。像你这样的男人看上去杀伐决断、魅力非凡，可我只是个普通的女人，我想要找的是一个能陪伴我一生的人。一生很漫长，会发生太多变故，我相信只有本性善良的人才有可能善良地对我一生，即使我犯了错，他也会包容我。我不相信一个对世人皆狠辣的人会只对我例外，我还没那么强大的自信和自恋。"

玱玹气恼地扔下酒杯，起身就走："是啊，我狠辣，那你赶快远离我吧！"

小夭忙抓住玱玹："你是唯一的例外。"

玱玹低头盯着小夭，小夭赔着笑，讨好地摇玱玹的胳膊："你是这世间唯一的例外。"

玱玹依旧面无表情，小夭把头埋在玱玹的腰间，闷闷地说："就是因为知道不管我怎么样，你都会纵着我，我才敢什么话都说。"

玱玹坐了下来，挽起小夭披垂到榻上的一把青丝："小夭……"他低着头，看着发丝一缕缕缠绕住他的手掌，迟迟没有下文。

小夭仰起脸看着他："怎么了？"

玱玹说："希望璟能担得起你对他的一番心意！"

小夭笑着轻叹口气："我也希望，说着不要给自己希望，可哪里真能做到呢？在五神山时，总会时不时就想到他。"

玱玹放开了掌中的青丝，微笑着说："明日一早要去找璟，早点休息吧！"

玱玹起身，把小夭手中的酒杯收走，拉着她站起来，叫道："珊瑚，服侍王姬歇息。"

第八章
忽闻悲风调

早上,小夭带着珊瑚和苗莆离开了神农山。

她心里另有打算,借口想买东西,在街上乱逛。好不容易支开珊瑚和苗莆,她偷偷溜进涂山氏的车马行,把一个木匣子交给掌事,拜托他们送去清水镇。

匣子里是小夭制作的毒药,虽然相柳已经问玱玹要过"诊金",可他毕竟是救了她一命,小夭在高辛的三个月,把五神山珍藏的灵草、灵药搜刮一番,炼制了不少毒药,也算对相柳聊表谢意。

等交代清楚、付完账,小夭从车马行出来,看大街上商铺林立、熙来攘往,不禁微微而笑。大概经历了太多的颠沛流离,每次看到这种满是红尘烟火的生机勃勃,即使和自己没有丝毫关系,她也会忍不住心情愉悦。

正东张西望,小夭看到了一个熟悉的人影。

防风邶牵着天马,从熙攘人群中而来。他眼神温和,嘴角噙笑,就像个平常的世家公子。

小夭不禁慢了脚步,看着他从九曲红尘中一步步而来,明知道没有希望,却仍旧希望这烟熏火燎之气能留住他。

防风邶站定在她身前,笑问:"你回来了?"

小夭微笑着说:"我回来了。"

两人一问一答,好像他们真是街坊邻居、亲朋好友。可小夭很清楚地记得,上一次,两人在赌场门口不欢而散,他杀气迫人,她仓皇而逃。

防风邶问:"最近可有认真练习箭术?"

"劫后余生,哪里敢懈怠?每日都在练。"

防风邶点点头,嘉许地说:"保命的本事永不会嫌多。"

小夭问:"你打算在轵邑待多久?还有时间教我箭术吗?我从金天氏那里得

了一把好弓，正想让你看看。"

防风邶笑道："择日不如撞日，现在如何？"

小夭想了想，半个时辰就能到青丘，太夫人的丸药不急这一日，说道："好！"

防风邶翻身上了天马，小夭握住他的手，也上了天马。

苗莆和珊瑚急急忙忙地跑来，小夭朝她们挥挥手："在小炎奔府外等我。"说完，不再管她们两人大叫大跳，和防风邶一同离去。

天马停在了一处荒草丛生、没有人烟的山谷，小夭和防风邶以前就常在此处练箭。

防风邶说："你的弓呢？"

小夭展开手，一把银色的弓出现在她的掌中。防风邶眯着眼，打量了一番，点点头："不错！"

小夭说："想让我射什么？"

防风邶随手摘了一片叶子，往空中一弹，叶子变成了一只翠鸟，在他的灵气驱使下，翠鸟快如闪电，飞入云霄。

防风邶说："我用了三成灵力。"

小夭静心凝神，搭箭挽弓。

嗖一声，箭飞出，一只翠鸟从天空落下。

防风邶伸出手，翠鸟落在他掌上，银色的箭正中翠鸟的心脏部位。

小夭禁不住露出一丝得意的笑："师父，对我这个徒弟可还满意？"

防风邶似笑非笑地睨着小夭："我对你这个徒弟一直满意。"

小夭有点羞恼，瞪着防风邶："我是说箭术！"

防风邶一脸无辜："我也说的是箭术啊！你以为我说的是什么呢？"

小夭拿他无可奈何，悻悻地说："反正吵也吵不过你，打也打不过你，我什么都不敢以为！"

防风邶从小夭手里拿过弓，看了会儿说："如果只是玩，这个水准够了，如果想杀人，不妨再狠一点。"

小夭说："这本就是杀人的兵器，我打算给箭上淬毒，一旦射出，就是有死无生。"

防风邶把弓还给小夭，微笑着说："恭喜，你出师了。"

弓化作一道银光，消失在小夭的手臂上，小夭问："我出师了？"

"你灵力低微，箭术到这一步，已是极致。我所能教你的，你已经都掌握了。

从今往后，你不需要再向我学习箭术。"

小夭怔怔不语，心头涌起一丝怅然。几十年前的一句玩笑，到如今，似乎转眼之间，又似乎经历了很多。

防风邶含笑道："怎么了？舍不得我这个师父？"

小夭瞪了他一眼："我是在想既然出师了，你是不是该送我个出师礼？"

防风邶蹙眉想了想，叹口气，遗憾地说："很久前，我就打算等你箭术大成时，送你一把好弓，可你已经有了一把好弓，我就不送了。"

小夭嘲笑道："我很怀疑，你会舍得送我一把好弓。"

防风邶看着小夭胳膊上的月牙形弓印，微笑不语。

小夭郑重地行了一礼："谢谢你传授我箭术。"

防风邶懒洋洋地笑道："这箭术是防风家的秘技，送给你，我又不会心疼。当年就说了，我教你箭术，你陪我玩，我所唯一付出的不过是时间，而我需要你偿还的也是时间，一直是公平交易。"

"一笔笔都这么清楚，你可真是一点亏都不吃！"

防风邶笑睨着小夭："难道你想占我便宜？"

小夭自嘲地说："我可算计不过你的九颗头，能公平交易已经不错了！"

防风邶眯着眼，眺望着远处的悠悠白云，半晌后，说："虽然今日没有教你射箭，但已经出来了，就当谢师礼，再陪我半日吧！"

小夭说："好。"

◆

下午，小夭才和防风邶一起返来。

苗莆和珊瑚看到她，都松了口气。

小夭跃下天马，对防风邶挥挥手，转身进了小炎奔府。

馨悦陪小夭走到木樨园，等静夜开了园子门，馨悦对小夭说："我就不招呼你们了。"

小夭道："我们来来往往，早把你家当自己家了，你不用理会我，待会儿我和璟就直接赶去青丘了。"

馨悦笑道："行，帮我和哥哥给太夫人问好。"

静夜领着小夭走进屋子："公子，王姬来了。"

璟站在案前，静静地看着小夭，目光沉静克制。

小夭心内咯噔一下，觉得他好似有点异样，笑问道："怎么了？不欢迎我来吗？太夫人的丸药应该要吃完了，我们去青丘吧！"

璟好似这才清醒过来，几步走过来，想拥小夭入怀，可又好似有些犹豫，只拉住了小夭的手。

小夭笑说："走吧！"

"嗯。"璟拉着小夭，出了门。

两人上了云辇，璟依旧异常沉静。

小夭以为是因为她不辞而别去了高辛的事，说道："我独自去高辛，只是觉得自从我苏醒，我们一直被形势逼着往前走，你需要静下心来仔细想一想，我也需要去陪陪父王。"

璟低声叫："小夭。"

"嗯。"

"小夭。"

"嗯，我在这里。"

"小夭……"

小夭疑惑地看着璟，璟却什么都没说。

日影西斜时，到了青丘。

璟带着小夭先去拜见太夫人。

一进太夫人的院子，就看廊下挂着一排鸟架子，几只棒槌雀正闭目打着瞌睡。

一只精神抖擞的棒槌雀停在太夫人的手上，太夫人喂它吃着灵果，它吃一口欢快地鸣叫一声。看到璟和小夭进来，好似懂得人们要谈正事，用头挨了挨太夫人的手，咕咕了几声，从窗口飞了出去，冲到蓝天之上。

小夭笑起来："这小东西已经不需要笼子了。"

太夫人笑道："它精怪着呢，知道我这里有灵果吃，我们又都把它当宝贝一般供奉着，哪里舍得离开？"

小夭为太夫人把脉，太夫人说："不用把脉，我都知道自己很好。以前我睡觉时，最怕鸟儿惊了瞌睡，可现在我听着这几只棒槌雀叫，却觉得舒心。"

小夭对蛇莓儿说："你把太夫人照顾得很好，又要麻烦你取一碗自己的血。"

蛇莓儿诚惶诚恐地给小夭行礼，讷讷地说："都是应该做的。"

篌对小夭说："所需的药草都已经准备好。"

小夭对众人说："为了炼药，我需要好好休息一下，就先告退了。"

太夫人忙道:"王姬只管好好休息,任何人都不许去打扰!"

小夭用过晚饭后,好好睡了一觉。

第二日清晨,睡醒后,检查了所有的药材和器具,看所有东西都完备,她打发侍女叫了蛇莓儿和胡珍来,让胡珍用玉碗取了蛇莓儿的一碗血。

和上次一样,小夭用了七日七夜,炼制了一百粒药丸。不过,这一次,她把胡珍带在身边,让他跟着学。胡珍医术精湛,人又聪慧,在小夭的悉心教导下,七日下来,已经完全学会,下一次胡珍可以独自为太夫人做药。

胡珍向小夭诚心诚意地道谢,他身为医师,自然知道这七日跟在小夭身旁,学到的不仅仅是一味药的炼制。

药丸成时,已是傍晚,小夭吩咐珊瑚用玉瓶把药丸每十粒一瓶装好。

小夭十分疲惫,连饭都懒得吃,躺倒就睡。

一觉睡到第二日晌午,小夭起身后,嚷道:"好饿。"

珊瑚和苗莆笑着把早准备好的饭菜端出来,小夭狼吞虎咽地吃完,休息了一会儿,对珊瑚说:"准备洗澡水。"

把整个身子泡在药草熬出的洗澡水中,小夭才觉得神清气爽了。

苗莆坐在一旁,帮小夭添热水:"王姬。"

"嗯?"

"奴婢看到防风意映去暄熙园找璟公子,静夜冷着脸,堵在门口,压根儿没让她进门,真是一点情面都没给。静夜敢这么对防风意映,肯定是璟公子吩咐过。谢天谢地,璟公子终于开窍了!"

小夭笑起来:"你啊,有些东西是你的自然是你的,不是你的盯着也没用。"

苗莆噘着嘴,什么都没说。

小夭穿好衣服,梳理好发髻,带上炼制好的药丸去看太夫人。

璟、篌、意映、蓝枚都在,正陪着太夫人说笑。

小夭把炼制好的药丸拿给太夫人,太夫人让贴身婢女小鱼收好。篌问道:"不能一次多炼制一些吗?"篌并不信任小夭,虽然太夫人时日无多,可这样依赖小夭供药,他总觉得像是被小夭抓住了一块软肋。

小夭淡淡回道:"以涂山氏的财力,灵草、灵果自然想要多少有多少,可蛇莓儿的血却绝不能多取,每三个月取一碗已是极限,再多取,血就会不够好,即使炼出了药,药性也会大打折扣,太夫人吃了,根本压制不住痛苦。这就好比灵草要找长得最好的灵草，蛇莓儿也一定要在身体的最佳状态，取出的血才会药效最好。"小夭的话半真半假，她也不相信篌和太夫人，她怕他们为了得到药而伤害蛇莓儿，所以用话唬住他们。

篌和太夫人对蛊术一点不懂，听到小夭平淡道来，不能说十成十相信，可也不敢再胡思乱想。

小夭话锋一转，说道："我已经教会胡珍炼药，日后纵然我有事不能来，太夫人也大可放心，绝不会耽误太夫人的药。"

太夫人和篌又惊又喜，都不相信小夭会如此轻易把药方教给胡珍，就是对平常人而言，救命的药方也能价值千金，何况这可是能让涂山氏的太夫人减轻痛苦、延长寿命的药方？

篌立即命人把胡珍叫来，太夫人问道："听王姬说，你已能独自为我炼药，可是真的？"

胡珍回道："是真的，幸得王姬悉心传授。"

太夫人看着胡珍长大，对他稳重仔细的性子十分了解，否则当年也不会把昏迷不醒的璟托付给他照顾，听到胡珍的话，太夫人终于放心，让胡珍退下。

太夫人有些讪讪的，笑对小夭说："王姬身份尊贵，炼药太过辛苦，总是麻烦你来炼药，我实在不好意思。"

小夭好似完全不知道太夫人的小心眼，笑道："炼药的确辛苦，幸好胡珍学会了。"

璟凝视着磊落聪慧的小夭，只觉心酸。他何尝不明白奶奶的心思？可那是他的奶奶，一个生命行将尽头的老人，他无法去怨怪。

小夭略坐了会儿，打算向太夫人告辞，如果现在出发，晚饭前还来得及赶回神农山。

她刚要开口，突然看到一直站在榻旁的意映摇摇晃晃，就要摔倒。

小夭叫道："快扶住……"话未说完，意映已软软地倒在地上，晕厥过去。

太夫人叫："快、快……"

婢女忙把意映搀扶起，放到榻上，叫着："医师，快去传医师！"

意映已经清醒过来，强撑着要起来："我没事，估计昨夜没睡好，一时头晕而已。"她刚坐起，哇的一下，呕吐起来，吐了婢女一身。

医师还没到，太夫人着急地对小夭说："王姬，麻烦你先帮忙看看。"

小夭走到榻边，手指搭在意映的手腕上，一瞬后，脸色骤变，她自己竟然摇晃了一下，好似要跌倒，婢女忙扶住她。

太夫人急问道:"怎么了?很严重吗?"

小夭深吸了口气,扶着婢女的手坐到榻上。她强压着一切情绪,再次为防风意映诊脉。一会儿后,她收回手,走到一旁,掩在袖中的手簌簌发颤,甚至她觉得自己的腿都在打战,却微笑着,声音平稳地说:"防风小姐有身孕了。"

屋内一下子鸦雀无声,静得落针可闻,人人都面色古怪,有身孕是大好事,可未婚有孕,就很难说了。

太夫人先开了口,问意映:"你和璟已经……"

防风意映飞快地瞅了一眼璟,满面羞红,眼泪簌簌而落:"求奶奶原谅璟……不怪他……都是我的错!是我一时糊涂……"

这等于是承认了孩子是璟的,所有人面色一松,虽然未婚先孕很出格,可如今太夫人寿数将尽,能有孙子比什么都重要。

太夫人一把抓住意映的手,喜得老泪纵横,不停地说:"死而无憾了,死而无憾了!"

意映低着头,抹着眼泪,羞愧地说:"我、我……一直不敢告诉奶奶。"

太夫人宝贝地看着防风意映:"不怪你,怪我!因为我的身子,一直顾不上你们的婚事,你放心,我会让长老尽快举行婚礼。"

所有婢女七嘴八舌地向太夫人道喜。

小夭力持镇静地看向璟,璟脸色煞白,满面悲痛绝望。

小夭笑了起来,她本来还存了侥幸,希望这孩子和璟无关。

屋内的人都围聚在榻旁,小夭转身,向外走去,没有人留意到她的离去,只有璟盯着她,嘴唇哆嗦着,却什么声音都发不出来。

珊瑚和苗莆看小夭从太夫人屋内走出,一直微笑着,好似心情十分好。

苗莆笑嘻嘻地问:"王姬,有什么好事?"

小夭说:"立即回神农山。"

珊瑚和苗莆应道:"是!"

主仆三人乘坐云辇,返回神农山,苗莆问:"王姬,我刚才听太夫人屋子内吵吵嚷嚷,到底发生了什么高兴事?"

小夭微笑着,好似什么都没听到。

苗莆叫:"王姬?"

小夭看向她,笑眯眯地问:"什么事?"

苗莆摇了摇头:"没事。王姬,您……没事吧?"

小夭笑起来:"我?我很好呀!"

苗莆和珊瑚觉得小夭看似一切正常，甚至显得十分欢愉，可又偏偏让她们觉得瘆得慌。

到紫金宫时，天色已黑。

阿念看到小夭，立即扑了上来，委屈地说："姐姐，你要帮我！玱玹哥哥带我去看梅花，馨悦居然也要跟着去，她在我面前老是做出一副嫂子的样子，看似事事对我客气，却事事挤对我。她老和哥哥说什么这个氏族如何，那个氏族如何，玱玹哥哥为了和她说话，都没时间理我。我在旁边听一听，馨悦竟对我说这些事情很烦人，让我去玩，没必要陪着她。我哪里是陪她？玱玹哥哥却真听她的话，让我自己去玩。姐姐，你帮我赶走馨悦。来神农山前，我是说过能接受玱玹哥哥有别的女人！"阿念跺脚，"可绝不包括馨悦，除了馨悦，我谁都能接受！"

小夭微笑着，木然地一步步走着。

阿念摇着小夭："姐姐，姐姐，你到底帮不帮我？"

玱玹从殿内出来，看到阿念对小夭撒娇，不禁笑起来，可立即，他就觉得不对劲了，小夭呆滞如木偶，阿念竟然把小夭扯得好像就要摔倒，忙道："阿念，放开……"

话未说完，小夭的身子向前扑去，玱玹飞纵上前，抱住了她，小夭一口血吐在玱玹衣襟上。

玱玹立即抱起小夭，一边向殿内跑，一边大叫："立即把鄄带来！"

阿念傻了，一边跟在玱玹身后跑，一边急急地说："我没用力。"可提起馨悦就很恼怒，她也不确定了，"也许……用了一点点。"

玱玹小心翼翼地把小夭放在榻上，小夭用衣袖抹去嘴角的血，笑道："没事，这是心口瘀滞的一口血，吐出来反倒对身体好。"

潇潇抓着鄄，如风一般飞掠而来，小夭说："真的不用！"

玱玹瞪着她，小夭无可奈何，只得把手腕递给鄄，鄄仔细诊察过后，对玱玹比画。

阿念边看边讲给小夭听："他说你是骤然间伤心过度，却不顺应情绪，让伤心发泄出来，反而强行压制，伤到了心脉。刚才那口血是心口瘀滞的血，吐出来好。他说这段日子你要静心休养，不应再有大喜大悲的情绪。"

玱玹让鄄退下，阿念困惑地问："姐姐，你碰到什么事了？竟然能让你这种人都伤心？"

小夭笑道："我这种人？说得我好像没长心一样。"

玱玹道:"这屋子里就我们兄妹三人,你既然笑不出来,就别再强撑着笑给别人看了。"

　　小夭微微笑着:"倒不是笑给别人看,而是习惯了,根本哭不出来,反正生命就是如此,哭也一天,笑也一天,既然总是要过,最好还是笑着面对,毕竟笑脸人人爱看,哭声却没几人喜欢!"

　　玱玹只觉心酸,阿念却若有所悟,呆呆地看着小夭。

　　玱玹问道:"你想吃饭吗?"

　　小夭苦笑:"这会儿倒真是吃不下,给我熬点汤放着吧!我饿了时喝一点。你们不用陪我,去吃你们的饭,我睡一觉,一切就好了。"

　　玱玹拉着阿念,出了屋子。他对珊瑚说:"照顾好王姬。"看了眼苗莆,苗莆立即跟在玱玹身后离去。

　　小夭吃了颗安眠的药丸,昏昏沉沉地睡去。

　　半夜里,小夭醒了,她觉得难受,可又身子无力,起不来。

　　在外间休息的玱玹立即醒了,快步过来,扶着小夭坐起,给小夭披了件袄子,把一直温着的汤端给小夭。小夭一口气喝了,觉得胸腹间略微好受了一点。

　　玱玹摸了下她的额头:"有些发烧,不过鄞说,你体质特异,先不着急吃药,多喝点汤水,最紧要的是你自己要保持心情平和。"

　　小夭倚着软枕,软绵绵地问:"你怎么在外间守着?难道紫金宫没侍女了吗?"

　　"我不放心你。"

　　"我没事,自小到大,什么事没碰到过啊?难道还真能为个男人要死要活吗?"

　　"是啊,你没事,吐血发烧生病的人是另一个人,不是你。"

　　"别说得那么严重,过几日就全好了。"

　　"我问过苗莆了,她说你去给涂山太夫人送药时,一切都正常,可从太夫人屋子里出来时就不对头了,究竟发生了什么事?"

　　小夭恹恹地说:"我想再睡一觉。"

　　玱玹说:"你连我都要隐瞒吗?"鄞说小夭性子过于克制,最好设法让她把伤心事讲述出来,不要积郁在心上。

　　小夭笑着叹了口气:"不是要瞒你,而是真不是什么大不了的事,提不提无所谓。"

　　玱玹觉得心如针扎,很多次,他也曾一遍遍告诉自己不是什么大不了的事:

娘自尽了，不是什么大不了的事，反正每个人的娘迟早都会死；叔叔要杀他，不是什么大不了的事，反正谁家都会有恶亲戚……

玱玹柔声问："那到底是什么事呢？"

小夭笑道："只不过防风意映突然晕倒了，我诊断出她有了身孕。"

玱玹沉默了，一会儿后，讥嘲道："你说的是那个一箭洞穿我胸口的防风意映？她会突然晕倒？"

"她当然有可能是故意晕倒，但怀孕是千真万确。"

"多长时间了？"

"只能推断出大概时间，应该在三个月左右，具体什么时候受孕的只有防风意映和……璟知道。"

"真会是璟的孩子？"倒不是玱玹多相信璟会为小夭守身如玉，而是王叔正磨刀霍霍，玱玹实在不希望这个时候巩固了防风意映在涂山氏的地位。

"我没有问他，不过看他面色，应该是他的……意映又不傻，如果不是璟的孩子，意映哪里敢当众晕倒？"小夭笑起来，自嘲地说，"没想到我回了趟高辛，就等来了璟的孩子。"

玱玹对小夭说："别伤心了，这世间有的是比璟更好的男人。"

小夭眼中泪花隐隐，却嘴硬地笑道："我不是为他伤心，我只是伤心自己信错了人。"

玱玹装作什么都没看见，微笑着说："好好休息吧！你不也说了吗？过几天就会好的。等你好了，我带你和阿念去山下玩。"

小夭缩进被窝里，玱玹挥手，殿内的灯灭了，只皎洁的月光泻入。

小夭的眼泪滚落，她转了个身，背对着玱玹，用被子角悄悄擦去："哥哥，你别离开。"

玱玹拍着她的背，说道："我不离开，我会一直陪着你。"

虽然小夭没有发出一声哭泣，可随着眼泪，鼻子有些堵，鼻息自然而然就变得沉重，在静谧的殿内格外清晰。

玱玹什么都没说，只是靠坐在榻头，一下下地轻拍着小夭的背。

第二日，小夭的病越发重了，整个人昏昏沉沉。

鄢安慰玱玹，宁可让王姬现在重病一场，总比让她自己强压下去，留下隐疾的好。

阿念看到小夭病了，把小性子都收了起来，很乖巧地帮着玱玹照顾小夭。

玱玹很是欣慰，他知道小夭心里其实很在意阿念，阿念肯对小夭好，小夭也会开心。

璟听说小夭病了，想来看小夭，馨悦也想来看望小夭，玱玹全部回绝了。因为他夜夜宿在小夭的寝殿，玱玹的暗卫自然都严密地把守在小夭的寝殿四周，连璟的识神九尾小狐都无法溜进去找小夭。

璟拜托丰隆想办法让他见小夭一面，丰隆知道防风意映怀孕的事后，劝璟放弃，可看璟七八日就瘦了一圈，又不忍心，只得带了璟去见玱玹。

玱玹见了璟，没有丝毫不悦，热情地让侍女上酒菜，好好地款待丰隆和璟。

璟道："请让我见小夭一面。"

玱玹说道："小夭前段日子不小心感染了风寒，实不方便见客。"

璟求道："我只看她一眼。"

玱玹客气道："你的关心我一定代为传达，不过小夭……"

丰隆看不得他们耍花枪，对玱玹说："行了，大家都别做戏了！你又不是不知道璟和小夭的事，防风意映怀孕了，你和小夭肯定都不高兴，不过，这毕竟是小夭和璟的事，就算小夭打算和璟一刀两断，你也应该让小夭亲口对璟说清楚。"

玱玹对丰隆很无奈，思量了一瞬，对潇潇说："你去奏报王姬，看王姬是否愿意见璟。"

半晌后，潇潇回来，说道："王姬请族长过去。"

玱玹对璟道："小夭愿意见你。"

璟随着潇潇去了小夭住的宫殿，推开殿门，暖气袭人，隐隐的药味中有阵阵花香。

珊瑚和海棠拿着一大捧迎春花，说着水乡软语，咕咕哝哝地商量该插到哪里，珊瑚看到璟，翻了个白眼，重重地冷哼了一声。

隔着水晶珠帘，看到小夭穿着嫩黄的衣衫，倚在榻上，对面坐着阿念。两人之间的案上有一个大水晶盆，阿念用灵力幻化出了满盆荷花，小夭拊掌而笑。

潇潇和苗莆打起珠帘，请璟进去。

阿念笑对小夭说："姐姐的客人到了，我晚些再来陪姐姐玩。"

阿念对璟微微颔首，离开了。

小夭指指刚才阿念坐的位置，笑请璟坐。

小夭面色苍白，身子瘦削，但因为穿了温暖的嫩黄色，又晕了一点胭脂，并不觉得她没精神，反而像是迎着寒风而开的迎春花，在料峭春寒中摇曳生姿，脆弱却坚强的美。

璟心内是翻江倒海的痛苦:"小夭,我……"

小夭静静地凝视着他,专注地聆听。

璟艰难地说:"三个多月前,就是你第一次给奶奶制药那段日子,意映缠我缠得非常紧,往日,我可以立即离开青丘,躲开她,可奶奶有病,我逃都逃不了。有一晚,她竟然试图自尽,连奶奶都惊动了。在奶奶的训斥下,我只能守着她,后来……我觉得我看到你了,你一直对我笑……"璟满面愧疚,眼中尽是痛苦,"我也不知道发生了什么事,只知道我醒来时,我和意映相拥而眠。"

小夭淡淡说:"你应该是中了迷失神志和催发情欲的药。可你跟我学习过很长一段日子的医术,怎么会那么容易中了意映的药?"

璟的手紧握成拳头,似乎满腔愤怒,却又无力地松开:"是奶奶给我下的药。"至亲的设计,让他连愤怒都无处可以发泄。

小夭有点惊诧,轻声说:"竟然是太夫人。"

璟痛苦地弯着身子,用手捂住脸:"意映告诉我,她只是想做我的妻子,如果我想杀了她,可以动手。那一刻,我真的想杀了她,可我更应该杀了的是自己……我从她屋内逃出,逃到了轵邑,却不敢去见你,躲在离戎昶的地下赌场里,日日酩酊大醉,十几日后,离戎昶怒把我赶到小炎弄府,我才知道原来你早去了高辛。"

小夭想,难怪那三个月来,璟很反常,一直没有联系她。

璟说:"我本想寻个机会告诉你这事,可你要赶着为奶奶制药,一直没机会。等你制完药,没等我和你坦白,意映就、就晕倒了……小夭,对不起!"

小夭沉默了半响,说道:"谢谢你告诉我这些,至少让我觉得我没有看错你,我的信任没有给错人,但事情已经发生了,一切已经无法挽回,你也不要再怨怪自己了。"

小夭摘下脖子上戴的鱼丹紫项链,轻轻放在璟面前:"太夫人应该近期会为你和意映举行婚礼,到时,我就不去恭贺你了,在这里提前祝福你们,相敬如宾、白头偕老。"

璟霍然抬头,盯着小夭。

水晶盆里,阿念刚才变幻的荷花正在凋零,一片片花瓣飘落,一片片荷叶枯萎,隔着凋敝的残荷看去,小夭端坐在榻上,似乎在看他,又似乎没有看他。不过是一个水晶盆的距离,却像是海角天涯。

璟的手簌簌轻颤,默默拿起鱼丹紫,向着殿外走去。他深一脚、浅一脚,也不知道自己怎么回到了玱玹起居的殿堂。

丰隆看到璟失魂落魄的样子,为了调解气氛,开玩笑地说:"玱玹,这人和人真是不一样,我看你身边一堆女人,也没见你怎么样,璟才两个女人,就弄得焦头烂额、奄奄一息了。你赶紧给璟传授几招吧!"

玱玹笑了笑,璟却什么都没听到,面如死灰、怔怔愣愣。

玱玹对丰隆说:"今日是谈不了事情了,你送他回去吧!"

丰隆叹了口气,带着璟离开。

◆

十几日后,在涂山太夫人紧锣密鼓的安排下,青丘涂山氏匆匆放出婚礼的消息,涂山族长不日将迎娶防风氏的小姐。

这场婚礼仓促得反常,但涂山太夫人将一切因由都揽到自己身上,说自己时日无多,等不起了。

众人都接受了这个解释,赞防风意映孝顺,为了太夫人,连一生一次的大事都愿意将就。

玱玹收到涂山长老送来的请帖,命潇潇准备了重礼,恭贺涂山族长大喜,人却未去。

玱玹明明知道,小夭和璟分开了,他更应该小心拉拢璟,往常行动不得自由,现在能借着涂山族长的婚礼,亲自去一趟青丘,对他大有好处,可玱玹心情很复杂,一方面是如释重负的欣喜,一方面又无法克制对这场婚礼的厌恶。最后,他索性把一切拜托给丰隆,自己留在神农山,陪伴小夭。

午后,小夭倚在暖榻上,和玱玹、阿念说话,她拎着涂山氏的请帖,问道:"帮我准备贺礼了吗?"

玱玹淡淡说:"准备了。"

阿念不解地问:"你们为什么都不肯去青丘?这可是涂山族长的婚礼……"

"阿念,别说了!"玱玹微笑着打断了阿念的话。

明明玱玹神情温和,阿念却有点心悸,不敢再开口。

小夭看着水漏,默默计算着时辰,马上就要是吉辰了。此时,璟应该已经和意映站在喜堂中。

水漏中的水一滴滴落下,每一滴都好似毒药,落到了小夭心上,腐蚀得她的心千疮百孔。小夭知道自己不该想,却如着了魔一般,盯着水漏,一边算时间,一边想着璟现在该行什么礼了。

涂山府肯定张灯结彩，十分热闹！

璟一身吉服，和意映并肩而站。

礼官高声唱和：一拜天地！

璟和意映徐徐拜倒……意映如愿以偿，肯定心花怒放，可璟呢？璟是什么表情……

小夭突然觉得心一阵急跳，跳得她几乎喘不过气来，跳得眼前的幻象全部散开。

玱玹问道："你不舒服吗？"

小夭摇头，"没有！只是有点气闷，突然想呼吸点新鲜空气。"小夭匆匆出了殿门，玱玹忙拿了大氅，裹到小夭身上。

小夭站在庭园内，仰望着蓝天，为什么相柳突然让她感受到他的存在？他是感受到了她的痛苦，还是因为他此时正在青丘，亲眼看着璟和意映行礼，想到了她不会好受？他是在嘲笑她，还是想安慰她？

玱玹问："你在想什么？"

小夭说："我突然想起种给相柳的蛊，我身体的痛，他都要承受，那我心上的痛呢？他也需要承受吗？他说他是九命之躯，我身体的痛对他而言不算什么，可心呢？心他只有一颗吧！"

玱玹按住小夭的肩膀，严肃地说："我不管你之前在清水镇和他有什么交往，但不要和相柳走近！"

小夭苦涩地说："我明白！"

玱玹说："虽然你一再说那蛊没有害处，但等你病好后，再仔细想想，如果能解除，最好解除了。"

"嗯！"

小夭仰望着蓝天，静静感受着自己的心在和另一颗心一起跳动。那些强压着的痛苦，也许因为有了一个人分担，似乎不再那么难以承受。

◆

小夭的病渐渐好了，她又开始做毒药。

生病的这段日子，玱玹代她收了不少灵草灵药，小夭没吃多少，正好用来调制毒药。

小夭谈笑如常，可她做的毒药全是暗色调，黑色的蝙蝠、黑色的葫芦、黑色的鸳鸯、黑色的芙蓉花……一个个摆放在盒子里，看上去简直让人心情糟糕透顶。但通过制作这一个个黑暗无比的毒药，小夭却将痛苦宣泄出来一些。

春暖花开时，小夭带阿念去轵邑城游玩。

阿念被小贩用柳枝编织的小玩意儿吸引，打算挑几个拿回去装东西，小夭让海棠和珊瑚陪阿念慢慢选，她悄悄走进涂山氏的车马行，把毒药寄给了相柳。

想到相柳看到毒药时的黑云压顶，小夭忍不住嘴角抿了丝浅笑。

小夭返回去找阿念时，看到阿念竟然和馨悦、丰隆在一起。

馨悦埋怨小夭："你有了亲妹妹，就不来找我玩了，连来轵邑城，都不来看我。"

小夭忙把责任都推到玱玹身上："玱玹不让我随便乱跑，要我好好休养，今日是我生病后第一次下山，打算过一会儿就去找你的。"

馨悦这才满意，亲热地挽住小夭的胳膊："既然来了，就别着急回去，到我家吃晚饭，我派人给玱玹送信，让他一起来。"

阿念立即挽住小夭的另一只胳膊，不停地扯小夭的袖子，暗示她拒绝。

馨悦立即察觉了阿念的小动作，睨着小夭："你难道打算和我绝交吗？"

小夭头痛，求救地看向丰隆，丰隆咳嗽两声，转过身子，表明他爱莫能助。

小夭干笑了几声，对阿念说："我们就去馨悦家里玩一会儿，等吃完晚饭，和玱玹一起回去。"

馨悦笑起来，阿念噘嘴，不满地瞪着小夭，小夭悄悄捏她的手，表明还是咱俩最亲，阿念这才勉强点了点头。

小夭怕阿念和馨悦闹起来，根本不敢现在就去小炎弅府，只得借口想买东西，带着两人在街上闲逛。大街上人来人往，阿念和馨悦还能收敛一些。

好不容易熬到玱玹赶来，小夭立即冲到玱玹身边，咬牙切齿地说："从现在开始，阿念和馨悦都交给你了，不许她们再来缠我！"小夭一把把玱玹推到馨悦和阿念中间，去追丰隆。

丰隆笑着祝贺小夭："终于逃出来了，恭喜！"

小夭没客气地给了他一拳："见死不救！"

丰隆说："没办法，我最怕应付女人了。"

丰隆回头看，不知道玱玹说了什么，馨悦和阿念居然都笑意盈盈，丰隆不禁叹服地说："还是你哥哥厉害啊！"

小夭回头看了一眼，扑哧笑了出来："估计他是拿出了应付各路朝臣的魄力和智慧。"

到了小炎奔府，也不知馨悦是真的想热情款待琀玹和小夭，还是存了向阿念示威的意思，一个仓促间准备的晚宴，居然十分隆重。在馨悦的指挥下，整个府邸的婢女仆役进进出出，鸦雀无声，井井有条。

阿念本来还不当回事，可当她知道馨悦的母亲常年住在赤水，整个小炎奔府其实是馨悦在打理，她看馨悦的眼神变了。小炎奔府看似只是一个城主府邸，可整个中原的政令都出自这里，所有中原氏族的往来，和轩辕城的往来，复杂的人际关系都要馨悦在背后打理，这不是一般女人能做到的，至少阿念知道她就完全没有能力做到。

阿念沉默地用饭，因为她的沉默，晚宴上没有起任何风波，众人看上去都很开心。

晚宴结束后，丰隆和馨悦送琀玹三人出来，丰隆和琀玹走在一旁，聊了约莫一炷香的时间。

小夭她们虽然距离很近，却什么都听不到，显然是丰隆或者琀玹下了禁制，看来谈的事情很紧要。

回到紫金宫，潇潇和金萱都恭候在殿内，琀玹对小夭和阿念说："我要处理一点事情，你们先去洗漱，洗漱完到小夭那里等我，我有话和你们说。"

小夭和阿念答应了，各自回去洗漱。

小夭洗漱完，珊瑚帮着她绞干了头发，阿念才来，头发还湿漉漉的，她急急忙忙地问道："姐姐，哥哥要和我们说什么？"

海棠拿了水晶梳子，一边给阿念梳理头发，一边慢慢地用灵力把阿念的头发弄干。

小夭说："不知道，只是看他那么慎重，应该是重要的事。"

琀玹走进来，海棠和珊瑚都退了出去。

阿念紧张地看着琀玹："哥哥，你到底要说什么？"

琀玹看了看阿念，目光投向小夭："我是想和你们说，我要娶妻了。"

"什么？"阿念猛地站了起来，脸色煞白，声音都变了，"你、你……你要娶馨悦？"

"不是。"

"不是？"阿念不知道自己该高兴，还是该伤心，呆呆地站着，脸上的表情十分怪异。

玱玹说道："我要娶暰氏的嫡女，不是我的正妃，但应该仅次于正妃。"

阿念茫然地看向小夭，压根儿不知道这是从哪里冒出来的女人。小夭解释道："暰氏是中原六大氏之一，而且是六大氏中最强大的一个氏族，以前神农国在时，神农王族都要常和他们联姻。"

阿念问道："馨悦知道吗？"

玱玹说："现在应该知道了，丰隆会告诉她。"

阿念低声问："哥哥的事情说完了吗？"

"说完了。"

"那我走了。"阿念飞快地跑了出去。

玱玹看着小夭，面容无悲亦无喜。小夭拿出了酒："你想喝酒吗？我可以陪你一醉方休。"

玱玹苦涩地笑着，接过小夭递给他的酒，一饮而尽。

小夭说："暰氏的那位小姐我见过，容貌虽比不上潇潇和金萱，但也很好看，性子很沉静，据说她擅长做女红，一手绣功，连正经的绣娘见了都自愧不如。"

玱玹没有吭声，只是又喝了一大杯酒。

小夭说："你如果娶了暰氏的小姐，就等于正式向舅舅们宣战了，你准备好了？"

玱玹颔首。

小夭缓缓道："外爷对中原的氏族一直很猜忌，因为不是你的正妃，外爷会准许，但毕竟是你正式娶的第一个女人，怕就怕在舅舅的鼓动下，那些轩辕的老氏族会不满，诋毁中伤你，万一外爷对你生了疑心，你会很危险……"

玱玹说："我明白，但这一步我必须走，我必须和暰氏正式结盟。"

小夭伸出手，玱玹握住她的手，两人的手都冰凉。

小夭用力抓住玱玹的手，一字字说："不管你做什么，不论你用什么手段，我只要你活着！"

玱玹也用力握住小夭的手："我说过，我要让神农山上开满凤凰花。"

小夭举起酒杯，玱玹也举起酒杯，两人相碰一下，喝干净。

玱玹放下酒杯，对小夭说："我很想和你一醉方休，但我还有事要处理。"

小夭摇摇酒杯："你去吧！只要你好好的，反正我一直在这里，我们有的是机会喝酒。"

玱玹终于释然了几分，叫道："小夭……"

小夭歪头看着他，玱玹沉默了一瞬，微笑着说："婚礼上，不要恭喜我。"

"好！"小夭很清楚，那并不是什么值得恭喜的事，甚至可以说是玱玹的屈辱。

玱玹转身，头未回地疾步离去。

小夭给自己斟了一杯酒，慢慢地啜着。

喝完后，她提起酒坛，去找阿念。

海棠看到她来，如释重负，指指帘内，退避到外面。

小夭走进去，看到阿念趴在榻上，呜呜咽咽地低声哭泣着。

小夭坐到她身旁，拍拍阿念的肩膀："喝酒吗？"

阿念翻身坐起，从小夭手中抢过酒杯，咕咚咕咚一口气喝干，一边咳嗽一边说："还要！"

小夭又给她倒了一杯："现在回五神山还来得及。"

阿念说："你以为我刚才没想过吗？我现在是很心痛，可一想到日后再看不到他，他却对别的女人好，我觉得更痛，两痛择其轻。"阿念就像和酒有仇，恶狠狠地灌了下去，"这才是第一次，我慢慢就会适应。"

小夭叹气："你没救了！"

阿念哭："这段日子，哥哥从不避讳我，常当着我的面抱金萱，我知道他是故意的，他肯定和你一个想法，想逼我离开。在五神山，我只有思念的痛苦，没有一点快乐，在哥哥身边，纵然难受，可只要他陪着我时，我就很快乐。即使他不陪我时，我想着他和我在一起时说过的话、做过的事，也很快乐。"

小夭忽而发现，阿念从不是因为玱玹即将成为什么人、拥有什么权势而爱慕他，而其他女人，不管是金萱，还是馨悦，她们或多或少是因玱玹的地位和握有的权势而生了仰慕之心。

小夭问道："阿念，如果……我是说如果现在玱玹还在高辛，是个空有王子头衔，实际却一无所有的男人，你还会愿意和他在一起吗？"

阿念一边抹眼泪，一边狠狠地瞪了小夭一眼："你一说这个，我就恨你！如果不是你，哥哥就不会回轩辕。他永远留在高辛，那多好！"

小夭肯定，如果玱玹是留在高辛的玱玹，馨悦绝不会喜欢玱玹。馨悦要的是一个能给予她万丈光芒的男人，而阿念要的是一个肯真心实意对她好的男人。阿念爱错了人，可她已经无法回头。

小夭抱住了阿念。

阿念推她："你走开！我现在正恨你呢！"

小夭道："可我现在觉得你又可爱又可怜，就是想抱你！"

阿念抽抽噎噎地说："我恨你！我要喝酒！"

小夭给阿念倒酒："喝吧！"

小夭本来只想让阿念醉一场，可阿念絮絮叨叨地说着她和玱玹的往事，小夭想起了璟，平日里藏起的悲伤全涌上心头，禁不住也喝了一杯又一杯，直到稀里糊涂地醉睡了过去。

第九章
风回处，寄珍重

一年多后，在轵邑城，由小炎栾主婚，玱玹迎娶暶氏的嫡女淑惠为侧妃，轩辕的七王子禹阳赶来轵邑，以玱玹长辈的身份，代轩辕王封赐淑惠。

玱玹是轩辕王和缅祖王后唯一的孙子，暶氏是中原六大氏之首，虽然只是迎娶侧妃的礼仪，并不算盛大，可大荒内来的宾客却不少。

缅祖娘娘出自四世家的西陵氏，西陵氏的族长，玱玹的堂舅亲自带了儿子来参加婚礼，第一次正式表明西陵氏对玱玹的支持，这倒不令大荒各氏族意外，毕竟玱玹是缅祖娘娘的血脉，西陵氏支持他是意料中的事。

最令大荒氏族震惊的是神秘的鬼方氏，这个不可冒犯却一直游离在大荒之外的诡秘氏族，对待任何事都带着超然物外的漠然，居然派子弟送来重礼——九株回魂草。当礼物呈上时，所有人都静了一静，九为尊，鬼方氏似乎在向玱玹表达敬意，众人揣测着，鬼方氏好像也选择了支持玱玹。

四世家中依旧态度含糊的就是赤水氏和涂山氏了，虽然众人都听说丰隆和玱玹来往密切，但丰隆不是族长，只要赤水族长一日未明确表明态度，那些往来就有可能是虚与委蛇，当不得真。

玱玹的这场婚礼，来参加婚礼的各氏族的族长、长老们都很忙碌，不停地观察，不停地分析，唯恐一个不小心，判断错误，给氏族惹来大祸。

因为西陵族长不远万里来了，玱玹觉得让别人接待都显得不够分量，他自己又实在分不开身，特意吩咐小夭去接待西陵族长。

西陵族长看到小夭，愣了一下，未等小夭开口，就叹道："一看你，就知道你是缅祖娘娘的血脉。"

小夭恭敬地给西陵族长行礼："外甥女小夭见过舅舅。"

小夭是高辛王姬，本不应该给西陵族长行这么大的礼节，可小夭的称呼已表明只论血缘，不论身份，做得十分诚挚。西陵族长坦然受了，心里很高兴，把自己的儿子西陵淳介绍给小夭认识，西陵淳行礼，有些羞涩地叫道："表姐。"

小夭抿着唇笑起来，回了一礼。

小夭怕阿念会闹事，把阿念带在了身边，指着阿念对西陵淳说："这是我妹妹，淳弟就跟着我和表哥叫她阿念吧！"

西陵淳给阿念行礼，阿念虽闷闷不乐，毕竟在王族长大，该有的礼数一点不少，学着小夭，回了一礼。

西陵族长不禁满意地笑点点头。

吉时到，鼓乐声中，玱玹和淑惠行礼。

小夭陪着西陵族长观礼，一手紧紧地抓着阿念，幸好阿念并没闹事，一直低着头，好似化作了一截木头。

看着正一丝不苟行礼的玱玹，小夭脸上保持着微笑，心内却没有丝毫欣悦。跌跌撞撞、颠沛流离中，她和玱玹都长大了，玱玹竟然都成婚了。可这场婚礼，并不是小夭小时想象过的样子。

往事一幕幕浮现在眼前：还记得大舅舅和神农王姬的盛大婚礼，她和玱玹吵架，玱玹说嫁出去的女儿泼出去的水；也记得四舅娘自尽后，玱玹夜夜做噩梦，她安慰他说我会永远陪着你，玱玹说你迟早会嫁人，也会离开我，她天真地说我不嫁给别人，我嫁给你……

隔着重重人影，喧闹的乐声，玱玹看向小夭，四目交投时，两人脸上都是没有丝毫破绽的愉悦笑容：不管怎么样，至少我们都还好好地活着，只要继续好好地活下去，一切都不重要！

待礼成后，司仪请宾客入席。

四世家地位特殊，再加上轩辕、神农、高辛三族，这七氏族的席位设在了里间，隔着一道珠帘，外面才是大荒内其他氏族的席位，因为宾客众多，从屋内一直坐到了屋外。

高辛王派了蓐收和句芒（gōu máng）来给玱玹道贺，句芒也是高辛王的徒弟，和玱玹一样来自外族，孤身一人在高辛。他性子十分怪诞，玱玹为人随和宽容，所以他和玱玹玩得最好。

小夭陪着表舅舅和表弟进了里间。阿念见到熟人，立即跑到蓐收身边，小夭和表弟一左一右陪在表舅舅身边。

众人都站了起来，由于轩辕王后缳祖娘娘的缘故，就连禹阳也站了起来，和西陵族长见礼问好。

西陵族长先和禹阳寒暄了几句，又和蓐收客套了两句。馨悦和丰隆一起来给西陵族长行礼，西陵族长和他们就亲近了许多，把这个长辈、那个长辈的身体问候了一遍，说起来好似没完没了。西陵族长看到璟一直低着头，沉默地坐在席位上，带着几个晚辈走过去，故作发怒地说："璟，你架子倒是大了！"

淳和璟也相熟，活泼地说："璟哥哥，上次我见你，你还是很和蔼可亲的，怎么才一年不见，就变得冷冰冰了？"

璟站了起来，微笑着和西陵族长见礼，西陵族长和淳都愣了，璟的两鬓竟已有了几丝白发。淳还是少年心性，失声问道："璟哥哥，你怎么了？"

西陵族长扫了他一眼，淳立即噤声。西陵族长笑呵呵地问着太夫人的身体，璟一一回答。

小夭已一年多没见过璟，看到他这样子，小夭保持着微笑，静静地站在西陵族长身后。还记得归墟海中，他扯落发冠时，她的心悸情动，也记得耳鬓厮磨时，她指间绕着他的发，一头青丝、满心情思。一切就好似昨日，却已是青丝染霜，情思断裂。

小夭只觉心如被一只大手撕扯着，痛得好似就要碎裂，她却依旧笑意盈盈。突然，她的心剧烈地跳动起来，小夭再维持不住微笑，这就好像一个人能面不改色地忍受刀剑刺入的疼痛，却无法在剧烈运动之后，控制自己的脸色和呼吸。小夭不禁抚着自己的心口，深吸了几口气。

馨悦忙扶住她，担心地问："你没事吧？"

小夭强笑着摇摇头，西陵族长看她面色发红，忙说："我忘记你身体不好了，赶紧坐下休息一会儿。"

馨悦扶着小夭坐在了璟的坐席上。

璟焦灼地一手握住小夭的手腕，一手握着酒杯，化酒为雾。众人都知道涂山氏的障术可惑人五感，用来止疼最是便捷，所以都没觉得奇怪。

心依旧在剧烈地跳着，跳得她全身的血都好似往头部涌，小夭忍不住喃喃说："相柳，你有完没完？"

其他人只隐约听到完没完，璟离得最近，又十分熟悉小夭的语声，将一句话听了个十分清楚。

心跳慢慢恢复正常，小夭轻轻挣脱了璟的手："谢谢，我好了。"

璟的手缩回去，握成拳头，强自压抑着心内的一切。

小夭站起，客气地对他行了一礼，缩到淳和西陵族长的身后，西陵族长说道："我们过去坐吧！"

西陵族长带着小夭和淳去了对面，和赤水氏的坐席相对，旁边是高辛和鬼方的坐席。

璟问馨悦："你不是说她的病全好了吗？"

馨悦怨怒地说："玱玹亲口对我和哥哥说小夭病全好了，你若不信我，以后就别问我小夭的事。"

丰隆对璟打了个眼色："你今天最好别惹她。"

玱玹身着吉服进来敬酒，众人纷纷向他道贺："恭喜、恭喜！"

馨悦微笑着说："恭喜！"将杯中酒一饮而尽。

阿念今日一直板着脸，看到馨悦竟然还能笑，她也强逼自己挤出笑，给玱玹敬了一杯酒："恭喜！"

小夭只是沉默地和众人同饮了一杯，玱玹笑着谢过众人的贺喜，去外面给其他宾客敬酒。

小夭低声问淳："淳弟，可能喝酒？"

淳不好意思地说道："古蜀好烈酒，我是古蜀男儿，自然能喝。"

小夭说："今日宾客多，你去跟着表哥，帮着挡挡酒，照应着表哥一点。"

这是把他当兄弟，丝毫不见外，淳痛快地应道："好。"悄悄起身，溜出去找玱玹了。

西陵族长笑眯眯地对小夭说："来之前，还怕你们没见过面，一时间亲近不起来，没想到你和玱玹这么认亲，淳也和你们投缘，这就好，这就好啊！"

小夭说："我和表哥在外祖母身边待过很长时间，常听她讲起古蜀，外祖母一直很想回去。"

西陵族长叹了口气："这些年来，西陵氏很不容易，玱玹更不容易，日后你们兄弟姊妹要彼此扶持。"

"小夭谨记。"

西陵族长道："我待会儿要出去和老朋友们喝几杯，叙叙旧，你也别陪着我这个老头子了，自己找朋友玩去。"

小夭知道他们老头子的叙旧肯定别有内容，说不定表舅舅想帮玱玹再拉拢些人，应道："好，舅舅有事时差遣婢女找我就行。"

小夭看蓐收在给阿念灌酒，明白蓐收又在打鬼主意，不过有他打鬼主意，她倒乐得轻松，笑对蓐收拱手谢谢，蓐收笑着眨眨眼睛。

小夭叮咛海棠："待会儿王姬醉了，你就带她回紫金宫去睡觉。"

海棠答应了，小夭才放心离开。

小夭贴着墙，低着头，悄悄走过众人的坐席。
走到外面，轻舒了口气。
一阵喝彩声传来，小夭随意扫了一眼，却眼角跳了跳，停下脚步，凝神看去。只看案上摆了一溜酒碗，一群年轻人正斗酒取乐，防风邶穿着一袭白色锦袍，懒洋洋地笑着。
小夭驱策体内的蛊，却没有丝毫反应，小夭气绝，这到底是她养的蛊，还是相柳养的蛊？相柳能控制她，她却完全无法控制相柳！难道蛊都懂得欺软怕硬？
防风邶看向小夭，小夭想离开，却又迟迟没有动。
防风邶提着酒壶，向小夭走来。
小夭转身，不疾不徐地走着，防风邶随在她身旁，喧闹声渐渐消失在他们身后。

老远就闻到丁香花的香气，小夭循香而去，看到几株丁香树，花开得正繁密，草地上落了无数紫蕊。
小夭盘腿坐到草地上，防风邶倚着丁香树而站，喝着酒。
小夭看着他，他笑看着小夭。小夭不说话，他似乎也没说话的打算。
终是小夭先开了口："你去参加了璟和意映的婚礼？"
"我再浪荡不羁，小妹和涂山族长的婚礼总还是要去的。"
"我心里的难受，你都有感觉？"小夭脸色发红，说不清是羞是恼。心之所以被深藏在身体内，就是因为人心里的情感，不管是伤心还是欢喜，都是一种很私密的感觉。可现在，她的心在相柳面前变得赤裸裸，她觉得自己像是脱了衣服，在任凭相柳浏览。
相柳轻声笑起来："你要是怕什么都被我感觉到，就别自己瞎折腾自己，你别心痛，我也好过一些。"
小夭听到他后半句话，立即精神一振，问道："我身体上九分的痛，到你身上只有一分，可我心上的痛，是不是我有几分，你就有几分？"
相柳坦率地道："是！你心有几分痛，我心就有几分痛，那又如何？难道你打算用这个对付我？"
小夭颓然，是啊！肉体的疼痛可以自己刺伤自己，但，伤心和开心却作不得假。
相柳突然说："我有时会做杀手。"

小夭不解地看着相柳,相柳缓缓说:"只要你付钱,我可以帮你把防风意映和她的孩子都杀了。"

小夭苦笑:"你这可真是个馊主意!"

相柳似真似假地说:"你以后别闹心痛。再给我添麻烦,说不定我就决定把你杀了!"

小夭不满:"当年又不是我强迫着你种蛊。"

"当年,我知道你很没用,肯定会时常受伤,但没想到你这么没用,连自己的心都护不住。"

小夭张了张嘴,好似想辩驳,却什么都没说出来,没精打采地低下头,好似一株枯萎的向日葵。

一匹天马小跑着过来,相柳跃到马上:"走吗?"

小夭抬起头,看着相柳:"去哪里?"

"去海上。"

小夭犹豫,这里不是清水镇,大海距离中原很遥远。

相柳并未催促小夭,手拉缰绳,眺望着天际。天马也不敢出声,在原地轻轻地踩踏着马蹄。

小夭再无法压制自己骨血里对海阔天空的渴望,猛地站了起来:"我们去海上。"

相柳回头,凝视着小夭,伸出手。

小夭握住他的手,攀上天马的背。

天马好似也感觉到可以出发了,激动地昂头嘶鸣。相柳抖了下缰绳,天马腾空而起。

苗莆从暗处冲了出来,焦急地叫:"王姬!"

小夭说道:"告诉哥哥,我离开几天。"

待天马飞离轵邑,相柳换了白雕。

小夭坐在白雕背上,看着相柳,觉得恍若隔世。

她问道:"你不把头发颜色变回去吗?"

相柳说:"这颜色是用药草染的,不是灵力幻化。"

"为什么选择这么麻烦的方式?"

"第一次怕出错,是染的,之后习惯了而已。"

小夭看着身边的悠悠白云,想着相柳也曾笨拙紧张过,不禁笑了出来。

相柳似知她所想，淡淡说："在刚开始时，所有的恶人和普通少年一样。"
小夭的笑意渐渐退去。

半夜里，他们到了海上。

小夭不禁站起来，闭上眼睛，深深吸了口海风。

相柳抓住她，突然，就跃下了雕背。

大概知道相柳不会让她摔死，小夭只是惊了下，并不怕，反而享受着从高空坠落的感觉。

风从耳畔刮过，如利刃一般，割得脸皮有点痛。全身都被风吹得冰凉，只有两人相握着的手有一点暖意。

小夭忽而想，如果就这么掉下去，摔死了，其实也没什么。

落入海中时，没有想象中的滔天水花。

小夭睁大眼睛，好奇地看着。

海水在他们身前分开，又在他们身后合拢，他们的速度渐渐地慢了，却依旧向着海下沉去。

过了好半晌，小夭终于切实地感受到海水，将她温柔地浸润。

小夭一直憋着口气，这时，感觉气息将尽，指指上面，想浮上去。相柳却握住了她的双手，不许她上浮。

小夭恼怒地瞪着相柳，他难道又想逼她……那个什么吗？

相柳唇畔含着笑意，拉着小夭继续往下游去，小夭憋得脸色由青转白，脑内天人交战，亲还是不亲？

当年是因为对璟的承诺，如今已事过境迁，璟都已经成婚，她又何苦来哉，和自己的小命过不去……小夭终于做了决定，她拉着相柳的手，借他的力，向他凑了过去。

相柳端立在水中，笑吟吟地看着她，小夭有些羞、有些恼，垂下了眼眸，不敢直视他。

就在她要吻到相柳时，相柳居然侧了侧头，避开她，放声大笑起来。

小夭羞愤欲绝，只觉得死了算了！摔脱相柳的手，不但没有向上游，反而又往下游去。

相柳追在她身后，边笑边说："你别真憋死了自己！试着呼吸一下。我不让你上去，可不是想逼你……吻我。"相柳又是一阵大笑，"而是你现在根本无须用那东西。"

小夭将信将疑，试着呼吸了一下，居然真的和含着鱼丹一样，可以像鱼儿一样在水里自如呼吸。小夭这才反应过来，相柳用本命精血给她续命，她能拥有一点他的能力并不奇怪。从此后，她就像海的女儿般，可以自由在水里翱翔。

可此时，小夭没觉得高兴，反而恨不得撞死在海水里。

小夭气得狂叫："相柳，你……你故意的，我恨你！"叫完，才发现自己居然和相柳一样，能在海水里说话。

"我、我能说话！"小夭惊异了一瞬，立即又怒起来，"相柳，我讨厌你！你还笑？你再笑，我、我……我就……"却怎么想，都想不出对相柳强有力的威胁，他游戏红尘，什么都不在乎，唯一在意的就是神农义军，可再给小夭十个胆子，小夭也不敢用神农义军去威胁相柳。

相柳依旧在笑，小夭真是又羞臊，又愤怒，又觉得自己没用，埋着头，用力地游水，只想再也不要看见相柳了。

相柳道："好，我不笑了。"但他的语声里仍含着浓浓的笑意。

小夭不理他，只是用力划水，相柳也没再说话。小夭快，他则快；小夭慢，他则慢，反正一直随在小夭身边。

海底的世界幽暗静谧，却又色彩绚烂丰富。

透明却身姿曼妙的水母；颜色各异的海螺、海贝；色彩明媚的鱼群；晃晃悠悠的海星，在水波中一荡一荡，还真有点像天上的星星在一闪一闪……

游久了，小夭忘记了生气，身与心都浸润在海水中。

以前，不管她再喜欢水，水是水，她是她，纵使含了鱼丹，也隔着一层。可这一次，却觉得她在水中游，水在她身流，她就是水的一部分，她可以永远待在水里。

相柳突然问："是不是感觉很奇怪？"

小夭自如地转了几个圈，游到相柳身前，面朝着相柳，倒退着往前漂："是很奇怪，我的身体和以前完全不一样了。"

相柳淡淡说："这就是你活下去需要付出的代价，变成一只怪物。"

小夭愣住，想起有一次相柳为她疗伤时说"不要恨我"。

相柳看小夭呆愣着，默不作声，以为她为自己身体的异样而难受，他笑了起来，猛然加快速度，从小夭身旁一掠而过，向着碧蓝的大海深处游去。

小夭立即反应过来，急急去追他："相柳，相柳……"

可是，她一直追赶不上相柳，相柳虽然没有抛下她，却也没回头，留给她的只是一个远远的背影。

"啊——"小夭猛地惨叫一声，团起身子，好似被什么水怪咬伤。

相柳回身的刹那，已出现在小夭身旁，他刚伸出手，却立即反应过来，他和小夭有蛊相连，如果小夭真受伤了，他不可能没感觉。相柳迅速要缩回手，小夭已经紧紧地抓住他，一脸诡计得逞的笑意。

相柳冷冷地盯着小夭："不想死，就放开！"

小夭看着相柳，怯怯地放开手，可又立即握住了相柳的衣袖："我开个玩笑，何必那么小气呢？"

相柳没理会小夭，自顾向前游去，小夭抓着他衣袖，紧紧地跟着他："我的身体是变得和别人不一样了，可我没觉得这是为了续命付出的代价，简直就是得了天大的好处。我高兴都来不及呢！"

相柳依旧不理小夭，但也没甩掉小夭的手。

小夭一边琢磨，一边絮絮叨叨地说："你是九头妖怪，有九条命，你为我续了一次命，我变得和你一样能在海里自由来去。你说，如果我再死一次，你再为我续一次命，我会不会变得和你……"

相柳盯着小夭，面沉如水。

小夭的声音渐渐低了，嗫嚅着："变得、变得……我的意思是说……"她开始傻笑，"我、我什么都没说！"

相柳猛地掐住小夭的脖子，凑到小夭脸前，一字一顿地说："你要敢再死一次，我就把你剁成九块，正好一个脑袋一口，吃掉！"

小夭用力摇头，不敢，不敢，她绝不敢死了！

相柳放开小夭，小夭一边咳嗽，一边嘟囔："下次轻一点行不行？你救我也很麻烦，万一掐死了，你舍得吗？"说完后，小夭才惊觉自己说了什么，猛地抬起头，和相柳默默对视一瞬，小夭干笑起来："我是说你舍得你耗费的心血吗？"

相柳微笑着，两枚牙齿慢慢变得尖锐，好似正欲择人而噬："你要我现在证明给你看吗？"

小夭忙捂着脖子后退："不用，不用，我知道你舍得，很舍得！反正都能吃回去！"

相柳的獠牙缩回，转身游走。

小夭忙去追赶相柳。

小夭渐渐地追上了相柳，一群五彩的小鱼从他们身旁游过。

小夭伸出手，细长的五彩鱼儿亲吻着她的掌心，她能感受到它们简单的平静，小夭说："它们好平静，似乎没有任何情绪。"

相柳说："这种鱼的记忆非常短暂，不过几弹指，也就是说，当你缩回手时，它们就已经忘记了刚才亲吻过你的掌心。"

没有记忆则没有思虑，甚至不可能有欣悦和悲伤，它们的平静也许是世间最纯粹的平静。

小夭一边游着，一边回头，那几条五彩鱼还在水里游来游去。小夭说："我记得它们，它们却已经忘记了我。以后我再看见它们的同类，就会想起它们，纵使初遇也像重逢，而它们，每一次的遇见都是第一次，即使重逢也永远是初遇。"

相柳问："你想记住，还是忘记？"

小夭想了一会儿，说道："记住，纵使那是痛苦和负担，我也想记住。"

小夭突然停住，凝神倾听，空灵美妙的歌声传来，让灵魂都在发颤，是世间不能听到的声音，小夭记得自己听过。

相柳说："那是……"

"鲛人求偶时的情歌。"

"你怎么知道？"相柳狐疑地看着小夭。

小夭装作毫不在意地笑了笑："我猜的，传说鲛人的歌声十分美妙动听，大海中除了鲛人还能有谁有这么美妙的歌声？"相柳不想让她知道在她昏迷时，他曾陪着她做过的事，她也不想让相柳知道她知道，那些拥抱和陪伴，就都埋葬在漆黑的海底吧！

相柳说："鲛人的歌声是很美妙，不过他们的歌声也是他们的武器，传说你们高辛族的宴龙就是听到鲛人的歌声，才悟出音杀之技。"

小夭问："能去偷偷看看他们吗？"

相柳第一次露出为难的样子。

小夭央求："我从没有见过鲛人，错过这次机会，也不知道还能不能见到。"

相柳伸出手："他们是很机敏的小东西，我必须掩盖住你的气息。"

小夭握住他的手，随着相柳慢慢游着。

小夭看到了他们。

鲛人是人身鱼尾，女子有一头海藻般卷曲浓密的秀发，宝石般的眼睛，雪白的肌肤，十分美丽妖娆；男子却长得比较丑陋，可双臂和胸膛肌肉鼓胀，显然十分强壮有力。男鲛人举着一个巨大的海贝，追逐着女鲛人边歌边舞。女鲛人一边逃，一边唱着歌，灵敏迅捷，总是不让男鲛人碰到她。

在追逐中，女鲛人好似有些意动，慢了下来，男鲛人打开海贝，里面有一颗拳头大小的紫珍珠，发出晶莹的光芒。

女鲛人笑着游进海贝，捧起珍珠，欣悦地唱着歌，好似接受了男鲛人，在赞美他。

男鲛人也游进了海贝，抱住女子，热情地亲吻着女子，两人的鱼尾交缠在一起，有节奏地簌簌震颤。

相柳想拉着小夭离开，小夭却不肯走："他们在干什么？"

相柳没有回答，小夭专心致志地研究了一会儿，忽然反应过来，这就是交尾啊！猛地转过了身子。

贝壳里两个正交配的鲛人察觉动静，都露出利齿，愤怒地看过来。相柳抓住小夭就跑。

待确定鲛人没追上来，小夭不相信地说："你会害怕他们？"

"我不怕他们，但被他们撞破偷窥他们……总不是件光彩的事。"

小夭羞得满脸通红："我哪知道他们会那么直接？"

"这世上除了神族和人族，所有生物在求偶交配上都很直接。从数量来说，直接才是天经地义，不直接的只是你们少数，所以你无权指责他们。"

小夭立即投降："是，是，我错了。"

相柳唇畔抿了丝笑意。

小夭好奇地问："为什么男鲛人要托着一个大海贝？"

"海贝就是他们的家。大的海贝很难猎取，越大表明男鲛人越强壮，女鲛人接受求欢后，他们会在海贝里交配，生下他们的孩子，珍珠其实是这些大贝怪的内丹，是鲛人给小鲛人准备的食物。"

小夭想起她昏睡在海底的三十七年就是住在一个大海贝里，当时没留意，只记得是纯白色，边角好似有海浪般的卷纹，却记不得它究竟有多大。小夭想问相柳，又不好意思，暗自后悔，当时怎么就没仔细看看自己睡了三十七年的贝壳究竟是什么样子呢？

相柳看小夭一言不发，脸色渐渐地又变得酡红，不禁咳嗽了一声："我看你脸皮挺厚，没想到今日被两个鲛人给治住了。"

小夭看了相柳一眼，难得地没有回嘴。

两人在海底漫无目的地逛着，到后来小夭有些累，躺在水中，一动都不动。

相柳问她："累了？"

小夭觉得又累又困，迷迷糊糊地说："我打个盹。"说是打个盹，却沉沉地睡了过去。只不过以水做榻，虽然柔软，可水中暗流不断，睡得毕竟不安稳。

一枚纯白的海贝朝他们漂过来，到了他们身边时，缓缓张开。相柳把小夭抱起，轻轻放在贝壳里，他却未睡，而是倚靠着贝壳，凝视着海中星星点点的微光。

小夭已经一年多没有真正睡踏实过，每夜都会醒来两三次，有时候实在难以入睡还要吃点药。

这一觉却睡得十分酣沉，竟然连一个梦都未做，快醒时，才梦到自己在海里摘星星。海里的星星长得就像山里的蘑菇一般，摘了一个又一个，五颜六色，放到嘴里咬一口，还是甜的。小夭边摘边笑，笑着笑着，笑出了声音，自己被自己给笑醒了，知道是个梦，却依旧沉浸在美梦里不愿意睁开眼睛。

小夭睁开眼睛，看到相柳靠着贝壳，一腿平展着，一腿屈着，手搭在膝上，低头看着她，唇边都是笑意。小夭笑着展了个懒腰，甜蜜地说："我做了个好梦。"

相柳道："我听到了。"

小夭突然反应过来，他们在贝壳里，想立即查看，又怕露了痕迹，只得按捺着躺了一会儿，才慢吞吞地起来，装作漫不经意地四下看着。是那个贝壳，纯白的颜色，边角卷翘，犹如一朵朵海浪，十分美丽。

贝壳很大，里面躺两个人也一点不显拥挤。在她昏迷时，她和相柳就睡在这里面，三十七年，算不算是同榻共眠？那两个鲛人把贝壳看作爱巢，相柳把这个贝壳当什么？

小夭只觉一时间脑内思绪纷纷，脸发烫，心跳加速。

小夭暗叫糟糕，她能控制自己的表情和动作，却不可能控制自己的心跳。果然，相柳立即察觉了，看向她，小夭忙道："我饿了！饿得心慌！"

小夭的脸红得像是日落时的火烧云，努力瞪着黑白分明的大眼睛，看着相柳。相柳的心急跳了几下，小夭刚刚感觉到，却又立即什么都没有了，她以为是自己心慌的错觉。

相柳淡淡说："走吧！"

相柳在前，领着小夭往上游去，小夭回头，看向刚才栖息的贝壳。贝壳如一朵花一般，正在慢慢闭拢。

到了海面，天色漆黑，小夭才惊觉，他们居然在海下已经待了一夜一日。

相柳带小夭到了一个小海岛上。

小夭给自己烤了两条鱼，给相柳烤了一条像乳猪般大小的鱼，用个大海螺烧了一锅海鲜汤。小夭装药丸的袋子走哪带哪，她自己的鱼什么都没放，给相柳的鱼却抹了不少药粉，还没熟，已经是扑鼻的香。

小夭看着流口水，但实在没胆子吃，只能乖乖地吃自己的鱼。

相柳吃了一口鱼肉，难得地夸了小夭一句："味道不错。"

小夭笑起来，问相柳："我先喝汤，喝完后再给你调味，你介意喝我剩下的吗？"

相柳淡淡说："你先喝吧！"

小夭喝完汤，觉得吃饱了，身上的衣服也干了，全身暖洋洋地舒服。她往汤里撒了些毒药，和海鲜的味道混在一起，十分鲜香诱人。

相柳也不怕烫，直接把海螺拿起，边喝汤，边吃鱼肉。

小夭抱着膝盖，遥望着天顶的星星，听着海潮拍打礁石的声音。

相柳吃完后，说道："我们回去。"

小夭没动，留恋地望着大海，如果可以，她真想就这么浪迹一生。

"小夭？"相柳走到小夭面前。

小夭仰头看着相柳，笑道："你觉不觉得这就像是偷来的日子？有今夕没明朝。"

相柳愣了一愣，没有回答。

小夭指着海的尽头问："那边是什么？"

"茫茫大海。"

"没有陆地吗？"

"只有零星的岛屿。"

"什么样的岛屿？"

"有的岛屿寸草不生，有的岛屿美如幻境。"

小夭叹了口气："真想去看看。"

相柳默默不语，忽然清啸一声，白雕落下，他跃到雕背上，小夭不得不站了起来，爬上去。

快到轵邑时，相柳把坐骑换成了天马。

他们到小炎奔府时，恰有人从小炎奔府出来，云辇正要起飞，相柳用力勒着天马头，让天马急速上升。那边的驭者也急急勒住天马，才避免相撞。

相柳掉转马头，缓缓落下，云辇内的人拉开窗户，看向外面。相柳见是璟，笑抱抱拳："不好意思。"

璟道："我们也有错。"

小夭没理会璟，跳下天马，对相柳说："你这段日子会在轵邑吗？"

"也许在，也许不在。"

小夭笑着叹了口气,说:"我走了。"

相柳点了下头,小夭利落地跑进了小炎奔府。

相柳对璟笑点点头,策着天马腾空而去。

璟缓缓关上窗户,对胡哑说:"出发吧!"

◆

小夭找到馨悦,馨悦对小夭说:"玱玹就住了一夜,今日下午已经带淑惠去神农山了,不如你今晚就住这里吧!"

小夭道:"下次吧,今日我得赶紧回去,我没和玱玹打招呼就和防风邶跑出去玩了,我怕他收拾我。麻烦你派辆云辇送我去神农山。"

馨悦道:"那我就不留你了,立即让人去准备,略等等就能走。"

馨悦陪着小夭往门外走去,小夭问道:"这段日子忙着哥哥的婚事,一直没顾上和你聊天,你还好吗?"

馨悦叹了口气,微笑道:"不开心肯定是有一点的,但自从我决定要跟着你哥哥,早就料到今日的情形,所以也不是那么难受。"

小夭也不知道能说什么,只能拍拍她的手。

馨悦送小夭上了云辇,叮嘱道:"你有时间就来看看我,别因为璟哥哥跟我也生分了。"

小夭笑着应了,待云辇飞上天空,她却脸色垮了下来。

到紫金顶时,天色已黑。

小夭急匆匆地奔进殿内,看到玱玹、淑惠、阿念正要用饭,淑惠看到小夭立即站了起来,玱玹盯了小夭一眼,冷着脸,没理她。

小夭向淑惠行礼,说道:"嫂嫂,你坐吧,一家人无须客气。"

淑惠红着脸,羞答答地坐下了。

阿念却扔掉筷子,跑出了殿,小夭忙掩饰地说:"我和妹妹单独吃,嫂嫂和哥哥用饭吧!"

小夭追上阿念,阿念边走边抹眼泪。

小夭揽住她,阿念推开小夭,哽咽着说:"你干什么去了?身上一股子海腥味,别靠近我。"

小夭苦笑,这姑娘连伤心时都不忘记傲娇。

进了阿念住的殿，海棠命婢女上菜，小夭对阿念说："你先吃，我去冲洗一下。"

　　小夭急匆匆地洗了个澡，跑出去和阿念用饭。

　　阿念已经平静，在默默用饭。

　　小夭说："你刚才那样不好，淑惠是我们的嫂子，你不给她体面，让别人看到，只觉得你在轻视玱玹。"

　　"我明白了，一时没控制住，以后我会学着克制自己的脾气。"阿念困惑地问，"为什么馨悦可以做得那么好？"

　　"你们看事情的角度不同，她看事情都是从大局出发，从某个角度而言，淑惠只是让馨悦得到她想要一切的一枚棋子，虽然这枚棋子会让她有些难受，但和她得到的相比，她完全能接受那点难受。而你看事情……"小夭侧着头想了想，"你看事情就是从你喜欢不喜欢的角度出发。"

　　"我怎么才能像馨悦一样？"

　　"你羡慕她？"

　　阿念咬着唇，十分不想承认地点了下头："我觉得哥哥会比较喜欢馨悦那样聪慧能干、言辞伶俐、识大体、知进退的女人。"

　　小夭说："阿念，你是有些任性傲慢，也有点急躁冲动，但你不需要变成馨悦那样。"

　　"可是我怕哥哥会讨厌我。"

　　小夭笑着摇摇头："他看着你长大，你是什么性子，他一清二楚，既然当年他一无所有时都能惯着你，日后他权势滔天时当然也要惯着你。"

　　"可是……"

　　"你唯一需要改变的地方就是克制你的脾气，不能把你的不开心迁怒到别的女人身上，你若真要恨，应该恨玱玹。"

　　"我没办法恨他……"阿念眼眶有些红。

　　小夭说："而且，就如我刚才所说，你发脾气，只会让人家看轻玱玹，现如今大家都盯着玱玹的一举一动，对玱玹不利。"

　　"我会改掉自己的脾气，以后我若不开心，就立即走开。"

　　"阿念，我再问你一遍，你还是决定要跟着玱玹吗？"

　　阿念非常坚定地说："我要和玱玹哥哥在一起。"

　　"你能接受他只分出一小部分时间陪伴你？"

　　"我说了，宁要哥哥的一分好，不要别人的十分好。"

　　小夭叹气："那你听姐姐一句话，玱玹身边的女人，你都不需要理会，不管是馨悦,还是这个、那个的,你都不要去理会。既然你不能改变一切,你就全当她们不存在。你只需当玱玹来看你时,尽情享受和他在一起的时光,当玱玹去陪其他女人时,你就当他去处理正事了。"

"可万一……万一哥哥被别的女人迷住,忘记了我呢?"

玱玹会被女人迷住?除非那个女人叫王图霸业才有可能,小夭大笑出来,阿念瘪着嘴。

小夭忍着笑对阿念说:"只要你还是阿念,玱玹永不会忘记你。你和她们都不同,所以玱玹一直在变相地赶你走,他对别的女人可从来不会这么善良。"

阿念似懂非懂,迷惑地看着小夭。

小夭觉得阿念的这个心魔必须消除,她很严肃地说:"玱玹绝不会因为别的女人而忘记你,但如果你一方面要跟着他,另一方面却接受不了,老是发脾气,他倒是的确有可能会疏远你。"

阿念对这句话完全理解,默默思索了一会儿,说道:"姐姐,你相信我,既然这是我的选择,我一定不会再乱发脾气。"

小夭说:"那你信不信我告诉你的话?"

阿念苦涩地说:"你是哥哥最亲近的人,你说的话,我自然相信。"曾经,就是因为嫉妒小夭和玱玹密不可分的亲近,她才总对小夭有怨气,后来出现了别的女人,对小夭的怨气反倒渐渐淡了,想起了小夭的好。

小夭爱怜地捏捏阿念的脸颊:"不要去学馨悦,你也学不会。你只需做一个能克制住自己脾气的阿念就可以了,别的事情交给父王和我。"

阿念鼻子发酸,低声说:"我是不是特别傻,总是要你们操心?"

小夭道:"过慧易损,女人傻一点才能聚福。"

阿念破涕为笑:"那我为了有福气,应该继续傻下去?"

小夭点头:"傻姑娘,好好吃饭吧!"

◆

玱玹连着十几天没理会小夭,小夭也不认错,只时不时笑嘻嘻地在玱玹身边晃一圈,若玱玹不理她,她就又笑嘻嘻地消失。

十几天过去,还是玱玹让了步,当小夭又笑嘻嘻晃悠到他身边时,玱玹不耐烦地说:"没正事做,就带着阿念去山下玩,别在这里碍眼!"

小夭笑对淑惠做了个鬼脸,坐到玱玹身边,和玱玹说:"那我带阿念去找馨悦了,馨悦老抱怨我现在不理她,也许我们会在她那里住几日。"

"去吧!"

小夭问淑惠:"嫂嫂去吗?"

淑惠悄悄看了眼玱玹,红着脸回道:"这次就不去了,下次再去看馨悦表妹。"

小夭带着阿念去找馨悦,馨悦果然留小夭住下,本以为小夭会因为阿念拒绝,她也只是礼貌地一问,没想到小夭答应了。

阿念知道小夭这是在磨她的脾气,自己也的确想改掉急躁的脾气,所以一直试着用平静的心去看待馨悦,不要老想着她会和自己抢玱玹哥哥。阿念告诉自己必须记住,玱玹哥哥永不会被抢走,只会因为她的脾气而疏远她。

刚开始,每次馨悦和阿念谈笑时,阿念都面无表情,说话硬邦邦的。有时候,馨悦故意撩拨她,叽叽喳喳地笑说她和玱玹的事,阿念好几次都变了脸色,可每次想发作时,看到小夭倚在一旁,笑嘻嘻地看着她,她就又咬牙忍了下去。

日子长了,阿念发现忍耐并不是那么难的一件事,有了第一次、第二次、第三次,第四次就变得自然许多。忍耐也是一种习惯,需要培养。而且,当她真正平静下来,去听馨悦说的话时,阿念有一种古怪的感觉,馨悦看到的玱玹,并不完全是玱玹。

阿念有了一种古怪的心理优势,她开始有点明白小夭的话,不论玱玹将来会有多少女人,玱玹都不会再以平常心对待,因为他已不再平常,她却是独一无二的。

阿念越来越平静,有几次馨悦好似无意地说起玱玹和她的亲近时,阿念忍不住也想告诉馨悦,玱玹对她有多好。一直懒洋洋趴着的小夭抬头盯了她一眼,阿念居然打了个寒战,立即把要说的话全吞回去了。

事后,阿念才觉得不服气,她知道自己怕父王和玱玹哥哥,但几时竟然也怕小夭了?待馨悦走了,阿念质问小夭:"你为什么要瞪我?她能说得,我就说不得吗?"

小夭悠悠说道:"酒是酿好了,立即打开了香,还是封死了,藏在地下香?"

玱玹跟着高辛王学习了很长时间的酿酒,阿念也常在一旁帮忙。阿念毫不犹豫地说:"当然是封死了,藏在地下香了。真正的好酒,埋得时间越久,越香!"

小夭摊摊手:"道理你都明白啊!"

阿念静静思索了一会儿,明白了。她和哥哥之间的经历,是平常岁月中的点点滴滴,不应该拿来炫耀,何况,为什么要让别的女人知道哥哥的好?只有她一个人知道,不是更好吗?

小夭看阿念明白了,叹道:"这世上,不只人会嫉妒,老天也会嫉妒,好事、快乐的事，都只要自己知道就好了，拿出来四处炫耀，万一被老天听到了，也许他就会夺走。"老天夺不夺，小夭不肯定，却肯定人一定会夺。

阿念记起父王曾有一次感慨"自古天不从人愿"，差不多就是小夭的意思吧！阿念说道："我知道了。"

小夭带着阿念在小炎奔府住了将近两个月，到走时，阿念已经可以和馨悦说说笑笑，连馨悦都不敢相信，这还是那个一撩拨就着火的王姬吗？不管她怎么故意试探，阿念都能平静地听着，眉眼中有一种好似藏着什么秘密的从容，倒变得有一点小夭的风范了。

回到紫金宫，阿念对淑惠就更加从容了，毕竟，在阿念眼中，只有馨悦可以和她一争，别人阿念都没放在眼里。

珑玹惊叹，问小夭："你怎么做到的？"

"不是我，而是因为她自己。女人……"小夭叹气，"为了男人能把命都舍去，还有什么做不到呢？"

珑玹听出了小夭的话外之意，一时间却不想思考这事，把话题转到了小夭身上："你和璟已没有关系，丰隆试探地问我，你有没有可能考虑一下他。"

"啊？"小夭晕了一会儿，才说道，"虽然璟已成婚，可我目前没有心情考虑别的男人。"

珑玹沉默了一瞬，说："你对璟另眼相待，他却辜负了你……他将来会后悔的！"

小夭眉梢有哀伤："他的后悔我要来何用？既然不能在一起，不如各自忘得一干二净，全当陌路吧！"

"你到现在，还没忘记他？"

小夭想嘴硬地说"忘记了"，可她欺骗不了自己。

自从失去了璟，她再没有睡过整觉。

她想他！她对璟的思念，超过了任何人以为的程度，甚至吓住了她自己。

她一直以为自己把一切控制得很好，即使璟离开，她也能坦然接受。但是，当一切发生时，她才发现高估了自己。她能凭借强大的意志，理智地处理整件事情，控制自己的行为，不生气、不迁怒、不失态、不去见他，依旧若无其事地过日子，可是每个夜晚，她控制不了自己的思念。

有一次，她梦到了璟在吻她，梦里甘甜如蜜，惊醒时，却满嘴苦涩，连喝下的蜜水都发苦。

小夭不想回忆，但不管睁开眼睛、闭上眼睛，心里的一幕幕全是两人耳鬓厮磨时。记忆是那么清晰，温存似乎还留在唇畔，却一切不可再得。

每次想到，以后再看不到他，听不到他说话，他的一切与自己无关，她的生命里也不会再有他的身影，那种痛苦，让小夭觉得，宁愿永坠梦里，再不醒来。

小夭低声说："我以为一切都在我的掌控中，可原来，感情是不由人控制的。"

玱玹拍了拍她的背，无声地叹了口气："我陪你喝点酒吧！"

小夭正想大醉一场，说："好！"

玱玹让珊瑚去拿几坛烈酒和两个大酒碗。

小夭一口气和玱玹干了五碗烈酒，玱玹眼睛都不眨地依旧给她倒酒。

小夭渐渐醉了，对玱玹说："你帮我挑个男人吧！"

玱玹问："你想要什么样的男人？"

"能做伴过日子，打发寂寞。别的都不紧要，关键是绝不能有其他女人，否则我一定阉了他！"

玱玹不知道在想什么，酒碗已经倒满，他却未察觉，依旧在倒酒，酒水洒了一案。

小夭笑："被我吓到了吗？我说的是真的！"

玱玹不动声色地挥挥衣袖，案上的酒水化作白烟消失。

小夭端起酒，边喝边道："也许就像外爷所说，鹣鲽情深可遇不可求，但只要选对了人，相敬如宾、白头到老并不难。我已经不相信自己了，你帮我选一个吧！"

玱玹缓缓说："好，只要你想，我就帮你选一个，如果他做不到，不用等你阉他，我帮你剐了他！"

小夭笑起来，醉趴在玱玹膝头，喃喃说："还是哥哥最可靠。"

玱玹一手端着酒碗，一手抚着小夭的头，脸上是讥讽悲伤的微笑。

◆

一年多后，防风意映顺利诞下一个男婴，涂山太夫人赐名为琪。

涂山太夫人亲眼看到璟接掌涂山氏，亲眼看到篌不再和璟争夺族长之位，亲眼看到重孙的出生，终于放下一切心事。

涂山琪出生不到一个月，涂山太夫人拉着篌和璟的手，含笑而终。

这个坚强霸道的女人少年丧夫，中年丧子，经历轩辕和神农的百年大战，用瘦弱的身躯守护了涂山氏上千年。她离去后，涂山氏的九位长老一致决定，全大荒的涂山店铺为太夫人挂起挽联，服丧一个月。这是涂山氏几万年来，第一次为非族长的一个女人如此做，但没有一个涂山氏子弟有异议。

玱玹不想小夭再和璟有丝毫瓜葛，并没告诉小夭涂山太夫人去世的消息，但泽州城内到处都有涂山氏的店铺，小夭去车马行给相柳寄毒药时，看到店铺外挂着挽联，知道太夫人走了。

当年，给太夫人看病时，小夭预估太夫人只能多活一年，没想到太夫人竟然多活了两年，应该是篌和璟的孝顺让太夫人心情大好，活到了重孙出生。

太夫人走得了无遗憾，可她想过给别人留下的遗憾吗？

小夭心神恍惚地回到神农山，苗莆奏道："蛇莓儿求见，潇潇姐让她在山下等候，看她样子，好像急着要离开。"

小夭刚下云辇，又立即上了云辇，下山去见蛇莓儿。

蛇莓儿见到小夭，跪下叩拜，小夭扶起她，说道："这段日子我很少出山，刚才在山下才知道太夫人去世了，你日后有什么打算？"

蛇莓儿说道："太夫人临去前给了恩典，允许我叶落归根。我准备回故乡百黎，特来向王姬辞行。"

苗莆撇撇嘴，说道："这个太夫人总算办了件好事，不过就算她不这么做，王姬也打算把你弄出涂山家。"

小夭敲了苗莆的头一下："别在这里废话了，你和珊瑚快去收拾些东西，给蛇莓儿带上。"

蛇莓儿摇手："不用，不用！"

小夭说道："你少小离家，老大才回，总要带些礼物回去。"

蛇莓儿道："族长已经赏赐了不少东西。"

小夭眼中闪过黯然，笑道："族长是族长的心意，我们的礼物是我、苗莆、珊瑚的一番心意。"

珊瑚和苗莆也说道："是啊，是啊！我们很快的，你一定要等等我们。"两人说完，冲出去，跃上坐骑离开了。

小夭犹豫了会儿，问道："太夫人过世后，涂山族长可还好？"

蛇莓儿道："看上去不大好。以前，族长很和善风趣，这两三年，除了在太夫人面前强颜欢笑着尽孝，我从没见族长笑过。"

小夭眉梢藏着一缕愁思，默不作声。蛇莓儿约略猜到她和璟之间有纠葛，怕她难过，不再谈璟，说道："太夫人去世后的第三日，篌公子的夫人蓝枚也去世了。"

小夭想了一会儿，才想起那个存在感十分微弱的女子。在青丘时，她们见过几次面，却从没说过话，小夭说："怎么会？她看上去不像有病。"

蛇莓儿说："好像是为了篌公子外面的女人，她大概说了什么，被篌公子打了几巴掌，她一时想不通就服毒自尽了。据说她临死前，还企图去找族长评理。"

小夭叹了口气："是个可怜人。"

蛇莓儿也长叹口气："女人最怕把心给错人。"

小夭凝视着手中的茶碗，默默不语。

蛇莓儿打量了一圈，看四下无人，说道："之前王姬提过体内的蛊，我思索到如今也没想清楚到底是什么蛊，但我想起百黎传说中的一种蛊。"

小夭精神一振，仔细聆听："什么蛊？"

蛇莓儿说："一般的蛊都是子母蛊，母蛊可控制子蛊，养蛊、种蛊都容易，但传说中有一种极其难养的蛊，蛊分雌雄，养蛊很难，比养蛊更难的是种蛊。若是女子养的蛊，必须找个男子才能种蛊，若是男子养的蛊，必须找个女子才能种蛊，常常养了一辈子都种不了蛊，所以这种蛊只在百黎的传说中。"

"究竟是什么蛊？"

"究竟是什么蛊我也不知道，只知道它的名字，叫情人蛊，据说'情人蛊，心连心'，和王姬说的情形很相似。"

小夭怔怔发了会儿呆，问道："女子养的蛊，必须找个男子才能种蛊，这世上不是女人就是男人，听上去不难种蛊啊！怎么可能养一辈子都种不了蛊？"

蛇莓儿摇头，愧疚地说："我所学太少，当年听完就听完了，只当是传说，也没寻根究底。但我们的巫王一定知道，王姬若有空时，就来百黎吧！虽然外面人说我们很可怕，可乡亲们真的都是好人。"

小夭道："有机会，我一定会去百黎。"

蛇莓儿道："我总觉得王姬和百黎有缘，希望有生之年，我能在故乡款待你。如果不能，我也会让我的族人款待你。"

蛇莓儿已经很老，这一别大概就是永别，小夭突然有几分伤感。

蛇莓儿笑道："我已心满意足，多少百黎的男儿、女儿死在异乡，我能回到故乡，要谢谢王姬。"她在涂山家太多年，知道不少秘密，如果太夫人和篌不是顾忌到也会蛊术的小夭，不可能让她发了毒誓就放她离开，只怕她会是另一个下场。

珊瑚和苗莆拿着两个包裹跑进来，蛇莓儿收下，道谢后，向小夭辞别。

小夭目送着蛇莓儿的身影消失在苍茫的天地间，转头看向了东边，那里有清水镇，还有辽阔无边的大海，小夭捂住心口，喃喃说："情人蛊？"

小夭脑海里有太多思绪，让珊瑚和苗莆先回去，她独自一人，沿着山径，慢慢地向紫金顶攀爬。

从中午爬到傍晚，才看到紫金宫。

看着巍峨的重重殿宇，小夭突然觉得疲惫，疲惫得就好像整个人要散掉了，她无力地坐在了石阶上。

山风渐渐大了，身上有些冷，小夭却就是不想动，依旧呆呆地看着夕阳余晖中，落叶萧萧而下。

玱玹走到她身后，把自己的披风解下，裹到她身上："在想什么？想了一下午都没想通吗？"

"本来想了很多，一直都想不通，后来什么都没想了。其实，人生真无奈，不管再强大，世间最大的两件事情都无法掌握。"

玱玹挑挑眉头："哦？哪两件？说来听听！"

"生！死！我们无法掌控自己的生，也无法掌控自己的死。有时候想想，连这两件大事都无法掌控，别的事情又有什么好想、好争的呢？真觉得没意思！"

玱玹笑起来："傻瓜，你不会换个角度想吗？正因为生、死都无法掌控，我们才应该争取掌控其他，让生和死之间的一切完全属于我们自己。比如，你现在不高兴，我就决定了，无论如何，一定要设法让你快乐起来。"

就为了玱玹的最后一句话，一切都是有意义的，小夭禁不住眼中露出笑意，却故意板着脸说："好啊，你逗我笑啊！"

第十章
等闲平地起波澜

仲春之月，腓日，轩辕王下诏，要来中原巡视。

上一次轩辕王来中原巡视还是二百多年前，那一次巡视的经历非常不愉快，曾经的神农山侍卫头领荆天行刺轩辕王，竟然一路突破重围，逼到了轩辕王面前，几乎将轩辕王斩杀，危机时刻，幸得珞迦相救，轩辕王才险死还生。

那之后，刀光剑影、血雨腥风，中原死了一大批人，轩辕的朝堂内也死了一大批人，轩辕王的六子轩辕休就死在那一次的风波中，八子轩辕清被幽禁，煊赫显耀的方雷氏没落。

如果把轩辕王打败赤宸、统一中原，率领属下登临神农山顶、祭告天地算作轩辕王第一次来中原巡视，荆天行刺那一次就是第二次，那么如今是轩辕王第三次巡视中原。对中原的氏族而言，轩辕王每一次来中原都血流成河，第三次会不同吗？

没有人能回答，每个氏族都严格约束子弟，谨慎小心地观望着。

当玱玹把轩辕王要来中原的消息告诉小夭时，小夭紧张地看着玱玹："他为什么要来中原巡视？他知道什么了？还是两个舅舅密告了什么？"

玱玹心里也发虚，却笑着安慰小夭："不要害怕，不会有事。"

小夭苦笑，能不害怕吗？在她眼中，父王很和善，可父王能亲手诛杀五个弟弟，株连他们的妻妾儿女，上百条性命，一个都没放过。在轩辕山时，外祖父也算和善，可是小夭清楚地知道，外祖父只会比父王更可怕！那是白手起家，率领着一个小小部落，南征北战，创建了一个王国，又打败了中原霸主神农国，统一了大半个大荒的帝王！

玱玹握住小夭的肩膀："小夭，我们一定不会有事！"

小夭的心渐渐地沉静下来，她的目光变得坚毅："纵使有事，我们也要把它变得没事！"

颛顼的心安稳了，笑着点了下头。

望日前后，轩辕王到达阪泉。

阪泉有重兵驻守，大将军离怨是轩辕王打下中原的功臣。

轩辕王在阪泉停驻了三日，邀请了中原六大氏的长老前去观赏练兵。

大将军离怨沙场点兵，指挥士兵对攻。士兵并没有因为安逸而变得缺乏斗志，依旧像几百年前他们的先辈一样，散发着猛虎恶狼般的气势。

六大氏的长老看得腿肚子发软，当轩辕王问他们如何时，他们只知道惶恐地重复"好"。

轩辕王微笑着让他们回去，随着六大氏长老的归来，没多久，整个中原都听说了轩辕军队的威猛。

离开阪泉后，轩辕王一路巡视，晦日时到中原的另一个军事要塞泽州，泽州距离神农山的主峰紫金顶很近，驱策坐骑，半个时辰就能到。颛顼想去泽州迎接轩辕王，轩辕王拒绝了，命他在紫金顶等候。

泽州也有重兵驻守。颛顼笑问小夭："你说爷爷会不会在泽州也搞个练兵？别只六大氏了，把什么三十六中氏、八十一小氏都请去算了。"

"外爷应该不会把一个计策重复使用，只怕有别的安排。"

颛顼叹道："也是，威吓完了，该怀柔了。"

季春之月正是百花盛开时，轩辕王命德岩准备百花宴，邀请各氏族来赏花游乐。

璟、丰隆、馨悦都接到了邀请，众人纷纷去赴宴，颛顼被晾在紫金顶。如果这个时候，颛顼还不明白轩辕王在敲打他，那颛顼就是傻子了。

高辛王也察觉形势危急，不惜暴露隐藏在中原的高辛细作，命他们迅速把小夭和阿念接离中原，送回高辛境内。为了安全，还下令他们分开走。

阿念糊里糊涂，只知道父王有急事要见她，担忧父王，立即上了坐骑，随他们走了。

小夭却对来接她的人说："请你们告诉父王，我现在不能回去，原因他会理解。"

来接她的人没办法，只得离开。

小夭平静地走进她居住的宫殿，拿出弓箭，开始练习箭术，每一箭都正中靶心。

珣玹来赶小夭走，小夭好整以暇，问道："你没有信心吗？"

珣玹说："我有！"

小夭笑眯眯地说："那么你就无须赶我走！"

珣玹恼道："那好，我没有！"

小夭依旧笑眯眯的："那么我就不能走，你需要我的支持和保护！"

珣玹看着小夭，带了一分哀求："小夭，离开！"

小夭微笑着，眼中却是一片冰冷："你无须担心我，我不是母亲，轩辕王对我没有养育之恩，他要敢对我们下狠手，我就敢对他下狠手！"

珣玹凝视着小夭，缓缓说："那好，我们一起。"

小夭嗖一声射出一箭，将宫墙上的琉璃龙头射碎，她收起弓箭，淡淡地说："他毕竟抚养了你几十年，若真到了那一步，你对他下不了手，交给我。"

小夭转身离去，走向她的"厨房"。

珣玹握了握拳头，他不想走到那一步，但如果真走到了那一步，他绝不会让小夭出手！

◆

一连几日，轩辕王在泽州大宴宾客。

珣玹在紫金顶勤勤恳恳地监督工匠们整修宫殿，没有正事时，就带着淑惠在神农山游玩，去看山涧的百花。

季春之月，上弦日，有刺客行刺轩辕王，两名刺客被当场诛杀。据说，刺客死时还距离轩辕王很远，和百年前荆天的刺杀相比，简直像小孩子胡闹。

可是，事情的严重性并不比当年小，都说明——有人想轩辕王死。

据说两名刺客的身上有刺青，证明他们属于某个组织，效忠某个人。

轩辕王下令严查，一时间中原风声鹤唳，人人自危。

珣玹走进庭院，小夭正在拉弓射箭，一箭正中木偶人的心脏。

珣玹鼓掌喝彩，小夭笑问："查出那两个刺客背后的主使是谁了吗？"

珣玹说："我估摸应该没有人能查出来。"

"为什么？"

"我收到消息，那两个刺客身上的刺青是用若木汁文出。"若木是大荒内的三大神木之一，也是若水族的守护神木。玱玹的母亲曾是若水族的族长，她死后，若水族未推举新的族长，从某个角度而言，玱玹就是现任的若水族族长。

小夭问："文身能检查出年头，外祖父让人查了吗？"

玱玹苦笑："正因为查了，所以我说再不可能查出是谁主使。刺青究竟文了有多久，查验尸体的医师没有明说，但他说不少于三十年。"

小夭感慨："两位舅舅可真够深谋远虑，竟然早早就准备了这样的人，不管刺杀谁，都可以嫁祸给你。一看刺青有几十年的时间，自然没有人会相信这是一个嫁祸的阴谋，谁能相信有人几十年前就想好刺杀某个人时要嫁祸给你呢？"

玱玹叹道："爷爷对中原氏族一直很忌惮，我却和中原氏族走得越来越近，大概有人进了谗言，爷爷动了疑心，所以突然宣布巡视中原。但在刺客行刺前，爷爷应该只是想敲打警告我一番，并不打算真处置我，可他们显然不满意，非要让爷爷动杀意。"

小夭没有搭箭，拉开弓弦，又放开，只闻嘣的一声："这种事连辩解都没有办法辩解，你打算怎么办？"

"静观其变。"

"外祖父这次来势汹汹，一出手就震慑住了中原六大氏，紧接着又让众人明白只要别闹事，大家可以继续花照看、酒照饮。已倾向你的那些人会不会被外祖父又吓又哄的就改变了主意？"

玱玹笑道："当然有这个可能！爷爷的威胁和能给予他们的东西都在那里摆放着，实实在在，我所能给他们的却虚无缥缈，不知何日才能实现。"

小夭叹息，盟友倒戈，才是最可怕的事！她急切地问："那丰隆呢？丰隆会变节吗？"

玱玹笑了笑："他应该不会，他想要的东西爷爷不会给他，两个王叔没胆魄给，全天下只有我能给。但人心难测，有时候不是他想变节，而是被形势所迫而不得已，毕竟他还不是赤水氏的族长，很多事他做不了主，要受人左右。"

"那嗵氏呢？"

"他们不见得不想，但他们不敢。我娶的是嗵氏的嫡女，就算嗵氏想和王叔示好，两位王叔也不会信他们。"

这就像男女之间，有情意的未必能在一起，在一起的并不需要真情意，难怪氏族总是无比看重联姻，大概就是这原因。

小夭问："你什么时候娶馨悦？"

玱玹自嘲地笑着："你以为是我想娶就能娶的吗？她现在绝不会嫁给我！这世上，除了你这个傻丫头，所有人帮我都需要先衡量出我能给他们什么。"

小夭这才惊觉馨悦的打算，她自己一直不肯出嫁，可为了帮玱玹巩固在中原的势力，就把曋氏推了出来，这样她进可攻、退可守。如果玱玹赢，她就站在了天之巅，纵使玱玹输了，她依旧是神农族没有王姬封号的王姬，依旧可以选择最出色的男子成婚。馨悦对玱玹不是没情，但那情都是有条件的。馨悦就像一个精明的商人，把玱玹能给她的和她能付出的衡量得很清楚。

一瞬间，小夭心里很是堵得慌，她收起弓箭，拉住玱玹的手，问道："你难受吗？"

玱玹奇怪地说："我为什么要难受？这世上，谁活着都不容易，感情又不是生活的全部，饿了不能拿来充饥，冷了不能拿来取暖，哪里会有那么多不管不顾的感情？女人肯跟我，除了一分女人对男人的喜欢外，都还有其他想得到的。馨悦所要，看似复杂，可她能给予的也多，其实和别的女人并无不同，我给她们所要，她们给我所需，很公平。"

"你自己看得开，那就好。"小夭无声地叹了口气。玱玹身边的女人看似多，可即使阿念，也是有条件的，她们喜欢和要的玱玹，都不是无论玱玹什么样都会喜欢和要的玱玹。

玱玹掐掐小夭的脸颊："喂！你这什么表情？像看一条没人要的小狗一样看着我。我看你平日里想得很开，怎么今日钻起牛角尖了？"

小夭瞪了玱玹一眼："人不都这样吗？冷眼看着时想得很开，自己遇上了就想不开了！我虽然知道世间事本如此，可总是希望馨悦她们能对你好一点，再好一点！"

玱玹大笑起来，点了点小夭的鼻子说："行了，我是真的一点都不在意，你就别再为我愤愤不平了！"

小夭说："既然馨悦选择了作壁上观，看来神农族绝不会帮你。"

玱玹笑道："别胡思乱想了，现在最重要的是爷爷的态度，他们想利用帝王的疑心除掉我，很聪明！可爷爷也不是傻子！"

◆

几日后，轩辕王派侍者传谕旨，召玱玹去泽州见他。

接到谕旨后，紫金宫内气氛压抑，潇潇和暗卫都面色严肃，流露出壮士赴死的平静决然。

金萱为玱玹收集和整理消息，自然最清楚轩辕王那边的状况，拜求玱玹千万不要去泽州。泽州驻守着重兵，玱玹一旦去泽州，生死就都捏在轩辕王的手掌心，而轩辕王显然已经怀疑玱玹是第二个轩辕休。

淑惠虽然并不完全清楚事态的危急，但她也感觉到此行凶多吉少，不敢干涉玱玹的决定，只是自己偷偷哭泣，哭得整张脸都浮肿了。

玱玹把所有的心腹都召集起来，对他们说："我必须去泽州。如果不去，就证实了王叔的谗言，让爷爷相信我是真有反心，想杀他，取而代之，那么爷爷可以立即派兵围攻神农山。整个轩辕国都在爷爷背后，兵力粮草可源源不断地供给，神农山却只能死守，我根本没有办法和爷爷对抗。等到神农山破时，所有跟着我的人都会被处死。我不想死得那么不值得，也不想你们这么多有才华的人死得那么不值得，你们是全天下的财富，不管我生、我死，你们都应该活着。"

禹疆他们都跪了下来，对玱玹砰砰磕头，劝的、哭的、求的都有，玱玹却心意已定，不管他们说什么，都不为所动。

潇潇和一群暗卫求道："我们陪殿下去泽州。"

玱玹笑道："不必，如果爷爷真想杀我，你们去了也没用，反倒引人注意，你们在泽州城外等我就可以了。"

潇潇红着眼眶，应道："是！"

站在殿门旁，静静聆听的小夭走进去，说道："我和你一块儿去泽州。"

玱玹要开口，小夭盯着他，用嘴型说："别逼我当众反驳你！"

玱玹无奈地说："好！"

小夭随玱玹走向云辇。

玱玹挡在云辇外，不让小夭上车。玱玹说："小夭，你真的不用跟我去，我既然敢去，就还有几分把握能活着回来。"

小夭说："既然你有把握，我为什么不能跟着去？正好我也好久没见过外祖父了。"

玱玹气得说："你装什么糊涂？你跟着我去，有什么用？你灵力那么低，真有事逃都逃不快，就是个拖累！你知不知道，你这是在给我添麻烦？"

小夭狠狠地推了玱玹一把，从玱玹的胳膊下钻进了云辇，蛮横地说："就算是给你添麻烦，我也要去！"

玱玹瞪着小夭，小夭又扮起了可怜，好声好气地说："你不用担心我，我好歹是高辛王姬，舅舅他们绝不敢明着乱来。这会儿你就算赶了我下车，我也会偷偷跟去泽州！"

玱玹知道小夭的性子，与其让她偷着跟去，还不如带在身边。

玱玹无奈地盼咐驭者出发。这次去泽州，玱玹只带了一名暗卫，就是驾驭天马的驭者,叫钧亦,是暗卫中的第一高手。

到了泽州,侍者领着他们去觐见轩辕王。

正厅内,轩辕王和德岩都在,轩辕王倚靠在榻上,德岩和另外三个臣子陪坐在下方。

四十多年没有见,轩辕王越发苍老了,整个人就像一块枯木,能明显地感觉到生命在从他体内流失。

玱玹和小夭上前磕头,小夭只是平静地问候,玱玹却是轩辕王亲自抚养过几十年,对轩辕王的感情不同,虽然很克制,可和小夭的淡漠一对比,立即能看出玱玹的问候是有感情的。

这种对比,让德岩暗自蹙眉,轩辕王却神色复杂地看了一会儿玱玹。

轩辕王让玱玹和小夭坐,小夭笑嘻嘻地坐到了靠近德岩的坐席上,玱玹挨着榻角,跪坐下。

轩辕王询问玱玹神农山的宫殿整修得如何了,玱玹把修好了哪些宫殿,还有哪些宫殿等待修葺,一一奏明。

德岩嘲讽道:"你倒是真上心,难怪中原的氏族都喜欢你,连暳氏都把女儿给了你。你不会是在神农山住久了,就把这里当了家吧?"

玱玹没吭声,好似压根儿没听到德岩的话。

其余三个轩辕的臣子说道:"殿下的确和中原氏族走得太近了,要知道对他们不可不防!"

"轩辕有很多氏族,竖沙、月支……都有好姑娘,殿下迎娶的第一个妃子怎么也应该从轩辕国的这些老氏族中挑选。"

"殿下此举的确伤了我等老臣的心。"

玱玹依旧垂眸静坐,不说话。

轩辕王一直盯着玱玹,突然开口问道:"如果你是轩辕国君,你会怎么对待中原氏族?"

众人面色全变,大气都不敢喘。

玱玹立即磕头:"孙儿不敢。"

"我问你话,你只需回答。"

玱玹思索了一会儿,缓缓回道:"鸿蒙初开时,天下一家,这大荒没有神农国,也没有轩辕国,后来兴衰更替,先有盘古大帝,后有伏羲、女娲大帝,现如今有轩辕王。孙儿想,如果是盘古大帝、伏羲女娲大帝复生,他们必定会把轩辕族、神农族都看作自己的子民。只有把中原氏族真正看作自己的子民,才会是他们真正的国君。爷爷，您打下中原是为了什么呢？难道只是为了日日提防他们吗？孙儿斗胆，觉得既然有魄力打下，就该有魄力把中原看作自己的，既然是自己的东西，哪里来的那么多忌惮和提防？轵邑和轩辕城有何区别？神农山和轩辕山又有何区别？只不过都是万里江山中的城池和神山！"

　　玱玹一边说，轩辕王一边缓缓地坐直了身子，他紧盯着玱玹，目光无喜无怒，却让厅内的其余四人都跪到了地上，只有小夭依旧闲适地坐着，好似在看一场和自己没有丝毫关系的戏。

　　一会儿后，轩辕王看向德岩，问道："如果你是轩辕国君，你会怎么对待中原氏族？"

　　德岩又惊又喜，声音发颤："儿臣……儿臣……不敢！"

　　"说！"

　　德岩立即回道："轩辕国是倚靠着轩辕各氏族才打下了中原，只有这些氏族才最忠于轩辕国君，他们勇猛又忠心，身为国君就应该倚重这些氏族。而对中原氏族，儿臣觉得父王如今的做法是最睿智的做法。对中原氏族不可不用，却不可重用，不可不防，却要适可而止，所以要有重兵驻守在中原四处，原本神农的军队要么困在西北，要么拆散编入轩辕军队中，中原氏族子弟在军中的升迁看似和轩辕各氏族一样，却都必须再经过秘密的审批。轩辕国君要想让轩辕国保持今日的兴盛、长治久安，就应该背后倚靠着轩辕的老氏族们，一手拿着武器，一手拿着美酒，对付中原氏族。"

　　轩辕王没说话，依旧面无表情，却徐徐点了下头。

　　德岩心花怒放，强抑着激动，给轩辕王磕头。

　　轩辕王说："你们都起来吧！"

　　几人都松了口气，各自坐回了自己的位置。德岩看玱玹，玱玹依旧是刚才那样子，既不见沮丧，也不见紧张。

　　德岩心内盘算了一番，悄悄给一个臣子递了个眼色。

　　那个臣子站起，奏道："陛下，关于刺客的事一直未查出结果，文身是唯一的线索，也许可以让玱玹殿下帮忙参详一下。"

　　轩辕王说道："好，你把有关刺客的事说给玱玹听一下。"

　　那个臣子修行的应该是土灵，土灵凝聚成了两个栩栩如生的男子，每个男子的左胸口都文着一个复杂的图案，臣子指着文身说："文身是用若木汁液文成，医师判断至少有三十年。大荒内都知道若木是若水族的神木，未得若水族的允许，任何人都不可靠近，怎么有人可能折下若木枝？殿下可能给我们一个解释？"

玱玹说："我不知道，近几十年若水族的长老没有向我奏报过若木枝折损的事。"

臣子对轩辕王奏道："恕臣大胆，目前最有嫌疑的是玱玹殿下。为了陛下的安全，臣奏请陛下将殿下暂时幽禁。若能查到真凶，再还殿下清白。"

小夭嗤一声讥笑："若查不到，是像对付八舅舅一样幽禁一辈子，还是像对付六舅舅一样杀了呢？"

一个老臣子自恃是老臣身份，斥道："我等在议事，还请高辛王姬自重，不要擅自插嘴！"

小夭冷笑："好啊，当年轩辕被赤宸逼到轩辕城下时，怎么没有人对我娘说这句话？你如此有气魄，当时去了哪里，竟然要我娘领兵出征？你把我娘还给我，我立即闭嘴！"

老臣子气得脸色发红，却实在无法回嘴，只得跪下，叫道："请陛下为臣做主！"

轩辕王淡淡说："你一大把年纪，半只脚都踩进黄土的人，和个小姑娘计较什么？"

老臣红着脸磕头道："是，臣失礼了。"

德岩对小夭说："六弟和八弟都心有不轨，意图谋害父王，父王的处置十分公正，王姬难道是觉得父王处置错了？王姬到底是同情他们，还是同情玱玹？"

小夭觉得自己刚才的话说得有欠考虑，抱歉地看了眼玱玹。玱玹对德岩说："王叔现在是在议我的罪，还是议小夭的罪？"

德岩不再逼问小夭，对轩辕王道："父王一人安危，关系到整个轩辕国的安危，刺客事关重大，还请父王为天下安危，谨慎裁夺。"

轩辕王垂眸沉思，众人都紧张地看着轩辕王。

小夭突然说："外爷，我有话想说。"

德岩想张口，轩辕王扫了他一眼，他闭上了嘴，轩辕王对小夭温和地说："你说吧。"

小夭问德岩和三位臣子："你们觉得玱玹是聪明人，还是个笨蛋呢？"

德岩没有吭声，三个臣子对视了一眼，看轩辕王看着他们，显然在等他们的回答，一个臣子说道："殿下当然算是聪明人了。"

小夭说："天下皆知若水族和玱玹的关系，若木汁的文身就相当于在死士胸膛上刺了'玱玹'两字，你们都是轩辕的重臣，估计都会养几个死士，帮你们做些见不得人的事，你们哪一个会在这些死士的胸膛上刻上你们的名字？"

三个臣子气得说："王姬休要胡言！"

小夭讥讽道："这个嫁祸的人把玱玹当什么？白痴吗？用若木汁文身，唯恐别人不知道刺客是玱玹派的吗？五舅舅，你会给自己养的死士身上刻上'德岩'两字吗？我看你绝对做不出这么愚蠢的事，你觉得比你聪明的玱玹会做吗？"

德岩愤怒地吼了起来："高辛玖瑶，你……"

小夭笑眯眯地说："不过，这个嫁祸的人也很聪明！他明白只要帝王的疑心动了，杀机一起，文身不过是个引子，想要意图不轨的证据有的是！王子们有几个真的干干净净？如果外爷现在仔细去查舅舅，绝对也能搜罗出一堆舅舅有不轨意图的证据。可那真能代表舅舅想谋反吗？当然不是！那只不过说明舅舅想要那个位置。"

小夭看着轩辕王，朗声问道："身为轩辕王的子孙，想要，有错吗？"

德岩说："想要没有错，可想杀……"

轩辕王对德岩挥了下手，打断了他的话："你们都退下。"

德岩急切地说："父王……"

轩辕王看着德岩，德岩立即低头应道："是！"和三个臣子恭敬地退了出去。

轩辕王问玱玹："真是你想杀我吗？"

玱玹跪下："不是我。"

轩辕王冷冷问："你在神农山只是修葺宫殿吗？"

玱玹掌心冒汗，恭敬地回道："孙儿一直谨记爷爷的教导，努力做好分内之事。"

轩辕王盯着玱玹，玱玹纹丝不敢动地跪着，半晌后，轩辕王说："我信这次刺客不是你主使，你回去吧！"

玱玹磕了三个头后，站起。

小夭跪下，磕头告辞："谢谢外爷。"这会儿她说起话来倒是真诚了许多，笑容也分外甜美。

轩辕王笑起来："你啊，若是个男孩儿，还不知道要如何作乱！"

小夭笑道："再乱又能如何？就算我要抢，也是去抢我父王的位置。"

轩辕王说："《百草经注》应该在你手里吧！你的医术究竟学得如何？"

小夭估摸着轩辕王是想让她为他检查一下身子，诚实地回道："我的医术远远不如我的毒术。不过，外爷若想让我帮您看看身子，我会尽力。"

轩辕王叹了口气，笑道："让你看病，需要勇气，我得再想想。"

小夭笑做了个鬼脸。

轩辕王道："你们去吧！"

◆

珨玹和小夭出了轩辕王暂时居住的府邸，珨玹加快了步子，低声对小夭说："小心！"

小夭明白了，不管轩辕王是否会放珨玹离开泽州，德岩都没打算让珨玹活着回到神农山。

上了云辇，珨玹神情凝重地对驭者钧亦说："全速离开泽州，和潇潇会合。"

四匹天马展翅扬蹄，云辇腾空而起。

云辇正在疾驰，无数羽箭破空而来，钧亦灵力高强，并未被箭射中，可有两匹天马被射中。

受伤的天马悲鸣，另两匹天马受了惊吓，开始乱冲乱撞，云辇歪歪扭扭，眼看着就要翻倒。

"弃车！"珨玹把小夭搂在怀里护住，飞跃到一匹未受伤的天马上，钧亦翻身上了另一匹天马，挥手斩断拖车的绳子。

远处，十几个杀手驱策坐骑飞来，成扇形包围住了珨玹。射箭的杀手只有两人，可因为设了阵法，到珨玹身边时，箭密密麻麻。虽然有钧亦的拼死保护，也险象环生。

小夭动了动，想钻出来，珨玹一手拉着缰绳，一手按住小夭，喝道："别动，冲出泽州城就安全了！"

小夭的手上出现一把银色的弓："你防守，我进攻！"

珨玹愣了一愣，小夭已挽起了弓，弓弦一颤，银色的箭疾驰而去，正中远处坐骑上一个人的心口。

珨玹虽然知道小夭一直苦练箭术，可他从没想到小夭会这么厉害，惊喜下，竟忍不住低头在小夭的头上亲了一下。

小夭说："我只能射三箭。"

珨玹说："足够了！"

截杀他们的杀手选择了利用阵法远攻，他们只能挨打，此时有了小夭，珨玹没打算客气了。小夭不懂阵法，珨玹却能看出阵眼所在，珨玹说："坤位，第三个。"

他声音刚落，小夭的银色小箭已射出，对方已有防备，可小夭的箭术实在诡异，箭到身前，居然转了个弯，但小夭毕竟是灵力不够，箭被对方的灵力一震，偏了偏，没射中要害。

钧亦正可惜箭只是射中了小腿，那人居然直挺挺地摔下了坐骑。钧亦这才想起，王姬好像会用毒。

设阵的人被射死，箭阵被破，追杀他们的杀手只能放弃靠远攻杀死玱玹的打算，驱策坐骑包围了过来。

小夭看看身周，十几个灵力高强的杀手，泽州城的城墙却还看不到。她灵力低微，近身搏斗完全是拖累。玱玹的灵力在这些专业杀手面前，也实在不能看，只钧亦一个能打，显然，逃生的机会很小。

玱玹和小夭却都很平静，趁着钧亦暂时挡住了杀手，两人从容地打量了一番四周。

玱玹说："这么大动静，泽州城的守卫竟然没有丝毫反应。"

小夭勾起一抹坏笑，说道："我有个主意，不过需要你帮我。"

玱玹笑道："我也正有此意。"

小夭挽弓，对准的是他们来时的方向——轩辕王暂居的府邸，玱玹的手抚过箭，用所有灵力，为箭加持了法术。

小夭尽全力射出了箭，箭到府邸上空时，突然化作了无数支箭，像雨点般落下。

这些箭当然伤不到人，但声势很惊人，再加上刚发生过行刺，侍卫们都心弦紧绷，立即高呼："有人行刺！"

就像一颗巨石投入了湖水，涟漪从轩辕王的居所迅速外扩。

被德岩买通的将领可以对追杀玱玹的杀手视而不见，但对刺杀轩辕王却不敢有一丝怠慢。为了保住自己的官位，甚至性命，他们顾不上德岩的交代了，迅速全城警戒，所有人出动。

士兵从四面八方涌来，十几个杀手都不敢轻举妄动，生怕被误会成是来行刺轩辕王的刺客。

统领上前给玱玹行礼，玱玹指着那一堆杀手，说道："我看他们形迹可疑，你们仔细盘问。"

十几个杀手只能眼睁睁地看着玱玹大摇大摆地离开了泽州城。

刚出泽州城，潇潇他们立即迎了上来，都露出劫后余生的笑意。

玱玹弃了天马，换成重明鸟坐骑，他对小夭说："小夭，谢谢你！"
　　小夭昂起头，睨着玱玹："我是你的拖累吗？"
　　玱玹揽住小夭："你不是！我起先说的那些话……反正你明白。其实，有时候，我倒想你是我的拖累，让我能背着你。"
　　小夭笑起来，故意曲解了玱玹的话："你想背我？那还不容易，待会儿就可以啊！"
　　玱玹笑道："好，待会儿背你！"
　　小夭问玱玹："此次孤身入泽州，你究竟有几分把握能出来？"
　　玱玹对小夭说："本来只有三成，可我收到了师父的密信，又加了三成，六成把握，已经值得走一趟。"
　　"父王说什么？"
　　"师父告诉了我大伯的死因，其实大伯不能算死在赤宸手里，当年爷爷误以为大伯要杀他，所以对大伯动了杀意，大伯的死绝大部分是爷爷造成的。"
　　小夭愣住。
　　玱玹说："师父说大伯是爷爷最悉心栽培的儿子，也是最喜欢、最引以为傲的儿子，可就因为一念疑心动，一念杀机起，失去了最好的儿子。师父说，他已经致信给应龙将军，请他奏请爷爷给我一个解释的机会。师父说大伯的死一直是爷爷心中无法释怀的痛，叮嘱我一定不要轻举妄动。"
　　小夭说："看来外爷传你去泽州，是给你一个解释的机会。"
　　玱玹点头。
　　小夭说："暂时逃过一劫，但外爷最后问你的那句话可大是不妙。"私自拥兵比起意图行刺，很难说哪个罪名更重，反正结果都是杀头大罪。
　　玱玹面色凝重："其实这才是我最担心的事，别的那些事情，只有德岩那帮鼠目寸光的东西才会揪着不放。"

　　到了紫金顶，玱玹驱策坐骑重明鸟落在紫金宫外的甬道前。
　　玱玹拉着小夭跃下坐骑，蹲下了身子："上来吧！"
　　小夭惊笑："你真的要背我？"
　　"难道你以为我在逗你玩？"玱玹回头，瞅着小夭，意有所指地说，"我说了，我愿意背你！"
　　小夭说："我明白，我们赶紧回去吧！他们都等着你呢！"
　　"怎么？你不肯让我背吗？小时候，是谁偷懒不肯走路，老让我背的呢？"
　　小夭看看潇潇他们，低声说："你不怕别人笑吗？"

"谁敢笑我？紫金顶上我还能说了算，上来！"

"背就背，你都不怕，我怕什么？"小夭挽起袖子，跃上了玱玹的背。

玱玹背着小夭，一步步踩着台阶，向着紫金宫走去。

从下往上看，紫金宫外种植的凤凰树分外显眼，再过几年，应该就会开出火红的花，灿若锦缎、云蒸霞蔚。

小夭叹道："凤凰树已经长大了。"

玱玹说："是啊！"

小夭搂紧了玱玹的脖子："哥哥！"

"嗯？"

"我们一定要好好活着！"

"好！"

玱玹背着小夭一直走进紫金宫，才放下了小夭。

玱玹对小夭说："夜里，我要出去一趟，你和我一块儿去吗？"

"去啊！"

"璟会在。"

小夭笑笑："我和他已没有关系，只当他是哥哥的朋友，为什么要回避他？"

"那好。"

深夜，玱玹带小夭和潇潇悄悄去神农山的丹河。

到了密会的地点，潇潇消失在林木间。玱玹把一枚珠子投入水中，不一会儿，一个大水龟浮出水面。水龟张开嘴，玱玹拉着小夭，跃入龟嘴中。水龟合拢嘴，又潜入了水底。

玱玹领着小夭往前走，小夭这才发现，这并不是真的水龟，只是一艘和水龟一模一样的船，因为四周密闭，所以可以在水底潜行。

走过龟脖子的通道，进入龟腹，里面就如一个屋子，榻案帘帐一应俱全，璟和丰隆正在吃茶。

小夭早知道璟会在，已有心理准备，神情如常，笑着对两人问好，真的就是把璟看作了玱玹的朋友。璟却没料到小夭会来，神色骤变，当发现小夭对他自然大方，已经把过去一切都当作了过眼云烟时，他更是难掩神伤。

小夭微微笑着，毫不在意，其他两人只能当作什么都没感受到。

丰隆笑对小夭说："以前听馨悦说，你妹妹很是瞧不上我们赤水家造的船，这艘船如何？"

小夭点点头："很好，在这里谈事情，隐秘安全，绝不会有人能偷听到。"

丰隆对狻玽举杯："先给你赔罪，知道你今日孤身犯险，我却什么忙都帮不上。"

狻玽道："有些事情必须我自己承担。现在形势不明，众人都巴不得躲着我走，你和璟能在这个时候主动要求见我，已是危难时方见真义。"

丰隆看了眼璟，说道："我和璟商量过，现在的局势看似对你不利，但实际上，你不是没有优势，四世家中的西陵、鬼方都站在你这一边，涂山氏也站在你这一边，只要我当上赤水氏的族长，我保证赤水氏也支持你。四世家，再加上六大氏之首的曋氏，已经是不容小觑的力量。就算神农族仍旧不愿表明态度，可很多人总会把我和神农族联系到一起，只要神农族不明确表示反对你，中原的氏族绝大多数都会选择你。现在的关键是，你如何利用这个劣势的机会，我怎么能尽快当上族长。"

从丰隆的话中，狻玽得到一个重要讯息——璟以族长的身份决定了支持他。他又惊又喜，本以为小夭和璟分开了，璟会选择中立，没想到璟不但愿意给他帮助，还明确表明涂山氏会支持他，看来丰隆花了不少力气游说璟。狻玽只觉这真的是大旱中来了雨露，不禁站起，对璟和丰隆作揖："人人自危，你们却……此恩不敢忘，谢谢！"

璟站起，还了一礼："殿下不必客气，天下能者居之，我和丰隆如此选择，是因为你值得我们如此选择，要谢该谢你自己。"

丰隆嘲笑道："狻玽，这天下能像你一般，毫不客气地把整个天下都看作自己家的人可没几个！至少我没见过！别说那帮故步自封、自己特把自己当回事的中原氏族，就是看似超然物外的四世家，还不是只盯着自己的一亩三分地，轩辕的那些氏族就更不用提了，和地头的老农一样，苦哈哈一辈子，好不容易丰收了，整日战战兢兢，生怕人家去抢了他们的瓜果。"

小夭扑哧笑了出来："你可真够毒辣的，一句话把整个天下的氏族都骂了。"

丰隆可怜兮兮地说："其实老子的日子过得最苦，看他们都不顺眼，却整日要和他们磨，幸亏还有狻玽这个异类，否则我这个异类非苦死了不可，逼到最后，也许只能去造反！可这已不是乱世造英雄的时代了，造反注定会失败！"

狻玽敲敲几案，示意丰隆别再胡说八道。丰隆咳嗽了一声，肃容道："今日来见你，主要就是告诉你，我和璟都坚定不移地支持你。另外，就是希望你有些事情要当断则断，不是每个人都像我和璟这般有眼光，大部分的俗人都必须要看到你切实的行动，才会决定是否投靠你。你明白吗？"

狻玽对丰隆说："爷爷问我在神农山除了修葺宫殿，还做了什么。"

丰隆脸色变了："他知道什么了吗？"

玱玹摇头："就是不知道他知道了什么心才悬着，也许爷爷只是试探，也许他真的察觉到了什么。今日这里正好很隐秘，把这事和璟说一声吧！"

丰隆对璟说："玱玹在神农山里藏了两万精兵。"

璟没有丝毫异样，只是颔首，表示知道了。丰隆难以置信地摇摇头，这家伙可真是天塌下来，也能面不改色。

丰隆对玱玹说道："不管陛下是试探还是真察觉了什么，反正你都想好该怎么办吧！就如我刚才所说，陛下在泽州，看似你处于劣势，但你也有很多优势，关键就是你怎么处理。"

玱玹点了下头："我明白。"

玱玹起身，向两人告辞："出来有一阵子了，我得回去了。"

丰隆瞅了小夭一眼，好似有些话到了嘴边，却说不出口，又吞了回去。

侍从送玱玹和小夭出来，水龟张开嘴，玱玹拉着小夭从龟嘴飞跃到了岸上。

水龟迅速潜入水中，消失不见。

潇潇显身，对玱玹说道："岸上没有人跟踪。"

玱玹点点头："回紫金宫。"

玱玹把小夭送到了寝殿，转身想走，却又停住步子，回身问道："见到璟是什么感觉？"

"你一大堆事情要做，还有闲情操心我的琐事？"

玱玹问："你心里真和你表面一样，把一切都当作了过眼云烟？"

小夭沉默了一会儿，轻声道："不是。我看到他难受的样子，居然觉得有点开心。如果他今日和我一样，谈笑如常，云淡风轻，我只怕会很难过。"小夭自嘲地吁了口气，"明知道一切都已过去，我想尽快忘记他，嘴里也说着大家只当陌路，可心底深处并不想他忘记我。我心口不一……我自己表现得什么都不在乎，却不允许他不在乎，如果他真敢这么快就不在乎了，我非恨死他不可……"小夭摇头苦笑，"我是不是很有病？"

玱玹怔怔地听着，一瞬后，才道："这不是有病，只是你对他动了真情。"玱玹的表情很苦涩，"小夭，我现在很后悔，如果不是我当年太想借助涂山璟的力量，也许就不会有今日的一切。"

小夭走到他身前："你忘记了吗？在你出现之前，我就救了他。"

"那时你可没对他动情，是我不但给了他机会，还为他创造机会，让他一步步接近你。"

和璟走到今日，的确很多次都是因为玱玹——如果不是玱玹要抓她，她不会找璟求助，也许某一天换掉容貌，就无声无息地消失了；如果不是玱玹把他们关在龙骨地牢里，璟不会有机会提出十五年之约；如果不是因为玱玹需要璟，她不会明明决定了割舍又回去找璟……

小夭推着玱玹往外走，笑道："我和璟之间的事，你只是适逢其会，何况我并不后悔喜欢他，你又何必赶着自责？不要担心，时间会抚平一切，我只是还需要一些时间去忘记他。"

玱玹扭头："小夭……"

小夭嚷："睡觉了！一大堆人的生死都系在你身上，你必须保持清醒的头脑！"

玱玹说："好！你也好好休息。"

"放心吧，我从不亏待自己。"

小夭关上了门，走到榻旁，缓缓躺倒。

她很清楚今夜不借助药物，怕是难以入睡，取了颗药丸吞下。药效发作后，昏睡了过去。

白日里，因为玱玹，心神分散，反而好过一些，梦里却再无外事打扰，所有的难过都涌现。

梦到了璟，小夭从没见过他的儿子，梦里的小孩看不到脸，伏在璟怀里，甜甜地叫爹爹，璟在温柔地笑。

小夭奔跑着逃离，一眨眼，从青丘逃到了清水镇，小夭跳进了河里，用力地划水，她游进了蓝色的大海，无边无际，自由畅快。可是，她真的好累！这茫茫天地，她究竟该去往何处？防风邶出现在海上，他坐在白色的海贝上，笑看着她，一头漆黑的头发飘拂在海风中，小夭朝他游过去，可突然之间，他的头发一点点变白，他变作了相柳，冷漠地看着她，白色的贝壳，白色的相柳，就如漂浮在海上的冰山。

黑发的他、白发的他，忽近忽远……小夭猛然转身，向着陆地游去，一边划水，一边泪如雨下……

小夭从梦中惊醒，枕畔有冰冷的湿意，一摸脸颊，才发现竟然真的是满脸泪水。

第十一章
满院春风，惆怅墙东

　　轩辕王来中原巡视，理当登神农山，祭拜天地，祭祀盘古、伏羲、女娲，还有神农王。即使两百多年前那次巡视中原，碰到荆天行刺的重大变故，轩辕王也依旧登了神农山，举行了祭拜和祭祀仪式，才返回轩辕山，可这一次，轩辕王一直停驻在泽州，迟迟没有来神农山。

　　轩辕王一日不走，中原所有氏族一日提心吊胆。

　　季春之月，十八日，轩辕王终于择定孟夏望日为吉日，宣布要上紫金顶，却未命一直在神农山的玱玹去准备祭拜和祭祀仪式，而是让德岩准备。

　　因为上一次德岩和玱玹的回答，德岩认定了轩辕王的这一决定代表了轩辕王的选择，很多人也是如此认定，纷纷携带重礼来恭贺他，德岩喜不自禁。轩辕王又和颜悦色地对德岩吩咐：仔细准备，务必要盛大隆重，他会在祭拜仪式上宣布一件重要的事。德岩心如擂鼓，几乎昏厥，不敢相信多年的渴盼就要成真，于是不遗余力，务求让轩辕王满意，也是让自己满意。

　　关于轩辕王已经择定德岩为储君的消息不胫而走，德岩宅邸前车如水、马如龙，紫金顶却门庭冷落。

　　一日，小夭接到馨悦的帖子，请她到小炎斧府饮茶。

　　自从轩辕王到中原巡视，馨悦一直深居简出，和玱玹一次都未见过，这次却主动邀请小夭，小夭自然是无论如何都要跑一趟。

　　小夭到小炎斧府时，馨悦把小夭请进了密室，丰隆在里面。

　　馨悦笑道："我去准备点瓜果点心，哥哥先陪陪小夭。"

　　小夭很是诧异，她以为是馨悦有话和她说，没有想到竟然是丰隆。

　　待馨悦走了，小夭问道："你神神秘秘地把我叫来，要和我说什么？"

丰隆抓着头，脸色有点发红，支支吾吾了一会儿，却什么都没说出来，小夭好笑地看着他。他倒了一碗酒，咕咚咕咚灌下，重重搁下酒碗，说道："小夭，你和我成婚吧！"

"啊？"小夭愣住。

丰隆一旦说出口，反倒放开了："你觉得我们成婚如何？"

小夭有点晕："你知道我和璟曾……你和璟是好朋友、好兄弟，你不介意吗？"

"这有什么好介意的？好东西自然人人都想要，我只是遗憾被他抢了先，可惜他终究没福，和你没有夫妻的缘分。我做事不喜欢遮遮掩掩，来问你前，已经告诉璟我想娶你。我和他直接挑明说了，只要你答应了嫁我，我一定会好好珍惜你，希望他也把一切念头都打消。你于他而言，从今往后，只是朋友的妻子。"

"他怎么说？"

"他什么都没说。看得出他很难过，但只要你同意，我相信他会祝福我们。"

小夭微笑着，自己斟了一碗酒，慢慢地啜着："丰隆，你为什么想娶我？"

丰隆不好意思地说："你长得好看，性子也好，还能和我拼酒。"

小夭笑道："这三样，娼妓馆里的娼妓都能做得比我好。"

丰隆笑着摇头："你……你可真有你的，这话都能说出口。"

小夭说："告诉我你真正想娶我的原因。"

"刚才说的就是真正的原因，不过只是一部分而已。玱玹现在需要帮助，我如果想给他帮助，就必须当上族长，可族里的长老都觉得我的想法太离经叛道，一直让爷爷再磨炼我几十年，把我的性子都磨平。如果我想立即接任族长，必须让所有的长老明白他们不可再与我作对，还有什么比娶了你更合适？"

"你娶我只是因为我哥哥需要帮助？"

丰隆叹了口气："你可真是要把我的皮一层层全剥掉！好吧，我也需要你，现在需要你帮我登上族长之位，将来需要通过你，巩固和玱玹的联盟。这世间，纵有各种各样的盟约，可最可靠的依旧是姻亲。你是轩辕王和缬祖娘娘唯一的外孙女，玱玹唯一的妹妹，娶了你，意味着太多东西，你自己应该都明白。"

小夭道："也意味着很多麻烦，涂山太夫人就很不喜欢我带来的麻烦，我记得你们四世家都有明哲保身的族规。"

丰隆大笑起来："小夭，你看我所作所为像是遵守族规的人吗？如果你担心我爷爷反对，我告诉你，我爷爷可不是涂山太夫人，我们赤水氏一直是四世家之首，几千年前，缬祖娘娘都向我们赤水家借过兵。若没有我们赤水氏的帮助，也许就没有后来的轩辕国。我能娶你，我爷爷高兴都来不及！"

"琁玹和你说过想娶我的条件吗？"

"说过，有一次我拜托他帮我牵线搭桥时，他说如果要娶你，就一辈子只能有你一个女人，让我考虑清楚。"丰隆指了指自己，"你我认识几十年了，我是什么性子，你应该知道几分，我对女色真没多大兴趣，有时候在外面玩，只是碍于面子，并不是出于喜好。如果我娶了你，我不介意让所有酒肉朋友都知道我惧内，绝不敢在外面招惹女人。我发誓，只要你肯嫁给我，我一定一辈子就你一个，我不敢保证自己对你多温柔体贴照顾，但我一定尽我所能对你好。"

小夭喝完一碗酒，端着空酒碗，默默不语。

丰隆又给她斟了一碗："我知道我不比璟，让你真正心动，但我真的是最适合你的男人。我们家世匹配，只要你我愿意，双方的长辈都乐见其成，会给予我们最诚挚的祝福。你不管容貌性情，自然都是最好的，我也不差，至少和你站在一起，只会惹人欣羡，不会有人唏嘘一朵鲜花插在了牛粪上。"

小夭刚喝了一口酒，差点笑喷出来，丰隆赶紧把酒碗接了过去，小夭用帕子捂住嘴，轻声咳嗽。

丰隆说道："说老实话，就这两条，在世间要凑齐了就不容易。纵使凑齐了，指不准还会前路有歧路，但你和我永远都在一条路上。你永远都站在琁玹一边，我会永远追随琁玹，就如象林和轩辕王，是最亲密的朋友，是最可靠的战友，也是最相互信任的君臣，我也会永远效忠琁玹，我和你之间永不会出现大的矛盾冲突。我知道女人都希望感情能纯粹一点，但有时候，你可以反过来想，这些不纯粹反而像是一条条看得见的绳索，把我们牢牢地捆绑在一起，难道不是比看不见、摸不着的感情更可靠吗？至少你知道，我永远离不开你！因为背叛你就是背叛琁玹！"

小夭把酒碗拿了回去，笑道："我算是明白为什么你可以帮哥哥去做说客，游说各族英雄效忠哥哥了。"

丰隆有些赧然："不一样，我和他们说话会说假话，但我和你说的都是大实话。"

小夭说："事情太仓促，毕竟是婚姻大事，一辈子一次的事，我现在无法给你答案，你让我考虑一下。"

丰隆喜悦地说："你没有拒绝我，就证明我有希望。小夭，我发誓，我真的会对你好的。"

小夭有些不好意思："老是觉得怪怪的，人家议亲，女子都羞答答地躲在后面，我们俩却在这里和谈生意一样。"

丰隆说："所以你和我才相配啊！说老实话，我以前一直很抗拒娶妻，可现在想着是你，觉得不管发生什么事，我们都可以这样坐下来，心平气和地商量着办，就觉得娶个妻子很不错。有时候，我们还可以一边喝酒，一边聊天。"

小夭啜着酒不说话。

笃笃的敲门声响起，馨悦带着侍女端着瓜果点心进来。

丰隆陪着小夭略略吃了点，对小夭道："我还有事，必须要先走一步。"

小夭早已习惯："没事，你去忙你的吧！"

丰隆起身要走，又有些不舍，眼巴巴地看着小夭："我真的很期望你能同意。"

小夭点了下头："我知道了，我会尽快给你回复的。"

丰隆努力笑了笑，做出洒脱的样子："不过，不行也无所谓，大家依旧是朋友。"说完，拉开门，大步离去了。

馨悦请小夭去吃茶。

两人坐在茶榻上，馨悦亲自动手，为小夭煮茶。

馨悦问："玱玹近来可好？"

小夭回道："现在的情势，我不能说他很好，但他看上去的确依旧和往常一样，偶尔晚饭后，还会带着淑惠去山涧走一圈。"

馨悦说："如果你想帮玱玹，最好能嫁给我哥哥。"

小夭抿着抹笑，没有说话。如果真这么想帮玱玹，为什么自己不肯嫁？

馨悦一边磨着茶，一边说："本来有我和哥哥的暗中游说，六大氏站在玱玹这边毫无问题，但是，樊氏和郑氏都对玱玹生了仇怨。当年，在梅花谷中害你的人，除了沐斐，还有一男一女，女子是樊氏大郎的未婚妻，男子是郑氏小姐的未婚夫。我和哥哥都劝玱玹放过他们，但玱玹执意不肯，把他们都杀了，和樊氏、郑氏都结下了仇怨。樊氏大郎为妻复仇，行动很疯狂，而且中原毕竟有不少人对轩辕族不满，不敢去谋害轩辕王，就都盯上了玱玹，渐渐地越闹越凶，如果不把他们压制住，不仅仅是玱玹的事，说不定整个中原都会再起浩劫，所以，玱玹选择了娶曋氏的嫡女。"

水开了，馨悦把茶末放进水中。待茶煮好，她熄了火，盛了一碗茶，端给小夭："虽然玱玹娶曋氏嫡女，不仅仅是因为你，他肯定还有他的考虑，我和哥哥也有我们的考虑，但不可否认，他也的确是为了你。"

小夭接过茶碗，放到案上："我哥哥对我如何，我心中有数，不用你费心游说我，我也不是那种因为哥哥为我做了什么，立即头脑发热，要做什么去回报的人。"

馨悦微笑："我只是觉得你应该知道这些事。"

馨悦舀起茶汤，缓缓地注入茶碗中："有一次我和我娘聊天，娘说女人一辈子总会碰到两个男人，一个如火，一个如水，年少时多会想要火，渴望轰轰烈烈地燃烧，但最终，大部分女人选择厮守的都是水，平淡相守，细水长流。我哥哥也许不是你的火，无法让你的心燃烧，但他应该能做你的水，和你平平淡淡，相携到老。"

小夭默默思量了一会儿，只觉馨悦娘的这番话看似平静淡然，却透着无奈哀伤，看似透着无奈哀伤，却又从悠悠岁月中透出平静淡然。

小夭问道："我哥哥是你的火，还是你的水？"

馨悦道："小夭，我和我娘不同。我娘是赤水族长唯一的女儿，她是被捧在手心中呵护着长大，她有闲情逸致去体会男女私情，而我……我在轩辕城长大，看似地位尊贵，但在那些轩辕贵族的眼中，我是战败族的后裔，只不过是一个质子，用来牵制我爹和我外祖父。你知道做质子是什么滋味吗？"

小夭看着馨悦，没有说话。

馨悦笑："我娘一直以为我什么都不知道，编着各种借口，告诉我为什么我们和爹不能在一起，可她不知道小孩子间没有秘密。他们会把从大人处听来的恶毒话原封不动，甚至更恶毒地说给我听。宴席上，轩辕王给我的赏赐最丰厚，他们就会恶毒地说，不是陛下宠爱你，陛下是怕你爹反叛，你知道你爹反叛的话，陛下会怎么对你吗？陛下会千刀万剐了你，你知道什么是千刀万剐吗？千刀万剐就是用刀子把你的肉一片片割下来。"

馨悦笑着摇头："你知道有一段日子，我每日睡觉时都在祈求什么吗？别的孩子在祈求爹娘给他们礼物时，我在祈求我爹千万不要反叛，因为我不想被陛下千刀万剐，不想被掏出心肝，不想被剁下手脚、做成人棍。"

馨悦的语声有点哽咽，她低下头吃茶，小夭也捧起茶碗，慢慢地啜着。

一会儿后，馨悦平静地说："我知道你觉得我心机重，连我哥哥有时候都不耐烦，觉得我算计得太过了，可我没有办法像阿念那样。在轩辕城时，我就发过誓，这一辈子，我再不要过那样的日子，我一定要站在最高处。"

小夭说："馨悦，你真的不必和我解释，这是你和玱玹之间的事，玱玹没有怪你。"

"他……他真的这么说？"

"玱玹在高辛做过两百多年的弃子，他说大家活着都不容易。我当时没有多想他这句话，现在想来，他应该很理解你的做法，他真的一点都没怪你。"

馨悦默默地喝着茶，沉默了半响后，说道："不管以前在轩辕城时，我暗地里过的是什么日子，表面上人人还是要尊敬我。我是神农王族的后裔，我有我的骄傲。颛顼要想娶我，必须有能力给我最盛大的婚礼，不仅仅是因为我想要，还因为这是轩辕族必须给神农族的。小夭，你明白吗？我不仅仅是我，我代表着神农族，一个被打败的王族，我还代表着中原所有的氏族，用骄傲在掩饰没落的氏族们！你可以随意简单地嫁人，没有人会质疑什么，因为你身后是繁荣的高辛国，人家只会觉得你洒脱，可我不行，我的随意简单只会让世人联想到我们的失败和耻辱。"

小夭真诚地说："即使刚开始不明白，现在我也理解了，颛顼一定比我更理解。"

馨悦有些不好意思，说道："本来只是想劝你同意嫁给我哥哥，也不知道怎么就绕到了我身上。"

小夭笑道："我们好久没这样聊过了，挺好啊！"

馨悦说："你和璟哥哥在一起时，我就知道你和璟哥哥会分开，我能理解意映的某些想法，因为我们都太渴望站在高处，她绝不会放手，你斗不过她，我暗示了你几次，你却好似都没听懂。"

小夭说："都是过去的事了，不必再提。"

馨悦道："相较璟哥哥，我哥哥真的更适合你。"

小夭笑道："丰隆已经说了很多，我会认真考虑。"

小夭喝干净茶，看看时间："我得回去了。"

馨悦道："我送你。"

快到云辇时，馨悦说："小夭，所有人都知道你和颛顼亲密，你的夫婿就意味着一定会支持颛顼。而我哥哥的身份很微妙，虽然他是赤水氏，可他也是小炎弃的儿子，你嫁给我哥哥，看似是给赤水氏做媳妇，可你照样要叫小炎弃爹爹。只要你和哥哥定亲，我相信连轩辕王都必须要重新考虑自己的选择。"

小夭说："我一定会仔细考虑。"

馨悦说："要快，时间紧迫！"

小夭带着沉甸甸的压力，上了云辇。

◆

回到紫金宫，小夭洗漱过，换了套舒适的旧衣衫，沿着小径慢慢地走着。

在她告诉馨悦她会仔细考虑时，她已经做了决定，现在只是想说服自己，她的决定是为自己而做。

不知不觉中走到一片槿树前，还记得她曾大清早踏着露水来摘树叶，将它们泡在陶罐中，带去草凹岭的茅屋，为璟洗头。

槿树依旧，人却已远去。

小夭摘下两片树叶，捏在手里，默默地走着。

她走到崖边，坐在石头上。那边就是草凹岭，但云雾遮掩，什么都看不到。

还记得茅屋中，舍不得睡去的那些夜晚，困得直打哈欠，却仍要缠着璟说话，说的话不过都是琐碎的废话，可也不知道为什么，就是觉得开心。

茅屋应该依旧，但那个说会一直陪着她的人已经做了爹。

小夭将槿树叶子撕成一缕缕，又将一缕缕撕成了一点点，她张开手，看着山风将碎叶吹起，一片片从她掌心飞离，飞入云雾，不知道去往何处。

掌间依旧有槿叶的香气，小夭看着自己的手掌想：和丰隆在一起，只怕她是不会赶早起身，踏着露珠去采摘槿树叶子；不会两人一下午什么事都不做，只是你为我洗头，我为你洗头；不会晚上说废话都说得舍不得睡觉，即使她愿意说，丰隆也没兴趣听。就如丰隆所说，他们就是有事发生时，坐下来心平气和地商量，没事时……没事时丰隆应该没多少空在家，即使在家也很疲惫，需要休息；只怕她永不会对丰隆生气发火，任何时候两人都是和和气气，相敬如宾。

其实，不是不好。有事时，她可以和丰隆商量；没事时，她有很多自由，可以在府里开一片药田，种草药。也许她可以再开一个医馆，丰隆自己就很张狂任性，想来不会反对妻子匿名行医。丰隆如果回家，他们就一起吃饭，丰隆如果不回家，她就自己用饭。

若有了孩子，那恐怕就很忙碌了。自从母亲抛下小夭离开后，小夭就决定日后她的孩子她要亲力亲为，她要为小家伙做每一件事情，让小家伙不管任何时候想起娘亲，都肯定地知道娘亲很疼他。

孩子渐渐大了，她和丰隆也老了。

小夭微微地笑起来，的确和外祖父说的一样，挑个合适的人，白头到老并不是那么难。

身后传来熟悉的脚步声，玱玹坐到她身旁："馨悦和你说了什么，你一个人躲到这里来思索？"

"她解释了她不能现在嫁给你的理由，希望我转述给你听，让你不要怨怪她。我告诉她，你真的没有怨怪她。她说……"

玱玹笑道："不必细述，她说的，我完全理解。"

小夭叹了口气，玱玹是完全理解，他对馨悦从没有期望，更没有信任，自然不会生怨怪。馨悦不知道，她错过了可以获取玱玹的期望和信任的唯一一次机会，之后永不可能了。但也许馨悦根本不在乎，就如她所说，她不是她的母亲，她在乎的不是男女之情。

玱玹说："馨悦不可能只为了解释这个，就把你叫去一趟，你们还说了什么？"

"我见到丰隆了。"

"他要你给我带什么话吗？"

小夭笑着摇摇头："他是有事找我。"

玱玹脸上的笑容僵住。

小夭说："他向我求婚了。"

玱玹沉默地望向云雾翻滚的地方，那是草凹岭的方向，难怪小夭会坐在这里。

小夭看着玱玹，却一点都看不出玱玹的想法："哥哥，你觉得我嫁给丰隆如何？"

"你愿意嫁给他吗？"

"他发誓一辈子就我一个女人，还说一定会对我好。我们认识几十年了，都了解对方的性子，既然能做朋友，做相敬如宾的夫妻应该也不难。"

玱玹依旧沉默着，没有说话，也不知道究竟在想什么。

小夭很奇怪："哥哥，你以前不是很希望我给丰隆机会吗？"

"给他追求你的机会和让你嫁给他是两回事。"

"你不想我嫁他？"

玱玹点点头，又摇摇头。

"哥哥，你到底在想什么？"

玱玹深吸了口气，笑起来："我没想什么，只是觉得太突然，有些蒙。"

"我也很蒙，刚开始觉得想都不用想，肯定拒绝，但丰隆很认真，我被他说得不得不仔细思索起来，想来想去，似乎他说的都很有道理。"

"他都说了什么？"

"一些夸我和自夸的话啊！他夸我容貌性情都好，说我能和他拼酒，聊得来，还说他自己也很不赖。哦，对了，还说我们什么都相配，我们成婚，所有人都会祝福，水到渠成。"

"只说了这些？他没提起我？"

小夭笑道："提了几句，具体说了什么我倒忘记了，不外乎你和他关系好，也会乐见我和他在一起了。"

玱玹盯着小夭。

小夭心虚，却做出坦然的样子，和玱玹对视："你究竟想知道什么？"

玱玹说："我不想你是为了我嫁给他。"

"不会，当然不会了！丰隆，的确是最适合我的人，不管是我们的家世，还是我们个人，都相配。"

"你真在乎这些吗？你自己愿意吗？"

小夭说："我肯定希望父王和你都能赞同、祝福我，最重要的是他发誓一辈子只我一个女人，一定会对我好。哥哥，大荒内，还能找到比他更合适的人吗？"

玱玹默不作声，半晌后，突然笑了起来："不可能再有比他更适合的人了。日后，他是我的左膀右臂，你距离我近，见面很容易，若有什么事，我也方便照顾。有我在，谅他也不敢对你不好！"

玱玹又叹又笑，好似极其开心："的确不可能再有比他更好的人选了！"

小夭站起，眺望着云海，深深地吸了口气，终于下定最后的决心。她转身，面朝玱玹，背对着草凹岭，说道："哥哥，我同意嫁给丰隆。"

玱玹点了下头："好。"

小夭笑着拽起他，往紫金宫的方向走去："我立即回去写信，明日清晨父王就会收到消息。"

玱玹说："我派人去告诉丰隆，赤水族长应该会立即派人去五神山议亲。"

回到紫金宫，玱玹和潇潇说了此事，让她亲自去通知丰隆。

小夭看潇潇走了，感叹道："我居然要出嫁了。"

玱玹笑着说："是啊，你居然要出嫁了。"

小夭笑起来："我去给父王写信了，晚饭就不陪你吃了，让婢女直接送到我那边。"小夭说完，疾步向着自己住的殿走去。

玱玹面带微笑，目送着小夭的身影渐渐消失在朱廊碧瓦间。突然，他一拳砸在身旁的树上，一棵本来郁郁葱葱的大树断裂，树干倒下，砸向殿顶。恰好金萱看到这一幕，立即送出灵力，让树干缓缓靠在殿墙上。

金萱急步过来，惊讶道："殿下？"

玱玹淡淡说："失手碰断了，你收拾干净。"玱玹顿了一顿，笑着说，"此事，我希望你立即忘记。"

金萱跪下，应道："是。"

玱玹提步离去，等玱玹走远了，金萱才站起，看了看断裂的大树，望向小夭居住的宫殿。

· 213 ·

金萱是木妖，很快就把断树清理得干干净净，还特意补种了一棵，不仔细看，压根儿不会留意到此处发生过变故。

◆

丰隆想到了小夭有可能同意，但没有想到早上和小夭说的，傍晚潇潇就来告诉他，小夭同意嫁给他。如果传消息的人不是潇潇，他都要怀疑是假消息了。

丰隆不得不再次感慨他选对了人，小夭的这股子爽快劲不比男儿差。

丰隆解下随身携带的一块玉佩，对潇潇说："这块玉佩不算多稀罕，却自小就带着，麻烦你交给王姬，请她等我消息。"

潇潇收好玉佩，道："我会如实转告，告辞。"

丰隆都顾不上亲口告诉馨悦此事，立即驱策坐骑赶往赤水，半夜里赶到家，不等人通传，就闯进了爷爷的寝室。

赤水族长被惊得跳下榻："出了什么事？"

丰隆嘿嘿地笑："是出了事，不过不是坏事，是好事，你的宝贝孙子要给您娶孙媳妇了。"

赤水族长愣了一愣，问道："谁？"

"高辛大王姬。"

"什么？你说的是那个轩辕王和缢祖娘娘的外孙女，王母的徒弟？"

"是她！"

赤水族长喃喃道："这可是大荒内最尊贵的未婚女子了，没想到竟然落在了我们赤水家，你倒本事真大！"

丰隆笑道："不过娶她有个条件。"

"什么条件？"

丰隆说："我要当族长，我要以族长夫人的婚典迎娶她。"

赤水族长皱眉："这是她提出的？"

"当然不可能！她是高辛的大王姬，高辛王对她的那个宝贝程度，人家想要什么没有？还需要眼巴巴地来和你孙子较劲？是我自己的要求，你总不能让宾客在婚礼上议论我不如我娶的女人吧？何况，我想给她，她值得我用赤水族最盛大的典礼迎娶。"

赤水族长瞪了丰隆一眼："到底是你自己想当族长，还是想给她个盛大的婚典？"

丰隆嘿嘿地干笑。

赤水族长其实早就想把族长之位传给丰隆，可族内的长老一直反对，但如今的情形下，他们应该不会再反对了。赤水族长思索了一会儿，笑敲了丰隆的脑门一下，说道："你喜欢挑这个重担，就拿去吧！我早就想享享清福了。我知道你志高心大，一个赤水族满足不了你，我不反对你志高心大，但你要记住，所作所为，要对得起生了你的娘，养了你的我。"

丰隆跪下，郑重地说："爷爷，您就好好享清福吧，孙儿不会让您失望。"

赤水族长扶他起来，叹道："老了，你们年轻人的想法我是搞不懂了，也不想管了，若我有福，还能看到重孙子。"

丰隆着急地说："赶紧派人去把那些家伙都叫起来，赶紧商议，赶紧派人去向高辛王提亲，赶紧把亲定了，再赶紧让我当族长。"

丰隆一连串的赶紧逼得老族长头晕："你……"赤水族长摇头，"罢了，罢了，陪你疯最后一把。"

赤水族长派人去请各位长老，各位长老被侍者从梦中叫醒时，都吓着了，一个个立即赶来，不过一炷香的时间，居然全来齐了。

赤水族长把丰隆想要娶妻的事情说了，幸亏小夭的身份足够重要，各位长老只略略抱怨了一两句。

一个平日总喜欢挑剔丰隆的长老问道："高辛大王姬真会愿意嫁给你？即使她愿意，高辛王可会同意？"

丰隆不耐烦地说："你们立即派人去提亲，高辛王陛下肯定答应。"

长老听丰隆的语气十拿九稳，不再吭声。

一个处事谨慎稳重的长老说道："高辛大王姬的身份十分特殊，族长可考虑清楚了？"

赤水族长明白他暗示的是什么，肃容说道："我考虑过了，利益和风险是一对孪生儿，永远形影相随，这个媳妇，我们赤水族要得起。"

长老点点头，表示认可了高辛王姬。

赤水族长看长老都无异议了，说道："我打算派三弟去一趟五神山，如果高辛王应下婚事，我们就立即把亲定了。另外，我年纪大了，这些年越发力不从心，打算传位给丰隆，你们有什么意见吗？"

各位长老彼此看了一眼，都沉默着，本来想反对的长老思量着高辛王姬和丰隆定了亲，这个族长之位迟早是丰隆的，现在再反对只会既得罪族长，又得罪王姬。如果今日落个人情，不但和丰隆修复了关系，日后还可拜托王姬帮忙，让金天氏最好的铸造大师给儿孙们打造兵器。

衡量完利弊的长老们开口说道："一切听凭族长做主。"

赤水族长笑道："那好！我已经吩咐了人去准备礼物，明日就辛苦三弟了，去五神山向高辛王提亲。"

赤水云天是个与世无争的老好人性子，因为喜好美食，脸吃得圆圆的，笑眯眯地说："这是大好事，只是跑一趟，一点不辛苦，还能去尝尝高辛御厨的手艺。"

◆

清晨，赤水云天带着礼物赶赴五神山。

高辛王已经收到小夭的信，白日里，他好像什么事都没发生，依旧平静地处理着政事，可晚上，他握着小夭的玉简，在月下徘徊了大半夜。

阿珩、阿珩，你可愿意让小夭嫁给赤水家的小子？

月无声，影无声，只有风呜咽低泣着。

甚少回忆往事的高辛王突然想起了过往的许多事，青阳、云泽、仲意……一张张面孔从他脑中闪过，他们依旧是年轻时的模样，他却尘满面、鬓如霜。

父王、中容……他们都被他杀了，可他们又永远活着，不管过去多久，高辛王都清楚地知道自己的双脚依旧站在他们的鲜血中。

有人曾欢喜地叫他少昊，有人曾愤怒地叫他少昊，现如今，不管喜与怒，都无人再叫他一声少昊了，他唯一的名字就是再没有了喜怒的高辛王。

高辛王仰头望着满天繁星，缓缓闭上眼睛。

◆

季春之月，二十三日，赤水云天求见高辛王，试探地向高辛王提亲，高辛王微笑着答应了。

赤水云天立即派信鸟传信回赤水，赤水氏得了高辛王肯定的回复，一边派人送上丰厚的聘礼，和高辛正式议亲，一边开始准备丰隆接任族长的仪式。

丰隆坚持要在他和高辛王姬定亲前接任族长，众人都明白他的心思，没有男人喜欢被人议论是因为妻子才当上族长，反正一切已成定局，也没有长老想得罪未来的族长和族长夫人，所以都没反对。

没有时间邀请太多宾客，赤水族长效仿了涂山氏族长的继任仪式，只请了轩辕、高辛、神农三族，四世家中的其他三氏和中原六大氏。

季春之月，晦日，在十二位来宾的见证下，赤水氏举行了简单却庄重的族长继任仪式，昭告天下，赤水丰隆成为赤水氏的族长。

孟夏之月，恒日，高辛王和新任的赤水族长先后宣布赤水族长赤水丰隆和高辛大王姬高辛玖瑶定亲。

很快，消息就传遍大荒，整个大荒都议论纷纷。

高辛大王姬依旧住在神农山的紫金宫，显然和玱玹亲厚无比，她与赤水族长的亲事，是否意味着赤水族正式宣布支持玱玹？而且丰隆是小炎帝的儿子，神农族又是什么意思呢？

丰隆和小夭的婚事引起的关注竟然压过了轩辕王要去紫金顶祭祀天地的大事，本来向德岩示好的人立即偃旗息鼓，觉得还是睁大眼睛再看清楚一点。

孟夏之月，十一日，暺氏的族长宴请玱玹，赤水族长丰隆、涂山族长璟、西陵族长的儿子西陵淳、鬼方族长的使者都出席了这次宴会。

暺氏和玱玹的关系不言而喻，西陵氏的态度很明确，鬼方氏在玱玹的婚礼上也隐约表明了态度，他们出席宴会在意料之内。可在这么微妙紧要的时刻，赤水族长和涂山族长肯出席这个宴席，自然说明了一切。

整个大荒都沸腾了，这是古往今来，四世家第一次联合起来，明确表明支持一个王子争夺储君之位。

有了四世家和暺氏的表态，十三日，中原六氏，除了樊氏，其余五氏联合做东，宴请玱玹，还有将近二十个中氏、几十个小氏赴宴。

本来已经断然拒绝参加宴席的樊氏，听说了宴席的盛况，族长在家中坐卧不宁，一直焦虑地踱步。就在这个时候，丰隆秘密要求见他，樊氏族长立即把丰隆迎接进去，丰隆并未对他说太多，只是把轩辕王在泽州城询问玱玹和德岩的问题告诉了樊氏的族长。

"如果你是轩辕国君，你会如何对待中原的氏族？"

丰隆把玱玹和德岩的回答一字未动地复述给樊氏族长听，樊氏族长听完，神情呆滞。丰隆说道："究竟是你家大郎的私仇重要，还是整个中原氏族的命运重要，还请族长仔细衡量。"

丰隆说完，就要走，樊氏族长急急叫住了丰隆："您父亲的意思……"

丰隆笑了笑："如果不是我的父亲，你觉得我有能力知道轩辕王和玱玹、德岩的私谈内容吗？"

丰隆走后，樊氏族长发了一会儿呆，下令囚禁长子，带着二儿子急急去赴宴，当樊氏出现后，陆陆续续，又有不少氏族来参加宴席。

那天的宴席一直开到深夜，轩辕王询问的那个问题，和玱玹、德岩各自的回答悄悄在所有的中原氏族间流传开。

神农族依旧没有出面，但现在谁都明白，没有中原首领神农族的暗中推动，中原氏族不可能有如此的举动。

从轩辕王打败神农、统一中原到现在，中原氏族一直被轩辕王逼压得喘不过气来，这是第一次，中原氏族联合起来，以一种委婉却坚持的态度，向轩辕王表明他们的选择和诉求。

◆

孟夏之月，几望日，轩辕王上紫金顶，住进紫金宫，为望日的祭祀做准备。

轩辕王的年纪大了，早上忙了一阵子，用过饭后，感到疲惫困倦，让玱玹和小夭都下去，他要睡一个时辰。

密室内，玱玹的心腹跪了一地，他们在求玱玹抓住这个时机。

因为轩辕王的不信任，原来的紫金宫侍卫已经全被调离，现在守护紫金宫的侍卫是轩辕王带来的三百多名侍卫，应该还有一些隐身于暗处保护轩辕王的高手。

可不管轩辕王身边究竟有多少人，这里是玱玹放弃一切、孤注一掷、全力经营了几十年的神农山，这里有玱玹训练的军队，有对玱玹无比忠诚的心腹，有秘密挖掘的密道，轩辕王身边的侍卫再凶悍勇猛，他们只熟悉轩辕山，对神农山的地势地形却很陌生。

虽然山外就是轩辕大军，可只要出其不意、速度够快，赶在大军得到消息前，控制住局势，那么军队并不可虑，毕竟军队效忠的是轩辕国君，轩辕国君却不一定要是这位老轩辕王。

玱玹没有立即同意心腹们的恳求，却也没有立即否决，只是让他们准备好应对一切变化。

下午，轩辕王醒了，他恢复了一些精神，先召见德岩和几个臣子，听德岩禀奏明日的安排。看德岩一切都安排得很妥当，轩辕王心情甚好，夸奖了德岩几句，意有所指地让德岩安心做好自己的事，别的一切他自有安排。

因为四世家和中原氏族而忐忑不安的德岩终于松了一口气，很是喜悦，高兴地离开了。

轩辕王又召玱玹、小夭来见他，和他们两人没有说正事，只是让他们陪着闲聊。玱玹一如往日，恭敬沉静，没有丝毫异样，小夭却心不在焉。

轩辕王打趣小夭："你不会是在想念赤水氏的那小子吧？明日就能见着了。"

小夭问道："外爷，您的身体究竟怎么样？"

轩辕王说："这个问题的答案，全大荒都想知道，他们都想知道我这个老不死的还能活多久。"

轩辕王笑看玱玹和小夭："你们想让我活多久呢？"

玱玹恭敬地说："孙儿希望爷爷身体康健，能亲眼看到心愿达成。"

轩辕王眼中闪过一道精光，笑道："不管明日我宣布什么，你都希望我身体康健？"

玱玹平静地应道："是。"

轩辕王不置可否，笑看小夭："你呢？"

小夭说："你不信任我，我说什么你都不会信任，我干吗还要说？"

轩辕王叹了口气："我现在的确不敢让你医治我，你们下去吧！明日要忙一天，都早点歇息。"

小夭边走边琢磨，如果结合传言，外爷的这句话可以理解为因为想立德岩为储君，所以他不敢让小夭为他医治身体，但是也可以理解为，外爷还没做最后的决定。

小夭低声问玱玹："明日，外爷真的会宣布立德岩为储君吗？"

"爷爷最近的举动很奇怪，不到最后一刻，谁都不知道爷爷究竟想做什么。"

"你想怎么做？"

玱玹问："你有能让人沉睡的药吗？最好能沉睡十二个时辰。"

"有。"小夭把两颗药丸递给玱玹。

玱玹接过："去休息吧，我需要你明日精力充沛。"

"好。"小夭走向寝殿。

玱玹看小夭离开了，低声叫："潇潇。"

潇潇从暗处走出，玱玹把两颗药丸交给潇潇："下给王姬。"

"是。"潇潇应后，立即又隐入黑暗。

玱玹默默地想，不管爷爷做的是什么决定，明日晚上一切都会有结果。小夭，哥哥能为你做的事已经很少，我不要你再看到亲人的鲜血！

◆

孟夏之月，几望日和望日交替的那个夜晚，很多人通宵未合眼。

玱玹的几个心腹和统领神农山中军队的禺疆都长跪不起，他们恳求玱玹今夜发动兵变，不要让轩辕王明日把那个传言的决定宣布，一旦正式昭告天下德岩为储君，玱玹就危矣。支持玱玹的氏族越多，德岩只会越想除掉玱玹。

　　玱玹让他们退下，他们不肯走，双方开始僵持，他们一直跪着，玱玹一直沉默地坐着。

　　他们知道自己在逼迫玱玹，可自从他们决定跟随玱玹起，他们已经把自己的性命全部放在了玱玹身上，他们不能坐看玱玹错失良机。

　　直到金鸡啼叫，玱玹才好似惊醒，站了起来，禺疆焦急地叫道："殿下，这是最后的机会了。"

　　玱玹缓缓说："我已经决定了，你们都退下。"

　　"殿下……"

　　玱玹对潇潇说："服侍我洗漱，更换祭祀的礼服。"

　　"是！"

　　暗卫请几个心腹从密道离开，心腹们不解地看着玱玹，他们都不是一般人，能令他们心悦诚服的玱玹也不是优柔寡断的人，他们不能理解玱玹为什么要错失眼前的良机。

　　玱玹盯着他们："我让你们退下！"

　　在玱玹的目光逼迫下，他们慢慢地低下头，沮丧困惑地从密道一一离开。

　　玱玹用冰水洗了个澡，在潇潇和金萱的服侍下，更换上祭祀的礼服。

　　待一切收拾妥当，玱玹准备去恭请轩辕王。临走前，他问潇潇："王姬可好？"

　　"苗莆给王姬下了药后，王姬一直在昏睡。"

　　"派人守着王姬，若有变故，立即护送王姬从密道离开。"

　　潇潇恭敬地应道："是！"

　　玱玹到轩辕王居住的寝殿时，德岩已到了，正焦灼地在殿外守候。玱玹向他行礼，他却只是冷哼一声，连掩饰的虚伪都免了。

　　玱玹默默起身，平静地等着。

　　几个内侍服侍轩辕王更换上庄重威严的礼服，轩辕王在神族侍卫的护卫下，走了出来。德岩和玱玹一左一右迎上去，恭敬地给轩辕王行礼，德岩迫切不安中带着浓重的讨好，似乎唯恐轩辕王在最后一刻改变主意，玱玹却平静无波，就好似这只是一个普通得不能再普通的日子。

　　德岩和玱玹伴随着轩辕王去往祭坛。

祭坛下长长的甬道两侧，已经站满了轩辕的官员和各个氏族的首领，高辛的使者、赤水族长、西陵族长、涂山族长、鬼方氏的使者站在最前端。

大宗伯宣布吉时到，悠悠黄钟声中，轩辕王率领文武官员、天下氏族，先祭拜天地，再祭拜盘古，最后祭拜了伏羲、女娲、神农王。

当冗长繁琐的祭拜仪式结束时，已经过了响午。

轩辕王站在祭台上，俯瞰着祭台下的所有人，他虽然垂垂老矣，可依旧是盘踞的猛虎飞龙，祭台下没有一个人敢轻视这位苍老的老人。

轩辕王苍老雄浑的声音远远地传了出去，令不管站得多远的人都能听到："诸位来之前，应该都已听说今日不仅仅是祭祀仪式，我还会宣布一件重要的事，你们听闻的重要事是什么呢？"

没有人敢回答。

轩辕王道："是传闻今日我要宣布储君吗？"

众人的心高高地提起，都集中精神，唯恐听漏了轩辕王的一个字。

轩辕王说："你们听说的传言错了，今日，我不会宣布谁是储君。"

所有人精神一懈，有些失望，却又隐隐地释然，至少今日不必面对最可怕的结果。

德岩和玱玹站立在轩辕王下首的左右两侧，德岩震惊失望地看着轩辕王，玱玹却依旧很平静，面无表情地静静站着。

轩辕王含着笑，从众人脸上一一扫过。他说道："我要宣布的是——谁会在今日成为轩辕国君。"

听前半句时，众人还都没从今日不会宣布储君的消息中调整回情绪，带着几分心不在焉。后半句，却石破天惊，众人一下子被震骇得蒙了，怀疑自己听错了，迟疑地看向身边的人，看到他们和自己一样的震骇神色，明白自己没有听错。

轩辕王似乎很欣赏众人脸上表情的急剧变化，微笑地看着，待到所有人都肯定自己没有听错，惊骇地盯着轩辕王时，轩辕王才缓缓说道："今日，我们在此祭拜盘古、伏羲、女娲、神农王，从盘古开天辟地到现在，有无数帝王，可为什么只有他们四人值得天下人祭拜？我一直在问自己这个问题。我这一生可谓戎马倥偬，给无数人带来了安宁和幸福，也给无数人带来了离乱和痛苦。在朝云殿时，我常常想，等我死后，世人会如何评价我呢？毫不隐瞒地说，我希望有朝一日，后世的人认为我轩辕王，也值得他们祭拜。我还有很多事情想做，还有很多心愿想要完成，我想要天下人看到我能给所有子民带来安宁和幸福，我想要所有种族都能平等地选择想要的生活，我想要中原的氏族像西北、西南的氏族一样爱戴我，我想要看到贱民的儿子也有机会成为大英雄。可是，我正在日渐衰老，轩辕王国却正在走向繁荣，它需要一个新的国君，这位国君应该有宏伟的志向、敏锐的头脑、博大的心胸、旺盛的精力，只有这样的国君才能带领轩辕国创造新的历史、新的辉煌。这世间，人们只懂得紧抓自己的欲望，很少懂得适时地放手，成全了别人，就是成全了自己。我已为轩辕培养了最好的国君，所以我选择退位，让新的国君去完成我未完成的心愿。"

所有人都看着轩辕王，能在这里聆听轩辕王说话的人都在权力的顶端，没有人比他们更能体会轩辕王话中的意思，很多时候，放弃权势比放弃自己的生命都艰难，可是轩辕王选择了放弃。这个男子，从年轻时，就一直在令大荒人吃惊，他总会做出众人认为绝不可能的事。今日，他又让所有人都震惊了。

轩辕王看向玱玹，温和地说："玱玹，你过来。"

德岩想大叫：父王，你弄错了！却发现自己被无形的压力捆缚，发不出任何声音，只能绝望悲愤地看着玱玹走到轩辕王面前，缓缓跪下。

轩辕王摘下头上的王冠，将王冠稳稳地戴在玱玹头上。玱玹仰头看着轩辕王，眼中有隐隐的泪光。

轩辕王扶着玱玹站起，看向众人，宣布："从今日起，轩辕玱玹就是轩辕国的国君。也许你们觉得我太儿戏，这个仪式不够庄重和盛大，丝毫不像一国之君的登基，可我想让你们记住，不管是伏羲、女娲，还是神农王，都没有什么像样的登基仪式，世人不会因为盛大的典礼记住一个君王，世人只会因为这个君王做了什么记住他。"

轩辕王向台阶下走去，也许因为辛劳了一个早上，他的脚步略显踉跄，内侍立即上前扶住他。须髯皆白的轩辕王，扶着内侍的手，走下了台阶，从甬道走过。

没有人宣布叩拜，轩辕王也已脱去王冠，可是当轩辕王走过时，随着他的脚步，甬道两侧的人却都陆续弯下了膝盖、低下了头颅，自动地为这个衰老的男人下跪。

第一次，这些站在权力巅峰的男人跪拜他，不是因为他的权势，而只是因为尊敬。

这个男人创造了一个又一个伟大的传奇，他打破了神族、人族、妖族的阶级，告诉所有种族，他们是平等的；他打破了贵贱门第血统，让所有平凡的男儿都明白这世间没有不可能，只有你敢不敢想、敢不敢去做，不管再平凡的人都可以成为英雄！现如今，他又在缔造另一个传奇。

你可以恨这个男人，可以攻击他，可以咒骂他，但纵使他的敌人也不得不承认，他的伟大令他们仰望。

直到轩辕王的身影消失在甬道尽头，人们才陆续站起。

祭台上下，鸦雀无声。

所有人都不敢相信，没有恐怖的血雨腥风，没有垂死的挣扎等待，玱玹竟然就这么平稳地登基了？

但是，玱玹就站在他们面前，正平静地看着他们。

这位年轻的君王真的如轩辕王所说，有宏伟的志向、敏锐的头脑、博大的心胸、旺盛的精力吗？真的能带领轩辕国创造新的历史、新的奇迹、新的辉煌吗？

也不知道是谁第一个跪下，人们纷纷跪下，异口同声地道："恭贺陛下！"

玱玹抬了抬手："众卿请起。"

轩辕王听到身后传来的叩拜声，他一边走着，一边眯眼望着前方，微笑起来。

很多很多年前，轩辕国初建时，他和阿缬就曾站在祭坛上，举行了一个完全不像国君登基的仪式。他的兄弟可不像现在这些教养良好的臣子，还能齐声恭贺，兄弟们的恭喜声七零八落，说什么的都有，一个以前做山匪的虎妖居然说道："希望大王以后带领我等兄弟多多抢地盘，最好再帮我抢个能生养的女人。"他都觉得窘了，阿缬却毫不在意，哈哈大笑。

轩辕王无声地叹息，祭台下的兄弟和祭台上的阿缬都已走了，有些人，纵使死后，只怕也不愿再见他。可是，今日，他可以坦然地面对着他们，骄傲地告诉他们，他们一起亲手创建的王国，他已经交托给一个最合适的人。

阿缬、阿缬，是你和我的孙子！他不仅仅像我，他还像你！

小夭脚步轻快地走到轩辕王身旁，对内侍打了个手势，内侍退下，小夭搀扶住轩辕王。

轩辕王笑看了一眼小夭："明日起，帮我治病，我还想多活一段日子。"

"嗯。"小夭笑起来，"外爷，你今日可是把所有人戏弄惨了。"

轩辕王哈哈笑起来："有时候，做帝王很闷，要学会给自己找点乐子。"

小夭迟疑了一下问："外爷既然早就决定要传位给哥哥，为什么不告诉哥哥呢？为什么……您不怕这样做，万一哥哥……"

轩辕王微笑道："你说的是玱玹藏匿在神农山的那些精兵吧？"

虽然明知道身旁的老人已经不是一国之君，可小夭依旧有些身子发僵，支支吾吾地说："原来外爷真的什么都知道。"

轩辕王拍了拍小夭的手，淡淡说："不管玱玹怎么做，他都会是国君，我都会退位，既然结果一样，过程如何并不重要。"

小夭愕然，外爷根本不介意玱玹发动兵变夺位？

轩辕王微笑道："如果他发动兵变夺位，只能说明我将他培养得太好了，他一定会是个杀伐决断的好国君。不过，我很高兴，他不仅仅像我，也像你外祖母，既有杀伐决断的一面，也有仁慈宽容的一面，希望他能给这个天下带来更多的平和。"

小夭觉得眼前的轩辕王和记忆中的轩辕王不太一样，不过她更喜欢现在的轩辕王。

轩辕王问道："你刚才在哪里？我没在祭祀仪式上看到你，还以为玱玹为防万一，把你看押起来了。"

小夭笑吐吐舌头："哥哥果然是您一手培养的人啊！他可不就是想这么做吗？可是，我是谁呢？他是轩辕王和缅祖娘娘的血脉，我也是啊！我不过顺水推舟，让他专心去做自己的事，不要再操心我。"

轩辕王笑摇摇头："你的计划是什么呢？"

"我躲起来了，我、我……"小夭一横心，坦率地说，"我打算，只要你宣布德岩是储君，我就会立即射杀德岩舅舅。"

轩辕王叹了口气："你果然是我的血脉！"

小夭吐吐舌头，做了个鬼脸。

轩辕王说："德岩、禹阳、你的几个表弟，都不算是坏人，一切只是因为立场不同，帝位之争已经结束，我希望你能换一种眼光去看他们。"

小夭忙点头："只要他们不害玱玹，我肯定会好好待他们。"

轩辕王道："幸亏玱玹比你心眼大，一定能容下他们。"

小夭问："外爷，你打算以后住哪里？是回轩辕山吗？"

轩辕王说："我现在不能回轩辕山，玱玹刚登基，中原的氏族肯定都拥戴他，但西边、北边的氏族只怕不服气，我现在回轩辕山，会让人觉得一国有二君。我既然决定了退位，那就是退位。没必要做这种让朝臣误会，让玱玹的下属紧张的事。我留在神农山，等玱玹把所有氏族都收服时，再考虑是否回轩辕山。"

"轩辕的那些氏族都在外爷的手掌心里，还不是外爷一句话的事！"

"玱玹都有本事把中原的氏族收服，那些氏族他肯定能收服，毕竟他是我和阿缅的嫡孙，只要那些氏族不想背叛轩辕国，就不能背叛玱玹。只不过，正因为他们对轩辕国忠心耿耿，心里才不服气，会想和玱玹梗着脖子发火，想倚仗着功劳落玱玹的面子，这就像家里两个孩子，老大会嫉妒父母对老二好，和父母怄气，但你可曾见到老大去嫉妒别人的父母对别人的孩子好吗？"

小夭点了点头，轩辕王说："玱玹若能体会到他们的心情，凭借所作所为化解了他们的怨气，让他们也真心把他看作国君，才算真正做到了他在我面前夸下的海口，不管轩辕，还是神农，都是他的子民，不偏不倚，公平对待，不能因为中原的氏族对他拥立有功，他就偏向了中原的氏族。"

小夭说："我对哥哥有信心。"

轩辕王笑："我们就在神农山慢慢看他如何做好国君吧！"

玱玹处理完所有事情，立即赶回紫金宫，去探望轩辕王。

听到内侍说玱玹来了，小夭从内殿走了出来，低声道："外爷已经歇息。"

玱玹看着小夭："你……"

小夭嗔了玱玹一眼："我什么？如果我被自己炼制的药给迷倒了，那才是大笑话。"

玱玹和小夭走出轩辕王所住的殿，向着玱玹所住的殿走去，小夭说道："对了，外爷说让你搬去以前神农王所住的乾安殿。"

玱玹想了想说："也好。"

小夭笑道："恭喜。"

玱玹道："同喜。"

小夭低声问："为什么选择了等待？如果外爷今日选择了德岩，你不会后悔吗？"

玱玹道："每一种选择都是赌博，我只能说我赌对了。至于别的，已经尘埃落定，无须再多说。"

小夭说："外爷说他暂时不回轩辕山，从明日开始，我会帮他调理身体。"

玱玹道："你好好照顾爷爷。"

"禹阳、岳梁他们都还在轩辕山，会不会闹出什么事？"

"爷爷来之前，已经部署好了，应龙留守轩辕城，我想在今日清晨时，爷爷已经送出密信，告知应龙他退位了，有了半日的时间，应龙肯定不会让禹阳他们闹出什么事。这次爷爷巡视中原，接见了好几个带兵的大将军，看似是敲打中原的氏族，但也敲打了军队里的将领，让他们明白他们效忠的不是哪个王子，而是轩辕国君。"

"那就好。"小夭彻底放心了。

玱玹和小夭走进殿内,潇潇、金萱、禺疆……一众人都在,他们朝着玱玹跪下,改了称呼:"贺喜陛下。"

玱玹请他们起来:"谢谢诸位陪我一路走来,未来依旧艰辛,还需要诸位鼎力支持。"

众人都喜笑颜开,禺疆说道:"未来也许会更艰辛,但今日之前的这段路却是最压抑、最黑暗的一段路。"

所有人都笑着点头,玱玹让侍女为众人斟了酒,向大家敬酒,所有人同饮了一杯。

禺疆知道玱玹还有很多事情要做,向玱玹告辞,其他人也纷纷告辞。

玱玹看他们离去了,对小夭说:"我邀了丰隆他们来聚会,你也来喝两杯,省得丰隆抱怨。"

潇潇和金萱都笑,金萱说道:"自订婚后,王姬还没见过赤水族长吧?"

"我去换衣服。"小夭笑着跑走了。

在潇潇和金萱的服侍下,玱玹换下白日的礼服,沐浴后换了一套常服。

待一切收拾停当,内侍来禀奏,丰隆他们已经到了,玱玹派人去叫小夭。

玱玹带着小夭走进殿内时,坐席上已经坐了五个人。左边起首是赤水族长丰隆,挨着他的是馨悦,右边起首是涂山族长璟,旁边坐席上坐的是西陵淳,西陵淳的旁边是淑惠的大哥淑同。

看到玱玹,众人都站起来,玱玹走过去,坐到了正中的上位,下意识地就招手让小夭坐他旁边。

以前和玱玹坐在同一张食案前很正常,可现在不比以前,小夭不想当着众人的面和玱玹平起平坐,对侍者说:"加一个席案,放在馨悦旁边。"

别人都没说什么,馨悦笑道:"何必麻烦?你坐哥哥旁边就是了。"

几人都看着丰隆和小夭笑,璟和玱玹却垂眸看着案上的酒器。

小夭低着头不说话,丰隆盯了馨悦一眼,馨悦笑了笑,没再打趣小夭。

待小夭坐下,丰隆咳嗽一声,做出一本正经的样子,对玱玹说:"鬼方氏的人已经离开了。鬼方氏一直都很诡秘,不怎么参与大荒的事,所以……你别见怪。"

玱玹道:"怎么会见怪?他们可是帮了我大忙,况且都知道他们的行事风格。"

玱玹站起,举起酒杯对在座的人道:"多余的话就不说了,总而言之,谢谢!"玱玹一饮而尽后,对所有人作揖。

众人也都站起，喝尽杯中酒后，还了玱玹的礼。

玱玹坐下，众人也纷纷落座。

丰隆笑道："这段日子发生的事情，真是波澜起伏，出人意料，我现在都觉得像是在做梦。"

淑同笑道："你这段日子，又是当了族长，又是定了亲，的确是一个美梦接着一个美梦，难怪现在还不愿意醒来。"

淳和馨悦大笑，丰隆看了眼小夭，恰好小夭也在看他，丰隆不禁呵呵地笑起来。

因为大局终定，众人心情愉悦，一边说笑一边喝酒，不知不觉中，几坛酒已经全没了。

也不知道璟究竟喝了多少，第一个喝醉了，淳也喝醉了，嚷嚷着要听璟奏琴，璟未推拒，扬声道："拿琴来。"

侍者捧了琴来，璟抚琴而奏，曲调熟悉，是当年小夭在木樨林中，为璟、丰隆和馨悦边唱边舞过的歌谣。

其他人都未听过，不以为意，淑同还笑道："早知道灌醉了璟就能听到他抚琴，我们早就该灌他了。"

小夭、馨悦、丰隆却都有些异样。

馨悦看丰隆的脸色越来越难看，说道："璟哥哥，你喝醉了，别再奏了。"

璟却什么都听不到，他的心神全部沉浸在曲声中。从别后，万种相思，无处可诉，只有喝醉后，才能在琴曲中看到你。

曲调缠绵哀恸，令闻者几欲落泪。

淑同、淳也渐觉不对，都不再笑语。

丰隆猛地挥掌，一道水刃飞过，将琴切成两半。

琴声戛然而止，璟却毫不在意，站了起来，朝着小夭走去。

小夭端了杯酒："璟，喝了它。"

璟看着小夭，笑起来，接过酒，一如当年，毫不犹豫地喝下。

璟昏醉过去，软倒在席上。

玱玹说道："今夜的宴会就到此吧！璟家里有些烦心事，醉后失态，还请诸位包涵。"

淳和淑同都表示理解，起身告辞，一起离去。

丰隆没好气地拽起璟，带着他离开，馨悦却踯躅着，落在最后。

小夭追上丰隆："丰隆、丰隆！"

丰隆停了脚步，小夭看他脸色："还在生气吗？"

"我这气来得快，去得也快。我知道他喝醉了，是无心之举，只不过……"

"只不过什么？"

丰隆有些茫然："璟去参加我继任族长的仪式时，我告诉他你已同意嫁给我，他还恭喜我，我以为他已经放下，但今夜，他竟然会醉到失态。我从小就认识他，从未见过他如此。明明我才是你的未婚夫，可我偏偏有一种我抢了他心爱东西的负疚感。"

小夭看着昏迷不醒的璟："别那么想。"

丰隆道："我明白。小夭，你真的愿意嫁给我吗？"

小夭看向丰隆："你是觉得尴尬麻烦，心里后悔吗？"

丰隆赶忙摆手："不、不，你别误会，璟的事我知道怎么处理，我是怕你听了璟今夜的琴声，心里后悔。"

小夭道："我不后悔。我从小流落在外，一直在漂泊，看上去，随波逐流，很是洒脱，可其实，我真的厌烦了漂泊不定的日子，我想停驻。但我遇到的人，有心的无力，有力的无心，只有你肯为我提供一个港湾，让我停下。谢谢！"

"小夭……"丰隆想摸摸小夭的脸颊，抚去她眉眼间的愁绪，可见惯风月的他竟然没胆子，低声道："你放心吧，只要你不后悔，我绝不会后悔。"

小夭笑起来，丰隆也笑。

丰隆道："我看馨悦还要和你哥腻歪一阵子，我就不等她，先带璟回去了。明日我要赶回赤水，玱玹突然继位，族里肯定措手不及，我得回去把事务都安排一下。"

小夭道："路上小心。"

丰隆抓抓头："你有什么想要的东西吗？我下次来看你时，带给你。"

小夭道："你的安全就是最好的礼物，别费心思照顾我了，如今哥哥刚继位，不服气的人一大把，你们要处理的事还很多，你好好忙你的事吧！"

丰隆高兴地说："那我走了。"

小夭看着云辇隐入云霄，脸上的笑意渐渐消失。

礼物这种东西很奇怪，一旦是自己开口要来的，一切都会变了味道。其实，礼物不在于那东西是什么，而在于送礼人的心意。若真把一个人放在了心中，自然而然就会想把生活中的点滴和他分享，所以，一朵野花、一块石头皆可是礼物。

小夭倚着栏杆，望着星空，突然想起了清水镇的日子，无数个炎热的夏日夜晚，他们坐在竹席上乘凉，老木、麻子、串子东拉西扯，十七沉默地坐在她身旁，她总是一边啃着鸭脖子，一边喝着青梅酒，不亦乐乎。

那时，生活中唯一的苦难就是相柳。

清水镇的日子遥远得再触碰不着，却一直在她的记忆中鲜明。小夭不禁泪湿眼角。

第十二章
烟水茫，意难忘

　　轩辕的王位之争，以轩辕王退位、玱玹登基为结果，虽然德岩和禹阳还不服，但大局已定，大的风波肯定不会再起，至于小风波，玱玹又岂会放在眼里？
　　高辛王看轩辕局势已稳，把一直软禁在宫中的阿念放了出来。阿念怒气冲冲地赶往神农山，高辛王苦笑，只能感慨女大不中留。
　　阿念不仅生父王的气，也生玱玹和小夭的气，她觉得他们都太小瞧她了，凭什么危急时刻，小夭能陪着玱玹，她却要被保护起来？难道她是贪生怕死的人吗？
　　到了神农山，她本来打算要好好冲玱玹发一顿火，可是看到玱玹，想到她差点就有可能再见不到他，一腔怒火全变成了后怕，抱着玱玹哭得上气不接下气。等被玱玹哄得不哭了，她也顾不上生气了，只觉得满心柔情蜜意，恨不得和玱玹时时刻刻黏在一起。可惜玱玹如今是一国之君，再迁就她，能陪她的时间也很有限，阿念更舍不得拿那点有限的时间去赌气了。于是，她把一腔怨气全发到小夭身上，不和小夭说话，见着了小夭和没见着一样，小夭只得笑笑，由着她去。
　　轩辕王在紫金顶住了下来，他选择了最偏僻的一座宫殿，深居简出，从不过问政事，每日做些养气的修炼，闲暇时多翻阅医书，严格遵照小夭的叮嘱调理身体。淑惠、金萱她们都很怕轩辕王，向来是能躲就躲，阿念却是一点不怕轩辕王，日日都去陪轩辕王，总是"爷爷、爷爷"地亲热唤着，比小夭更像是轩辕王的孙女。

　　也许因为小夭和阿念每日下午都在轩辕王这里，一个发呆，一个陪轩辕王说话下棋，玱玹也会在这个时间抽空过来一趟，不拘长短，一屋子人有说有笑。
　　轩辕王十分淡然，好似不管小夭、玱玹来与不来，他都不在乎。可有一次，阿念送玱玹出去后，轩辕王凝视着小夭的侧脸，说道："很多年前，那时你外祖母还在，有一天傍晚，我从密道溜进朝云殿，看到你在凤凰树下荡秋千……"

小夭回头，诧异地看向轩辕王，他眼中的悲怆竟让她不忍目睹。

"我隐身在窗外，一直看着你们，你们围聚在阿缥身边，将她照顾得很好。当时，我就想我会拥有天下，却会孤独死去，没想到我竟然也能有子孙承欢膝下的日子。"

如果轩辕王到现在依旧要紧抓权势，只怕他真的会在权势中孤独地死去，小夭说："虽然你是为了实现自己的心愿，选择放弃了权势，可你也成全了玱玹。"

"年少时，都是一腔意气，为着一些自己以为非常重要的坚持不愿退让，等事过境迁，才发现错了，却已经晚了。"轩辕王看着小夭，语重心长地说，"小夭，你也要记住，有时候，退一步，不见得是输。"

小夭趴在窗户上，默不作声。

◆

玱玹又要纳妃了，是方雷氏的嫡女。

方雷氏是大荒北边的大氏，轩辕王也曾娶过方雷氏的嫡女，立为二妃，地位仅次于王后缥祖，方雷王妃生养过两位王子，六王子休、八王子清，可惜一子死、一子被幽禁，方雷氏受到牵连，这两百多年一直被轩辕王冷落着。又因为休和德岩争夺王位时，方雷氏对休的支持，让德岩深恶痛绝，这么多年，德岩和禹阳还时不时痛踩落水狗，让方雷氏的日子越发艰难。

众人本以为玱玹即使要纳北方氏族的妃子，也会挑选一个掌权的大氏族，没想到他竟然选择了已经被打压得奄奄一息的方雷氏。

方雷氏终于有机会重振家族，对玱玹十分感激，再加上他们和德岩、禹阳是死对头，只能选择毫不犹豫地全力支持玱玹。

方雷氏毕竟从轩辕刚建国时就跟随轩辕王，百足之虫，死而不僵，一旦自上而下的打压消失，很快就展现出雄踞北方几万年的大氏族的能力。

小夭和阿念听闻玱玹要纳方雷妃的事，是在轩辕王起居的殿中。

小夭摇着扇子，眯眼闲坐着，阿念在跟轩辕王学围棋，时不时能听到阿念叽叽咕咕的声音。夏日的阳光从丝瓜架上筛落，照在青砖地面上，一片明暗交错的光影，显得这样的下午闲适、静谧、悠长。

玱玹走进来，站在阿念身后看了一会儿围棋，坐到小夭身旁。他拿过扇子，帮小夭轻轻地打着。

小夭低声问:"今日怎么这么有时间?"

玱玹眯眼看着窗外的绿藤和阳光,没说话。

阿念急急忙忙地结束了棋局,立即问道:"哥哥,你今日没事吗?"

玱玹笑道:"我来就是和爷爷说事情的。"虽然轩辕王从不过问政事,但玱玹总会以闲聊的方式把一些重要的事说给轩辕王听。

轩辕王说:"那些事你不必特意讲给我听。"

玱玹说:"这事一定得告诉爷爷,我打算立方雷氏的女子为妃。"

轩辕王笑了笑,没有不悦,只有嘉许:"选得好。"

小夭看阿念,也许因为这已经是第二次,也许因为玱玹已是轩辕国君,阿念没有上一次的强烈反应,只有几缕怅然一闪而过。

玱玹道:"孙儿要谢谢爷爷,把方雷氏留给了孙儿去起用。"

轩辕王淡淡说:"你能体会我的苦心很好,但如今你才是轩辕的国君,重用谁、不重用谁,全凭你的判断,无须理会我。"

"孙儿明白。"

玱玹向轩辕王告退,把扇子还给小夭时,他低声说:"不要……明白吗?"

不要给我道喜,小夭仍清楚地记得玱玹娶淑惠时他的叮嘱,小夭点了下头:"我知道。"

玱玹向殿外走去,阿念凝视着玱玹的背影,满眼不舍。

轩辕王朝阿念指指玱玹,示意她可以去追玱玹。阿念羞得脸色通红,轩辕王笑眨眨眼睛,挥挥手示意:快去快去,我个糟老头子不需要你陪!

阿念一边羞涩地笑着,一边穿上木屐,轻盈地追了出去。木屐在回廊间发出踢踢踏踏的清脆声音,给静谧的夏日留下了一串少女追赶情郎的轻快足音,让整座殿堂都好似变得年轻了。

小夭想微笑,又想叹气,对轩辕王悠悠地说:"您想要阿念嫁给玱玹?"

轩辕王说:"阿念是个很好的小姑娘,天真刁蛮、干净透彻,没别的小姑娘那些复杂的心眼。"

小夭眯眼看着窗外,觉得自己和阿念比起来,显得好老。

轩辕王说:"出去玩吧!别和我这老头子一样整日缩在宫殿里,有我和玱玹在,你该向阿念学学,任性一些,放纵一些。"

小夭淡淡说:"正因为您和玱玹,我才不敢任性放纵,我的血脉就注定了束缚,何必自欺欺人?如果说,我现在去找相柳玩,您会同意吗?"

轩辕王沉默了，神情十分复杂，半响后说："不会同意，玱玹迟早会和他决一死战，我不想你日后痛苦，但你别的要求，我一定会尽全力满足。"

"玱玹是个男儿，又是一国之君，你必须严格地要求他，我却不一样，您愿意宠着我。我知道，您想把亏欠我娘、大舅舅、二舅舅、四舅舅他们的弥补到我身上，但再鼎盛的权势都保证不了我幸福，何况您欠他们的就是欠他们的，永远弥补不了，我也不要。您就乖乖做我外祖父吧，和天下所有的祖父一样，操心孙女的终身幸福，却无力控制，只能干着急，最后没办法了，无奈地感叹一声'儿孙自有儿孙福'。"小夭摇着扇子，笑看着轩辕王，"您一辈子还没尝试过什么叫有心无力吧？在我身上尝试一下好了。"

轩辕王满面无奈。

傍晚，玱玹议完事，从殿内出来，看见轩辕王的内侍，忙快走了几步："爷爷要见我？"

"是！"内侍恭敬地说。

玱玹随着内侍去见轩辕王，侍女正在上饭菜，玱玹说："我就在爷爷这里用饭了。"

玱玹陪着轩辕王用完饭，侍女上了酸枣仁茶，玱玹喝了一口："还怪好喝的。"

轩辕王道："小夭不让我晚上吃茶，这是特意给我配来饭后喝的水。"

玱玹笑道："难得她肯为爷爷专心研习医术。"

轩辕王道："叫你来，是有一件事想让你尽力去做一下。"

"爷爷请讲。"

"你看看有没有办法招降相柳，我知道非常难，几百年来，清、珞迦、德岩、小炎荠他们都先后尝试过，全被相柳拒绝了，但我还是希望你再试一下。"

"好。"玱玹迟疑了一下，问道，"爷爷为什么会留意相柳？"

轩辕王道："不过是一个糟老头子的一点愧疚。"

玱玹看轩辕王不愿细说，他也不再多问："我会尽力，但我觉得希望渺茫。"

轩辕王叹了口气："尽人事，听天命。"

◆

方雷妃是玱玹登基后正式纳娶的第一个妃子，和当年迎娶淑惠时气派自然不同，紫金宫内张灯结彩，焕然一新。

阿念再自我开解，也难免气闷，顾不上和小夭赌气了，对小夭说："姐姐，我们去山下玩一阵子吧！"

小夭道："你想去哪里玩？"

阿念想了一会儿："要不然我们去找馨悦？"

小夭和轩辕王、珧珿打了声招呼，带阿念去小炎奔府找馨悦。

女人之间很奇怪，本来因为一个男人有隐隐的敌意，可因为这个男人要娶另一个女人，两个女人反倒同病相怜，暂时间相处得格外投契。馨悦和阿念的成长环境相近，她们之间能说的话很多，哪个织女的布料最好，哪种裁剪最时兴，哪种衣衫配色最别致，最近流行什么样式的发髻，玩过什么样的游戏……小夭完全插不上话，只能看着她们边笑边讲。

小夭沉默的时间越来越多，馨悦和阿念都没有在意，在她们的印象中，小夭本就是一个性子懒散，不太合群，有些清冷的人，她们不知道其实小夭最怕寂寞，很喜欢说话。

因为国君纳妃，轵邑城内也多了几分喜气，各个店铺都装饰得很吸引人。

馨悦和阿念把一腔失意化作了疯狂的购物：脂粉，买！丝绸，买！珠宝，买……

跟随两人的侍女拿不下了，小夭只得帮忙拿。

逛完香料铺子，馨悦和阿念很快就冲进了下一个铺子。

半晌后，小夭才慢吞吞地从香料铺子走出来，左手提了四五个盒子，右手提了四五个盒子。也不知道是伙计没把绳子系牢，还是盒子太重，提着的东西一下散开，各种香料落了一地。

昨夜刚下过雨，地上还有不少积水，小夭手忙脚乱地收拾。一辆马车经过，丝毫未慢，脏水溅了小夭满脸。

小夭随手用袖子抹了把脸，查看香料有没有弄脏，有人蹲下，帮她捡东西。

"谢谢……"小夭笑着抬头，看到帮她的人是璟，突然之间，小夭再笑不出来，一分的狼狈化作了十分。

璟把散开的盒子用绳子系好："散到地上的甘松香就不要了，我让伙计再帮你重新装一份。"

小夭只觉眼眶发酸，眼泪就要滚下，她突然站起，顺着长街奔了出去，却不知道要去哪里，只是想远离。

她一直告诉自己，失去一个男人，不算什么，依旧可以过得很好。她也一直凭借意志，将一切控制得很好，可此时此刻，积郁在胸腹间的情绪突然失控了。

小夭东拐西钻，从一个小巷子里进入离戎族开的地下赌场。

地下赌场并不是什么客人都接待，小夭以前来都是相柳带着她。这一次她自己来，守门的两个男人想赶她出去，正要出声呵斥，看到一只小小的九尾白狐飘浮在小夭的头顶，对他们威严地比画着小爪子。

两个男人立即客气地拿了狗头面具，递给小夭，按下机关，一条长长的甬道出现。

小夭戴上狗头面具，走进了地下赌场。

等坐到赌台前，将喜怒哀伤毫不掩饰地流露出来时，小夭忽然很佩服开设这个赌场的人，戴上了面具，才敢将平时不敢暴露的情绪都表露出来。

小夭一直不停地赢着钱，一把比一把赌得大，没有适可而止，她期待着闹点事情出来，用轩辕王的话来说，任性放纵一下。可赌场也奇怪了，小夭一直赢钱，居然没有人来设法阻止，到后来，周围赌钱的人都围聚在小夭周围，随着她下注，和小夭一块儿赢钱。

小夭觉得索然无味，难道玱玹和离戎族的族长有什么协议，在他纳妃期间，不许狗狗们在城里闹事？

小夭不知道在一个房间内，离戎族的族长离戎昶正坐在水镜前，津津有味地看着她的一举一动，边看，边对璟说："这姑娘究竟是谁？你上次躲在我这里日日酩酊大醉，该不会就是因为她吧？"

璟不说话，只是看着小夭，水月镜花，可望不可得。

离戎昶不满地嘀咕："这姑娘出手够狠的，我可是小本生意，这些钱你得补给我。"

在大厅另一头赌钱的防风邶看人潮全涌到那边，他散漫地起身，走了过来，看到小夭面前小山一般的钱，防风邶笑着摇头。

围在身周的一堆人，都是狗头人身，看上去有些分不清谁是谁，偏偏他就是显得与众不同，小夭一眼就认了出来。

小夭瞪着防风邶，把所有钱都押了注，居然一把全输掉了。

众人嘘声四起，渐渐地散开。

小夭朝赌场外走去，防风邶笑道："你看上去好似很不痛快，可现如今，我还真想不出来整个大荒谁敢给你气受。"

两人已经走进甬道，小夭嘲讽道："远在天边，近在眼前。"

防风邶笑问："未来的赤水族长夫人，你那位天之骄子的夫婿呢？怎么独自一人跑到这种地方？"

小夭沉默地摘下狗头面具，防风邶也摘下了面具。

小夭说："你知道我定亲了？"

"这么轰动的事，想不知道，很难。哦，忘记说恭喜了。恭喜！"

小夭静静看了一瞬防风邶，摇头笑起来："有两件事情，我想和你商量。"

防风邶抛玩着面具："说。"

"第一，是为你做毒药的事，我现在还可以为你做，但……我成婚后，不会再帮你做毒药了。"

防风邶接住面具，微笑地看着小夭："第二件事情呢？"

"我想解掉你和我之间的蛊，涂山氏的太夫人生前养着一个百黎族的巫医，巫医说……我们的蛊好像是传说中的情人蛊，这个蛊顾名思义是情人间才用……你和我实在……不搭边！"小夭自嘲地笑，"你上次已很厌烦这蛊，所以我想……你有空时，麻烦你和我去一趟百黎，找巫王把蛊解掉。"

防风邶盯着小夭，在赌场的幽幽灯光下，他唇畔的笑意透着一丝冷厉。

小夭道："纵使蛊解了，我以前的承诺依然有效。"

防风邶淡淡地说："好啊，等我有空时。"

两人沉默地走出甬道，小夭把面具还给侍者，和防风邶一前一后走出了阴暗的屋子。

大街上已经月照柳梢，华灯初上。

小夭强笑了笑，对防风邶说："毒药我会每三个月送一次，我走了。"

防风邶突然抓住小夭的手臂，小夭没有回头，却也没有挣脱他的手，只是身体绷紧，静静地等着。

好一会儿后，防风邶说："陪我一块儿吃晚饭。"

小夭的身体垮了下去，笑着摇摇头，拒绝道："我没时间。"

防风邶说："对于某人决定的事，你最好不要拒绝。"

"你现在是防风邶。"

"你刚才说的那一堆话是对谁说的？"

"我……"小夭深吸了口气，"好吧，相柳将军。"

防风邶带着小夭去了一个小巷子，还没走近，就闻到扑鼻的香气。

推开破旧的木门，简陋的屋子中，一个独臂老头拿着一个大木勺，站在一口大锅前，看到防风邶，咧着嘴笑："稀罕啊，几百年了第一次看你带朋友来，还是个女娃子。"

防风邶笑笑,穿过屋子,从另一个门出去,是一个小小的院子。

防风邶和小夭在露天的竹席上坐下。独臂老头舀了两海碗肉汤,在碟子里装了三块大饼,一瘸一拐地走过来,放到案上。

小夭问:"什么肉,怎么这么香?"

"驴肉。"防风邶指指老头,"他是离戎族的,擅长炖驴肉,选料考究,火候讲究,这大荒内,他炖的驴肉若排第二,无人敢排第一。"

老头给小夭上了一盘子素菜:"特意为你做的。"

小夭并不怎么饿,一边慢慢地喝酒,一边吃着菜。

老头坐在砍柴的木墩上,一边喝酒,一边和相柳说着话。老头和相柳说的话,小夭不怎么听得懂,只大概明白是在说一些老头和相柳都认识的人,这个死了,那个也死了。老头的神情很淡然,防风邶的口气很漠然,可在这样一个微风习习的夏日夜晚,小夭却有了友朋凋零的伤感。

◆

僻静的小巷子里,离戎昶一边走,一边数落璟:"你看看你,女人在时,你连走到人家面前的勇气都没有,看着人家跟着别的男人走了,又一副失魂落魄的样子。"

璟苦涩地说:"我走到她面前又能怎么样?"

离戎昶推开了破旧的木门,说道:"我和你说,对付女人就三招,冲上去扛到肩上,带回家扔到榻上,脱掉衣服扑上去。一切搞定!你要照我说的做,管保她乖乖跟着你。"

小夭听到如此彪悍的言论,不禁噗一声笑了出来。

离戎昶嚷道:"哪个小娘子在嘲笑我?我今晚就把你扛回去。"

小夭笑道:"那你来扛扛,仔细别闪了腰。"

离戎昶大笑着挑起帘子,走进院子,看是小夭和防风邶,愣了一下,先和防风邶打了个招呼。语气熟络,显然认识。

昶回头对璟笑嘻嘻地说:"真是人生何处不相逢啊!"

璟僵站着没有动,离戎昶大大咧咧地坐在了另一张食案前,对老头说:"上肉。"

老头放下酒碗,笑着站起,对璟说:"坐吧!"

璟这才走过来坐下。

老头给他们上了肉汤和饼子，自己又坐在木墩上，一边一碗碗地吃着酒，一边继续和防风邶闲聊。

离戎昶笑眯眯地看着小夭："喂！我说……小姑娘，你怎么称呼？"

小夭没理他，装出专心致志听防风邶和老头说话的样子。

离戎昶说："小姑娘，防风邶和这熬驴肉的老家伙一样，都不是好货，你跟着他可没意思，不如好好考虑一下我兄弟。我兄弟就是一不小心被女人设计了，弄出个儿子来，但不是不能原谅的大错……"

"昶！"璟盯着离戎昶，语气带怒。

"你警告我也没用，老子想说话时，你拿刀架在老子脖子上，老子也得说。"

离戎昶探着身子，对小夭说："这世上没有完美的东西，是人都会犯错，璟是犯了错，可真不是什么不可原谅的错。你想想，正因为他这次犯了错，以后同样的错误，肯定不会再犯，成婚后，你多省心！你找个没犯过错误的男人，难保他成婚后不会犯错，到时你更闹心。"

小夭问："你说完了没有？"

离戎昶说："没有！"

小夭扭过头，给防风邶倒酒，表明压根儿不想听。

离戎昶说："你不喜欢青丘的那对母子，大不了就在轵邑安家，让璟陪你长住轵邑。我和你说句老实话，防风邶的日子都是有今夕没明朝，纵是犯了错的璟也比防风邶强……"

小夭砰一声，把酒碗重重搁在案上，盯着离戎昶说："我已经定亲，未婚夫不是他，所以——拜托你，麻烦你，别不停地踩人家了。"

"什么？"离戎昶愣了一下，怒问道，"是谁？谁敢抢我兄弟的女人？我去找他谈谈。他若不退婚，我就打断他的腿……"

小夭挤出一个笑，冷冷地说："赤水丰隆，你去找他谈吧！"

"丰隆……"离戎昶结结巴巴地说，"你、你……是丰隆的未婚妻？你是高辛王姬，玱玹的妹妹？"

小夭狠狠瞪了昶一眼，对防风邶说："你对他倒是好脾气。"

防风邶啜着酒，淡淡道："他说的是实话，我本来就不是适合女人跟的男人，你不是也知道吗？"

小夭看着防风邶，说不出话来。

独臂老头盯着小夭，突然问道："你是轩辕王姬的女儿？"

小夭对独臂老头勉强地笑了笑："是。"

"你爹是……"

刚才离戎昶已经说了她是高辛王姬，独臂老头没听见吗？小夭有点奇怪地说："高辛王。"

独臂老头定定地看了一会儿小夭，仰头喝尽碗中酒，竟高声悲歌起来：

> 中原地古多劲草，节如箭竹花如稻。
> 白露洒叶珠离离，十月霜风吹不倒。
> 萋萋不到王孙门，青青不盖谀佞坟。
> 游根直下土百尺，枯荣暗抱忠臣魂。
> 我问忠臣为何死？元是神农不降士。
> 白骨沉埋战血深，翠光潋滟腥风起。
> 山南雨暗蝴蝶飞，山北雨冷麒麟悲。
> 寸心摇摇为谁道？道傍可许愁人知？
> ……

小夭怔怔地听着，想起了泣血夕阳下，相柳一身白衣，从焚烧尸体的火光中，冉冉走到她面前。

离戎昶头痛地嚷："大伯，你别发酒疯了！"

老头依旧昂头高歌，离戎昶把老头推进屋中，几分紧张地对小夭说："老头酒量浅，还喜欢喝酒，一发酒疯，就喜欢乱唱一些听来的歌谣……他一只胳膊没了，一条腿只能勉强走路，早已是废人……"

小夭道："我只是来吃饭的，出了这个门，我就全忘了。"

离戎昶放下心来，听着从屋内传出的呓语，神情有些伤感，叹道："我大伯不是坏人，反倒是太好的好人，所以……他无法遗忘。"

小夭忽而意识到，离戎昶刚才一直说的，其实是相柳，他知道防风邶是相柳？！

那璟现在——肯定已知道邶是相柳。

小夭看看璟，又看看邶，对邶说："你吃完了吗？吃完我们就走吧！"

邶搁下酒碗，站了起来，对璟和昶彬彬有礼地说："我们先行一步，两位慢用。"

小夭和邶走出门，昶追出来，叫道："姑娘！"

小夭停步回头，无奈地问："你还想说什么？"

"知道了你的身份，我还敢说什么？我只是想告诉你，璟的那个孩子是中了自己亲奶奶和防风意映的圈套，这些年来，璟一直独自居住，根本不允许防风意映近身。我敢以离戎昶的性命发誓，璟对你用情很深，眼里心里都只你一人。"

小夭转身就走，夜色幽静，长路漫漫，何处才是她的路？

小夭轻声问："邶，你说……为什么找一个人同行会那么难？"

防风邶说："找个人同行不难，找个志趣相投、倾心相待，能让旅途变得有意思的人同行很难。"

小夭问："真的会一辈子都忘不掉一个人吗？"

"看是什么人了，如果你说的那个人是璟，我看很有可能。"

"你到底是说他忘不掉我，还是说我忘不掉他？"

防风邶笑："随你理解。"

小夭皱着眉头，赌气地说："大荒内好男儿多的是。"

"好男人是很多，但能把你真正放进心里的男人只怕不多。"

"你是什么意思？难道我不该嫁给丰隆？"

"我没什么意思，你问我，我只是如实说出我的看法。"

"相柳，我真的弄不懂你心里到底在想什么。"

"你我都是红尘过客，相遇时彼此做个伴，寻欢作乐而已，何必管我心里想什么？"

小夭自嘲地笑："是我想多了。不管你心里琢磨什么，反正都和我无关！"

相柳望着漆黑的长街尽头，默不作声。

小夭沉默了一会儿，若无其事地说："璟已经知道你是相柳，他肯定不会告诉我哥哥，可如果丰隆知道了，哥哥肯定会知道。你……一切小心。"

相柳盯了小夭一眼，小夭避开了他的视线，问道："那个卖驴肉的老头是谁？"

"曾经是赤宸的部下，冀州决战的幸存者。背负着所有袍泽的死亡继续活着，还不如死了。"相柳笑了笑，"其实，对一个将军而言，最好的结局就是死在战场上。"

明明是温暖的夏夜，小夭却觉得身上一阵阵发冷。

已经到了小炎荠府，相柳和小夭同时停住步子，却一个未离开，一个未进去，都只是默默站着。

以前，还觉得见面机会多的是，可也不知道从什么时候起，小夭就老是觉得，见一次少一次。到了今夜，这种感觉越发分明。

半晌后，相柳说："你进去吧！"

小夭总觉得有些话想说，可仔细想去，却又什么都想不起来，她说："现在不比以前，你最好还是少来中原。"

小夭本以为相柳会讥讽她，究竟是担心玱玹会杀了他，还是担心他会杀了玱玹，可没想到相柳什么都没说，只是看着她。

小夭静静地等着，却不知道自己究竟在等什么。

相柳清冷的声音响起："你进去吧！"

小夭微笑着对相柳敛衽一礼，转身去拍门。门吱呀呀打开，小夭跨了进去，回过头，相柳依旧站在外面，白衣黑发，风姿卓然，却如北地的白水黑山，纵使山花遍野时，也有挥之不去的萧索。

小夭再迈不出步子，定定地看着相柳，门缓缓合拢，相柳的身影消失。

小夭回到住处，馨悦和阿念都在，正拿着白日买的衣料在身上比画，说得热闹。看到她回来，两人笑着抱怨道："好姐姐，你下次突然失踪前，能否给我们打个招呼？幸亏香料铺子的伙计说你和朋友一起走了，让我们别担心。"

小夭笑笑，没有答话。

她们两人继续商量着该做个什么样式的衣裙，说起某个贵族女子曾穿过的衣裙，糟蹋了一块好布料，嘻嘻哈哈笑成一团。

小夭缩在榻上，只觉恍惚，这些人才是她的亲人朋友，为什么她却觉得如此孤单寂寞？

◆

玱玹娶方雷妃那一日，中原的氏族、轩辕的老氏族全都会聚神农山，紫金宫热闹了一整日。

现在玱玹是一国之君，凡事都有官员负责，小夭只是旁观，本来还有点担心阿念，却发现阿念将一切处理得很好，知道自己不喜欢，拖着小夭早早回避了。

小夭陪着阿念大醉了一场，第二日晌午，两个人才晕沉沉地爬起来，宾客已经离开，一切都已过去。唯一的不同就是，紫金宫中的某个殿多了一个女子，但紫金宫很大，一年也不见得能见到一次。

生活恢复了以前的样子，阿念依旧快快乐乐，每日去陪轩辕王，每天都能见到玱玹哥哥。

小夭却不再练箭，大概因为玱玹登基后，小夭觉得危机解除，不再像以前那么克己自律。整个人变得十分懒散，一副什么都没兴趣、什么都不想做的样子，每日就喜欢睡觉。一个懒觉睡醒，常常已经是中午。用过饭，去看轩辕王，坐在轩辕王的殿内，没精打采地发呆。

在阿念眼里，小夭一直很奇怪，自然不管她什么样子，都不奇怪。

轩辕王问了几次："小夭，你在想什么？"

小夭回道："就是什么都没想，才叫发呆啊！"

轩辕王遂不再问，由着她去。

玱玹关切地问："小夭，你怎么了？"

小夭懒洋洋地笑着回答："劳累了这么多年，你如今已是国君，还不允许我好逸恶劳吗？难道我什么都不干，就喜欢睡懒觉，你就不愿意养我了？"

玱玹温和地说："不管你怎么样，我都愿意养你一辈子。"

阿念听到了，立即探着脖子问："那我呢？我呢？"

玱玹笑："你也是，反正……"

阿念急切地说："反正什么？"

"反正你如果吃得太多了，我就去找师父要钱。"

"啊……你个小气鬼！"阿念扑过来，要打玱玹，一边掐玱玹，一边还要告状，"爷爷，你听哥哥说的什么话？"

轩辕王笑眯眯地说："反正你父王总是要给你准备嫁妆的，玱玹不要，你父王也会送。"

阿念一下子羞得脸通红，躲到了轩辕王背后，不依地轻捶轩辕王的背。

◆

晚上，小夭已经快睡时，玱玹突然来了。

小夭诧异地笑道："稀客！有什么事吗？"

玱玹坐到榻上："没事就不能来看你了？"

"当然不是了，只不过下午不是在外爷那里见过吗？"

"只听到阿念叽叽喳喳了，根本没听到你说话。"

小夭笑道："一切顺心，没什么可说的。"

玱玹盯着小夭，问："小夭，你过得好吗？快乐吗？"

小夭愕然："这……为什么突然问我这个？"

玱玹说："听苗莆说，你晚上常常一个人枯坐到深夜，我本来以为过一段日子就会好,可你最近越来越倦怠,我很担心你。"

小夭笑道:"我没事,只不过因为你登基后,我没有压力了,所以没以前那么自律。"

玱玹盯着小夭。渐渐地,小夭再笑不出来:"你别那样看着我。"小夭躺到软枕上,胳膊搭在额头,用衣袖盖住了脸。

玱玹说:"我登基后,能给你以前我给不了的,我希望你过得比以前好,可你现在……是不是我做错了什么?"

小夭说:"没有,你什么都没做错,是我自己出了错。"

"小夭,告诉我。"

小夭不吭声。

玱玹挪坐到小夭身旁,低声说:"小夭,你有什么不能告诉我的呢?"

小夭终于开口:"和璟分开后,我心里不好受,一直睡不好,但我觉得没什么,一直都挺正常,可你登基后,不知道为什么,我突然觉得很累,感觉看什么都没意思。没有了第二日必须起来努力的压力,夜里越发睡不好。我常常想起和璟在清水镇的日子,还常常想起我们小时在朝云殿的日子。我喜欢那些时光,但我不喜欢自己总回忆过去,不管过去再美好,过去的就是过去了,我不明白为什么我这么软弱没用,我不喜欢现在的自己……"

玱玹静静思索着。

人所承受的伤害有两种,一种是肉体的伤,看得见,会流血;另一种是心灵的伤,看不见,不会流血。再坚强的人碰到肉体的伤,都会静养休息,直到伤口愈合,但对心灵的伤,越是坚强的人越是喜欢当作什么都没发生,继续如常的生活,可其实这种伤,更难治愈。

被母亲抛弃、被追杀逃亡、变成了没脸的小怪物、独自在荒山中生存、被九尾狐囚禁虐待、孤身漂泊……这些事都给小夭留下了伤害,但小夭一直用坚强把所有的伤害压在心底深处,装作没什么,告诉自己她已经长大,一切都过去了。

小夭看似洒脱不羁,可因为她从小的经历,其实,小夭比任何人都渴望有个稳定的家,不然不会做玟小六时都给自己凑了个家。

小夭把所有的期待都放在了璟身上,璟的离去成了压垮骆驼的最后一根稻草,小夭承受不住了。明明已承受不住,可当时,轩辕的储君之争正是最凶险时,小夭为了玱玹,依旧对自己心上的伤视而不见,直到玱玹安全了,她才垮掉了。

玱玹心酸,第一次对璟生了憎恶。小夭付出信任和期待,需要常人难以想象的勇气和努力，那是在累累伤口上搭造房子，璟却把小夭的信任和期待生生地打碎了。

珆玹抚着小夭的头说："没有关系，现在你不是一个人了，我在这里，你真的可以软弱，也可以哭泣，没有关系！"

小夭鼻子发酸，从小到大，每走一步，只要有半点软弱，肯定就是死，她从不允许自己软弱。她自己都不明白，那么艰难痛苦的日子都走过来了，现在她会受不了？可是，每每午夜梦回时，悲伤痛苦都像潮涌一般，将她淹没。

小夭说："别担心，我相信时间会抚平一切伤口。"

珆玹道："我在很多年前就明白了，心上的伤很难平复，否则我不会到现在都无法原谅我娘。"

"既然肉体的伤有药可治，心灵的伤也肯定有办法治疗。"

"我没说没有。"

"如何治疗？"

"今日的得到能弥补往日的失去，现在的快乐会抚平过去的伤痛。我是没有办法原谅我娘，可因为你的陪伴，那些失去她的痛苦早已平复。"

小夭默默想了一会儿，强笑道："你是鼓励我去找新的情人吗？"

珆玹说："我只希望，有一个人能抚平璟给你的痛苦，让你相信自己被重视、被珍惜、被宠爱，是他无论如何都不能舍弃的。"

小夭的眼泪涌到眼眶，喃喃说："我一直都比较倒霉，这种好事，已经不敢奢望了。"

珆玹低声说："有的，小夭，有的。"

珆玹陪着小夭，直到小夭沉睡过去，他起身帮小夭盖好被子。

虽然小夭好强地没在他面前流泪，可此时，她眼角的泪在缓缓坠落。

珆玹用手指轻轻印去，如果当年的他知道，有朝一日小夭会因为璟哭泣，不管他再想要涂山氏的帮助，也绝不会给机会接近小夭，现如今他憎恨涂山璟，可更憎恨自己。

第十三章
欲归道无因

　　春去冬来、冬去春来，时光如梭，转眼已经三年。

　　玱玹是轩辕王和缬祖娘娘唯一的嫡孙，他继承王位虽然出乎意料，却顺乎情理，轩辕的老氏族刚开始一直和玱玹对着干，玱玹不急不躁，一面施恩分化，一面严厉惩戒，逐渐令轩辕的老氏族全部臣服于他，真正认可了玱玹是轩辕的国君。

　　玱玹看时机成熟，提议迁都，打算把轩辕的国都从轩辕城迁到轵邑城，虽然之前，政令已多从神农山出，轵邑城俨然有陪都之势，可当玱玹正式提出此事时，仍然是一石惊起千层浪。中原的氏族自然乐见其成，轩辕的老氏族自然是强烈反对。

　　但玱玹心意已决，下令禺疆出具迁都方案。禺疆的方案考虑周详、安排齐全，众人皆知禺疆是玱玹的心腹重臣，显然，玱玹筹划迁都已不是两三年了。在完备周详的方案前，所有人的质疑都显得软弱无力。如果抛开自己的乡土观念，轩辕的老氏族也不得不承认，轩辕城的确已不适合做日渐繁荣强盛的轩辕国的都城。

　　经过半年多商讨，玱玹力排众议，下令迁都。

　　玱玹手下有一帮人，已经建了四五十年的宫殿，对建筑施工有着丰富的经验，再加上中原氏族的鼎力支持，王令颁布后，他们热火朝天、快马加鞭，经过一年多的改造建设，在原神农都城的基础上，建起了一个布局更合理、城墙更坚固、宫殿更盛大的国都。

　　也许是为了照顾轩辕老氏族的心情，也许是自己念旧，玱玹把轵邑的王宫命名为上垣宫，和轩辕城的王宫同名。中原的氏族没介意这细枝末节，轩辕的老氏族沾沾自喜，觉得自己毕竟还是正统，结果是皆大欢喜。

轩辕城的那座上垣宫没有更名。因为在西边，不知谁第一个叫出了西上垣宫的叫法，人们为了区别，渐渐地把轩辕城的上垣宫叫作了西宫，和轵邑的上垣宫区别开。

玱玹挑选了吉日，宣布轩辕迁都，轵邑城成为新的轩辕国都。

玱玹每日来看望轩辕王时，都会把朝堂内的事说给轩辕王听，轩辕王从不发表任何意见，没有嘉许，也没有批驳，有的只是一种冷静的观察，似乎在暗暗考核，玱玹是否真的如他对天下所宣布的那样，有着宏伟的志向、博大的心胸、敏锐的头脑、旺盛的精力。

显然，玱玹的所作所为让轩辕王真正满意了，这个他寄予了厚望的孙子不仅没有让他失望，反而让他惊喜。

当轵邑城成为轩辕国都的那日，轩辕王听着外面的礼炮声，对小夭说："玱玹，做得很好。"

小夭笑："您一直沉默，很多老臣子还拿您压过玱玹呢！说轩辕城是您和外祖母一手建造，您绝不会愿意迁都。"

轩辕王说道："迁都就意味着要打破旧的传统，会承受非同一般的压力，可玱玹做到了，很好。"

小夭也为玱玹骄傲："哥哥想做的事情绝不会放弃。"

待迁都的事尘埃落定，一日，玱玹来看轩辕王时，轩辕王找了个借口，把阿念打发出去。

轩辕王对玱玹说："是时候立王后了，让中原的氏族彻底安心。"

玱玹下意识地看向小夭。一直没精打采的小夭霍然转头，问道："哥哥想立谁为王后？"

玱玹紧抿着唇，不发一言。

轩辕王盯着玱玹，心内暗叹口气，缓缓说道："当然只能是神农馨悦。"

小夭说："我不同意！"

玱玹惊喜地看着小夭，小夭不满地说："我不是反对馨悦当王后，可阿念呢？你们把阿念放在哪里？"

玱玹眼内的惊喜慢慢地退去，他低下了头，愣愣怔怔，不知道在想什么。

轩辕王对小夭说："如果现在立阿念为后，神农族肯定不满，赤水氏也会不满，所有的中原氏族会认为玱玹过河拆桥，欺骗了他们。如果我们一直待在轩辕山，没有迁都到中原，我们有退路，至少能维持当时的状况，可现在我们已经没有退路,只能走下去。小夭,你想怎么样?难道为了阿念一人,让天下再大乱吗?"

小夭回答不出来,这几年她虽然很少下山,可就那么偶尔的几次,她也能感受到整个大荒正在发生变化——中原的氏族正在警惕小心地接纳,轩辕的老氏族正在警惕小心地融入。这个时刻,就像两头猛兽本来生活在两个山头,互不干涉,却被赶到了一处,正在徘徊试探,如果试探清楚彼此没有敌意,就能和平共处,日子久了还能友好地做伴,可如果一旦有一丝风吹草动,那么就很有可能扑上去咬噬对方。

小夭走到玱玹身边,问道:"哥哥,馨悦和阿念,你想立谁为后?"

玱玹笑起来:"你们喜欢谁就谁吧,我无所谓,反正,我这辈子就这样了!"说完,竟然起身,扬长而去,都没给轩辕王行礼告退。

小夭跺脚:"哥哥!你、你……什么叫你无所谓?"

轩辕王道:"让他一个人静一静吧!"

小夭沮丧又气恼地看着轩辕王:"如果外爷早就认定馨悦是王后,为什么还要给阿念希望?"

轩辕王道:"这事我来和阿念说,你就不要管了。阿念,你进来。"

阿念咬着唇,红着眼眶走了进来,显然已经偷听到玱玹要立馨悦为王后了。

轩辕王对小夭挥挥手,示意她离开,轩辕王对阿念温和地说:"过来,到爷爷身边来,我有些话要和你说。"

"爷爷!"阿念趴在轩辕王膝头,号啕大哭起来。

小夭在阿念的哭声中,走出了殿堂,心中俱是无奈。轩辕王毕竟不是一般的老人,纵是在这小小的殿堂里,他依旧操纵着人心。

◆

天色黑透后,阿念才回了自己所住的寝宫。

小夭在殿内等她,看到阿念的眼睛红肿得像两个小桃子,小夭叹息:"你难道是把一生的眼泪都在今日流光了吗?"

阿念说:"我倒希望。"

小夭问:"外爷和你说了什么?"

阿念说:"我答应了爷爷,这是我和他之间的秘密。"

"你打算怎么办?"

"我明天回高辛。"

小夭喜悦地说:"你不想嫁给玱玹了?那可太好了!"

阿念道:"你胡说什么?我只是觉得我再待在这里不合适了。不管玱玹哥哥娶多少女人,都和我没有关系,可是王后和别的女人不同。紫金宫要有女主人了,而这个女主人并不欢迎我住在这里,我好歹是高辛王姬,我可以为玱玹哥哥做任何事,但我不能让高辛跟着我丢脸。"

小夭皱眉看着阿念,猜不透轩辕王到底给阿念说了什么。

阿念对小夭说:"姐姐,别整日无所事事地发呆了,你也老大不小,该为自己的将来好好想想了。"

"啊?你说我?"小夭回不过神来。

阿念语重心长地说:"你整日没精打采、无所事事,只有哥哥、爷爷、我时,谁都不会在意。可馨悦做了轩辕王后,她就是紫金宫的女主人。以前你是尊,她为卑,但日后,她是尊,你为卑,连她的父亲见了她都得行礼,何况你只是个未过门的嫂子呢?人与人的地位发生变化后,很多事情都会变化,她看待你的目光、对待你的方式,都会自然而然变化,我觉得,她不会乐意看到你这个丧气样子。你如果聪明乖巧,就该换一种敬重亲昵且略带讨好的态度对她,让她感觉到你很清楚她是至高无上的王后,但你能做到吗?你连对高辛王和轩辕王两大帝王都随心所欲,你会把一个王后放在眼里?"

小夭自嘲地说:"我的确做不到敬重亲昵且略带讨好地对她。"

阿念说:"不管你怎么对父王和爷爷,他们都是你的亲人,他们会包容你,可馨悦不会。女人的心眼很小,尤其馨悦这种,一生经营就是为了自己的地位,你的随意只会让馨悦觉得你没把她放在眼里,她会掩饰得很好,但她一定会心生恨怨,至于她会怎么对付你,我就想象不出来了。"

小夭惊讶地看着阿念:"这些话是不是外爷给你分析的?"

阿念瞪着小夭:"爷爷是说了一点,但爷爷并不是特意说你,他是给我分析为人处世的道理。我从小生长在宫廷中,很多事情,即使没看过,也听闻过。我对爷爷不就是敬重亲昵且略带讨好吗?"

小夭想了想,大笑道:"倒真的是呢!原来那样就是敬重亲昵且略带讨好。"

阿念不满:"看在你白日帮我说话的分上,人家帮你,你却浑不当回事。我告诉你,你若再这个样子,迟早要吃馨悦的大亏。我看你还是跟我回高辛吧!在五神山,你爱怎么样,都不会有人敢对付你。"

小夭微笑着不说话,虽然五神山有父王,可也许因为母亲休弃了父王后,小夭一直跟母亲生活在朝云峰,小夭总觉得父王、静安王妃和阿念是完整的一家人,她像个格格不入的客人,反倒在玱玹和轩辕王身边,她才觉得像是和家人在一起。

但是，阿念说得很对，玱玹的家就要有女主人了，她的性子只怕不讨女主人的喜欢。

曾经天真地以为，不管怎么样，这世上，哥哥的家就是她的家，可真走到这一步，才发现愿望总是美好的，现实却总是冷酷的。哥哥的家只是哥哥的家，她可以短住，如果长住，那叫寄人篱下，必须要懂得看主人眼色，否则只会惹人厌弃。

阿念看小夭的样子应该是不想和她回五神山，说道："你不喜欢住在五神山，神农山又不适合长住，那就只有一条出路了。"

"什么？"

"嫁人啊！嫁人是所有女人唯一的出路，当然，除非你打算到玉山去做王母。"阿念叹了口气，"不过，你嫁了人也麻烦，我看丰隆长年留在轵邑，说不定玱玹哥哥还会赏赐他住在神农山，丰隆交游广阔，又是赤水族的族长，做他的夫人也应该八面玲珑、长袖善舞，你却……有些呆笨，不会说话，连怎么打扮都不会。现在都有人在背后笑话你，将来还不知道你要闹出多少笑话，如果你再不讨王后的欢心，你以后的日子可怎么过……唉！"

小夭道："你别再说了，我本来就够绝望了，你再说下去，我简直觉得活得失败透顶，前路没有一丝希望。"

阿念扑哧笑出来："本来我心情挺糟糕，可看到你，觉得我比你还是强多了。"

小夭站起，说道："睡吧！明日我和你回五神山。"

"咦？为什么？"

"你说为什么？我和馨悦少接触一点，至少还能保留一点以前的情谊，若住在一个宫殿里，抬头不见低头见，迟早把那点情谊消磨干净，惹得她厌烦，所以我还是趁早离开吧！"

阿念笑："原来你还是把我的话都听进去了。"

"这宫廷女人的生活，你比我有经验得多，我应该听你的。"

阿念满意地点头："这还差不多。"

小夭从阿念的寝殿出来，想着如果明日要走，今晚应该去和玱玹辞行，可玱玹歇息在哪个女人的殿内呢？

小夭苦笑，真的和以前不一样了！她再不能像以前一样，想找他时，就叫着哥哥，快活地冲进去找他。

小夭叹了口气，回去吧！反正不管辞行不辞行，都要离开，今夜说、明日说，没有区别。

小夭回到寝殿，躺在榻上，翻来覆去睡不着。

失去璟时，她觉得还有玱玹，无论如何，她不可能失去玱玹。

可是，今夜，她第一次意识到，她正在逐渐失去玱玹。

当年，他们携手走上朝云峰时，都坚信，不管任何困难危险，都分不开他们，他们一定会彼此扶持，走到最后。

的确，他们做到了，不管任何困难危险，都没有打败他们，没有让他们放弃对方。

但是，走到最后，他们中间开始有越来越多的人和事，自然而然就要分开了。

并不是谁想疏远谁，也不是谁不在乎谁，可世事竟然就是如此无情，不知不觉中已走到这一步。

小夭觉得心口闷得发疼，不禁翻身坐起，大口吸着气。本来只是失眠，可日子长了，竟好似落下了心痛的毛病。她知道相柳又要被她打扰到了。

这些年来，无数个漆黑寂静的夜，痛苦难忍时，因为知道还有个人感同身受，并不是她孤单一人承受一切，就好似有人一直在陪伴她，让她安慰了许多。

也曾在寄送的毒药中夹带信息，抱歉自己打扰他，提醒他如果有空时，他们可以去百黎，但相柳没回复。小夭提了一次，再没有勇气提第二次。

小夭抚着心口，缓缓躺倒，静躺了许久，慢慢地沉睡过去。

◆

翌日，小夭去看轩辕王时，阿念和玱玹都在。

阿念气色很不好，眼睛依旧红肿，看来昨晚又哭了一场。玱玹却也气色不好，眼眶下乌青，简直像通宵未睡。

小夭觉得好笑，却不知道自己也是气色难看，只不过她向来睡到晌午才起，今日难得起得早，没有睡够也是正常。

玱玹对小夭说："我和爷爷商量过了，决定立馨悦为王后。"

阿念静静地坐在轩辕王身旁，虽然没有一丝笑意，却十分平静。

既然阿念都不反对，小夭更没有反对的理由，说道："好啊！"

玱玹盯着小夭，目光灼灼，小夭笑了笑。

阿念对小夭说："我刚才已经和爷爷、哥哥辞行了，待会儿就出发，回五神山。"

小夭对轩辕王和玱玹笑道:"我也很久没回去看望父王了,所以,我打算和阿念一起回去。"

轩辕王说:"回去看看你父王也好。"

玱玹问:"你什么时候回来?"

小夭愣了一下,什么时候回来?她还真没想过。不像以前,每次回去,都知道自己肯定会回到玱玹身边,所以收拾东西时,都只是带点衣物就离开。这一次,竟然潜意识里有了不再回来的打算,刚才珊瑚问她哪些东西打包,她随口给的吩咐是:都收起来吧,反正拉车的天马有的是。

小夭笑道:"还没决定具体什么时候回来,陪父王一阵子再说。"

小夭以前回高辛时,也常常这么说,但不知道为什么,玱玹觉得,这一次小夭的语气很敷衍。他想问她,可当着爷爷和阿念的面,又问不出来,反倒淡淡说:"也好。"玱玹第一次明白,原来越是紧张的,藏得越深。

玱玹没有回去处理政事,一直陪着小夭和阿念。

阿念依依不舍,叮咛着玱玹,玱玹只是微笑着说好。小夭坐在轩辕王身边,帮他诊脉,嘱咐着轩辕王平日应该留神注意的事。

这些年她帮轩辕王细心调理,轩辕王自己又用心配合,身体好了不少。只要平日多在神山静心修炼,再用灵草慢慢滋补,再活几百年一点问题没有。

玱玹传了点心小菜,陪着小夭和阿念用了一些。

待吃完茶,消了食,海棠来禀奏:"行李都已经装好,王姬是否现在出发?"

小夭和阿念站起,给轩辕王磕头,轩辕王对玱玹说:"你送完她们就去忙你的事吧,不必再回来陪我。"

"是!"

玱玹陪着小夭和阿念出来。

行到云辇旁,玱玹看小夭和阿念坐一辇云辇,还有五辆拉行李的大云车。

小夭离开时从来不用载货的云车,玱玹笑道:"阿念,你的行李可真不少,该不会把整个殿都搬空了吧?"

阿念眨巴了几下眼睛:"不全是我的。"

玱玹转身,看向苗莆,苗莆奏道:"有三辆车装的是大王姬的行李。"

玱玹的面色骤然阴沉,吓得苗莆立即跪下。

玱玹缓了一缓,徐徐回身,微笑着说:"小夭,你下来,我有话和你说。"

小夭已经在闭着眼睛打瞌睡,听到玱玹叫她,打了个哈欠,从云辇里钻了出来。

玱玹拽着她走到一旁,小夭懒洋洋地问:"什么重要的话啊?"

阿念好奇地看着他们,可玱玹下了禁制,什么都听不到。

玱玹问小夭:"你打算什么时候回来?"

"我还没想好,总得陪父王住一阵子,再考虑回来的事吧!"小夭纳闷,不是已经问过了吗?

"一个月能回来吗?"

"不可能。"现在才刚开始商议婚事,一个月,馨悦和玱玹有没有行婚典还不一定。

"两个月能回来吗?"

"也不太可能。"

"三个月能回来吗?"

"不行。"

"四个月能回来吗?"

"不行。"

……………

玱玹居然一个月一个月地问了下去,小夭从不可能到不太可能,从不行到恐怕不行……

"十三个月能回来吗?"

小夭只觉得那个"恐怕不行"再说不出口,她迟疑着说:"我不知道。"

玱玹说:"那好,十三个月后我派人去接你。"

小夭忙说:"不用了,我要回来时,自然就回来了。"

玱玹像没听到她说什么一样:"十三个月后,我派人去接你。"

未等小夭回答,玱玹就向云辇走去,显然打算送小夭走了。

小夭一边走,一边哼哼唧唧地说:"来来回回,我早走熟了,哪里需要人接?如果十三个月后,万一……我还……不想回来,那不是白跑一趟吗?算了吧!"

玱玹停住步子,盯着小夭,小夭居然心一颤,低下了头。

玱玹说:"如果你不回来,我会去五神山接你。"说完,玱玹提步就走,步子迈得又大又急。

自古王不见王,就算高辛王是玱玹的师父,但如今玱玹是一国之君,怎么能擅自冒险进入他国?小夭怀疑自己听错了,追着玱玹想问清楚:"你说什么?"

玱玹把小夭推上云辇,对她和阿念说:"路上别贪玩,直接回五神山,见了师父，代我问好，一路顺风。"

　　玱玹走开几步，对驭者说："出发！"

　　驭者立即甩了鞭子，四匹天马腾空而起，拉着云辇飞上天空。

　　小夭和阿念挤在窗户前，阿念冲玱玹挥手，玱玹也朝她们挥了挥手。

　　直到看不到玱玹了，阿念才收回目光，她幸灾乐祸地看着小夭："挨训了吧？难得看哥哥朝你发火啊！他为什么训你？"

　　小夭躺到软枕上："我脑子糊里糊涂的，得睡一会儿。"

　　"你每天晚上都去干什么了？难道不睡觉的吗？"

　　小夭长长叹了口气，她每夜要醒好几次，即使睡着了，也睡不踏实，睡眠质量太差，只能延长睡眠时间。

　　阿念说："喂，问你话呢！"

　　小夭把一块丝帕搭在脸上，表明，别吵我，我睡了！

◆

　　一个半月后，轩辕国君轩辕玱玹迎娶神农王族后裔神农馨悦为王后。

　　婚典十分盛大，举国欢庆三日。这场婚典，等于正式昭告天下，以轩辕氏为首的轩辕王部族和以神农氏为首的神农王部族真正开始融合。

　　在婚典上，神农馨悦按照神农族的传统，尚红，吉服是红色，玱玹却未按照轩辕族的传统，尚黄，着黄衣，而是穿了一袭玄色衣袍，点缀金丝刺绣。

　　没有人知道玱玹此举的含义，但这套玄色正服显得威严庄重，金丝刺绣又让衣袍不失华丽富贵，以至于婚典过后，不少贵族公子都模仿玱玹穿玄色，开了尚黑的风气。

　　三日婚典后，玱玹颁布法令，鼓励中原氏族和轩辕老氏族通婚，凡有联姻的，玱玹都会给予赏赐，那些联姻家族的子弟也更受关注，更容易被委以重任。

　　本来不屑和中原氏族交往的轩辕老氏族，因为迁都，不得不尝试融入中原生活。人又毕竟都是现实逐利的，在玱玹的鼓励和强迫下，渐渐地，轩辕老氏族和中原氏族通婚的越来越多。

　　不管有再多的敌对情绪，一旦血脉交融的下一代诞生后，口音截然不同、饮食习惯截然不同的爷爷和外爷看着一个冰雪可爱的小家伙，脸上疼爱的表情一模一样。

虽然，轩辕和神农两大族群真正的融合还需要很长时间，但无论如何，玱玹成功地走出了第一步。也许千万年后，当轩辕王和玱玹都看不到时，这大荒内，既没有了神农王的部族，也没有了轩辕王的部族，有的只是血脉交融的两族子孙。

◆

大半个大荒都在为国君和王后的婚礼欢庆，高辛也受到影响，酒楼茶肆里的行游歌者都在讲述轩辕国君的婚礼盛况，让听众啧啧称叹。

阿念很不开心，小夭也不开心。

小夭开始真正明白阿念说的话，王后和其他女人都不同。以前不管玱玹娶谁，小夭都没感觉，只是看着阿念和馨悦纠结，反正不管玱玹娶多少女人，她都是他妹妹。可这一次，小夭觉得玱玹真的属于别人了，纵然她是他妹妹，但以后和他同出同进、同悲同喜的人是馨悦。小夭和他再不可能像以前一样，躺在月下，漫无边际地聊天；以后她再生了病，玱玹也不可能就睡在外间，夜夜守在榻边，陪着她。

小夭不得不承认，馨悦夺走了她最亲的人。

小夭把自己的难受讲给阿念听，阿念不但不同情她，反而幸灾乐祸："你也终于有今日了。"嘲笑完小夭，阿念更加难受了。以前因为小夭和玱玹密不可分的亲近，她总有一种隐隐的优越感，觉得自己和其他女人都不同，可现在连小夭都觉得玱玹被馨悦夺走了，她岂不是距离玱玹更遥远了？

◆

小夭晚上睡不好的病症依旧，她一般都是响午才起身，用过饭，就去漪清园待着，也不游水，一个人坐在水边，呆呆地看着水。

有一次，高辛王走进漪清园，天色已黑透，小夭依旧呆坐在水边，以她的灵力修为，只怕不可能视黑夜如白昼。

高辛王问："你每日在水边冥思，已经思了几个月，都想出了些什么？"

小夭说："我想起了很多小时候的事，娘很疼爱我。可是那么疼爱，她依旧为了什么家国天下的大义舍弃了我。她舍不得别的孩子没有爹娘，可她舍得让我没了娘。我最近会忍不住想，如果她没有舍弃我，好好地看着我长大，我会是什么样子？我的性格是不是不会这么别扭，我是不是会比现在快乐一点？"

高辛王说:"小夭,你魔障了,你得走出来,别被自己的心魔吞噬。如果是为了涂山家的那只小狐狸,我去帮你把他抢来。"

小夭笑道:"父王,你忘记了吗?我已经有未婚夫了。"

高辛王愣了一愣,说:"我写信让赤水丰隆来陪你。"

小夭道:"好啊,让他来看看我吧!"正如玱玹所说,治疗悲伤的唯一方法就是用得到弥补失去,让快乐抚平痛苦。其实,治疗失去旧情人痛苦的最好方法就是找到新情人,但是,丰隆……他的情人是他的雄心壮志。

丰隆接到高辛王的信后,星夜兼程,赶来看小夭,陪了小夭一天半,又星夜兼程赶回中原。

高辛王有心说丰隆两句,可丰隆的确是放下了手头一堆的事情来看小夭,他回去也是处理正事,并不是花天酒地。对男人的要求都是以事业为先,丰隆完全没有做错。高辛王只能无奈地叹气。

小夭对高辛王说,她不想住在神山上了,但高辛王绝不允许小夭离开五神山,两父女争执的结果是各做了一步退让,小夭离开承恩宫,去了瀛洲岛。

以前,小夭总处于一种进攻和守护的状态,所以,对毒药孜孜不倦地研究,坚持不懈地练习箭术。自从失去了璟,玱玹登基后,再无可失去,再无可守护,小夭突然泄了气,彻底放弃了箭术,除了为相柳做毒药,也不再琢磨毒术。

大把时间空闲下来,为了打发时间,小夭在瀛洲岛上开了一家小医馆。

在大荒,女子行医很常见,但小夭总是戴着面纱,病人对一个连长相都看不到的医师很难信任,小夭的医馆门庭冷落。

小夭也不在意,每日晌午后开门,让珊瑚在前面守着,她在后面翻看医书,研磨药材。

偶尔来一两个穷病人,看不起其他医馆,只能来这个新开的医馆试试,将信将疑地拿着小夭开的药回去,没想到还挺管用。渐渐地,医馆有了稀稀落落的病人,大部分都是海上的苦渔民。有时候,病好后,还会给小夭提来两条鱼。

小夭下厨烧给珊瑚和苗莆吃,珊瑚和苗莆都惊得眼睛瞪得溜圆,王姬做的鱼竟然不比王宫里的御厨差呢!

这样的生活琐碎平凡,日复一日,小夭忘记了时间,当玱玹派人来接她时,她才惊觉已经十三个月,可是,她不想回去。

以前,她陪伴着他,是因为他走在一条步步杀机的道路上,除了她,再无别人。

可现在,他是一国之君,有大荒内最优秀勇猛的男儿追随,有大荒内最妩媚美丽的女子相伴，他的王图霸业正在一点点展开，而她累了，只想过琐碎平凡的日子，不想再面对那些动辄会影响无数人命运的风云。

小夭写了一封信，让侍从带给珑玹。

小夭等了几天，珑玹没什么反应，看来是同意她不回去了。小夭松了口气，安心过自己的日子，却又十分怅然。

晌午后，一个渔民应小夭的要求，给小夭送来一桶新鲜打捞的海胆。

小夭最近发现了不少《百草经注》中没有记载的药材。大概因为神农王生活在内陆，所以写《百草经注》时，对海里的药材记录不多，小夭从渔民的小偏方中发现了不少有用的药材，海胆就是其中之一。

小夭挽起袖子，在院内收拾海胆，海胆的肉剥出来晚上吃，壳晒干后，就是上好的药材。

虚掩的院门被推开，一个人走了进来。

小夭正忙得满手腥，头未抬地说道："看病去前堂等候。"

来者没有说话，也没有离开。

小夭抬头，看是珑玹，惊得小刀滑了一下，从左手手指上划过，血涌了出来。

"严重吗？"珑玹忙问道。

小夭捏住手指："你怎么来了？你疯了吗？"

"让我看一下。"

小夭把手伸给珑玹，没好气地说："我没事！有事的是你！"

珑玹先用帕子和清水把伤口清理了一下，拿出随身携带的小药瓶，倒出一颗流光飞舞丸，捏碎了。这么点血口，一颗流光飞舞丸，很快就让伤口凝合。

小夭问："你来这里的事，有多少人知道？"

"如果你现在跟我走，不会有多少人知道。但如果你不跟我走，我就不知道会有多少人知道了，也许——全大荒！"

"你……你在胁迫我？用我对你安危的关心？"小夭匪夷所思地说。

珑玹挑了挑眉头，思索了一瞬，认可了小夭的说法："是啊，我在胁迫你。"

珑玹在耍无赖！小夭在市井混时，也做过无赖，那就看谁更无赖呗！小夭说："我才不相信我不跟你回去，你就不回去了。你要想留就留吧！"小夭坐在木墩上，继续收拾海胆。

珑玹踢了根木桩过来，挽起袖子，把长袍一撩，坐在木桩上，帮小夭收拾海胆，他连刀都不用，手轻轻一捏，干脆利落收拾干净一个。他也不是没在市井混过，两无赖相遇，谁更无耻、谁更心狠，谁就赢。

玱玹一边收拾海胆，一边和小夭商量怎么吃海胆。他在高辛生活了二百多年，论吃海鲜，小夭可比不过他，玱玹娓娓道来，俨然真打算留下了。

　　小夭茫然了。玱玹一直对她很迁就，她也从未违逆过玱玹的意愿，这竟然是他们俩第一次在一件事情上出现了分歧，小夭不知道该怎么办了。

　　两人收拾完海胆，玱玹帮小夭把海胆壳洗干净，晾晒好。

　　间中有病人来看病，小夭戴好帷帽，跑出去给人看病，心里默默祈祷，等我回去，玱玹就消失了！

　　等她回去，玱玹依旧在，正在帮她劈柴。

　　天色渐渐黑了，玱玹洗干净手，进了厨房，开始做晚饭。

　　小夭站在院子里发呆，像一根木桩子，珊瑚和苗莆也化作了人形木桩子。

　　半个多时辰后，玱玹叫："吃饭了！"

　　苗莆如梦初醒，赶紧冲进厨房去端菜。

　　高辛四季温暖，平常人家都喜欢在院子里吃饭，小夭的院子里就有一张大案，珊瑚赶紧把大案擦干净。

　　不一会儿，案上放满了碗碟。

　　玱玹对院子外面说了一声："你们也进来一块儿吃一些。"

　　唰唰地进来了八九个暗卫，苗莆用大海碗盛上饭，拨些菜盖在饭上，他们依次上前端起，沉默地走到墙边，沉默地吃饭。

　　玱玹说："我们坐下吃吧！"

　　他给小夭盛了饭，小夭捧着碗，默默扒拉饭。玱玹给小夭舀了一勺子新鲜海胆："你尝尝如何？"

　　小夭塞进嘴里，食不知味。

　　用完饭，玱玹依旧没有要走的意思，竟然让苗莆帮他去铺被褥，而他自己在厨房里烧水，打算洗澡。

　　小夭撑不住了，站在厨房门口问："你来真的？"

　　玱玹问："难道你觉得我万里迢迢跑来五神山，是和你玩假的吗？"

　　小夭知道这件事，谁更无赖谁更狠，谁就赢，可是她真的不能拿玱玹的安危来斗狠，所以她只能投降。小夭恨恨地说："我跟你走。但你记住，我不是心甘情愿的！"

　　玱玹什么都没说，随手一挥，灶膛里的火熄灭。

　　他走出厨房，说道："立即回神农山。"

苗莆箭一般从屋子里冲出来，背着个大包裹，对小夭笑道："王姬，所有东西都收拾好了。"

小夭瞪了她一眼，低声说："叛徒！"

苗莆瘪着嘴，低下了头。

玱玹的玄鸟坐骑落下，他对小夭伸手，示意小夭上来。小夭没理他，走到一个暗卫身前："我乘你的坐骑。"

暗卫看玱玹，玱玹颔首，暗卫让小夭上了他的坐骑，说道："请王姬坐下，抱住玄鸟的脖子。"

玄鸟腾空而起，立即拔高，隐入云霄。

也不知道蓐收从哪里冒了出来，驱策坐骑，护送着他们飞过一道道关卡，直到飞出五神山的警戒范围。

玱玹对蓐收道："谢了！"

蓐收苦着脸说："算我求你，你以后千万别再来了。你要是太想念我，我去拜访你，你要是想见谁，除了陛下，我都绑了，亲自送到你老人家面前。"

玱玹笑着挥挥手，在暗卫的保护下，呼啸离去。

蓐收喃喃说："早知道你这么浑，我当年就是被我爹打死，也不该和你一起学习修炼。"蓐收叹了口气，去向高辛王复命。

◆

一路风驰电掣，所幸平安到达神农山。

玱玹没有带小夭去紫金顶，而是带小夭去了小月顶。玱玹给小夭解释道："爷爷早已搬来小月顶住，你应该想和爷爷住得近一些。"

想到可以不用和馨悦经常见面，小夭如释重负："听说小月顶有个药谷，神农王晚年长年居住在药谷中，爷爷是住那里吗？"小夭对医术的兴趣远远不如毒术，虽然在紫金宫的藏书中看到过药谷的记载，却从没来过。

玱玹说："是那里。"

坐骑还未落下，小夭已经看到铺天盖地的火红凤凰花，如烈焰一般燃烧着，小夭惊讶地说："你在这里也种了凤凰树？"

玱玹说："是啊，当年看这个山上的章莪宫不错，想着也许你会喜欢，就在山里种了一些凤凰树。"

小夭从坐骑上下来，如同做梦一般走进凤凰林中，漫天红云，落英缤纷，和朝云峰上的凤凰林一模一样。

小夭伸手接住一朵落花，放进嘴里吸吮，甜蜜芬芳，也和朝云峰上的凤凰花一模一样。

从朝云峰到小月顶，隔着几十万个日夜之后，她终于再次看见了凤凰花。

小夭把一朵凤凰花递给玱玹："你做到了。"

玱玹拿住凤凰花："不是我做到了，是我们做到了。"

玱玹把凤凰花插到小夭鬓边，拉着小夭往凤凰林深处走去。

密林深处，一株巨大的凤凰树下，一个能坐两人的秋千架，静静等着它的主人。

小夭禁不住微微而笑，心中涌起难言的酸楚。小时候，她一直想在凤凰林内搭个大大的秋千架，和玱玹一起荡秋千，可那时娘亲很忙，没时间带她进山。娘亲为了能一边照顾外祖母，一边看顾她和玱玹，只在庭院内的凤凰树下给她搭了一个小小的秋千架。如今，大大的秋千架终于搭好了，却再不会有人看她和玱玹一起荡秋千。

玱玹似知她所想，轻轻地揽住她的肩："我们自己能看到。"

小夭点点头。

玱玹问："要荡秋千吗？"

小夭摇摇头："我们先去见外爷。"

玱玹带小夭走出凤凰林，顺着溪边的小径，进入一个开阔的山谷。

山谷内有四五间竹屋，竹屋前种了两株凤凰树，花色绚烂。几只九色鹿在屋后的山林中悠闲地吃草，屋前的山坡上是一块块的药田，轩辕王挽着裤脚，戴着斗笠，在田里劳作。

玱玹说："这条进药谷的路不方便，平时你可以从另一条路走，那条路上有个花谷，种满了蓝色的花。"

小夭走到田里，蹲下看了看药草，不禁点了下头，扬声对轩辕王说："种得还不错。"

轩辕王笑道："我小时，为了填饱肚子，耕地打猎都干过。虽然多年不做，已经生疏，但人年少时学会的东西，就好似融入了骨血中，不管隔了多久，都不会忘记，再做时，很快就能上手。"

小夭看轩辕王，他满腿是泥，黑了许多，却更精神了，笑道："不用给您把脉，都能看出您身体养得不错。"

"土地和人心不一样,以前和人心打交道,劳心伤神,现在和土地打交道,修心养神,身子自然而然就舒畅了。"

小夭道:"是啊,你精心侍弄土地,土地就会给予丰厚的回报,人心,却无常。"

轩辕王从田里走出来,对玱玹说:"你赶紧回去,虽然有潇潇帮忙遮掩那九尾狐傀儡,可你娶的女人没一个是傻子。"

"孙儿这就回去。"玱玹对轩辕王行礼,又看了眼小夭,才离开。

小夭惊讶地对轩辕王说:"您居然知道?您居然允许玱玹胡来?"

"我能怎么样?他那么大个人了,难道我还能把他绑起来吗?我帮着他,他还会来和我商量,万一有什么事,我能及时处理,不至于真出乱子,如果我动辄反对,他背着我还不是照做?"

小夭无语反驳,因为轩辕王说的都是事实。

珊瑚和苗莆站在竹屋前,轩辕王指指右边的三间:"你们随意安排吧!"

珊瑚和苗莆打开行囊,收拾起来,小夭也就算在小月顶安了家。

◆

晚上,玱玹竟然又来了。

小夭依旧有怨气,对他爱理不理。

玱玹一直笑眯眯地哄着小夭,小夭没好气地说:"别把你哄别的女人的那一套用到我身上,我可不吃你这一套!"

玱玹的笑意骤然逝去,默默地看着小夭,眼中隐有悲伤。

小夭被他瞅得没了脾气,无奈地说:"你还想怎么样?我已经跟你回来了。难道还要我向你赔礼道歉?"

玱玹又笑了,拽住小夭的衣袖:"知道逃不掉,以后别再逃了。"

小夭哼道:"这次我可没想逃,我若真想逃,一定会去个你压根儿没有办法的地方。"

玱玹微笑着说:"那我就去把那个地方打下来,变作我的地方。"

小夭笑:"好大的口气!整个天下总有不属于你的地方。"

玱玹笑眯眯地说:"那我把整个天下都变作我的,反正不管你逃到哪里,我总能把你找回来。"

小夭笑得直不起身子:"好啊,好啊,整个天下都是你的。"

轩辕王散步归来，听到一对小儿女的笑言，盯了玱玹一眼，禁不住暗暗叹息，说者有心，听者无意！

轩辕王走过去，小夭往玱玹身旁挪了挪，给轩辕王让位置。

玱玹依旧捏着一截小夭的衣袖，在指上绕着结。小夭笑着拽回，玱玹又拽了回去，小夭往回拽，玱玹不松手，小夭对轩辕王告状："外爷，你看哥哥！"

轩辕王笑笑，摊开手掌，把一个像半个鸭蛋模样的东西递给玱玹。

玱玹拿过去，低头把玩，好似在回想着什么，一瞬后，惊异地说："河图洛书？"他小时，曾听轩辕王讲述过此物，却是第一次见到。

轩辕王颔首。

小夭凑到玱玹身前看，玱玹递给她。小夭翻来覆去也没看出什么名堂，就是半个玉石蛋，里面好似有些小点，乍一看，有点像天上星辰的排布。

玱玹说："据说这里面藏着一个关于天下苍生的大秘密，现在看不出来什么，要两半合在一起，凑成一个完整的玉卵，才能窥察天机。"

小夭问："另一半在哪里？"

轩辕王没说话，玱玹也沉默不语。

小夭以为是轩辕的秘事，不再询问，把半枚玉卵还给玱玹，笑道："我去收拾一下，待会儿睡了。"

玱玹看小夭走了，立即下了禁制。

玱玹迟迟未说话，轩辕王静静地等着。

玱玹终于开口："因为一点不能释然的疑惑，自从登基，我一直在查小夭的身世，本以为查证后，能解除疑惑，却越查越扑朔迷离，甚至开始相信谣言。爷爷，小夭的父亲究竟是谁？"

轩辕王回道："你姑姑未曾告诉我实话，但我想……小夭的父亲是赤宸。"

怀疑和证实毕竟是两回事，玱玹呆了一会儿，喃喃说："师父知道吗？姑姑和他闹到了决裂，他不可能不知道……可为什么……就是因为他对小夭的态度，我才一直没动过疑心，难道师父不知道？"

"就算以前不知道，见到小夭的真容后也该知道了，赤宸的一双眼生得最好，小夭要了他最好的，眼睛和赤宸几乎一模一样，额头也有些像。"

玱玹说："可师父对小夭真的十分疼爱。"

轩辕王道："我曾怀疑过他的居心，现在也没释然，但大概因为我不再是君王，肩上没了担子，不必事事先以最坏的角度去考虑。我觉得，很有可能他没任何居心，只是一点对故人的愧疚和怀念。"从青阳的死到仲意的死，甚至赤宸的死，高辛王做过什么，只有他自己心里最清楚。"

俊玹低头凝视着手中的半枚玉卵，沉吟不语。

半响后，他收起玉卵，对轩辕王说："其实很好，小夭不是高辛王的女儿，我倒觉得轻松了许多。"

轩辕王说："难道你打算让小夭知道？"

俊玹没有回答轩辕王的问题，只是说道："就算全天下知道了她是赤宸的女儿又怎么样？不管赤宸当年杀了多少人，现如今有多少人恨小夭，我有数十万铁骑在，难道还护不住她？"

轩辕王道："事情不是你想的那么简单。"

俊玹站起，对轩辕王说："爷爷早点休息吧，我去看一下小夭，也回去了。"

俊玹走进竹屋，小夭靠躺在榻上，翻看着地理风物志。

俊玹问："怎么对这些书感兴趣了？"

"一方水土养一方草木，山水草木皆关身，我也是最近才发现医术可不仅仅是头痛医头，脚痛医脚，往大里说，可以包罗万象。"

俊玹笑道："回头我命淑全整理藏经峰的藏书，再搜集天下书入藏经峰，你要包罗万象，我就给你包罗万象，保管你看一辈子也看不完。"

小夭抿着唇笑起来："无赖！"

小夭搁下书卷，翻身躺下："我要睡了。"

俊玹弯身帮她合上海贝明珠灯，却未离开，蹲在她的榻头，问道："还生我的气吗？"

"哥哥，你现在已经不需要我。"

"你说错了，我现在只是不需要你的帮助。以前，虽然我是哥哥，可我一直在倚靠你，从现在起，你可以倚靠我了。"俊玹握住小夭的手，"有什么是你父王能给你，我却给不了你的呢？你能住在五神山，为什么不能住在神农山？"

小夭笑，好吧，好吧，满足一下俊玹想翻身当大男人的愿望！

小夭道："好，我住下。不过先说清楚，我这人就这样子，若以后让你丢脸了、为难了，你可别怪我。"小夭从来没有八面玲珑、长袖善舞的本事，神农山和轵邑城却越来越复杂，俊玹身边的人也越来越复杂。

俊玹笑道："我很期待那一日的到来。"

小夭推他，说道："我能睡到晌午才起，你却大清早就得起，赶紧回去休息吧！"

俊玹帮小夭盖好被子，轻声道："我走了，明天再来看你。"

第十四章
追往事，空惨愁颜

小月顶上的日子，十分空闲散漫。

珨玴说神农山和五神山一样，其实不对，五神山没有记忆，可神农山、泽州、轵邑都有太多曾经的记忆。不管走到哪里，都能想起过去的事情。

小夭也不知道自己是不想面对过往，还是真的懒惰，反正她哪里都不愿去，珨玴提议她像在五神山时一样，在轵邑开个医馆，小夭也不愿意。

每日，小夭都是日过中天才起。起来后，有一搭没一搭地翻一下医书，只有炼制毒药的时候她才稍微精神点。

轩辕王看她实在萎靡，好心地建议："防风家那个小子，叫防风邶，对吧？我看你们玩得不错，怎么这几年没在一起玩了？你可以找他陪你四处逛逛。"

轩辕王不说还好，一说小夭更加萎靡，连毒药都不愿做了，整日坐在廊下发呆。

一日，轩辕王把小夭叫了过去，领着小夭走进一间竹屋。

屋内陈设简单，就榻头的一个玉石匣子引人注目。

轩辕王对小夭说："这间屋子是神农王生前所居。"

虽然已经知道轩辕王说的是哪位神农王，小夭依旧忍不住问："那位被尊奉为医祖的神农王？"

"对，就是写了《百草经注》的神农王。"

虽然从没见过面，可因为《百草经注》，小夭对这位神农王还是有几分好奇，默默打量着屋子。

轩辕王走到榻旁，指着那个玉石匣子说："这是神农王生前研究医术的札记，你可以看一看。"

小夭不太有兴趣的样子，随口"嗯"了一声。

轩辕王说："不管是他生前，还是他死后，世人对神农王的敬重远胜于我。统一中原后，我为了安抚天下氏族，不得不祭祀他，可说心里话，我不服。但来到小月顶，无意中发现他生前的札记，仔细看完后，我终于承认我不如他，至少过去的我不如他。小夭，我平生只信自己，神农王是唯一令我敬重、敬佩的男人。"

小夭诧异地看着轩辕王，很难相信雄才伟略、自负骄傲的轩辕王能说出这样的话。

轩辕王说："《百草经注》在你脑中几百年了，不管你背得多么滚瓜烂熟，不管你能治愈多少疑难杂症，你都没有真正懂得它。你别不服气地看着我，等你看完这些，会明白我的意思。"

小夭不禁打开匣子，随手拿起最上面的一枚玉简开始阅读。

这一看就看了进去，连轩辕王什么时候走的，小夭都完全不知道。

从下午到晚上，从晚上到天亮，小夭未吃未睡，一直在看。

札记的开头，神农王写道，因为尝百草、辨药性，发现自己中毒，他开始给自己解毒。

神农王条理分明地记下了他服用过的每一种药物。

因为要分析药物使用前的症状和使用后的症状，神农王详细记录了每一次身体反应：手足无力，呕吐，五脏绞痛，耳鸣，眩晕，抽搐，心跳加速，半身麻痹，口吐白沫……

札记精练，没有任何感情的流露，小夭看到的是一个个冰冷的字眼，可那背后的所有痛苦却是肉身在一点点承受。

刚开始，小夭不明白，写下《百草经注》的人难道连减缓痛苦的方法都不懂吗？

可看着详细的症状记录，她明白了，不是不知道，而是神农王不愿用，他想要留给世人的就是每一种药物最原始的反应，让后来者知道它们会造成的痛苦。

到后来，神农王应该已经知道他的毒无法可解，可他依旧在用自己的身体尝试着各种药物，不是为了解毒，只是为了能多留下一些药物。

能减缓心脏绞痛，却会导致四肢痉挛；

可以减轻呕吐症状，却会导致亢奋难眠；

可以治疗五脏疼痛，却有可能导致失明脱发……

在这些冰冷的字迹后，究竟藏着一颗多么博大、仁爱、坚毅的心？

一代帝王，甘愿承受各种痛苦，只为了留下一种可能减缓他人痛苦的药草。神族的寿命长，但漫长的生命如果只是去一次次尝试痛苦，究竟需要多大的勇气？

这些札记只是神农王中毒后的一部分，大概因为没有时间进行反复试验和确认，《百草经注》没有收录札记中的药物。《百草经注》中的每一种药草、每一个药方、每一种诊治方法都详尽确实，那究竟需要多少次反复的尝试，多少的痛苦，多少的坚持，才能成就一本《百草经注》？

小夭看完札记，呆呆坐了很久，才走出屋子。

轩辕王静静地看着她，小夭说："我错了，我从没有真正看懂过《百草经注》。"以前总听到人说《百草经注》是神农王一生心血，她听在耳里，却没有真正理解，现在终于明白了，她轻慢的不是一本医书，而是一个帝王的一生心血。

轩辕王点了点头："错了，该如何弥补？"

小夭回答不出来。

轩辕王说："神农王来不及把最后的札记整理出来，他肯定不在乎我是否祭祀他。如果我能把这部分札记整理出来，惠及百姓，才是对他最好的祭祀，但我不懂医术。"

轩辕王拿起锄头去了田里。

小夭盘膝坐在廊下，静静思索。

傍晚，玱玹来看轩辕王和小夭时，小夭对玱玹说："我想学习医术。"

玱玹诧异地说："你医术不是很好吗？"

小夭说："我只是投机取巧。"小夭学习医术走了一条诡径和捷径，为了杀人才精研各种药草，靠着《百草经注》，她治疗某些疑难杂症，比很多医术高超的大医师都厉害，可基本功她十分欠缺，一些能简单解决的病症，她会束手无策，甚至复杂化，给病者带来痛苦，所以她并不是一名真正的医师。

小夭在瀛洲岛行医时，就发现了自己的这个问题，但她一直没往心里去，反正她又没打算去普济世人，她看不好的病，自然有人看得好。今日她开始直面自己的问题，最后决定不破不立，忘记脑中一切的知识，从头开始学习医术。

玱玹问："你打算如何学习医术？我命鄞来教你？"

小夭摇摇头："现在的我还不配让鄞来教导。"

玱玹道："不管你想怎么做，我都会支持你。"

轵邑城中有官府办的专门教习医术的医堂，玱玹还下令凡宫廷医师必须轮流去医堂授课。

小夭戴起帷帽，让自己变作一个完全不懂医药的人，去医堂从最基础的一步步学起。

小夭不再睡懒觉，每日早起，去医堂学习，轩辕王也每日早起，吐纳养身，照顾药田，翻看医书。

小月顶上的一老一少过着平静的日子。

每日，风雨无阻，玱玹都会来小月顶陪轩辕王和小夭用晚饭。

也许因为经过好几年的试探，玱玹明白轩辕王已经真正放手，并没有想做国君的打算，也许因为经过好几年的经营，玱玹已经真正掌控了整个轩辕，不需再畏惧轩辕王，他不再像以往那样，把朝堂内的事一件件都说给轩辕王听，只有真正重要的决策，玱玹才会和轩辕王说一下。

大多数时候，玱玹不提政事、不提紫金宫，和轩辕王谈谈土地雨水，询问小夭今日学到什么，学堂里可认识了新的朋友，可有什么好玩的事。

玱玹有时候用完饭就离开，有时候会留得晚一些，陪小夭乘凉荡秋千，帮小夭做些琐碎的事，或者和小夭去凤凰林内散步。

小夭觉得，她和玱玹之间一切都好似没变化，玱玹依旧是她最亲的人，可一切又不同，自从她回到神农山，玱玹从未让她去过紫金顶，也从未让她去过上垣宫，她其实被玱玹隔绝在他的生活之外。对此，小夭倒没什么意见，反正现在的他已不需要她。

◆

寒来暑往，时光流逝，小夭已经在医堂学习了两年医术。

下午，小夭从医堂走出来时，看到丰隆等在路边。

小夭笑走过去："今日又有空了？"

丰隆笑道："我送你回去。"

这两年来，丰隆在轵邑时，就会抽空来小月顶看小夭，陪轩辕王聊聊天，等玱玹到了，四人一起吃顿晚饭。

小夭到小月顶后，馨悦只来过一次。因为轩辕王，小月顶无形中成了众人回避的地方，尤其馨悦。大概因为她从出生就在轩辕城做质子，轩辕王在她心中代表着死亡的威胁，她对轩辕王的畏惧伴随着她所有的成长记忆。即使如今她已成为轩辕国的王后，明知道轩辕王已经不会威胁到她的生命，可那种成长中的畏惧早已深入骨髓，馨悦每次见到轩辕王，都会很不自在，所以，馨悦一直很回避见轩辕王,如果她能做主,她真恨不得立即把轩辕王赶回轩辕山。

那唯一一次的拜访,馨悦非常拘谨,坐了一会儿就离开了。

丰隆和馨悦截然不同,丰隆一出生,就被赤水族长带到了赤水,在爷爷的呵护中,无忧无虑地长大。虽然长大后,他明白了轩辕王令他们一家四口分居三地,但明白时,一切已经结束。他也许愤怒过,可他对轩辕王没有积怨,更没有畏惧,甚至,他对轩辕王有一种隐隐的崇拜,这不涉及感情,只是男人天性中对强大的渴望,就如一头猛兽对另一头猛兽力量的自然敬服。

其他臣子因为避嫌,都和轩辕王保持距离,一国无二君,他们生怕和轩辕王走近了,引起伦玹的猜忌。丰隆这人精明的时候比谁都精明,可有时候,他又有几分没心没肺的豪爽。丰隆从不回避轩辕王,反而借着小夭,时常和轩辕王接近。他喜欢和轩辕王聊天,从一族的治理到书上看来的一场战争,都和轩辕王讨论,轩辕王的话语中有智慧,丰隆愿意从一个睿智的老者身上汲取智慧。这样的机会,许多人终其一生都不可能有一次,而他因为小夭,可以有无数次。

小夭和丰隆回到小月顶,丰隆立即跑去找轩辕王。

他兴冲冲地用水灵凝聚了一幅地图,排出军队,兴奋地和轩辕王说着他的进攻方案。轩辕王微笑着聆听,待他讲完,随手调换了几队士兵,丰隆傻眼了,时而皱眉沉思,时而兴奋地握拳头。

小夭摇头叹气,她十分怀疑,丰隆每次来看她,不是想念她这个未婚妻,而是想念轩辕王了。

小夭不理那一老一少,去傀儡前,练习扎针。

伦玹来时,丰隆还在和轩辕王讨论用兵,伦玹笑瞧了一会儿,走到小夭身旁,看小夭扎针。

大概因为练了多年的箭术,小夭把射箭的技巧融入了针法中,她用针的方法和医师常用的针法很不同。

虽然只是个傀儡,小夭却当了真人,丝毫不敢轻忽,一套针法练习完,满头大汗。

伦玹拿了帕子给她擦汗,有些心疼地说:"宫里多的是医师,你何必在这些细枝末节上下功夫呢!"

小夭笑了笑道:"白日专心做些事情,晚上倒能睡得好些。"

"你的失眠比以前好了?"

"自从开始专心学习医术,比以前好了很多。"虽然还是难以入睡,可从梦中惊醒的次数却少了很多。因为睡得好了,心痛的毛病也大大减轻。

玱玹的眼神很是复杂，小夭这病是因璟而起，虽然她现在绝口不提璟，可显然，这么多年过去，她依旧没有忘记璟。

　　丰隆看玱玹和小夭站在个傀儡前叽叽咕咕，嚷道："陛下，你勤勉点行不行？没看我在这里和外爷商讨行兵布阵吗？虽然有我在，肯定轮不到你上战场，可你也该来学学。"
　　玱玹走过去，指挥着士兵，不一会儿就把丰隆困死了，丰隆难以置信地瞪大眼睛。
　　玱玹不屑地说："很小时，我已经跟在爷爷身边学习这些了，爷爷把他打过的仗，不管几十人，还是几万人的战役，都和我重演过。当年正是神农和轩辕打得最激烈时，我站在爷爷身旁，聆听了轩辕和神农的每一场战役。好多次，爷爷带着我去看战场，他说只有双脚站在尸体中，双手感受到鲜血的余热，才会真正珍惜自己的士兵。"
　　丰隆的表情十分精彩，羡慕、嫉妒、恼怒，到最后又很同情玱玹，他举着树枝和小伙伴们扮演打仗时，玱玹已经在踩着鲜血前进。
　　真实的战争，真实的死亡，即使成年男子承受起来都很困难，所以士兵多好酒、好赌，玱玹却小小年纪就站在了战场上。
　　丰隆拱拱手，叹道："帝王果然不是人人都能做的。"

　　珊瑚来禀奏晚饭已预备好。
　　四人坐下后，丰隆突然有些不自在起来。他给轩辕王敬酒："外爷，您随意喝一口就成。"他咕咚咕咚地喝完了。
　　丰隆又给玱玹敬酒，玱玹陪着他喝了一碗。
　　丰隆又倒了一碗酒，敬给小夭，小夭笑着喝完。
　　丰隆期期艾艾，看看轩辕王，又看看玱玹，玱玹不耐烦地说："你到底想说什么？"
　　丰隆嘿嘿地笑："那个……我是觉得……我和小夭的婚事该办了。我爷爷还希望能看到重孙子，外爷肯定也希望能看到重外孙。"
　　小夭的心咯噔一下，好像走在悬崖边的人突然一脚踩空了，她的手不自禁地在颤，她忙紧紧地握着拳头，低下了头。
　　丰隆眼巴巴地看着轩辕王，轩辕王笑道："我没什么意见，你们年轻人的事，你们自己做主。"
　　丰隆放心了，立即眼巴巴地看着玱玹。玱玹微笑着，拿起酒壶，给自己斟了一杯酒，不紧不慢地喝着。丰隆可怜兮兮地说："陛下，您看您都一堆女人了，您也可怜可怜兄弟。我承诺过小夭，这辈子就小夭一个女人。我绝不是有意见，我心甘情愿。只是家里催得紧，我想把婚事办了。"

玱玹喝尽了杯中的余酒，微笑着说："这是小夭的事，听凭她的意愿。"

丰隆暗吁口气，一个、二个说得都好听，可这两位陛下比高辛的那位陛下难缠得多。丰隆挪坐到小夭身旁，小声问："你觉得呢？"

小夭咬着唇没说话，丰隆和她回来时，一点征兆都没有，可显然丰隆早已计划好。其实，丰隆并不像他表现得那么大大咧咧。

丰隆柔声说："你若喜欢住在神农山，咱们求陛下赏我们一座山峰，反正修葺好的那些宫殿总是要住人的，便宜别人还不如便宜咱们。你若喜欢轵邑，赤水氏在轵邑有个大宅子，回头让人按照你的喜好翻新一下。你若觉得这两个地方闹腾，喜欢清静，可以去赤水。赤水城你去过吗？那里很多河、很多湖泊，有点像高辛，你肯定会喜欢。赤水的老宅子十分美丽，整个宅子在湖中心，夏日时，接天映日的荷花。"

丰隆看着小夭的神色，小心翼翼地说："你喜欢学习医术，可以继续学习，将来即使你想行医，我也绝对支持。"

小夭觉得，如果真如丰隆所说，生活已经厚待了她。赤水城不大不小，美丽安宁，也许她可以在赤水城开个医馆，没有激荡心扉的喜悦，也不会有撕心裂肺的伤痛，平平淡淡地过日子。她想说同意，可话到了嘴边，总是吐不出，只能点了点头。

丰隆问："你同意了？"

小夭再次点了下头："嗯。"

丰隆乐得咧着嘴笑，挪回了自己的位置，说道："我晚上就写信给爷爷，让爷爷派人去和高辛王陛下商议婚期。"

正事说完，四人开始用饭。小夭一直沉默，玱玹只是微笑，话十分少。轩辕王陪着丰隆聊了几句，别的时间都是丰隆自得其乐、自说自笑。

吃完饭，丰隆不像往常一样还缠着轩辕王说话，而是立即告辞，兴冲冲地驾驭着坐骑飞走了。

小夭走进屋子，给父王写信，请父王帮她择定吉日完婚。

写完信，小夭召来赤鸟，把信简系在赤鸟腿上，刚放飞赤鸟，玱玹一手把赤鸟抓住，一手握住了她的手。

小夭疑问地看着玱玹，玱玹问："你真想清楚了？"

小夭道："已经订婚，迟早都要嫁，既然丰隆想近期完婚，那就近期完婚吧！"

玱玹说："你真的不再考虑一下别人？"

小夭笑起来："说老实话，你手下虽然人才济济，丰隆也是数一数二的，难得的是他性子豪爽，对男女情事看得很淡，肯迁就我。当年我和他订婚时，你也说过不可能再有比他更好的人了。"

玱玹沉默。

小夭叫道："哥哥？"

玱玹说："我不想你嫁人！"他的手冰凉，指尖微微地颤着。

小夭拍了拍他的手："我明白。"

"你不明白！"玱玹垂眸看着自己的脚尖，眼中满是哀伤和绝望。

小夭说："我真的明白。当年，你和馨悦完婚时，我心里很不痛快，觉得你好像被馨悦抢走了，从此后，我只是个外人。"

玱玹猛地抬眸，目光迫切地盯着小夭："我成婚时，你难过了？"

小夭自嘲地笑，点了点头："当时真的很难受，觉得就像本来只属于自己的东西被人给抢走了。后来才知道自己小心眼了，你和馨悦已经成婚三年多，你依旧是我哥哥，并没有被馨悦抢走。将来，即使我嫁给了丰隆，你依旧是我最亲近、最信赖的人。"

可他要的并不仅是这些，他还想要……玱玹笑着，心内一片惨淡，小夭什么都不在乎，只要求唯一，他如今还有什么资格？

他不是没有机会，他比所有男人都更有机会，当他们还在辛苦接近小夭时，他已经在小夭心里，只要他肯伸手，任何人都不可能有机会，可他为了借助那些男人，一次又一次把小夭推给了别的男人。

轩辕城步步危机时，他得到璟的帮助，来到了中原；神农山重重杀机时，他得到丰隆和璟的联手支持，让整个中原都站在了他身后。等到他不需要借助他们时，小夭却把心给了璟，把身许了丰隆。

轩辕城时，明知道璟深夜仍在小夭屋中，他却只能装作什么都不知道，凝视着大荒的地图，枯坐到天明；紫金顶时，明知道小夭去草凹岭私会璟，通宵未归，他依旧只能装作什么都不知道，憋着一口气处理案牍文书，通宵不睡；最危急时，明知道小夭答应嫁给丰隆是为了他，他却什么都做不了……彼时的他，自保都困难，口口声声说着喜欢他的女人，连他的面都避而不见，可小夭为了他，答应了嫁给别的男人。

玱玹把小夭的手越抓越紧，赤鸟不安地鸣叫，挣扎着想逃生……轩辕王突然出现，叫道："玱玹！"

玱玹和小夭都看向轩辕王，轩辕王异常温和地说："玱玹，让赤鸟离开。"

玱玹缓缓松开手，赤鸟振翅高飞，向着高辛的方向飞去。

小夭揉了揉自己的手腕，说道："这事是比较突然，丰隆做事真是太冒失了。"

玱玹转身就走，声音阴沉："他冒失？他比谁都算得精明！"

小夭看玱玹消失在云霄间，困惑地问轩辕王："玱玹和丰隆有矛盾吗？"

轩辕王淡笑："君王和臣子之间永远相互借助、相互忌惮。"

小夭欲言又止，轩辕王道："没什么可担心的。丰隆是聪明人，他会为自己谋求最大利益，但不会越过为人臣子的底线。这世间，但凡能者肯定都有些脾性，玱玹既然用他，就要容他。为君者，必须有这个气量。"

小夭叹道："等成婚后，我还是去赤水吧！这里的确是太闹腾了。"

轩辕王微笑着，轻叹口气。丰隆的确是最适合小夭的男人，他虽然给不了小夭深情，但能给小夭平静安稳的生活。

轩辕王本来已经离开，却又转身回来，看到小夭歪靠在窗前，望着夜色尽处，怔怔发呆。

轩辕王轻轻咳嗽了一声，小夭如梦初醒："外爷，你还没去睡？"

轩辕王说："我曾让玱玹设法招降九命相柳。"

小夭不自禁地站直了身子，盯着轩辕王。

轩辕王说："这些年，用尽了计策和办法，相柳都拒绝了。"

小夭看向黑夜的尽头，表情无喜也无忧。

"玱玹把神农山最北边的两忘峰列为禁地，守峰人都是玱玹的心腹，你应该知道他为什么这么做。虽然相柳救了你一命，但你不欠他一丝一毫。"

小夭笑了笑："我知道。"

轩辕王说："你早些歇息。"

◆

玱玹去了轩辕旧都轩辕城，处理一些西边的事情，一连十几天都没有来小月顶。

从不来小月顶的馨悦却来了小月顶。

上一次，馨悦和小夭见面，还是小夭刚到小月顶不久。那一次，馨悦离开时，没礼数周到地邀请小夭去紫金顶看她。

馨悦已是王后，她十分享受王后之位带给她的万丈荣光，她喜欢每个人在她面前低头，连曾经当众给她软钉子碰的意映都再次向她低下了头。可是，小夭是个例外。

小夭对她客气礼貌，却没有在她面前低头。馨悦不知道该拿小夭怎么办，以利益诱之，小夭简直无欲无求；以权势压之，她的权势是玱玹给的。紫金宫里有太多女人盼着玱玹厌弃她，馨悦很清楚她不能挑战玱玹的这个底线，哥哥已经一再警告过她，千万不要仗着身后有神农族就轻慢玱玹。所以，馨悦只能暂时选择回避，不让小夭出现在紫金顶。

每次馨悦想起小夭，感觉会很复杂。从小到大，她没有碰到过像小夭一般的女子，小夭不轻慢低贱者，也不迎合尊贵者，她无所求也无所图。

馨悦喜欢小夭，因为小夭和她们不一样，身上有一份坦荡磊落。馨悦也讨厌小夭，因为小夭和她们不一样，她们所看重的东西到了小夭那里就轻如微尘。

馨悦心里还有一重隐秘的畏惧。她和玱玹大婚时，玱玹一直面带微笑，可女人的直觉让她觉得玱玹其实心情很糟糕，她甚至觉得玱玹的黑衣其实是他在向全天下表达他的不悦。

新婚第一夜，玱玹没有要她，她忍着羞涩，装作无意翻身，暗示性地靠近玱玹，玱玹却无意地翻身，又远离了她，用背对着她。馨悦不明白为什么，惶恐了一夜，一遍遍告诉自己，玱玹太累了。天亮后，她强打起精神，装出满面喜色，去接受众人恭贺。

第二夜，玱玹依旧没有要她，馨悦胡思乱想了一夜。天亮后，妆粉已掩盖不住她眼眶下的青影，幸亏白日的玱玹像往常一样待她温柔，众人都想到了别处，离戎昶开玩笑地让玱玹节制，别累着了王后。

第三夜，馨悦被恐惧压得再顾不上羞涩，当玱玹又背对着她睡了时，她褪去亵衣，从背后抱住玱玹。她不如金萱清丽，不如潇潇妩媚，不如淑惠娴静，不如方雷妃明艳……可她一直非常自信，因为她能给予玱玹的，是她们都无法给予的，但此刻，她害怕了。

玱玹没有回身，冷漠如石块，馨悦含着眼泪，主动去亲吻玱玹。

终于，玱玹回过身，把她压在了身下。黑暗中，她看不清他，只能通过身体去感受，这一刻的玱玹和刚才判若两人，他的动作有着渴望的激情，爱怜的温柔，馨悦觉得自己被他宠溺珍惜，当玱玹进入她身体的刹那，馨悦的眼泪簌簌而落。朦朦胧胧中，她听到玱玹好似喃喃叫了一声"小夭"，她如受惊的猫一般竖起耳朵，可玱玹再没有发出任何声音，只有粗重的喘息声，她很快就被情欲席卷得忘记了一切。清晨起身时，已分不清昨夜听到的声音是真是幻。

那三夜的事成了馨悦的秘密。

渐渐地，馨悦忘记了那三夜的事，也许是因为她想忘记，也许是因为玱玹对她虽不热情，可也绝不冷淡，准确地说比对其他妃嫔略好，馨悦很满意。

但是，就在她要忘记一切时，小夭回来了，馨悦甚至完全不知道小夭是怎么回来的，当她知道时，小夭已经在小月顶了。

那一夜玱玹似真似幻的呢喃声，让馨悦生了隐秘的恐惧。这种隐秘的恐惧，不能告诉任何人，只能自己悄悄观察。两年多来，玱玹风雨无阻地去小月顶，当然，在小夭没来之前，他也是日日都去小月顶给轩辕王请安，在其他人看来，没有任何异样。但馨悦觉得就是不一样，是根本无法用言语说清楚的不一样，是玱玹去时唇畔的一缕笑意，是他回来时眼神的一丝温柔，甚至是他偶尔眺望小月顶时一瞬的怔忡。

馨悦越观察越害怕，可她的害怕连她自己都觉得毫无根据，以玱玹的性格，如果是真的，他为什么不要了小夭？他已是一国之君，根本不必如此克制压抑自己。馨悦只能告诉自己，她想多了，一切都是那晚听错的呢喃声惹出来的。

可馨悦终究是不放心，馨悦去见丰隆，询问哥哥打算什么时候娶小夭，幸好哥哥的回答让她很满意，哥哥说他正在考虑这事。丰隆叹了口气，说道："要娶就得现在娶，否则等开战了，还不知道小夭愿不愿意嫁给我。"

馨悦警觉地问："什么意思？"

丰隆说："你必须保密。"

馨悦点头："哥哥该知道我向来能藏事。"

丰隆说："看最近玱玹的举动，我觉得玱玹在考虑对高辛用兵。"

馨悦惊骇地瞪大眼睛，丰隆笑了笑道："所以我一再告诉你不要轻慢玱玹。玱玹、他——是个很可怕的男人！"

震惊过后，馨悦十分喜悦，她有一种在俯瞰小夭命运的感觉。

当丰隆告诉馨悦，小夭同意近期举行婚礼，馨悦立即问："陛下怎么说？"

丰隆道："两位陛下都同意。"

馨悦终于放心了，她觉得真的是自己多心了，那一夜，那声呢喃只是玱玹无意识的喘息，她听错了！

馨悦再次去小月顶看望小夭，以一种窥视到小夭命运、高高在上的心态，洋溢着喜悦，夹杂着淡淡的悲悯。

小夭并不知道馨悦前后两次的心态变化，她只是觉得，大概因为她和丰隆就要成婚了，馨悦突然对她和善了许多。

小夭对馨悦依旧如往常一样，有礼却不谦卑。

馨悦和小夭东拉西扯，迟迟不愿离去。

直到轩辕王拄着锄头，站在竹屋前。

轩辕王戴着斗笠，挽着裤腿，腿上都是泥。他微笑地看着馨悦，没有一丝严厉，馨悦却觉得自己的一切心思都暴露在轩辕王的目光下，犹如芒刺在背，馨悦再坐不住，向轩辕王叩拜告退。

◆

高辛王给小夭回信，他已和丰隆的爷爷商量好婚期，在两个月后。

自从小夭订婚后，高辛王就命人准备嫁妆，一切都已准备好，小夭唯一需要做的就是穿上嫁衣出嫁。但高辛王要求，在昭告天下婚期前，小夭必须回五神山，在五神山待嫁。

小夭明白父王的意思，并不是因为出嫁的礼仪，父王对那些不看重。此时的父王不再是运筹帷幄的帝王，他只是一个普通的父亲，为女儿紧张担忧，他想最后再确定一次女儿的心意，确定丰隆是女儿想托付一生的男人。

小夭给高辛王回信，她还要处理一点私事，等事情处理完，她就回高辛。

小夭通过禺疆给赤水献带了口信，拜托献帮她把几年前埋藏的东西挖出来。

颛顼登基后，小夭第一次利用自己的身份大肆搜寻奇珍异宝。

她从西北的雪山顶上，找到了一块雪山冰魄。这种冰魄生在雪山之巅，本身没有毒，但如果在凝结时，恰好有毒物融入，就会不停地吸纳雪中的寒毒，经过千万年孕化，结成的冰魄是毒中花魁。小夭寻到的冰魄估计在形成时恰好裹住了一条受伤的冰蚕妖，冰蚕的毒融入冰魄，再加上千万年雪山下的寒毒，形成了一块十分罕见的剧毒冰魄，看上去如白玉一般温润细腻，实际却冰寒沁骨、毒气钻心。

小夭费了无数心血，把雪山冰魄雕刻成一枚海贝——洁白如雪的两片贝壳，有着浪花一般起伏卷曲的边角，呈现半打开的形状，像一朵刚刚盛开的花。

小夭又用各种稀罕的灵草毒药混杂，做出两个鲛人。她把女鲛人嵌放在贝壳上，把男鲛人放在远离贝壳的一角。小夭还做了红珊瑚、五彩小海鱼。

待全部做好后，小夭取出从极北之地寻来的上好冰晶，请了专门的师傅剖开掏空，先把红珊瑚固定在冰晶底端，再将鸩毒、蓝蟾蜍的妖毒和玉山玉髓混合调制好，注入掏空的冰晶中，蓝汪汪的液体，犹如一潭海水。小夭将做好的海贝鲛人小心地安入蓝色的海洋中，放入五彩小海鱼，再把剖开的冰晶合拢，用灵力暂时封住。

要想让剖开的冰晶彻底长严实，必须派人把冰晶送回千里冰封、万里雪飘的极北之地，封入冰山中，再请冰灵高手设置一个阵法。这样过上两三年，原本被剖开的地方就会长拢融合在一起，再没有缝隙。

当年，小夭生怕心血毁在最后一步，想来想去，大荒内现在最厉害的冰灵高手好像是赤水氏的献，她问琁玹能否请到献帮她一个忙，琁玹笑道："你算找对人了，我让禺疆帮你去请赤水献，那个冰山女人对禺疆却是有几分温情。"

献来见小夭时，小夭本以为献会很鄙夷自己，居然请她这个大荒内最有名的高手做这种事情，没想到献看到她做的东西后，竟然说道："真美丽。应该花费了一番心血吧？"

小夭点头。

献说："我会帮你封入极北之地最寒冷的冰山中。你需要拿出时，让人给我捎口信。"

四年过去，现在，小夭需要拿出它了。

献把冰晶送来时，冰晶盛放在一个盒子中，被冰雪覆盖，看上去只是一块形状不规整，刚刚挖掘出的冰晶。

小夭请了师傅打磨，用了三日三夜，冰晶被打磨成一个球形。

透明的冰晶，里面包裹着一汪碧蓝的海。在幽幽海水中，有五彩的小鱼，有红色的珊瑚，还有一枚洁白的大贝壳，如最皎洁的花朵一般绽放着。一个美丽的女鲛人侧身坐在贝壳上，海藻般的青丝披垂，美丽的鱼尾一半搭在洁白的贝壳上，一半浮在海水中，她一只手抚着心口，一只手伸展向前方，像是要抓住什么，又像是在召唤什么。在她手伸出的方向，一个男鲛人浮在海浪中，看似距离贝壳不远，可他冷淡漠然地眺望着冰晶外，让人觉得他其实在另一个世界，并不在那幽静安宁的海洋中。

冰晶包裹的海底世界，太过美丽，犹如一个蓝色的梦。

当冰晶放在案上时，因为极寒，冷冽的雾气在它周围萦绕，更添了几分不真实的缥缈，就好似随时随地都会随风散去。可其实冰晶坚硬，刀剑难伤。

轩辕王看到小夭做的东西，都愣了一愣，走进屋子细细看了一会儿，他也没问什么，只是叹道："也就你舍得这么糟蹋东西！"

小夭凝视着冰晶球,说道:"最后一次。"

小夭把冰晶球用北地的妖熊皮包好,和一枚玉简一起放在玉盒里封好,送去涂山氏的车马行,付了往常五倍的价钱,让他们用最快的速度送到清水镇。

玉简内只有一句话:

两个月后,我成婚,最后一次为你做毒药,请笑纳。

◆

小夭从车马行出来,走在轵邑的街道上,感受到轵邑越来越繁华。

这个新的国都比起旧都轩辕城更开阔、更包容、更有活力。可不知为何,小夭却怀念她和璟玱刚到中原时的轵邑城。

食铺子里有香气飘出,小夭去买了一些鸭脖子和鸡爪子,让老板娘用荷叶包好,又去一旁的酒铺子买了一小坛青梅酒。

那时候,她还喜欢吃零食,当年以为是因为零食味道好,惹得人忍不住贪嘴想吃,现在才明白,吃零食吃的不是味道,而是一种心情。那时候,她觉得自己苍老,其实仍是个少女,仍旧在轻快恣意地享受生活。

小夭走出轵邑城,苗莆在云辇旁等她,看她提着两包小吃,笑道:"王姬好久没买这些东西了。"

小夭上了云辇,却突然说道:"暂时不回去。"

苗莆笑问:"王姬还想去哪里呢?"

小夭沉默了一会儿,说道:"陪我去一趟青丘。"

苗莆愣住,迟疑地问:"王姬去青丘干什么呢?"

小夭看着苗莆,苗莆说:"是,这就出发。"

一个时辰后,云辇落在青丘城外。

小夭下了云辇,眺望着青丘山,有一瞬间的恍惚,青山不改,绿水长流,人事却已全非。

她慢慢地走在青丘城的街道上。

青丘城距离轵邑很近,却和轵邑截然不同,因为涂山氏,青丘城的人生活富裕,街上行人的脚步都慢了很多,有一种慢吞吞的悠闲。

小夭来得突然,其实她也不知道自己究竟想做什么,只是漫无目的地走着。苗莆亦步亦趋地跟在她身旁。

小夭一直恍恍惚惚地走着，苗莆突然叫道："王姬！"她拽了拽小夭的袖子。

小夭停住脚步，茫然困惑地看苗莆，苗莆小声说："那边。"

小夭顺着苗莆的视线看过去，看到了不远处的璟。两人都没有想到会在青丘城的街上相遇，长街上人来人往，他们却如被施了定身咒般，呆呆地站着。

终于，璟回过神来，飞掠到小夭面前："小夭——"千言万语，却什么都说不出。

小夭笑得十分绚烂："我随便来转转，没想到竟然碰上了你。"

小夭把拎着的荷叶包和青梅酒递给他，璟下意识地接过，小夭笑盈盈地说："两个月后，我和丰隆成婚，到时请你和尊夫人一定来。"

璟手中的东西跌落在地，酒坛摔碎，青梅酒洒了一地，霎时间，飘起浓郁的酒香。

小夭视而不见，笑对璟欠了欠身子，转身快步离去。

"小夭……"璟伸出手，却无力挽留，只能看着她的衣袖从他掌上拂过，飘然远去。

半晌后，璟蹲下身，捡起地上的荷叶包，里面是鸭脖子和鸡爪子。

蓦然间，前尘往事，俱上心头——

他第一次进厨房，手忙脚乱，小六哈哈大笑，笑完却过来帮他。

他学会做的第一道菜就是卤鸭脖，小六吃到时，眯着眼睛笑起来，悄悄对他说："你做得比老木还好吃，嘴巴被你养刁了，以后可怎么办？"他微笑着没说话，心里却应道："养刁了最好，我会为你做一辈子。"

木樨园内，他教她弹琴，她没耐心学，总喜欢边啃着鸭脖子，边让他弹曲子，她振振有词地说："反正你会弹，我以后想听时，你弹给我听就好了。"

神农山上，鸭脖子就着青梅酒，私语通宵……

一切清晰得仿如昨日，可是——她就要成为别人的妻！她的一辈子再与他无关！

璟只觉胸闷难言，心痛如绞，一股腥甜涌到喉间，剧烈地咳嗽起来。

◆

玱玹傍晚来小月顶时，小夭亲自下厨，为玱玹准备了一顿丰盛的晚饭。

小夭厨艺不差，可她懒，很少下厨，难得她下厨一次，玱玹很是赏脸，吃了不少，两人陪着轩辕王说说笑笑，很是欢乐。

饭后，小夭向玱玹辞行，打算明日出发，回五神山待嫁。

玱玹只是微笑，一言不发。

　　轩辕王温和地说："你先回去吧，回头我和玱玹会打发人把给你准备的嫁妆送去。"

　　玱玹让苗莆上酒，小夭也正想喝酒，对苗莆吩咐："用酒碗。"

　　小夭和玱玹一碗碗喝起酒来。玱玹的酒量和小夭相当，以前在清水镇喝酒时，从未分出胜负，只是当时两人都有保留，看似大醉，实际不过七八分醉。

　　今夜两人喝酒，都不知节制，只是往下灌，到后来是真的酩酊大醉。

　　玱玹拉着小夭的手，一遍遍说："别离开我。"

　　小夭喃喃说："是你们不要我。"

　　玱玹说："我要你，你做我的王后，我谁都不要，我把她们都赶走……"

　　轩辕王道："今夜是哪个暗卫？"

　　潇潇从暗处走出，轩辕王对潇潇说："送玱玹回去。"

　　潇潇搀扶起玱玹，玱玹拉着小夭的手不肯松："我一个女人都不要，只要你……"

　　轩辕王挥手，玱玹被击昏。

　　轩辕王盯着潇潇："今夜你守着他，他说的任何话，听到的人立即杀了。"

　　"是！"潇潇抱起玱玹，跃上坐骑，隐入云霄。

◆

　　清晨，小夭醒来时，依旧头重脚轻。

　　珊瑚和苗莆已经收拾妥当。小夭用过早饭，给轩辕王磕了三个头后，上了云辇。

　　回到五神山，果如小夭所料，高辛王一再询问小夭是否真的考虑清楚嫁给赤水丰隆。

　　小夭笑嘻嘻地问："如果不想嫁，当年何必订婚？"

　　高辛王道："当年玱玹四面危机，以你的性子，为了帮他，做任何事都不奇怪。事实证明，如果不是因为你和丰隆定下了亲事，中原氏族绝不会联合起来和轩辕王对抗。"

　　小夭说："其实，外祖父本就决定把王位传给哥哥。"

　　高辛王道："傻姑娘，那完全不一样。如果没有中原氏族的联合，轩辕王很有可能会再观望玱玹的能力，推迟把王位传给玱玹的时间。一个推迟，很多事情即使结果相同，过程也会完全不同。而且，如果不是在四世家的推动下逼得中原氏族联合起来支持玱玹，你觉得中原氏族会像如今那样拥戴玱玹吗？在他们眼中，玱玹毕竟流着轩辕氏的血，中原氏族天生对他有敌意，可因为有了他们和轩辕王的对抗，他们觉得玱玹是他们自己挑选的帝王，而不是轩辕王选的，无形中敌意就消失了。"

小夭不吭声，当日她决定和丰隆订婚，的确最重要的考虑是为了玱玹，她怕玱玹难受，一直表现得全是从自己的角度考虑。可现在，她不想反悔，因为丰隆已经是最合适的人。他知道她和璟的事，也愿意迁就她，而且当日他就说清楚了，他们订婚，她给他所需，他给玱玹所需，丰隆已经做到他的承诺，她也应该兑现她的许诺。

高辛王说："我再给你七日考虑。"

七日间，小夭竟然像是真的在考虑，她日日坐在龙骨狱外的礁石上，望着蔚蓝的大海。

阿念去寻她，看到碧海蓝天间，火红的蛇眼楠花铺满荒凉的峭壁，开得惊心动魄，小夭一身白衣，赤脚坐在黑色的礁石上，一朵朵浪花呼啸而来，碎裂在她脚畔。

眼前的一幕明明美得难以言喻，可阿念就是觉得天荒地老般的苍凉寂寥。小夭的背影让她想起海上的传说，等待情郎归来的渔家女，站在海边日等夜等，最后化成了礁石。

阿念忍不住想打破那荒凉寂寥，一边飞纵过去，一边大叫："姐姐！"

小夭对阿念笑笑，又望向海天尽处。

阿念坐到小夭身旁："姐姐，你在想什么？"

"什么都没想。"

阿念也望向海天尽处，半响后，幽幽叹了口气："我记得，就是在龙骨狱附近，我把你推到了海里。当时觉得，我的日子过得太不舒心了，如今才明白，那压根儿算不得不舒心。"

小夭笑："你长大了。"

阿念问："姐姐，那夜你为什么会在龙骨狱外？"

小夭说："来见一个朋友。"

"后来，那个九头妖相柳还找过你麻烦吗？"

小夭摇摇头。

阿念说："我觉得那个妖怪蛮有意思的。"

小夭凝望着蔚蓝的大海默默不语。

◆

七日后，高辛王问小夭："想好了吗？"

小夭说："想好了，公布婚期吧！"

高辛王再没说什么，昭告天下，仲秋之月，二十二日，大王姬高辛玖瑶出嫁。

赤水氏向全天下送出婚礼的请帖，赤水族长不仅仅是四世家之首的族长，他还是神农族长小炎奔的儿子，轩辕王后的哥哥，轩辕国君的心腹重臣。整个大荒，纵使不为着赤水丰隆，也要为了高辛王、轩辕王来道贺，更何况还有玉山的王母。

赤水氏送聘礼的船队，从赤水出发，开往五神山，几十艘一模一样的船，浩浩荡荡，一眼都看不到头，蔚为奇观，惹得沿途民众都专门往河边跑，就为了看一眼赤水氏的聘礼。

几年前，轩辕国君和王后的婚礼，整个轩辕在庆祝，可这次，赤水族长和高辛王姬的婚礼，竟然让整个天下都在庆贺。

当高辛大王姬要出嫁的消息传到清水镇时，清水镇的酒楼茶肆都沸腾了，连娼妓馆的妓女也议论个不停。

相柳正在饮酒议事，隔壁的议论声传来。

有人说赤水族长是为利娶高辛王姬；有人说赤水族长是真喜欢王姬，据说都发誓一辈子只王姬一人；有人说王姬姿容绝代；有人说赤水族长风仪不俗……

各种说法都有，几个歌舞伎齐齐感叹："这位王姬真是好命！"

座上一人也不禁感叹道："这场婚礼，估计是几百年来，大荒内最大的盛事了。"

众人也纷纷谈论起赤水族长和高辛王姬的婚事来。

相柳微笑着起身，向众人告退。

相柳走出娼妓馆时，漫天烟雨。

他穿过长街，沿着西河，慢步而行。

碧水畔，一支支红蓼，花色繁红，因为沾了雨水，分外娇艳。

相柳站在河边，眺望着水天一色，也不知道究竟在想什么。

半晌后，他收回目光，摊开手掌，掌上是一个冰晶球。

细细雨珠，簌簌落在他的掌上，在冰晶周围凝成寒雾，使得那一汪蓝色波光潋滟，好像月夜下的大海。

　　蓝色的海底，幽静安谧，女鲛人坐在美丽的贝壳家中，伸着手，似在召唤，又似在索要，那男鲛人却冷漠地凝望着海外的世界。

　　相柳凝视着掌上的冰晶球，很久很久。

　　慢慢地，他伸出一根手指，向着女鲛人伸出的手探去，他的手指贴在了冰晶上。

　　看上去，他们好像握在了一起，可是，隔着冰晶，他们在两个截然不同的世界，永不可能真正相握。

第十五章
只影向谁去

仲秋之月,高辛送亲的队伍从五神山出发,由水路驶向赤水。

在蓐收对行程的精确控制下,二十二日清晨,送亲的船队恰恰驶入赤水。赤水氏迎亲的船在前面护航,喜乐奏得震天响。

赤水两岸密密麻麻挤满了人,都是看热闹的百姓。

赤水的风俗是典型的中原风俗,尚红,小夭在侍女的服侍下脱下了白色的王姬服,穿上了红色的嫁衣。

船队从赤水进入赤湖后,速度渐渐慢下来。

仲秋之月,恰是木槿花开的季节,赤湖边有一大片木槿林,香飘十里,落花簌簌。小夭坐在船窗边,默默地看着水面上漂浮的小黄花。

船还未到赤水氏的宅邸,已经听到岸上的喧闹声。

因为来的宾客太多,赤水氏的宅邸容纳不下,赤水氏索性凝水为冰,把一大片湖面变成冰场,铺上玉砖,做了宴席场地。秋高气爽,风和日丽,既能吃酒,又能赏湖光山色。

宾客都暗自赞叹,不愧是四世家之首,要灵力高强的子弟有灵力高强的子弟,要钱有钱。

此际,众人看到高辛送亲的船队到了,都站了起来。

一身红袍的丰隆,站在码头边。

小夭在侍女的搀扶下,袅袅婷婷地走出船舱,一身华丽的曳地大红嫁衣,满头珠翠,面孔却十分干净,只唇上点了绛红的胭脂,再加上额间的一点绯红,真正是艳如桃花含春露,娇似海棠卧秋水。

丰隆对女色从不上心，可想到今夜这个可人儿会娇卧在自己怀里，任他轻怜蜜爱，也不禁心荡神摇。

船靠了码头，丰隆依旧没有动作，呆呆地看着小夭。

众人高声哄笑，丰隆难得地红了脸，急急握住喜娘捧上的一株火红的缠枝并蒂赤莲，对小夭行礼："莲开并蒂，愿结同心。"

小夭握住缠枝并蒂赤莲，也对丰隆行礼，低声道："莲开并蒂，愿结同心。"

鼓乐声中，丰隆搀扶着小夭下了船，只觉掌中握着的手小巧玲珑，却不像其他女子一样柔软细腻，指节很硬，指肚有茧，带着鳞峋冷意，让他心生怜惜，不禁紧紧地抓住。

小夭和丰隆握着缠丝并蒂赤莲，每踏一步，地上就有两朵并蒂赤莲生成，围着赤莲还生成了其他各色的莲花，粉的、白的、黄的……有的绚烂绽放，有的结成莲蓬。

赤水氏世世代代在水边，视水中莲为吉祥如意的花，赤莲很罕见，并蒂赤莲更是要用灵力精心培育。

步步并蒂，一生相守；花结莲子，多子多孙。

小孩子看得开心，雀跃欢呼着拍手掌，有被特意叮嘱过的孩童摘下莲蓬，轻轻扔到小夭身上，娶一花多子的吉兆。

丰隆怕小夭误会，低声给她解释："他们可不是不喜欢你，赤水风俗，用莲蓬砸新娘是祝福我们……"

小夭红着脸，低声道："我知道。在船上时，有老妪给我讲解过。"据说行完礼后，夫妻晚上还要入莲帐，也是取莲花多子的吉兆。

丰隆看到小夭的样子，只恨不得赶紧行礼，赶紧天黑，赶紧入莲帐。他低声道："小夭，待会儿行完礼，你可就一辈子都属于我了。"

小夭低下了头。丰隆咧着嘴笑。

小夭和丰隆将在古老的赤水氏祖宅内行婚礼，能在祖宅内观礼的人都是赤水氏的亲朋挚友。

祖宅外有人在唱名记录礼单，一个个名满大荒内的名字，一份份贵重稀罕的贺礼，凸显着这场婚礼的尊贵显赫。

"青丘涂山氏：东海明珠九十九斛，北极冰晶风铃九十九串……"

众人都不禁看了涂山族长一眼，冰晶很稀罕，用处很多，可冰晶风铃看着好看，实际却是浪费了冰晶，华而不实，送礼时都是送冰晶，没有人会送冰晶风铃。

小夭走进祖宅,看到璟坐在西陵族长身边,一身青衣,瘦削清逸,脸上是含蓄得体的笑容,眉目间却有一种倦怠的病色。

小夭心内咯噔一下,他生病了吗?看上去病得不轻,那又何必亲自来参加婚礼?是他自己想来,还是因为怕丰隆认为他心有芥蒂不得不来?可有人知道他生病……一时间,小夭思绪纷杂。

丰隆悄声叫她:"小夭!"

小夭愣了一愣,才反应过来,现在是她和丰隆的婚礼。难言的苦涩弥漫上心头,从今往后,璟的事和她有什么相关?

丰隆低声说:"两个月前,璟抱病来见我,竟然求我取消婚礼,我气得拂袖而去。希望我们成婚后,他能真正放下。"

小夭默不作声,丰隆低声问:"小夭,你开心吗?"

小夭笑问:"你觉得呢?"

丰隆看到小夭的笑脸,放心了几分,说道:"璟说,他求我取消婚礼,并不是因为他心中有你,而是他觉得你不开心,并不愿意嫁给我。我当时心情还挺复杂,去和妹妹商量。妹妹说,又不是几位陛下逼你嫁给我,是你亲口答应的婚事,怎么可能不愿意?"

一位须髯皆白的长老笑着传音:"小两口别说悄悄话了,吉时就要到了。"

丰隆和小夭忙屏息静气站好,不再说话。

当悠扬悦耳的钟磬声响起时,礼官高声唱道:"吉时到!一拜天地——"

小夭和丰隆叩拜天地。

"二拜尊长——"

丰隆的爷爷赤水海天、爹爹小炎帠、娘亲赤水夫人,都微笑地看着他们。

丰隆带着小夭走到他们面前,小夭正要随着丰隆跪下去,一声清越的叫声从外面传来,打断了婚礼。

"小夭!"

众人都回头,只看防风邶一袭白衣,从外面走了进来,朗声说道:"小夭,不要嫁给他。"

小夭呆呆地看着防风邶。

所有人都傻了,没有人想到防风家的一个庶子竟敢惊扰赤水族长的婚礼。赤水海天震怒,呵斥道:"来人!把这个混账无礼的东西拘押起来!回头我倒是要去问问防风小怪，他怎么养的儿子？"

几个赤水家的侍卫冲到防风邶身边，想把防风邶赶出去，却被一股大力推住，根本难以靠近防风邶。

防风邶旁若无人，向着小夭走去，随着防风邶的走动，想拦阻他的侍卫竟然噼噼啪啪全摔到了地上。

丰隆强压着怒气，语含威胁地说："防风邶，今日有贵客在，我不想惊扰了贵客，望你也不要铸成大错！"

防风邶没理会丰隆，只是盯着小夭："小夭，不要嫁！"

小夭又恼又怒地问："你究竟想做什么？"

"不要嫁给赤水丰隆！"

"你现在告诉我不要嫁给他？"小夭简直想仰天大笑，"你立即离开！"

小夭对丰隆说："我们继续行礼，我不想错过吉时。"

赤水献领着几个赤水氏的高手挡在防风邶身前，即使以相柳的修为，一时间也不可能突破。

丰隆对礼官点了下头，示意继续婚礼，礼官叫道："二拜尊长——"

小夭和丰隆面朝三位尊长，准备叩拜。

防风邶一边和赤水献交手，一边说："小夭，还记得你发过的毒誓吗？如若违背，凡你所喜，都将成痛；凡你所乐，都将成苦。"

小夭的动作骤然僵住，她许过相柳一个诺言，要为他做一件事。

丰隆看小夭迟迟不叩拜，心提了起来，带着慌乱叫道："小夭！"

小夭缓缓回身，盯着防风邶："你想要怎么样？"

防风邶说："我要你现在跟我离开。"

小夭全身发冷，全大荒的氏族都会聚在此，如果在这样的时刻、这样的场合悔婚，而且是跟着一个男人走掉，那不是在羞辱赤水氏和丰隆吗？赤水氏会怎么看她？全天下会怎么看她？

小夭问："为什么？"相柳，你两个月前就知道我要成婚，为什么你要如此做？你是想让全天下都唾弃我吗？就算你要毁掉我，为什么要用这种最羞辱人的方式？

防风邶冷冷地说："你不需要问为什么，你只需按我的要求去做，我要你跟我走，立即、马上！"

当年的誓言犹在耳畔："若违此誓，凡我所喜，都将成痛；凡我所乐，都将成苦。"可现如今的情形，守了诺言，难道就会没有痛、没有苦了？小夭惨笑，这个誓言做与不做，她这一生都将永无宁日。

丰隆紧紧地盯着小夭，他都没有发觉自己的语声在颤抖："小夭，该叩拜了！"

防风邶也紧紧地盯着小夭，冷冷地逼迫："小夭，这是你欠我的。"

她的确欠他！不仅仅是一个誓言，还有她的命。

小夭脸色惨白，摇摇晃晃地走向防风邶。丰隆拉住小夭的手，目中全是惊惶："小夭，小夭，不要……"任何时候，他都是掌控一切的人，可现在，他完全不明白究竟发生了什么，为什么前一刻他的人生洋溢的都是喜悦，不过短短一瞬，那些喜悦就不翼而飞？

小夭的声音颤抖着："对不起，我、我……我今日不能嫁给你了！对、对不起！"

小夭的声音虽然不大，可满堂宾客都是灵力修为不弱的人，听得一清二楚。犹如平地惊雷，即使这些人都已看惯风云，也禁不住满面惊骇。

从小到大，丰隆一直是天之骄子，活得骄傲随性，天下间只有他不想要的东西，没有他得不到的东西，但在满堂宾客的目光下，丰隆觉得他的世界坍塌了。

丰隆慢慢地松开手，站得笔挺，脸上挂着骄傲的笑，一字字缓缓说道："我不知道你答应了防风邶什么，但今日成婚是你答应我的！"

小夭的嘴唇哆嗦着，丰隆和她之间理远远大于情，即使拒绝和丰隆成婚，只要挑选合适的时机，心平气和地和丰隆讲道理，丰隆也不会介意，可今日这种情形下的悔婚，不是拒绝，而是羞辱，没有男人会接受这样的羞辱，更何况是天之骄子的丰隆？

小夭面色煞白，哀求地看着防风邶，防风邶冷冷地说："立即跟我走！"

小夭对丰隆说："我、我……是我对不起你！"小夭不仅声音在颤，身体也在颤，"对不起！我不敢求你原谅，日后不管你想怎么做，我都承受！"小夭说完，再不敢看丰隆，向着防风邶走去。

小夭灵力低微，丰隆完全能拉住小夭，强迫小夭和他成婚；这里是四世家之首赤水氏的宅邸，他是赤水族长，不管防风邶灵力多么高强，他都能让防风邶止步。但是，他的自尊、他的自傲，不允许他在满堂宾客前哀求挽留。

两个侍卫拦住了小夭，小夭被他们的灵力逼得一步步退向丰隆的身边。

丰隆蓦然大喝道："让她离开！"

侍卫们迟疑地看向赤水海天和小炎齐。

丰隆大喝："我说了，让她走！谁都不许拦她！"他脸色青白，太阳穴突突直跳，眼中竟有一层隐隐泪光，让他的双眸看起来明亮得瘆人，可他依旧在骄傲地笑。

所有侍卫让开了。

小夭低下头，默默对丰隆行了一礼。礼刚行完，防风邶抓住她的手就向外走去。

一袭雪白，带着一袭大红的嫁衣，从众人面前走过。

堂内，一片死寂，所有宾客一点声音都不敢发出，一动不敢动地站着。

堂外，还有欢乐的喜乐传来。

璟凝视着小夭和防风邶的背影，脸上泛起异样的潮红。

防风邶带着小夭跃上天马，腾空而起，消失不见。璟猛地低头咳嗽起来，这才好似惊醒了堂内的人，小炎夻站起来，平静地说道："酒菜都已准备好，诸位远道而来，还请入席用过酒菜后，再离去。"

众人忙装作什么事都没发生的样子，纷纷点头说好，在"请、请"的声音中，走出礼堂。

小炎夻看了一眼仍站得笔挺的儿子，对苍老疲惫尽显的赤水海天说："爹，您和丰隆都去休息吧！不要担心，剩下的事交给我和小叶。"

赤水夫人轻叹口气，和小炎夻并肩站在一起。又一次，需要她和表兄并肩去扛起责任，共渡难关。

◆

天马飞出赤水城，相柳确定无人跟踪，更换了坐骑，揽着小夭飞跃到白羽金冠雕的背上。

小夭不言不动，如同变作了一个木偶，任凭相柳摆布。

白雕一直向着大荒的东边飞去，半夜里，居然飞到了清水镇。

相柳带着小夭走进一个普通的民居，对小夭说："我们在这里住几日。"

小夭一言不发地缩坐到榻角。

相柳问："你很恨我阻止你嫁给赤水族长吗？"

小夭蜷着身子，抱着腿，头埋在膝盖上，不说话。不管恨不恨，这是她欠他的，他来索取，她就要还。

相柳看小夭不理他，说道："厨房里有热水，洗澡吗？"

小夭不吭声。

"你随便，我去歇息了。"相柳转身离去。

他的一只脚已经跨出门槛，小夭突然问："你什么时候知道我要成婚？"也许因为头埋在膝盖上，她的声音听起来闷闷的，像是从极远处传来。

相柳没有回身，声音清冷："两个月前。"

小夭的声音有些哽咽："你……为什么要这么做？"

相柳的声音越发冷了："你有资格问我为什么吗？交易的条件早已谈妥，我提要求，你照做！"

小夭再不吭声，相柳头未回地离去，门在他身后缓缓合拢，发出轻轻的一声响。小夭想起，她在海底昏睡时，每次两扇贝壳合拢，也会发出类似的声音。小夭的泪悄无声息滑落。

一夜未合眼，天蒙蒙亮时，小夭觉得头疼得厉害，轻轻走出屋子，去厨房里打热水，打算洗个热水澡。

脱衣服时，看到大红的嫁衣，小夭苦笑，不知道父王、哥哥、外爷知道她逃婚后，会如何反应。小夭看榻头有一个衣箱，去里面翻了翻，竟然有几套女子的衣衫，小夭挑了一套素净的。

小夭洗完澡，穿戴整齐，竟然觉得有些饿。仔细一想，成婚的前一天她就没怎么吃东西，她已经将近三天没吃过饭。

小夭走出屋子，看到相柳站在院内。

他的头发恢复了白色，随意披垂着，如流云泻地。他身后是一株槭树，霜叶火红欲燃，越发衬得他皎若雪、洁若云，都无纤翳。

小夭预感到什么，却不死心地问："防风邶呢？"

相柳淡淡说："他死了。"

小夭定定地看着相柳，眼睛被那如云如雪的白色刺得酸痛，眼中浮起一层泪花，防风邶带走了她，但防风邶死了，永不会再出现，从今往后只有相柳。那个浪荡不羁、随心所欲、教她射箭、带她在浮世中寻一点琐碎快乐的男子死了。

他曾说，他和她只是无常人生中的短暂相伴，寻欢作乐，他没有骗她！

相柳静静地看着小夭，表情是万年雪山，冰冷无情。

小夭猛然扭身，去井旁提了冷水，把冰冷的井水泼在脸上，抬头时，满脸水珠，连她自己都不知道那些将要坠下的泪是被逼了回去，还是已经坠落。

小夭去厨房里随便找了块饼子，躺在竹席上，一边啃饼子，一边晒太阳。

相柳问："你夜里睡不好的毛病还没好？"

小夭当没听见，经过昨天的事情，夜里睡不踏实算什么？换个贞烈点的女子现在都该自尽了。

相柳问:"你不想出去逛逛吗?"

有什么好逛的?七十多年了,纵然街道依旧是那条街道,人却已经全非,既然人已经全非,又何必再去追寻?不去见,还能保留一份美好的记忆,若探究清楚了,显露的也许是生活的千疮百孔。

相柳不说话了,静静地翻看着手中的羊皮书卷。

小夭啃着啃着饼子,迷迷糊糊睡着了,依稀仿佛,她躺在回春堂的后院里,十七在一旁安静地干活,发出窸窸窣窣的声音。她对十七唠叨,秋日的午后是一天的精华,让十七躺到竹席上来,一块晒太阳。

一连串孩童的尖叫笑闹声惊醒了小夭,小夭翻了个身,下意识地去看十七,看到的却是一袭纤尘不染的白。小夭把手覆在眼睛上,不知道自己究竟是想遮住什么。

◆

相柳和小夭在清水镇的小院里一住就是一个多月。

清晨到晌午之间,小夭还在睡觉时,相柳会出去一趟,小夭却从不出去。她睡着时,翻来覆去,像仍醒着;醒着时,恍恍惚惚,像是在做梦。说她恨相柳,她并不反抗,也没有企图逃跑;说她不恨相柳,她却从不和相柳说话,视相柳不存在。

已经是初冬,天气冷了下来,相柳依旧一袭简单的白衣,常在院子里处理函件文书。小夭灵力低微,在院子里再坐不住,常常裹着被子,坐在窗口。

相柳常常会长久地凝视着小夭。小夭有时察觉不到,有时察觉到,却不在意,她由着他看。

几片雪花飘落。今年冬天的第一场雪,小夭伸出手,雪花太轻薄,刚入她手,就融化了。

相柳走进屋子,帮她把窗户关上。

小夭打开,相柳又关上。

小夭又去打开,相柳又关上。

小夭又去打开,相柳却已经用了灵力,小夭根本打不开。

自离开赤水,小夭一直很平静,此时,再忍不住,猛地一拳砸在窗户上,怒瞪着相柳。

相柳淡淡说:"我是什么样的人,你从一开始就知道,既然敢和恶魔做交易,就该有勇气承担后果。"

小夭颓然,相柳没有说错,她和他之间是公平交易,即使再来一次,明知道现如今要承受恶果,她为了保玱玹,依旧会选择把蛊移种到相柳身上。只不过因为相柳太长时间没有向她索取报偿,只不过因为她把防风邶当了真,两人的关系蒙上了一层温情脉脉的面纱,小夭忘记了他与她之间本就是一笔交易,不管他用任何方式对她,她都无权愤慨。

相柳坐下,一边喝酒,一边看着小夭,眼神复杂,不知道又在思谋什么。

小夭终于开口说话:"我什么时候可以离开?你的计划是什么?"

相柳没有回答小夭的问题,把一坛酒抛到小夭手边:"这酒是特殊炼制过的烈酒,一杯就能醉人。"

屋子里没拢炭炉,小夭的身子恰有些发冷,说道:"再烈的酒也不能让我一醉解千愁!"

她拿起酒坛,大喝了几口。烈酒入喉,如烧刀子一般滚入腹间,身子立即暖了,心也渐渐地松弛了。

小夭不停地喝酒,相柳陪着小夭也默默喝酒。

相柳突然问:"你愿意嫁给丰隆吗?"

小夭已经喝醉,却依旧冷笑道:"我不愿意为什么要答应他?"

相柳说:"小夭,看我的眼睛。"

小夭看着相柳,相柳的一双眼睛犹如璀璨的黑宝石,散发着妖异的光芒,小夭看着看着,觉得自己坠了进去。

相柳问:"你愿意嫁给丰隆吗?"

小夭的表情呆滞,软绵绵地回答:"不愿意。"

相柳问:"你愿意嫁给璟吗?"

小夭的表情出现了变化,她好像挣扎着要醒来,相柳的眼睛光芒更甚,声音越发柔和地问:"你愿意嫁给叶十七吗?"

小夭喃喃说:"愿意。"

一个问题就在嘴边,可相柳竟然犹豫不决,一瞬后,他问道:"你最想和谁相伴一生?"

小夭张口,像是要回答,可她的表情非常抗拒,意志在拒绝回答。

几次挣扎后,她越来越痛苦,身子发颤,猛然抱住了头:"痛,痛……"相柳用妖术窥探小夭的内心,可小夭的意志异常坚韧,碰到她自己平时都拒绝思考的问题,她会异常抗拒,头痛就是她反抗的爆发。

相柳怕伤到她的元神,不敢再逼她,忙撤去妖力,对小夭说:"如果头痛,就休息吧!"

小夭疲惫地靠在枕上,痛苦地蹙着眉。

相柳给她盖被子,小夭突然睁开了眼睛:"为什么?"

相柳看着小夭,不知道她问的是哪个为什么,是为什么逼她悔婚,还是为什么用妖术窥探她的内心。

小夭却已放弃追问,闭上了眼睛,喃喃说:"我好难受……相柳,我难受……"

相柳的手掌贴在小夭的额头,低声说:"你会忘记刚才的事,睡一觉就好了。"

小夭睡着了,唇畔却是一缕讥讽的笑,似乎在说:睡一觉,不会好!

◆

小夭醒来时,头痛欲裂。她觉得昨夜的事有点古怪,但想了半晌,想不出所以然,便放弃了。

也许因为今日起得早,相柳竟然不在。

小夭洗漱完,吃过饭,穿着丝袄,在阳光下发呆,听到院外传来一阵阵孩童的嬉闹声。

她打开门,看到七八个孩童在玩过家家的游戏,此时正在准备婚礼,要嫁新娘了。小夭不禁靠在门上,笑看着。她忽然想起了麻子和串子,她把他们捡回去时,他们大概就这么大,不过那个时候,他们可没这么吵,十分沉默畏缩,警惕小心,尽量多干活,少吃饭,唯恐被她再扔出去。很久后,两人才相信她和老木不会因为他们多吃一口饭,就把他们赶走。

这应该是八九十年前的事了吧!麻子和串子坟头的青草都应该长过无数茬了,可在她的记忆中,一切依旧鲜明。

不远处的墙根下,坐着个头发花白、满脸皱纹的老婆婆,看上去很老了,可精神依旧好,头发衣服都整整齐齐、干干净净,笑眯眯地看着孩子们玩闹。

老婆婆对小夭招手:"小姑娘,到太阳下来坐着。"

小夭走了过去,坐在向阳的墙根下,十分暖和,有一种春日的舒服感。

老婆婆说:"以前没见过你,你是宝柱的……"

小夭不知道宝柱是谁,也许是相柳幻化的某个人,也许是相柳的下属幻化的某个人，反正应该是这位老婆婆的邻居，小夭随口道："亲戚，我最近刚来。"

老婆婆说："是不是被孩子给吵到了？你还没生孩子吧？"

小夭叹了口气，说道："谁知道这辈子有没有福气有孩子。"她悔了赤水族长的婚，跟着个野男人跑掉了，这辈子只怕再没男人敢娶她。

老婆婆道："有没有福气，是你自己说了算。"

听这话倒不像是一般的山野村妪，小夭不禁细看了一眼老婆婆，又看了看四周，只觉有点眼熟。如果把那一排茂密的灌木丛扒掉，让路直通向河边，如果老婆婆的屋子变得小一些、旧一些……小夭迟疑地问："这是回春堂吗？"

老婆婆说："是啊！"

小夭愣住，呆看着老婆婆："桑甜儿？"

老婆婆愣了一愣，眼中闪过黯然，说道："自从我家串子过世后，很久没听到人叫我这个名字了。你怎么知道我叫桑甜儿？"

小夭说："我……我听镇上的老人偶然提过一次。"

桑甜儿笑起来："肯定又是在背后念叨我本是个娼妓，不配过上好日子，可我偏偏和串子过了一辈子，生了四个儿子一个闺女，现在我有十个孙子、八个孙女，三个重孙子。"

"老木、麻子、春桃他们……"

"都走了，只剩下我一个了。"

小夭沉默了良久，问道："老木……他走时可好？"

"老木虽没亲生儿子，可麻子和串子把他当亲爹，为他养老送终，不比亲生儿子差，我和春桃也是好儿媳妇，伺候着老木含笑离去。"

小夭微微地笑了，她逃避着不去过问，并不是不关心，而是太关心，知道了他们安安稳稳一辈子，终于释然。小夭问桑甜儿："串子有没有嫌弃过你？你有没有委屈过？这一辈子，你可有过后悔？"

桑甜儿觉得小姑娘问话很奇怪，可从第一眼看到她，桑甜儿就生了好感，莫名其妙，难以解释，就是想和她亲近。桑甜儿道："又不是娼妓和恩客，只见蜜糖，不见油盐，过日子怎么可能没个磕磕绊绊？我生了两个儿子后，都差点和串子闹得真分开，但禁不住串子求饶认错，终是凑合着继续过，待回过头，却庆幸当时没赌那口气。"

能把一个女人逼得生了两个儿子后，还想分开，可见串子犯了不小的错，但对与错、是与非，可一时而论，也可一世而论。显然，过了一世，到要盖棺论定时，桑甜儿觉得当时没有做错。小夭问道："人只能看到一时，看不到一世，如何才能知道一时的决定，纵使一时难受，却一世不后悔？"

桑甜儿道："你这问题别说我回答不了，只怕连那些活了几百年的神族也回答不了。人这一辈子不就像走荒路一样吗？谁都没走过，只能深一脚、浅一脚，跌跌撞撞地往前走。有人走的荒路风景美，有人走的荒路风景差一点，但不管什么样的风景，路途上都会有悬崖、有歧路、有野兽，说不定踏错一步，会跌大跟头，说不定一时没看清，会走上岔路……正因为是荒山行路，路途坎坷、危机四伏，所以人人都想找个伴，多了一双眼睛、多了一双手，彼此照看着，你提醒我有陷阱，我提醒你有岔路，遇到悬崖，扶持着绕过，碰到野兽，一起打跑……两个人跌跌撞撞、磕磕绊绊，一辈子就这么过来了。"

小夭默默不语。

桑甜儿好似想起了过往之事，眯着眼睛，也默默发呆。一阵孩童的笑叫声惊醒了桑甜儿，她看向她和串子的重孙子，笑道："我这辈子哭过笑过，值了！"

小夭从没有想到站在生命尽头的桑甜儿是这般从容满足，不知道是不是因为她已经触摸到死亡，她显得非常睿智剔透。

桑甜儿对小夭语重心长地说："小姑娘，一定要记住，想要得到什么，一定要相信那东西存在。你自己都拒绝相信，怎么可能真心付出？你若不肯播撒种子，就不会辛勤培育，最后也不要指望大丰收。"

小孩子的过家家游戏已经玩到成了婚，小女孩怎么都怀不上孩子，小男孩很焦急，"夫妻"俩一起去看医师，"医师"用树叶包了土，让他们回家煎服，一本正经地叮嘱他们房事最好每隔两三日一次，千万不要因为心急怀孕而过于频繁。

小夭扑哧一下笑了出来，桑甜儿尴尬地说："他们时常在医馆里玩耍，把大人的对话偷听了去。"

小夭对桑甜儿笑道："很长一段日子，我没有开心过了，今日，却是真的开心。"

相柳已经回来，站在灌木丛边，看着小夭和桑甜儿。

小夭站了起来，摸了桑甜儿的头一下："甜儿，你做得很好，我想串子肯定觉得自己娶了个好妻子，老木和我都很高兴。"

桑甜儿愣住，呆呆地看着小夭。

小夭朝着相柳走去，桑甜儿声音嘶哑，叫道："你、你……是谁？"

小夭回身，对桑甜儿笑了笑，没有回答桑甜儿的问题，她和相柳穿过树丛，消失在树影中。

桑甜儿眼中有泪滚落，她挣扎着站起来，对着小夭消失的方向下跪磕头。

小夭对相柳说:"你为什么不早告诉我,那些天天吵我好梦的孩子是串子和麻子的孙子、重孙们?"生命真是很奇妙,当年被她捡回去的两个沉默安静的孩子,竟然会留下了一堆吵得让她头痛的子孙们。

相柳淡淡道:"第一天我就让你出去转转了,是你自己没兴趣。"

小夭说:"我失踪了这么长时间,外面该闹翻天了吧?"

相柳没有吭声。

小夭道:"你做的事,却要防风氏背黑锅,防风意映势必要为防风氏挡这飞来横祸,她是涂山族长的夫人,等于把涂山氏拖了进去。"

相柳冷笑道:"你以为我阻你成婚,只是为了让玱玹和四世家结怨吗?坦白和你说了吧!那不过只一半原因。"

"另一半呢?"

"涂山璟雇我去阻止你的婚事,他承诺,只要我能阻你成婚,给我三十七年的粮草钱。"

"什么?"小夭不敢相信自己听到的,璟竟然雇相柳去阻婚?

"不相信的话,你可以自己去问问涂山璟。"

小夭说:"你什么时候能放我走?"

相柳无所谓地说:"我已得到我想要的,你要走,随时!"

小夭转身就走,相柳说:"提醒你一声,蛊仍在,你若敢泄露防风邶就是我,休怪我让你心痛而死。"

小夭霍然止步,回身看着相柳。

相柳道:"不相信吗?"

小夭的心口犹如被利剑穿透,传来剧痛,她痛得四肢痉挛,软倒在地,狼狈地趴在草地上。

相柳犹如掌握着她生死的创世神祇,居高临下,冷漠地看着她:"不想死,不该说的话一句都不要说。"

小夭痛得面容煞白,额头全是冷汗,却仰起脸,笑着说:"这就是你没空去百黎解除蛊的原因吗?掌控我的生死,有朝一日来要挟我?好个厉害的相柳将军!"

相柳冷冷一笑,转身离去,一声长啸,踩在白雕背上,扶摇而上,消失在云霄间。

小夭的心痛消失,可刚才痛得太厉害,身子依旧没有力气,半响后,她才恢复了一点力气,慢慢爬起来,步履蹒跚地向着镇子内走去。

清水镇肯定有为玱玹收集消息的据点，可小夭不知道是哪个。为高辛王收集消息的秘密据点，小夭更不可能知道。反倒是涂山氏的商铺很容易找，小夭走进西河街上涂山氏的珠宝铺，对伙计说："我要见俞信。"

伙计看小夭说话口气很是自信，一时拿不准来头，忙去把老板俞信叫了出来。

小夭对俞信说："送我去青丘，我要见涂山璟。"

俞信对小夭直呼族长的名讳，很是不悦，却未发作，矜持地笑着，正要说什么，小夭不耐烦地说："涂山璟一定会见我。如果我说大话，你不过白跑一趟，反正我在你手里，你可以随意惩戒，但如果我说的是真话，你拒绝了我的要求，却会得罪涂山璟。"

俞信常年浸淫在珠宝中，见过不少贵客，很有眼力，他思量了一瞬，做出判断，吩咐下属准备云辇，他亲自送小夭去青丘。

云辇上，俞信试探地问小夭："不知道姑娘为什么想见族长？"

小夭眉头紧蹙，沉默不语。为什么？她才有很多为什么想问璟！为什么要阻她婚事？为什么要雇用相柳？为什么？为什么？

第十六章
风不定，人初静

两日后，小夭到了青丘。

俞信对小夭说："我的身份不可能直接求见族长，幸好我和族长身边的侍女静夜姑娘有一点交情，我们可以先去求见静夜姑娘。"

小夭点了点头："麻烦你了。"

俞信去求见静夜。当年因为俞信，静夜才找到失踪多年的璟，所以一直对俞信存了一分谢意，听下人奏报他有事找她，静夜特意抽空出来见他。

俞信期期艾艾地把事情说明，静夜觉得俞信做事太荒唐，人家说要见族长，他竟然就真的带了来。

俞信赔着小心解释道："我也知道这事做得冒失，可那位姑娘真的挺特别，我这双眼睛见过不少人……"

静夜心内一惊，问道："她叫什么？"不会是那位婚礼上抛夫私奔了的王姬吧？高辛王，新老两位轩辕王都在找她，折腾得整个大荒沸沸扬扬，她却像是消失了，不见丝毫踪影。

"不知道，我问什么，她都不回答，只说族长肯定会见她。对了，她额间有一个绯红的桃花胎记。"

静夜立即道："快，快带我去见她。"

俞信看静夜的反应，知道自己做对了，松了口气，也是个会做事的，忙道："我怕姑娘要见，让她在外面的马车里候着呢！"

静夜对俞信说："你出去，让人把马车悄悄赶进来，记住了，悄悄！"

俞信点头应下。

马车悄悄驶进了涂山府的外宅，静夜看到小夭从马车上下来，既松了口气，又很是为难，现如今全天下都在找她，她却跑来青丘，真不知道她是怎么想的。

静夜上前行礼，恭敬地说："请……请小姐先洗漱换衣，稍事休息，奴婢这就去禀告族长。"

小夭正觉得又累又脏，点点头，跟着两个婢女去沐浴。

小夭从清水镇出发时，带着一腔怒气，想质问璟是不是真的雇用了相柳去阻止她成婚，想质问他为什么要如此羞辱她，可因为拉云辇的天马不是最好的天马，竟然走了两日半，为了见静夜又等了半日，如今三日过去，一腔怒气淡了，反而生出了无奈，质问清楚了又如何？就算是璟做的，她能怎么样？难道杀了他吗？

小夭甚至开始后悔，她真是被相柳气糊涂了，怎么就这么稀里糊涂来了青丘？

小夭躲在浴室里不肯出去，婢女倒不催她，只是隔上一阵子，叫她一声，确定她没晕倒。

小夭在浴室里待了将近两个时辰，到后来，觉得自己也不可能躲一辈子，才擦干身子，穿上干净的衣衫。

小夭走出去时，璟在暖阁里等她。他们这些人身有灵力，都不怕冷，可大概怕小夭冷，暖阁里放了个半人多高的大熏炉，屋内有些闷热。

听到小夭的脚步声，璟立即站起来，小夭没理他，走过去把窗户打开，璟忙道："你头发还没干，当心着凉。"

璟想要关了窗户，小夭说："不许关！"

璟依旧把窗户掩上了，不过没有关严，留下一条缝。

小夭想发作，却发作不得。

璟又在小夭身后放了一个暖炉，把一碗木樨花茶放在小夭手边，这才坐到小夭对面。

小夭在浴池里泡了将近两个时辰，的确渴了，捧起木樨花茶慢慢地喝着，一碗茶喝完，她说道："你不问问我，这一个多月和防风邶去了哪里吗？"

璟道："我知道防风邶是相柳，他应该带你去了神农义军驻扎的山里。"

"我是玱玹的妹妹，他会带我去神农义军的军营？你当他是傻子吗？"小夭没好气地说，"我一直在清水镇，就在回春堂的隔壁。"

璟有些诧异，清水镇上各方势力混杂，小夭在清水镇一个多月，怎么会没有人留意到？

小夭说："我从没出过屋子，直到最后一日才发现自己竟然住在回春堂的隔壁。"

璟问:"你见到桑甜儿了?"

小夭很是意外,璟这么问,显然表明,他知道只有桑甜儿还活着,小夭说:"见到了。"

璟说:"不要难过,老木他们都是善终。"

"你……一直在关注他们?"

璟颔首:"老木临终前,我去见他一面,告诉他小六过得很好,让他安心。"

小夭心内仅剩的气一下子消失了,呆呆地看着白玉茶碗中小小的黄色木樨花,半晌后,她心平气和地说:"相柳说,你给了他很多钱,雇他去阻止我嫁给丰隆。"

"是我做的,不过我没想到相柳会行事那么极端。"

"你为什么要这么做?"

"那日,你在青丘街头告诉我你要成婚了,可你的眼睛里没有一丝喜悦,我不明白,没有人逼迫你,你为什么要逼自己嫁给丰隆。我……我没有办法让你这样嫁给丰隆。我求丰隆取消婚礼,丰隆拒绝了我。我想去找你,可我很清楚只会火上浇油,正百般无奈时,恰好碰到防风邶。我想起,你说过你承诺为相柳做一件事,作为解蛊的代价。呛玹登基后,洪江的军队粮草紧缺,于是我和相柳谈了一笔买卖,买下了你许给他的那个承诺,让他去要求你取消婚礼,但我真的没有想到他会在婚礼上要你兑现诺言,是我大意了。小夭,对不起!"

小夭淡淡说:"没什么对不起,大家都是公平交易。我和相柳是公平交易,你和他也是公平交易。不过,我希望你以后不要再插手我的事。我高兴不高兴,和你无关!"

小夭本就觉得自己来青丘十分莫名其妙,现在话说清楚了,再没什么可说的,起身告辞,准备离开。璟一下就跳了起来,下意识地挡住门,急急叫道:"小夭……"人竟然晃了几晃,就要摔倒。

小夭忙扶住他,看他一脸病容,下意识地想去把脉。

璟却推开她的手,说道:"我没事。现在天已黑,你歇息一晚,明日再走也不迟,你若不愿见我,我立即离开。"璟的脸色苍白,一双眸子越发显得黑,影影绰绰,似有千言万语,却无法出口,全凝成了哀伤。

小夭想起桑甜儿的话,心内长叹一声,又坐下:"我明日走。"

璟默默看了小夭一瞬,黯然地说:"我走了,你好好休息,静夜就在门外守着,你有事叫她。"璟向门外走去。

小夭突然说:"我有话和你说。"

璟回身，静静等着。

小夭指指对面的坐榻："请坐。"

璟跪坐到小夭对面，小夭凝视着从熏炉飘出的渺渺青烟，迟迟没有开口。

璟屏息静气地看着小夭，希望这一刻无限长。

小夭说："这些年，我夜里总是睡不好，常常把过去的事翻来覆去地想。"

璟满面惊讶，这些年，他也从没睡过一夜安稳觉，也总会把过往的事翻来覆去地想，可小夭一直表现得太若无其事，让璟总觉得小夭已经彻底放下他。

小夭说："防风意映是卑劣，但也是你给了她机会。最开始的几年，我嘴里说着没有关系，我不在乎，可我心里是恨怨你的。所以，每次你在的场合，我明明能回避，却偏偏不回避，我故意谈笑正常，做出丝毫不在意你的样子，实际上一直暗暗留意你的反应。"

璟道："我知道，是我错了。"当年，总觉得防风意映无辜，是涂山氏和他对不起防风意映，不想伤害防风意映，可他忘记了，他不伤害防风意映就会伤害小夭。

小夭说："你是有错，不过，不是你一个人的错。最近这几年，我专心学医，心态变了很多，看事情的角度也变了，想得越多，越发现我把所有事怪到你头上，其实不对。"

"不是，你一直都对我很好……"

小夭对璟做了个手势，示意璟听她说："桑甜儿说，人这一生，就像荒山行路，谁都不知道会碰到什么，都是深一脚、浅一脚地摸索着走，会跌跟头，会走错路，会碰到野兽，所以才会想要有个人携手同行、相互扶持。我是答应了和你同行，但我一直很消极地等待，这就好比，我明明答应了和你一同去爬山，本该齐心合力，可一路之上，我看到你走到岔路上，不叫住你，由着你走错路；看到前方就是悬崖，也不拉你一把，由着你摔下去。我一直站在一旁，自以为清醒地冷眼旁观。"

小夭问璟："你可知道防风意映曾三番四次想杀玱玹？有一次她把玱玹的胸口都射穿了。"

"什么？"璟震惊地看着小夭。

小夭自嘲地笑了笑："防风意映在你面前，言行举止一直聪慧有礼、温柔善良、可怜可爱，但我从一开始就知道，她心机深沉、手段狠辣，更知道你心肠软，对她很愧疚，防风意映肯定会利用你的性子和你的愧疚对付你，可我什么都没做，甚至连提醒都未提醒，一直袖手旁观。因为从小的经历，我一直对人与人之间的感情很悲观，总觉得一切都不会长久，谁都靠不住，我从没有真正相信过你,也不肯主动付出,最后的结果发生时,我还觉得,看吧,一切如我所料!我就知道人心不可靠!可不知道,世间事,种瓜得瓜,种豆得豆,自己正是这个结果的推动者。就如桑甜儿所说,我既未播种,又不肯辛勤培育,怎么可能指望收获?"

小夭的眼中有隐隐泪光:"每个夜里,我失眠时,都会想起过去的事情。我很清楚地知道自己错了,我因为自己的自以为是,因为自己的悲观消极,因为自己的不信任,失去了我喜欢的人。当时只要我稍稍做点努力,肯多说一点,多做一点,也许结果就会截然不同。玱玹看我一直不能释然,以为我依旧恨着你,其实不是,我一直无法释然的是自己。璟,你无须再自责,也无须对我觉得愧疚。我们俩在外人眼里,也许都是精明人,可我们在处理自己的感情时,都犯了错。人生有的错误,有机会纠正,有的错误,却没有机会纠正……"

每个夜里,从过去的梦里惊醒,知道自己错了,可一切已经无法挽回,那种痛苦就好似有人用锯子锯着她的骨头。但,一切已经无法挽回……

小夭的泪水潸然而下,她背转身子,用袖子擦去眼角的泪水,却越擦越多。

璟情急下,搂住了小夭:"小夭、小夭……别哭!你没有错,我承诺了先付出、先信任,我该保护好你,是我没有做到。"

小夭伏在他肩头,失声痛哭。几千个夜晚,在寂静的黑暗中,她回忆往事,恨过防风意映,恨过璟,最后,却恨自己。

听到小夭的哭声,璟心如刀绞,这是小夭第一次为他落泪。之前,连突然听到防风意映怀孕时,小夭都笑容满面。如果可以选择,他宁愿小夭像以前一样淡然得好像丝毫不在乎,他宁愿小夭真的忘记了他,也不要小夭承受和他一样的痛苦。

璟轻轻地抚着小夭的背:"小夭、小夭、小夭……"一遍遍的低喃,一遍遍的呼唤,多少次午夜梦回,他想着她、念着她,却触碰不到她。

小夭用力打着璟,哭囔:"为什么不让我嫁了?为什么不让我装着若无其事,微笑地继续走下去?"

璟没有办法回答。为什么?也许是因为小夭站在青丘街头的茫然,他不想她一辈子都如此;也许是因为他爱得太深,无法放手让她嫁给别人;也许是因为他心底深处还有不肯死心的期冀。

璟说:"之前,我和你说对不起,但现在我收回对不起,我一点不后悔,即使相柳用了那种极端的方式,闹得整个大荒不得安宁,我依旧很高兴没有让你嫁给丰隆。"

"你……混账！"小夭边哭，边打他。

璟心中竟透出一丝甜蜜："我一直都是混账！"

小夭哭了一会儿，积压多年的情绪发泄出来，理智渐渐恢复，发现自己竟然在璟怀里，她猛地推开了璟。

璟也未勉强她，起身端了碗热茶给小夭："喝点水。"

小夭捧着茶碗，又羞又愧，根本不敢看璟。自己这算什么？已经说过了陌路，却趴在人家怀里哭得泪雨滂沱。

小夭的脸色渐渐冷了下来，说道："我的话说完了，你可以走了。明日清晨我就回神农山，你不用来送我了。"

璟凝视着小夭，没说话。压抑了十年，才让小夭失态了一会儿。她眼角的泪痕还在，却已经又变得冷静克制。这一次，她已经把最后的话都说清楚，这一别，只怕永不会再见他。

小夭微笑着说："错了就是错了，即使后悔，也无法回头，只能努力忘记，继续往前走。不管是为了你好，还是为了我好，我们以后不要再见面了。"

因为猜中了小夭的话，璟竟然笑了笑，淡淡说："先吃点饭，用过饭后，我有话和你说。"

小夭刚要拒绝，璟说："我听了你的话，你也应该听听我的，才算公平。"

小夭没有答应，也没有拒绝。

璟叫道："静夜。"

静夜端着粥进来，给小夭盛了一碗，给璟也盛了一碗。

小夭连着几日没正儿八经吃过饭，闻到饭香，也是真饿了，埋着头专心用饭。

璟也低头专心用饭，这些年，每次吃饭都食不知味，今日却觉得粥十分可口，陪着小夭吃了两碗。

静夜看到一砂锅粥都吃完了，不禁心下叹了口气，又喜又愁，把碗碟都收拾好后，向璟和小夭行礼告退。

待静夜出了门，小夭问："你要和我说什么？"

璟说："你先答应我，不管我说什么，你都耐心地听完，不要生气离开。"

"我答应，你说吧！"小夭已经决定，明日一别，再不见璟，今夜是两人此生最后的相聚，不管璟说什么，她肯定都会听完。

璟道:"自从我和意映……发生了那事后,我一直过得浑浑噩噩,一切随奶奶安排,唯一的抗拒就是不愿见意映,不过,反正婚礼举行了,孩子也有了,意映压根儿不在乎。直到大嫂去世,我突然清醒了几分,开始振作。"

小夭听得莫名其妙,她记得那个沉默的女子,好像是因为篌外面的女人,服毒自尽了,和璟有什么关系?

"大嫂和静夜、兰香一起进的涂山府,因为性子柔和,处事周到,奶奶让她去服侍大哥,和我也算自小相熟,她以前虽然话不多,却爱笑,待人又宽和,静夜、兰香都和她玩得好。后来,母亲把她嫁给大哥,她越来越沉默,渐渐地,几乎再看不到她笑。我知道大哥对她很冷淡,但我做不了什么,只能暗地里照顾一下她,让静夜有空时,多去看看大嫂。大概怕大哥骂她,大嫂从不和我多话,但每年春天,只要我在府里,她都会给静夜一束云银鹊,插在我的书房里。那花十分美丽,只开在青丘山顶,我小时常常和大哥带着她们去看花。大嫂看似笨拙木讷,其实心里什么都明白,她送花,既是向我表达谢意,也是请求我,不要忘记小时候和大哥的情意,原谅大哥……"璟沉默了一瞬,说,"大嫂不是服毒自尽,而是被人投毒害死。"

"什么?谁毒杀了你大嫂?"小夭难以相信,不管蓝枚的出身多么卑微,她也是涂山氏明媒正娶的夫人,谁敢这样对她?

"防风意映。"

小夭惊得再说不出来话,虽觉得匪夷所思,可这事防风意映的确做得出来。

璟说:"大嫂去世后,我开始真正面对我和防风意映的事。这些年,我一直想回忆起那夜的事,甚至找了妖力高深的狐妖,用惑术催眠我,唤醒我潜藏的记忆,却怎么都想不起来那一夜的记忆。所有的记忆就是我觉得昏沉,把意映看作了你,你脱衣服,抱住了我,想和我亲热,我努力想推开你……然后就什么都不知道了。"

璟说话时,一直看着小夭的神色,生怕她恼怒下,拂袖而去,幸好小夭向来守诺,虽然面色不愉,却一直静静听着。

璟说:"我的灵力修为虽然不能和相柳、丰隆这些大荒内的顶尖高手相比,可毕竟是九尾神狐的血脉,从小刻苦修炼,修为并不低。催发情欲的药,对我们这些人而言,不过是助兴而已,根本不可能克制不住。"

小夭点点头,的确如此,对神族而言,不要说是璟,就是给岳梁那些风流多情的家伙下药,也不可能真让他们无法克制,一桶冰水就能做解药,不过是愿意不愿意克制而已。

璟看小夭认可了他的判断,继续说道:"意映肯定也知道,只催发情欲的药并不能让我和她……行夫妻之事，所以她还让奶奶帮她下了迷幻药，让我产生幻觉，把她当作你。可是，意映不知道你在我心中的分量，正因为那个人是你，我才绝不可能在那种情况下要了你。"

小夭禁不住问："即使我主动，你也不愿意吗？"

璟说："如果你主动，我反而会越发克制。你愿意，说明你相信我，我更不敢辜负你的信任，更想给你最好的一切。小夭，当时是因为意映自尽，我去看望她，那是另一个女人的寝室，另一个女人的睡榻，我一直渴望的就是堂堂正正和你在一起，怎么可能随随便便在另一个女人的榻上就要了你？这是对你的羞辱和伤害！不管我神志有多昏乱，可我坚信，我不会违背自己心底深处的渴望。"

小夭沉默不语，她见识过玱玹戒毒药，的确如此，玱玹都痛苦到用自己的头去撞墙自残了，可一旦伤到她，玱玹会立即后退。

小夭精通药性，所以更明白，这世间再厉害的迷药，如果只用一次，绝不可能真的迷失一个人的本心，被迷失者不过是因为潜藏的邪念被激发了。璟是喜欢她，可爱越深，敬越重，她相信璟绝不可能随随便便在另一个女人的睡榻上和她欢好。

小夭沉吟了半晌，说道："你这么分析，事情的确很蹊跷。可是……我听表舅西陵族长说，你的儿子长得像你，也很像他爷爷。"

璟说："如果孩子像爷爷，自然会像我。"

小夭一时之间，没反应过来璟的意思，像爷爷，自然会像璟，和像璟，也像爷爷有什么区别吗？

璟说："听奶奶说，我和大哥都长得像爹爹，尤其大哥，据说有八九分像。"

犹如一个惊雷炸响在小夭耳畔，小夭被震得半晌不能言语，可很多小事却全衔接到了一起。好一会儿后，小夭才小心翼翼地问："你是说……意映的孩子并不是像你，而是像篌？"

"大哥和服侍大嫂的婢女说，大嫂是因为大哥外面的女人，被大哥打了几巴掌后，一时想不开，服毒自尽。当年，母亲命大哥娶大嫂，奶奶没有反对，可为了弥补大哥，给了大哥好几个妾侍，大嫂从没有说过什么，上百年都过来了，何至于为大哥外面的女人和大哥闹？就算闹，以大嫂的性子，也不可能明知道我和大哥不和，还想见我，要我评理。我知道大嫂的死一定有蹊跷，她临死前想见我，肯定另有原因，可惜我当时不在府里，等我赶回去，大哥已经把一切都料理干净，我什么都查不出来。那两三年，因为要陪伴奶奶，倒是常常能见到大嫂，可每次不是大哥在，就是意映在，我和大嫂从没真正说过话。唯一一次说话，是奶奶去世前一日，我把瑱儿抱到奶奶屋里，大哥不在，大嫂却恰好在，我要走时，她凑过来看瑱儿，对我说'瑱儿长得真像他爷爷'。奶奶说过很多遍这话，几个长老和府里的老妪也都说过这话，我并没往心里去，可大嫂死后，我想起这句话，才发现古怪处。奶奶这么说，很正常，但大嫂进府时，我爹已经过世，她从没见过我爹，怎么可能说孩子像爷爷？"

小夭说："如果你大嫂真的是因为知道了什么被害，那个时候，她应该已经被监视，所以她只能通过那句话企图告诉你什么。"

璟说："这几年，我一直在寻找证据，可什么都没找到。我和大哥是亲兄弟，就算是他的儿子，也和我血脉相连，连神器都无法辨认。"

小夭脑内思绪纷纭——

当年，篌为了族长之位，和璟争得死去活来，甚至不惜投靠德岩和禹阳，与疮玱为敌，可突然之间，他就放弃了，甚至发下血誓，不会为了族长之位去谋害璟。如果意映的孩子是篌的，一切就合乎情理了，纵然璟当上族长又如何？到最后还不是会落入他儿子的手中。

篌是发了血誓，不会谋害璟，但意映没有发过誓，只要他们想，意映随时可以出手。

这件事，也不知道篌和意映究竟商量了多久，在太夫人病情的推动下，一切安排得天衣无缝，只要在害死璟前，篌和意映绝不私会，甚至故意做出彼此憎恶的样子，那么这世上根本不可能有人发现这个秘密。

小夭打了个寒战，如果不是这几年，轩辕王禅位、疮玱继位、轩辕迁都……大荒内一直大事不断、局势充满了变数，意映是否已经出手？

那个胆小心细、善良宽厚的女子是否就是因为知道了他们要谋害璟，才无法再保持沉默，想去提醒璟，却被意映和篌杀了？

璟说："这些年，我表面上不动声色，暗中一直在观察篌和意映，但他们太精明了，意映三番四次当众反对我给了篌太多权力，篌也当着所有长老的面怒斥过意映倚仗着我干涉了太多族内事务，所有人都认定意映和篌不合，如果说他们俩有私情，简直就像是说太阳是从虞渊升起、汤谷坠落。我现在没有办法向你证明我的话，但我一定会找到证据，证明自己的清白。"

小夭说："还记得那次闹得很大的刺杀吗？"

"一群杀手在青丘行刺我的傀儡？"

"就是那次。当时你和丰隆都说不像篌的行事风格，丰隆说简直像个气急败坏的女人，篌却亲口承认是他做的。"

"我也想到了此事。刺杀事件前，我刚向意映表明心有所属，恳请她同意退婚。大概正是此事激怒了意映。刺杀应该是意映的私自行动，篌怕我查到意映头上，索性承认了是他所做。"

小夭说："虽然没有一点证据，可有太多蛛丝马迹，其实，我已经相信了你的话。"

璟一直没有表情的脸上终于露出了一丝笑容，可那笑容并不真切，就如劫后余生的人，看似活下来了，但面对着满目疮痍、一片废墟，很难真正开心。

小夭道："这事不能轻举妄动，否则一旦引起他们的警觉，只怕一辈子都查不出真相了。要么不出手，如果出手，一定要一击必中。但你一定要小心！"小夭在心里默默感激那个叫蓝枚的女子，如果不是她，也许璟已经遇害了。

璟说："大嫂死后，我就对意映和大哥很戒备，你不必担心。"

小夭很是心酸，这些年，璟过的究竟是什么日子？大荒内风云变幻，他作为一族之长，必须走好每一步，不能有负族人；本是最需要亲人相助的时候，大哥和妻子却都想置他于死地。

小夭问："你大嫂死后，你就动了疑心，为什么不早告诉我呢？"

"没有证据的事，如果你已经放下了，我何必说出来再招惹你？直到今夜，知道你还……我想，反正事情不可能再糟了，全告诉你吧！"

静夜敲了敲门，捧着小托盘进来："公子，吃药了。"盘上放着一盏温水，一丸蜜蜡封着的药丸。

璟将蜜蜡捏碎，用温水把药丸送服。

小夭忍不住问："你是什么病？"

璟道："不是什么大病，就是日常调理的药。"

静夜插嘴道："公子几十年前，就因为悲痛欲绝，伤了心脉。这些年，为了王姬，寝不能寐，食无滋味，郁结在心。三个多月前，王姬还特意跑来青丘送礼，说什么要成婚，请公子去赴宴，逼得公子大病一场，直到现在还未好……"

"静夜！"璟语气不悦。

静夜眼中泪光点点，满是怨气地盯了小夭一眼，扭身出去了。

小夭看着璟，璟道："没有静夜说得那么严重。"

"手给我。"

璟仍不想伸手，小夭盯着他，他终于把手伸了过去。

小夭搭指在他腕上。半响后，她心情沉重，一声不吭地收回了手。本来心里还有各种想法，可现在——在死亡的威胁面前，什么都显得不重要了。

估计璟已经从胡珍那里约略知道自己的情形，并没问小夭诊断结果，反而笑着安慰她:"其实没什么,慢慢会好起来。"

小夭心情沉重,面上却笑了起来:"是不打紧。"

璟问道:"这些年,你身体如何?"

"我还好,虽然夜里睡不大好,不过,我不比你,你日日有事操心,我却自玱玹登基后,就没什么事操心,想在被窝里赖多久就赖多久,而且也没个人隔三岔五地来刺激我一番,非要看着我难受了,才觉得痛快了。"

璟禁不住笑起来:"若我难受了,你真心里痛快了,我其实心里也就痛快了。"不管是恨还是怨,都因为仍然在意。

小夭说:"你又不知道我当时心里痛快了。"

"现在知道也不迟。"

小夭默不作声,即使相信了璟和意映之间清清白白,什么都没有,孩子是意映和簇的,可就能和璟重新开始吗?

璟本来就没指望更多,小夭能相信他的话,他已经喜出望外。没清理干净废墟前,他什么都不敢多说,什么都不敢奢望。

小夭问:"丰隆,他……可还好?"

"看上去一切正常,但他自小骄傲,向来要风得风、要雨得雨,这是他从出生到现在最大的挫折了,只是强撑着而已。我怕他找不到防风邶,把火发到防风家,已经向他坦承是我指使防风邶去阻止婚礼。"

"啊?"小夭紧张地看着璟,"你们……又打架了?"

"这次不是打架,他是真想宰了我,被我的侍卫挡住了。目前,他和我绝交了。"

"你干吗要承认呢?反正涂山氏本来就会保护防风氏。"

"丰隆是我兄弟,因为我的疏忽,让相柳钻了空子,我已经有愧于他,不能再不坦诚,让他恨都恨错人。"

小夭说:"对丰隆而言,女人就如衣服,他又和你从小玩到大,估计过一段日子,他就会原谅你。可对我,他一定恨死了。"

"不要太担心,这只是一时之辱,让丰隆两三个月就释怀,的确很难,但两三年之后,以他豁达爽朗的性子,自己会想通。"

小夭叹了口气,现在不管做什么,丰隆都不会接受,也只能如此了。

两人默默相对,都觉得好似还有什么话要说,可能说的又已经都说完了。

璟站了起来,道:"夜已深,你休息吧!"

小夭笑了笑："你也好好休息！"

这一夜，小夭不知道璟有没有休息好，反正她是一夜都没睡好，一会儿想着璟的身体，一会儿想着意映和篌，一会儿想着日后该怎么办……

◆

清晨，小夭早早起身洗漱。

没多久，璟就来了。

小夭和璟用完早饭，小夭没说要走，璟也没主动提起，他很清楚，小夭能留在这里的时间不多。

小夭对璟说："我今日想帮你仔细诊察一下身子，这些年，我的心境和以前不同，认真学习了医术。昨日，我帮你诊脉，发现你的病有些麻烦，不过幸好还来得及，你不要担心……"

璟淡淡说："我从没担心，如果你不愿为我治病，我不在乎生死，如果你愿意为我治病，我知道我一定能好。"

小夭定了定心神，说道："胡珍是你的医师吗？请他一块儿来吧！"

静夜立即去请胡珍。

胡珍来后，小夭再次为璟诊脉，一边诊脉，一边询问日常起居作息，饮食寡淡，哪些味道闻着舒服，哪些闻着难受……有些问题是璟自己回答，有些问题却是连他自己都没注意，要静夜和胡珍答复。

小夭问胡珍现在用的是什么方子，胡珍把方子背出，小夭和他讨论起来。

"夜难入寐、气短懒言、神疲乏力……"

小夭和胡珍商议了半响，胡珍心悦诚服，按照小夭的提议，将药方更改了一味主药，去掉了两味辅药，分量全部减轻。用药的法子从按时服用，改成了长流水煎、不拘时服。

胡珍意味深长地说："族长的病起自四十多年前，未将伤心养好，又频起变故，王姬这方子好是好，却是要长期调理，至少一二十年的慢工夫，王姬可真想好了？"

小夭没有说话。

璟对胡珍说："一切按照小夭的吩咐做。"

胡珍俯身行礼："是！"

小夭对璟说："还有一件事，我想见见近身服侍你的心腹。"

璟对静夜说:"把胡哑和幽叫来。"

静夜和胡珍愣住,静夜低声道:"是!"

胡哑,小夭见过。幽,却是第一次见,是个很飘忽的女子,影影绰绰总好像在一团雾气中,连面目都看不分明。

静夜低声道:"幽是很厉害的狐妖,是保护族长的侍卫首领,一般不会见人。"

小夭冲璟笑:"我想单独和他们说几句话,可以吗?"

璟为小夭设了禁制,走开几步,背转过身子。

小夭对静夜、胡哑、胡珍、幽,行了一礼。静夜、胡哑、胡珍都还了礼,幽却是提前让开了,没有受小夭的礼,也未还礼。

小夭说:"我下面说的话有点古怪,但我想请你们记住。"

静夜说:"王姬请讲。"

"防风意映很有可能会伺机杀害璟。"

四人都诧异地盯着小夭。小夭面不改色,镇静地说:"你们都是璟的贴身侍从,璟和意映的关系如何,你们心里很清楚。如果璟有什么事……那么就是意映的儿子继位,孩子幼小,其实相当于意映掌控了涂山氏。"

四人悚然而惊,静夜急切地说:"王姬还知道什么?"

"我不知道她会选择什么时候杀璟,也不知道她会采用什么方式来杀璟,我唯一确定的就是她一定会动手,拜托你们务必保护好璟。"

胡哑说:"王姬客气了,这是我们分内之事。"

小夭说:"还有涂山篌,他与璟的恩怨,你们也都约略知道,应该本就提防着他,但不够,很不够!还请你们再提防一些,篌也许会和意映联手杀璟。"

静夜震惊地说:"这怎么可能?夫人和大公子势同水火,一直交恶。"

小夭说:"我知道这听起来很荒谬,但小心永不会有错,疏忽却会铸成大错,请你们务必时时刻刻小心。"

胡哑说:"王姬放心,我们一定会谨记在心。"

"拜托你们了。"小夭再次向四人行礼。

这一次,四人都向小夭回礼,静夜说:"谢谢王姬提醒。"

小夭对璟说:"我说完了。"

璟依旧背对他们站着,小夭反应过来璟听不到,笑走到璟身后,轻轻拍了璟一下,璟回身:"说完了?"

四人向璟行礼告退。

小夭对璟说:"我请他们提防意映和篌。"她不当着璟的面说,不是不想让他知道，而是怕他听着难受。

小夭对璟殷殷叮咛："你自己也警惕些，一般的毒伤不到你，要想真正伤到灵力高深的神族，毒药必须进入五脏六腑，不许喝也不许吃来历不明的东西。"

璟微笑着说："记住了。"

静夜轻敲了几下门，奏道："陛下派人来询问族长可有王姬的消息。"

璟暗叹了口气，只是一夜半日，玱玹就找来了。

小夭也知道玱玹肯定会派人留意涂山氏的动静，俞信的那番举动并不隐秘，玱玹追查过来很正常。

小夭对静夜说："你让他们等一下。"

静夜道："是。"

小夭对璟说："我要走了。"

璟心中不舍，可知道他现在还没资格留小夭。

小夭边走边说："心地善良、宽宏大量并不是缺点，但碰到篌和意映这样的人，却会变成弱点。"

璟说："我明白，一切到此为止，我不会再退让了。"

小夭点点头："这还差不多。"

璟把小夭送到院门，小夭道："别送了，静夜会带路。"

"等等！"璟叫住小夭，拿出贴身藏着的鱼丹紫，递给小夭。

小夭没有接受，可也没有断然拒绝，微蹙着眉头，似乎一时间不知道该怎么办。

璟说："这是我的诊金，还请王姬收下。"

小夭想了想，说："我若收了你的诊费，可就得保证治好你的病。"

璟说："我一定谨遵医嘱，好好养病。过段日子，我会去轵邑，还请王姬继续为我看病。"

小夭拿过鱼丹紫，一言未发，转身离去。

璟松了口气，只要她愿意见他，即使只把他当作病人，他也很开心。

◆

回神农山的路上，小夭一直在想玱玹会怎么处置她。

惊怒，是肯定的；生气，也是肯定的。

她给玱玹扔了这么大个烂摊子，他不怒、不气，才怪！但毕竟已是一个多月前的事情，再大的怒气也该平静了。现在，估计只剩下些余怒和无可奈何的头疼了吧！

云辇在小月顶降落，小夭刚下云辇，就看到了玱玹。

玱玹看上去很平静，小夭却不敢放松，赔着笑，一步步走到玱玹面前，甜甜叫道："哥哥。"

玱玹盯了她一瞬，淡淡说："走吧！"

小夭跟在玱玹身边，偷眼看玱玹，实在看不出玱玹在想什么，也看不出他的喜怒。小夭再次清醒地意识到，现在的玱玹是拥有大半个天下的帝王。

山谷中有不少积雪，因为少有人过往，白皑皑的雪没有一丝痕迹，就如一幅雪白的绢帛，让人忍不住想在上面留下点什么。

小夭时不时弯下腰，用手快速地在积雪上覆下个手印，玱玹不理会她，却慢了脚步。

经过一整片如白帛的雪地时，小夭蹲下，用手在雪上扑扑地拍着，拍出十几个参差错落的手印，她用手掌从手印中间拖下，留下一道粗粗的痕迹，像是一根树干。

小夭仰头看玱玹："哥哥。"

玱玹弯下身子，在小夭拍下的手印旁也随意地拍了十几个手印，再略加了几道划痕，就成了一株画在雪地上的桑树。他们小时常在雪地上作画，用手掌画桑树，还是玱玹教小夭的。

小夭笑，觍着脸凑到玱玹身畔："还气恼吗？"

玱玹淡淡道："我没有气恼。"小夭出嫁那一日，他一个人枯坐在凤凰林内，只觉满眼灰寂，听闻小夭悔婚时，眼中的一切刹那鲜亮，竟是无可抑制的喜悦。

"丰隆那边……"

玱玹说："有我在，你担心他什么？从今往后，你就把他当成不相干的人就好了。"

"我觉得对不起他。"

"完全没必要，我已经在补偿他，不过就这几个月流言蜚语多一些，难熬一点，待丰隆大权在握、美人环绕时，世人会完全忘记还有这么一场闹剧般的婚礼。"

小夭困惑地看玱玹："我给你惹了这么大的麻烦，我还以为你好歹要给我点脸色瞧瞧！"以前为了她跟防风邶跑掉去玩的事，玱玹都给了她好几天脸色看。

玱玹拉住小夭的手，把她从雪地里拽起来，一边为她搓着手暖和她，一边问:"你想我惩戒你?"

小夭立即摇头,难得玱玹发善心,她可别自讨苦吃。

玱玹道:"我们走快点,别着凉了。"

玱玹拖着小夭快步走。小夭嘻嘻哈哈地笑起来,反拉着玱玹跑了起来。

两人边跑边笑,冲到竹屋,小夭飞快地脱去鞋子,跳到屋里,扬手宣布:"我又回来了!"

玱玹笑,慢条斯理地脱了鞋,走进屋子。

轩辕王从里屋走出来,小夭立即敛了笑意,有点紧张地躲到玱玹身后。世人都怕轩辕王,可她从来不怕,但这一次是她错了,她还真有点害怕见轩辕王。

玱玹好笑,却又很是欢喜,给轩辕王行了礼后,拖着小夭坐下,把小手炉放到小夭怀里,让她抱着。

轩辕王盯着小夭,眉头拧在一起。

小夭一点点往玱玹身后蹭,好似恨不得完全躲到玱玹背后。

轩辕王说:"你都有胆子当着全天下的面悔婚,我还以为你什么都不怕了。"

小夭低着头,不说话。

轩辕王道:"其实,正因为是王姬,想找个好男人并不容易。真有才华的男子往往有几分傲骨,不见得愿意借你的势,冲着你身份去的男子不要说你看不上,就是我也看不上。丰隆各个方面都和你般配,既有才干,又愿意借你的势,他也借得起,你放弃了他,实在很可惜。"

小夭低声说:"我知道。"

轩辕王叹气:"你以后想嫁个像样的人很难了!"本想让小夭抓住这最后的机会,安顿下来,可没想到,小夭不但没把自己安顿下,还连自己的声誉都毁了。

小夭说:"我知道。"

轩辕王问:"你和防风邶是怎么回事?他要想娶你,难道连来见我们的勇气都没有吗?"

小夭心虚地看看轩辕王,再看看玱玹,最后又往玱玹身边蹭了蹭。玱玹轻拍了拍她的背,示意不管什么,一切有他。

小夭说:"防风邶,他……他……死了。"

轩辕王和玱玹都意外地看着小夭,小夭说:"不要问我,我不想多说,反正这个人死了,以后再不会出现。"

玱玹问:"你杀了他?"

"我……他算是因我而死,我和他之间的事,我不想再提。"

轩辕王看小夭神情黯然，以为是男女私情的纠葛，不再追问，对玱玹说："众目睽睽下，防风邶和小夭一起离开，小夭回来了，他却死了，要给防风家一个交代。"

玱玹淡淡道："我派侍卫追到小夭时，防风邶拒不放人，侍卫为了救王姬，一时心急，杀了他。杀了防风邶，正好给赤水氏和全天下一个交代，让丰隆消消气，谅防风氏也不敢为个庶子再说什么。"

轩辕王颔首同意。

小夭苦涩地想，这就是防风邶的下场，不知道相柳知道后，会怎么想。

轩辕王叹气："小夭，你以后怎么办？"

"我怎么办？"小夭看玱玹，"我不能和以前一样过日子吗？不管天下人怎么看我，反正父王、哥哥又不会嫌弃我。"

玱玹斩钉截铁地道："当然可以！"

轩辕王看着玱玹，长叹口气。

小夭笑嘻嘻地说："外爷，你今天叹气声太多了，可不像是英明睿智的轩辕王啊！"

轩辕王叹道："我现在就是个看着孙子和孙女发愁的可怜老头。"

小夭对玱玹做了个鬼脸，能让轩辕王长吁短叹，她也算天下第一人了。

冬日，天黑得早，晚饭也用得早。

用过晚饭，小夭拽拽玱玹的衣袖，示意玱玹跟她去她的屋子。苗莆把屋子熏得很暖和，还为小夭准备了清酒。

小夭和玱玹窝在榻上，玱玹端着酒杯，笑看着小夭，眉目舒展，一脸惬意。

小夭说："我明日去五神山，唉，我这次算是让父王在大荒颜面扫地了。"

玱玹微笑道："我让潇潇陪你一块儿去五神山。"

小夭不在意地说："好。"

玱玹问："你这一个多月在哪里？"

小夭说："我在清水镇，因为脑子里很乱，什么都不想想，什么都不想做，一直足不出户，所以你的人压根儿没注意到。后来想回来了，却不知道怎么联系你和父王，就跑去找了认识的俞信，让他把我送到青丘。"

玱玹说："不就是悔婚了吗？有什么大不了的？难道你还真担心自己嫁不掉？"

小夭笑吐吐舌头："我不担心，我怕你和父王担心。"

玱玹凝视着小夭，说："你若一辈子嫁不掉，我就养你一辈子。"

小夭笑："养到后来，见到我就发愁。"

玱玹一手端着酒杯，一手拈起一缕小夭的头发，在指间缠绕，好似漫不经心地说："小夭，如果真没人肯娶你，其实，陪我一辈子，是不是也挺好的？"

小夭想起了璟，也想起了那段痛苦的日子，是玱玹每夜陪着她，小夭说："如果真没一个人愿意要我，也只得你陪着我了。"

玱玹微笑着，将手中的那缕发丝握紧了。

◆

在潇潇和苗莆的陪伴下，小夭回到五神山。

对于她悔婚的事，高辛王毫不在意，甚至笑道："我本就不赞同你嫁给赤水丰隆，你逃了，倒正合了我心意。"

小夭问："我没有给你惹下什么难处理的事吧？"

高辛王道："你忘记我以前对你说过的话了吗？你可以胡作非为，因为你的父王是个强势的君主，我有能力让自己的女儿胡作非为。"

小夭看高辛王如此，既觉得愧疚，对不起父王，又觉得喜悦，因为被父王宠护着。

阿念嘲笑小夭平时看着乖巧，结果是不闯祸则已，一闯祸就是震惊天下的大祸。

小夭自嘲地说："所以你千万不要跟我学。"

阿念扬扬自得地说："我再出格，也不会比你更出格。有你做对比，我如今在高辛朝臣和百姓眼中好得不得了。"

小夭苦笑，她也隐隐听闻了一些，不少朝臣在父王面前弹劾她，要求父王严惩她，以正礼法。但父王就如他自己所说，是个很强势的国君，没有人能左右他的意志。他将小夭周全地保护了起来。

小夭知道自己正被万夫所指，怕再惹怒那些朝臣，哪里都不敢去，整日待在承恩宫，看似是修身养性，实际在专心炼药。

自从知道意映和筱会谋害璟，小夭就想为璟炼制些危急时保命的药。炼制毒药，小夭手到擒来，可炼制保命的灵药却不容易，尤其她想炼制的丹药非比寻常，要不论在任何情况下，都能从天地间夺取三分生机，否则涂山氏并不缺灵丹妙药，小夭压根儿不需要费这个心。

幸好这些年，她潜心医术，已经将《百草经注》融会贯通。再加上高辛有万水归流的归墟水眼，日出之地汤谷，三大神木之首的扶桑木，还有历代高辛王的收藏，可以说天灵地宝皆有。

小夭反复思索后，精心配好药材，借来青龙部的神器青木鼎，诚心诚意祭祀天地后，开始炼药。日夜扶桑火不断，又每夜子时把自己的鲜血注入青木鼎中，一共炼制了一百日，终于制作出一丸丹药。

小夭却因为引血炼药，自己像是大病一场，虚弱得几乎难以行走，不得不卧床休养。

等小夭身体康复，行动自如时，她已在五神山住了四个多月。潇潇婉转地提醒小夭该回神农山了，正好小夭也担忧璟的安危和身体，向父王请辞。

临别前一日，高辛王早早下朝，带小夭和阿念乘船出海，父女三人钓鱼、烤鱼，忙得不亦乐乎。

小夭知道阿念爱吃螃蟹，特意潜到深海给阿念抓了两只大螃蟹。阿念越来越觉得，有个小夭这样的坏姐姐挺不错，以前还嫉妒小夭抢了她的风头，现在才发现有小夭做对比，她不管怎么做，都显得好；平时还能让小夭做苦力，她心安理得地享受，谁叫小夭是姐姐呢？活该小夭让着她！

父女三人一直玩到天色黑透，才兴尽而归，高辛王看着环绕在身畔的两个女儿，听着她们的软语娇声，如北地山般冷峻的眉眼全化作了江南的水。

晚上，小夭洗去一身海腥，正要睡觉，阿念裹着披风来了，丝毫没客气地霸占了小夭的榻："我今夜和你一起睡。"

小夭愣了一愣，笑起来："好啊！"

合上紫玉海贝灯，室内陷入黑暗。阿念往小夭身边挪了挪："姐姐，你为什么逃婚？"

小夭第一次明白了，什么叫闺中私语，这样头挨着头，声音小小，可不就是私语吗？

小夭诧异地说："我以为你是来问我琀玹的事呢！怎么突然关心起我的事了？"

阿念不屑地说："我和琀玹哥哥一直有通信，而且他现在是一国之君，一举一动都有人留意，我常常去向蓐收打听，只怕琀玹哥哥做了什么，我比你还清楚。姐姐，你逃婚是不是因为不喜欢赤水族长？"

小夭想了想说："算是吧！"虽然逃婚是被相柳逼的，可归根结底是因为她和丰隆之间无情。

阿念激动地说："你和那个大闹婚礼的防风邶是什么关系？所有人都说你们早就有私情，在轩辕城的时候就眉来眼去，勾搭上了。"

小夭看着绿松窗外的月光如水银一般倾泻到青玉地上，苦笑不语。

阿念简直比打了鸡血还激动："宫女还说，因为轩辕的士兵杀了防风邶，你伤心下和陛下闹翻，跑回了五神山，你这段日子收集了那么多灵草，还向青龙部借用他们的神器青木鼎，是在炼制起死回生丹，想救防风邶。他们说，一直没有找到防风邶的尸体，肯定是被你藏起来了……"

小夭目瞪口呆："这是外面的谣传？"

阿念兴奋地说："是啊！是啊！"

"你相信吗？"

"不信！"

"那你还来问我？"

"我想知道你为什么逃婚。好姐姐，你告诉我吧！"

"我逃婚看似牵扯了很多人，但其实，和任何人无关，最根本的原因就是，我不喜欢丰隆。你应该能理解，真喜欢一个人，没有人能挡得住，不喜欢那个人，任何一个理由都会是放弃的理由。"

阿念叹道："是啊！"

小夭的话勾动了阿念的心思，她絮絮叨叨地说起自己的心事来，两姐妹聊困了，才稀里糊涂地睡过去。

第二日，小夭上云辇时，困得直打哈欠。

高辛王和阿念来送她，阿念说："姐姐，你怕冷，等到冬天就回来，在五神山暖暖和和地过冬，到时我们再出海去玩。"

小夭应道："好！冬天时，我回来教你游水。"

高辛王看着两个明显没好好睡觉的女儿，愉悦地笑起来。

云辇飞上了天空，小夭趴在窗户上，朝高辛王和阿念挥手，直到看不到父亲和妹妹了，她才含着笑坐直了身子。

小夭合着眼，手指摩挲着鱼丹紫，笑意渐渐消失。

簌和意映都不是心慈手软的人，以他们的性子，忍耐到现在已经是极限，可以说，璟如今每一日都在被死亡威胁。虽然璟会很小心，但时间长了，难免不会有个疏忽，让簌和意映有机可乘。最好的解决方法自然是彻底解除危机。

杀了篌和意映，不难！但璟想要的是真相。

否则，即使篌和意映死了，璟也无法释然，更无法面对那个孩子——涂山璊。

想要真相，就必须要篌和意映活着。可篌和意映活着，就意味着璟会有危险。

小夭蹙眉，这可真是个难解的结！

但，必须解开。她也想知道真相！